忍婚

连谏 作品

ENDURE MARRIAGE

四川文艺出版社

图书在版编目（CIP）数据

忍婚 / 连谏著. —成都：四川文艺出版社，2016.6
ISBN 978-7-5411-4293-2

Ⅰ. ①忍… Ⅱ. ①连… Ⅲ. ①长篇小说－中国－当代 Ⅳ. ①I247.5

中国版本图书馆 CIP 数据核字（2016）第 091111 号

RENHUN

忍 婚

连谏 著

责任编辑	李淑云
封面设计	叶 茂
内文设计	史小燕
责任校对	王 冉
责任印制	唐 茵

出版发行	四川文艺出版社（成都市槐树街2号）
网　　址	www.scwys.com
电　　话	028-86259285（发行部）　028-86259303（编辑部）
传　　真	028-86259306
邮购地址	成都市槐树街2号四川文艺出版社邮购部　610031
排　　版	四川胜翔数码印务设计有限公司
印　　刷	四川华龙印务有限公司
成品尺寸	168mm×238mm　16开
印　　张	25.75　　　　　　字　数　360千
版　　次	2016年7月第一版　印　次　2016年7月第一次印刷
书　　号	ISBN 978-7-5411-4293-2
定　　价	39.80元

版权所有·侵权必究。如有质量问题，请与出版社联系更换。028-86259301

Ren Hun

与生俱来的爱与疼

连谏

其实，这部小说，原是不会有的。

它的诞生，因为无数个机缘巧合，让我特别相信，人生中的一切，冥冥之中自有定数，每一个造访我们人生的人，或许和我们不是亲人、不是爱人、不是朋友、也有可能是我们的仇人或是敌人，但，只要他（她）曾以生活细节的方式，造访过我们的生命，他（她）都是我们生命的贵客。

这个小说，因一个电话引起。

而这个人，可能是今生今世唯一一次打给我们电话。

她是我先生家的亲戚，因为上代人之间有些恩怨，我们平时并无交集、也无联系，只知道有这么个人而已。

接这个电话的大约半年后，我先生这位亲戚的丈夫自杀了，我非常震动。

我长这么大，知道四起和我有亲缘关系的男性自杀，每一个，都是一部长篇小说。我的姥爷，在我的母亲四岁的时候，在空荡荡的牲口棚里上吊自杀了；我的爷爷的父亲，在老得丧失了劳动能力之后，认为活着只能浪费粮食，年迈不能动的他，尽管儿女很孝顺，佢还是执着地一次次自杀，在一个春天的午后，终于成功；我的一位远房堂哥，因为憨，被人骗走了卖牛的两千块钱，就对这个世界绝望了，上吊自杀；再然后就是我先生的这位亲戚的丈夫，后来，我才听说，他是有抑郁症的。

他就是我小说中的老金。

其实除了他上吊自杀，我对他的生平一无所知，只知道他是浩大的失地农民大军中的一员。

这个小说所有的情节，是因为某个我知道的人自杀而发生了心灵地震，所有故事情节，都是震后杜撰的产物。

在我的小说里，老金出场极少，甚至连副线人物都算不上，但他是启动我写这个小说的原始力量。

一开始，我写了一个三万多字的中篇，叫《回乡》，发在《小说界》上了，当时反响还不错。

有制片人喜欢，想拍成电视剧，过来青岛和我谈版权，几番周折，没谈拢，但我们成了好朋友。没谈拢的主要原因是我贪婪，作为中篇小说，卖电视剧版权我觉得有点亏，因为这个小说，有长篇的潜质。再后来，另一家来谈，很诚恳，还让我捉刀做编剧，我斟酌了一下，还行，就应了，吭哧吭哧写了个大纲。其实，准确地说，拍成电视剧，我特别想叫《老万进城》。

但后来，我们在创作方向发生了分歧，本着反正也没签合同的原则，就一拍两散了。因为已有故事大纲了，我就想把它拓展成长篇。写了十二万字，我新房钥匙下来了，要装修房子。

装修房子是个很费神的活，尽管我全权交给了装修公司，但很多事都要自己上心去办，心很浮，小说根本没法往下继续，于是，就自觉地搁浅了。

直到转过年来的夏天，有影视公司要买我一部小说的电视剧版权，但我卖给了另一家公司，这家公司就遗憾得很，问我可不可以再写个小说卖给他们。

我就想起了这个，给他们看了个开头，他们说蛮喜欢，希望我写出来。

在春天已完成一个长篇小说了的当年秋天，我有些贪婪，想已经有大纲了，再写，就不费劲了，何不试一下呢？

大概是十月的时候，我开始闭关写这个小说。当我试图接着上次写的那十二万字往下写，突然觉得之前写的那十二万字，惨不忍睹，就全部扔掉了，重新开始。

近两年我经常这样，写着写着，觉得不好，不管是写了几万字还是十几万字，只要自己觉得不好，坚决不敝帚自珍，坚决抛弃，从头再来。

重新开始写这个小说时，我每天以日行万字的速度，写得人要崩溃掉，坐在电脑前，随时感觉自己脑袋一歪，就能倒地死掉。有时候，我会想一下我的死亡，我想大约，我将来的死，有可能是这样的：写着写着字，头一歪，死掉了，死于心脏因为过紧地绷着而炸裂，满腹鲜血，但不会弄脏别人，因为我胖厚的腹部脂肪会负责任地全部兜住它们。

还好，我把它写完了，人还活着。

影视公司大喜过望，认为比他们抢了一气没买着的那个小说还要好。

这样就好。

我松了一口气。

后来想，我写这小说，就像母亲生孩子，原本没打算生的，意外怀孕了，就生下来了，也还比较讨喜，还是挺开心的。

写完这个小说，就觉得自己的内心，又经历过了一次成长：你所遇到的每一个人，都是你的人生大礼包。

如果没有那个电话，如果没有那两次未遂的影视合作，不会有《忍婚》（出版之前曾叫《你是我亲人》）这部长篇小说，感激每一个路过我生命的人，哪怕路过得不曾心怀善意，都是上天给我的厚礼。陌生人如此，亲人，更当如此。亲人是根深蒂固的、从生命诞生的那一刻，就注定了要跟随你一生的暖与疼。感恩所有，让我的生命感触，是如此的丰富多彩。

目 录

第一章 / 001　　亲戚既不像她想象的那么简单，亲情也不像她以为的那么醇美浓郁。

第二章 / 020　　季苏摸出手机一看屏幕上显示的是老家俩字，心里就打上鼓了。

第三章 / 039　　大哭一场，哭尽这些年来的委屈和心酸。

第四章 / 058　　有些亲戚，就像蚊子叮起来的一个包。

第五章 / 071　　这世上有一种最难以言说的感动就是，你不说我也明白。

第六章 / 091　　好好的，您立什么遗嘱啊？

第七章 / 106　　亲人就是我们来这个世界的时候，上帝送给我们随身携带的礼物。

第八章 / 123　　兄弟姐妹一旦成立自己的小家庭，马上就会有隔阂。

第九章 / 149　　生儿育女是人类犯了一个沾沾自喜的天大错误。

第十章 / 184　　好像在这世界上再也没有比婆婆更可恶的人类了。

第十一章 / 202　　对单身女人来说，最好的忠心莫过于求婚。

第十二章 / 218　　普天下的女人，在爱情上都是虚荣的。

第十三章 / 231　　有梦的日子才有盼头不是？

第十四章 / 252　　虚荣劲儿过去后，日子还得脚踏实地地过。

第十五章 / 265　　万家强就像那个等着头顶上的另一只靴子落地的人一样，提心吊胆地等着季苏爆发。

第十六章 / 275　　孩子仁义不和你计较，你还把自己当孩子一辈子还不完的债了？

第十七章 / 293　　自己家的血亲，但凡有点办法就不能见死不救。

第十八章 / 309　　这些日子，她一直在温习一门叫接受失败的功课。

第十九章 / 321　　心安即故乡，眼下做的，都是让心灵安宁的事。

第二十章 / 333	以后不能说离婚这俩字,除非你想用离婚惩罚我。
第二十一章 / 349	在这个瞬间,他做不到不恨她。
第二十二章 / 366	和这些粗鄙的乡巴佬斗,就像绅士和流氓决斗,如果绅士一直保持风度,肯定一败涂地。
第二十三章 / 380	人生是会断片的,某些时候,谎言是把断片粘连起来的黏合剂。
第二十四章 / 391	女人为爱自虐,不过是想引起对方的注意,进而心疼。

尾声 / 397

第一章

亲戚既不像她想象的那么简单,亲情也不像她以为的那么醇美浓郁。

1

很多年前,季苏还是个扎着两条朝天椒辫子的乡下小姑娘,被母亲硬生生丢在了青岛的姑妈家门口。

那会儿,村里人都说她的姑妈——还不是老苏的小苏混好了,因为她嫁给了大学教授啊,当然,那会儿的季教授还只是一所高校的普通讲师而已,但在乡下人心目中,只要是在大学里教书的,就是教授,可小苏不过小保姆而已,小保姆嫁给了男主人,在乡下人看来不亚于一步登天地嫁给了县长。

于当时的乡下人而言,在这世界上,他们能看得见摸得着的官,最大的,也就是县长了。至于省长、国家主席什么的,都高高在上得缥缥缈缈的,像传说里的老天爷那么远,那么模糊。

他们眼里的县长到底有多大,这得打个比喻说,比如说村长就够横的了,见人脖子挺老高老直,眼瞪老大,不可一世的样子能把人吓得脑袋往脖子里缩,可等他见着县长,也变成了这德行,冬天的鸡一样,缩着脖子,迟迟疑疑地颤着脚。于是,乡下人就觉得,县长官好大,土皇帝一样的好生威武。

他们觉得季苏的姑妈嫁给大学教授不亚于灶下婢突然升格成县长太太，还是明媒正娶的。一时间，在季苏的老家，群言沸腾，说什么的都有。

因为季苏的姑妈去青岛当保姆的时候，季教授还是有媳妇的，两口子还生了一个叫季蓝的女儿，他们之所以请季苏的姑妈去做保姆，是因为季教授的媳妇上下山下乡那会儿住在季苏的爷爷奶奶家，季苏的爷爷奶奶对她照应得好，季教授媳妇也是个晓得感恩的人，等她回城结婚有了孩子，首先想到的就是把季苏的姑妈弄进城。本想让她先带两年小孩，等她熟悉了城市生活，孩子也大了，就找份工作，想办法把户口迁进城，再不用回乡下过面朝黄土背朝天的苦日子了。

计划得挺好，季苏的爷爷奶奶也满心感激，愈发觉得人生在世，多想着对别人好，就是为自己积德。季苏姑妈的美好未来，就是活生生的例子么。

可没承想，季教授媳妇病了，还挺重的，在床上躺了一年多，人就没了。临终前抓着季苏姑妈的手，苦苦哀求，说季教授生活能力差，人又年轻，她走了，他另娶是必然的，既然娶谁都是娶，她希望他能娶季苏姑妈。因为几年相处下来，她觉得季苏姑妈虽然没文化，但人善良厚道，只要做后妈的是她，季蓝就受不着委屈。

当时季苏姑妈又羞又吓，半天说不出一句话。后来季教授媳妇又把季教授叫来，问他喜不喜欢季苏姑妈，季教授让她问得云里雾里的，就反问怎么了？他觉得小苏这个人挺厚道的，人也勤快。

季教授他媳妇说这就是了，然后说你答应我，将来一定要给季蓝找后妈的话，就找小苏。对，季苏的姑妈姓苏，大家都喊她小苏小苏的，时间长了，小苏就成了她的名字。

季教授让媳妇别瞎说，都快翻脸了的样子。可媳妇逼着他一定要答应她，不然就不吃饭不睡觉。

也算权宜之计吧，季教授就答应了。心里碎碎的。

没多久，季教授媳妇就真走了，那会儿季蓝才5岁。虽然季教授媳妇之前有了嘱托，可她走以后，谁也没提，就好像没这档事了一样，又孤男寡女的，还在一个屋檐下住着，难免有人说闲话，季苏姑妈就要回老家，季教授觉得也是，自己一个三十刚出头的男人，媳妇没了，家里还住着一个年轻的保姆，让外人看了，怕是会浮想联翩，就应了。

就这样，小苏回了老家，大概半年吧，有天她正在家纳鞋底，听见门响，往外一看，是季教授领着季蓝。

天呐，哪儿还是什么季教授啊，胡子拉碴，一脸潦倒相，爷俩身上的衣服也脏乎乎的，就心疼得要命。忙招呼爷俩坐了，她去菜园子里把兄长——也就是季苏的亲爸招呼回来，又忙着泡茶，烧饭。

一见季苏亲爸回来，季教授一个躬就鞠在那儿了，说今儿他来，是给自己提亲的。说不是他不正经，是家里离了小苏实在转不开。

这话不用他说，看看爷俩的模样就行了。

季苏亲爸就问季苏姑妈，季苏姑妈的脸涨红得像深秋的苹果挂在树梢上。

就这样，季苏姑妈跟季教授回青岛了，成了他媳妇。

季苏姑妈成了季教授的媳妇以后，外面有各种各样的风言风语。有人说其实季教授的媳妇还活着的时候，他俩就好了，风把这些话吹到季苏姑妈耳朵里，她就哭，闹着要和季教授离婚。季教授说人嘴两张皮，想说什么，是个人权利，知不知道？不管别人怎么说，日子都是你自己的，你永远是你知道的那个自己，别人说的那个你，是别人杜撰的你，不是真实的你，你干吗要搬过来往自己身上套？

季苏姑妈觉得也对，风再把不中听的刮进耳朵，就当听不见了。

大概这样过了两年，有天晚上，听见门响，季苏姑妈去开，就见娘家侄女小喜咬着一根手指站在门口，用怯生生的眼神看着她，说姑妈，我娘让我来找你。

对，小喜就是季苏，那会儿她还叫苏小喜，只有五岁。

季苏姑妈忙把她揽进怀里，说你妈呢？

小喜说我娘跟木匠走了。

既然说到这里了，为了方便大伙儿看明白，我简单交代一下小喜也就是季苏的亲生父母的情况。小喜在家是老二，上面有个比她大三岁的姐姐，打小聋哑。小喜父母在这孩子身上费尽了心，带着天南海北地去看过了，医生说得配人工耳蜗，不然这孩子得聋哑一辈子。所以，小喜他爹一到农闲就上山打石头，攒钱给小喜姐姐安耳蜗，可去年秋天，碰上一哑炮，把命炸丢了。小喜娘一个人带俩姑娘难得很，就想改嫁，不知谁给介绍了一个外乡木匠，可人家说了，自己家里还有俩儿，这么多孩子养活不起，小喜娘要想跟他，就只能带一个孩子，小喜娘盼嫁心切，就这么着，把小喜往城里小姑子门口一丢，人就不见了。

小喜的到来，让小苏就像捧了个刺猬，不知怎么着好了。小喜也整天哭着要找娘。没辙，她和季教授回了两趟乡下老家，可村里人只晓得小喜娘带着小喜姐姐跟一个外乡木匠走了，具体去了哪儿，没人说得清楚。

就这样，小喜成了娘甩在姑妈家的包袱。

小苏挺为难的，为了对得起季蓝妈的嘱托，也为了让自己一心一意对季蓝好，她已经做好打算了，这辈子不要自己的孩子，可小喜又被甩到她手里了，怎么办？

她和季教授说要不我带她回老家吧，别让人说三道四的。

那会儿已经有谣言说，什么娘家侄女？那是季教授和小保姆生的孩子，当年季蓝妈还活着，就藏在娘家了，现在小保姆扶正了，把孩子从乡下接回来了……把季苏姑妈气得眼泪汪汪，恨不能把小喜抓过来打一顿，嗯，真打，可嫩生生的小喜，眼泪汪汪地看着她，就像掉在灰窝里的豆腐，让她有了打不得吹不得的懊恼。

2

季蓝很讨厌小喜，觉得她抢了爸爸的好。以前，爸爸下班进门，就会拉着她的手,让她讲这一天的开心事,可自从小喜来了,爸爸进门,会先摸摸小喜的头发,问她今天有没有哭鼻子,如果没有,就奖一根棒棒糖,虽然棒棒糖季蓝也有份,但她还是郁闷。

原本,爸爸是她自己的呀,爸爸的好,也是给她自己的。自从来了小喜,爸爸的好,就像一块蛋糕,被人切走了一大半。最可恶的是,在街上,总会有人眉眼叵测地说小蓝啊,我怎么觉得你和那个小喜妹妹长得挺像呢?八岁的季蓝已经朦胧地懂一点大人的事了,就哭着回家问小喜是不是爸爸和小苏阿姨的野种。

是的,季蓝怎么也不肯喊小苏喊妈妈,说她妈妈已经死了,小苏阿姨就是小苏阿姨嘛,怎么会变成妈妈?

小苏让她问得给僵在那儿了,涨红着脸,要哭。季教授也生气,但气了一会儿就不气了,跟季蓝说,对,谁再这么问,你就说我爸说了,你们觉得是什么就是什么。

可季蓝不愿意,她知道野种不是个好词,就觉得扎着两条朝天椒辫子的小喜可恶极了,简直是坏人故意抹到她家脸上的臭屁屁。所以,没人看见的时候,她就剜她一眼,瞪她一眼,还不许她叫她叫姐姐。

可小喜总是忘,人前人后地黏着她喊姐姐。季蓝就翻白眼说我才不是小乡巴佬的姐姐呢!

小喜就可怜兮兮地看着她,不敢说话。

再后来,季教授领着小喜去了几趟民政局又去了几趟派出所,她的户口,就落下了。季教授给她取名叫季苏,说随他姓季,苏呢,是她原来的姓,就当是个纪念吧。

于是,小喜就成了季苏。

季苏和季蓝年龄相差不到三岁,按说,应该是很好的玩伴才对,却不是。季蓝瞧不上土里土气的季苏,尽管进城半年之后,小季苏的皮肤已经从粗糙的黑黝黝变得白里透红,看上去可爱极了,可在季蓝心目中,不管她穿得花裙子有多漂亮,皮肤有多么的白皙,她永远都是那个骨子里流淌着笨拙血液的乡下妞,而且这个乡下妞处处扮可爱,把爸爸的爱,一大把一大把地从她手里抢走了。

至于保姆小苏,是的,直到多年以后,只要想起小苏或者后来老了的老苏,季蓝心里就会下意识地蹦出俩字:保姆。

所以,那声妈,无论如何她也喊不出来,小时候觉得不应该喊,大了之后是觉得老苏不配。当然,认为老苏不配,只能在心里悄悄想一下,不说到面上,也算是文明的慈悲吧。打人还不打脸呢,不是么?尽管自打来了季苏,老苏对她更好了,有好吃的好玩的,总是先由着她来,不许季苏抢。可季蓝觉得,这都是装的,是做戏给她爸爸看。当然,季蓝小小孩子家的,并不懂得做不做戏、讨不讨好谁,都是她姨妈说的。季蓝从不怀疑姨妈的话是假的,因为姥姥曾经说过,要不是老苏,姨妈会变成她的妈妈,但她的爸爸好像鬼迷了心窍一样地不愿意。

等季蓝长大了,才渐渐明白,姨妈是喜欢过她爸爸的。

姨妈既有文化又有修养,比老苏好一万倍,可爸爸为什么宁肯要一个没文化的乡下保姆也不要姨妈呢?季蓝百思不得其解,结婚以后问她的丈夫朱天明,朱天明认真地想了想,那是因为你爸对老苏有感情了。

季蓝觉得也是,除此之外,没其他好解释的。还有一种令人齿寒的可能就是,母亲还活着的时候,他们就已眉来眼去甚至暗度陈仓了。季蓝经常这么想,觉得老苏邪恶,父亲很虚伪,而季苏就是衍生在那段邪恶感情上的丑陋寄生体。当然,随着她一天天长大,她不再怀疑季苏是母亲还活着的时候父亲和乡下小保姆孽缘的衍生品,因为从记事起,除了过春节,老苏都在他们家待着,根本没有把她父亲的孩子生到乡下寄养的时间和空间,但这照样无法增加她对季苏的好感。有时候,季蓝也会反思,对季苏的那些反感,其实是一种身份优越感的体现,这种优越感类似地域歧视,她自觉出身名门,血统高贵,而季苏,不过是厚着脸皮挤进来的冒牌货,所以,那种发自内心的鄙视,不自觉地就油然而生了。

也是因为季蓝没来由的鄙视,季苏打小就觉得自己很穷,这种穷,只和感情有关,无关物质。比如,季蓝有姥姥、姨妈、舅舅、舅妈等很多亲戚,在他们跟前,季蓝不管是撒娇还是耍脾气,他们都娇宠不改,可她不行，连跟着季蓝喊声姥姥姨妈舅舅都不可以。事后，季蓝会一本正经地警告她，这些亲戚，都是她一个人的，没她的份，她就是跟着叫了他们也不亲她、还会在心里鄙视她。

季苏就哭，问她的姥姥姥爷舅舅舅妈阿姨在哪儿。老苏就告诉她，他们早就没了。

是的，老苏说的没错，她是和季教授结婚才落户在青岛的，因为没有工作，她在这座城市不仅没亲戚，连朋友都没有；季教授是大学毕业分配在青岛的，也没亲戚在这座城市。

很多时候，季苏觉得青岛这座城市对她来说，是亲情的荒漠。是的，虽然老苏是她的亲姑妈，可是，为了当个好后妈，凡事站在季蓝那边，好像她这个亲侄女才是和谐世界的破坏神，这让她难过极了，难过得她常常想，将来找男朋友，一定要找个家在青岛的，这样，她也就有很多亲戚走了。

可事实却是另一种样子，她嫁的万家强，还是外地的，虽然离青岛才不到一百公里，可在感觉上，还是外地人。

当季蓝听说万家强还是外地农村的时，虽没说什么，却用冷淡淡的笑表明了内心的鄙夷：果真是鱼找鱼虾找虾，王八找了个鳖亲家。

这些，季苏都没当事，那会儿，她的心，有多豪迈啊，仿佛一个仅属于她的亲情帝国，正在随着爱情的茁壮成长而建立……

可事实证明，她过于乐观地估计了形势，亲戚既不像她想象的那么简单，亲情也不像她以为的那么醇美浓郁，单是万家强的一个弟弟，就把她搅得头昏脑涨，日子也过乱了套。

还没结婚呢，万家强的弟弟——万家顺就杀到门上了，说把女孩子的肚子睡大了。

按说，在乡下奉子成婚也没多见不得人，可万家顺女朋友的父母，却仗着闺女肚子里的孩子，张开了狮子大口，把彩礼要得高高的，要是万家顺敢说半个不字，他们就把闺女押到镇卫生院流产，另许婆家。万家强一个当哥哥的，怎么能眼睁睁看着亲弟弟痛哭流涕却袖手不管？于是他们婚礼取消，省下钱给万家顺拿了彩礼。原以为给万家顺拿上彩礼结了婚他们就能安生过日子，谁知孩子刚生下来呢，两口子就说在老家看不到出路，连和他们商量都没商量就浩浩荡荡进城了，在他家一室一厅的小房子里，大有安营扎寨的架势。那会儿她和万家强新婚宴尔，正恨不能连班也不上整天腻在一起的时候，可不成，不管星期几，她都得早早起来烧一家四口的早饭，下班大包小包地拎着菜，进家就扎进厨房。倒不是她有多贤惠，而是万家顺的老婆陈玉华像只肥胖的土豆一样，窝在客厅沙发上，没完没了地看各种各样的肥皂剧，万家顺则在卧室里霸占了万家强的电脑玩游戏，房子原本就小，仅有的两间屋里，一个大呼小叫地看电视剧一个枪炮轰鸣地玩游戏，不去厨房，季苏连个坐下来安静喘口气的地方都没有。

随着万家顺两口子的到来，他们不仅没了二人世界的私密空间，连夜里亲热都跟做贼似的，实在撑不下去了，季苏就打电话跟公婆诉苦。公婆居然一口一个"老嫂比母，老嫂比母"地请她继续贤良下去。

季苏就知道，完了，就像老家的母鸡刨食都晓得找软土刨一样，她被婆家当软土刨了。

郁闷的时候，她和万家强说，以后你弟弟两口子再哭穷闹活不下去了，我们就装听不见。万家强不说话，其一知道她做不到，其二万家顺是他亲弟弟，他是当哥的，就得多罩护着他点。每次回家，父母都这么叮嘱，虽然叮嘱得他也有点烦，但撒手不管，任凭万家顺两口子在城里苦也好糟也罢地漂泊，他还是做不到的。

譬如，万家顺的儿子老虎要上幼儿园了，因为没户口，进不了公立幼儿园，他就要好声好气地讨好季苏，因为她是当老师的，相关的人认识得总归比他多，请她托托人，把老虎送进公立幼儿园；譬如万家顺说哥，下个月我要交房租了，手头有点紧，不等他开口借，万家强就会手贱地去银行提钱给他；万家顺说手机坏了，问他有没有淘汰不用的旧手机，哪怕新手机才买了几个月，他也会再去买个新的，把正在用着的那个所谓旧手机淘汰给万家顺……总之，自从万家顺两口子进城，大事小情，就没断下来过。需要季苏插手，也瞒不过去的，他跟季苏说；不需要季苏插手就能办得了，也瞒得住的，索性不让季苏知道，而万家顺好像能读得透他的心，在什么事是不是该瞒着季苏上，总能和他达成高度的默契。也是这种默契，让万家强很不舒服，好像联手把季苏欺负了似的。可他和季苏才是两口子啊，事情怎么就无声无息地演变成这样了呢？

他很苦恼。

好在，季苏不知道。

所以，大多时候，面对季苏，万家强是愧疚的，有些时候，他宁肯万家顺和他的关系就像季蓝和季苏似的。

季苏和季蓝基本不来往，在娘家碰上了，也就点头笑一下，有时连寒暄都省了，各自两相自在。当然，万家强也会觉得别扭，觉得姐妹之间这样，莫说不像亲戚，连熟悉一些的街坊四邻也不如，就和季苏说。季苏无所谓，说季蓝对她冷淡惯了，她也懒得主动热情，好像要巴结她似的，莫说她没什么好巴结的，就算她有可巴结之处，她也犯不着拿热脸硬往冷屁股上贴。这样也好，两相清爽。

当然，这只是他们自己的想法，万家强的父亲老万，可不是这么想的。乡下人没几个有文化的，见识又短，就难免小气，心眼窄，为一棵葱一把草闹得红眼相向的弟兄不在少数，像万家强和万家顺这样，从没为家财红过脸的弟兄还是少见的。所以，万家强和弟弟从没红过脸，这让老万很骄傲。逢年过节的，万家强和万家顺回去了，季苏和陈玉华在厨房里和婆婆一起忙活，老万就会絮叨，妯娌们相处好了，比兄弟们相处好了还让他高兴。因为女人心眼小，私心重，又爱攀比，儿媳妇不管做得好不好，都想在公婆和外人那儿落声好、掐个尖，有好的，就必然有孬的，妯娌之间，就极容易把对方当了对手，落个好媳妇名头的对手，分家产的对手……看对方就会有好些不入眼，乡下娘们，一不入眼了，嘴上就会嘟哝出声来，这一出声，落进对方耳朵里，就是战争，所以，两个儿子各自成家立业之后，妯娌俩还能和和气气地围着面板包饺子，是老万的一大骄傲，骄傲到了逢人就说，都恨不能趁儿媳妇在厨房忙活的时候，把街坊邻居喊来围观了。让他们看看，他们老万家是什么家风？啊，妯娌俩在厨房里一个擀皮一个包饺子地忙活,俗话说家和万事兴啊,不冲别的,就冲俩儿媳妇的和睦,他们老万家想不发都难。

对,没错,老万有着农民的肤浅虚荣,逢人喜欢吹两句。

譬如,万家顺在青岛就是个开出租车的,但老万一定要说,用不上两年,万家顺就开上自己的出租车了。苍天!万家顺的老婆陈玉华就说爸,您知道一辆出租车加上运营手续得多少钱吗?

老万说多少?

陈玉华就竖起四跟手指摆划了摆划。

老万说四万?

陈玉华说加个零。

老万就不语了,然后,默默然地替万家顺心酸了起来,四十万啊,得攒多少年?他想都不敢往下想了,再和人吹,就转了话题,吹万家强。

在本意上,他是不想吹万家强的。倒不是万家强不值得他一吹,而是万家强的优秀,是秃子头上的虱子,明摆着的事。人家考上的是名牌大学,除了大一那年从家里要过学费,从大二到结婚买房办企业,人家就没朝爹娘讨过一分钱,念大学的时候有奖学金再加上勤工俭学的钱,自己都花不了,逢年过节还能给老父亲买酒买烟给老母亲买件时髦外套。毕业了,分在外贸单位,谈了个教授的闺女,从恋爱到结婚也没花家里一分钱。用老万的话说,就他们家万家强,都出息成这样了,谈恋爱还用自己花钱?哭着喊着要嫁给他的姑娘一群一伙的,没让姑娘倒贴,就是他们老万家厚道了。

所以,老万他们觉得,万家强娶了季苏不见得是运气好,季苏嫁给万家强才是十足的福气。

既然她季苏幸运地嫁成了,就得好好表现。老万是这么认为的,也是这么跟乡亲们吹的,如果一定让老万说人生还有什么缺憾的话,那就是这么有出息的万家强,季苏居然给他生了个闺女,这恁大的家业,将来交给谁继承?交给女婿?那岂不是便宜了外姓人家?

为这个,老万叹了很多气,甚至想过让季苏超生。可季苏不干,人家是年年评优秀的教师，压根就不想为老万一个匪夷所思的心愿，弄丢心爱的工作，再说万家强也不想让季苏生了，第一个就是难产，看着媳妇在产床上死去活来的，他心疼着呢。

老万就觉得，现在的男人都是恁大的块头里揣了颗妇人之仁的婆娘心，遂两手一撒，不管这事了。

这让万家强两口子长长地松了口气。要不然，每次回老家，老万都会像如假包换的诸葛亮一样给他们出怎样超生又让季苏不被开除公职的主意。他们要敢说点不同意见，老万就把脸拉得跟门板似的，又长又硬，让全家人都兜着满肚子的小心翼翼，把万家强和季苏弄得挺尴尬，好生生的，就好像做了对不起这个家的事情。

时光一年又一年地摇晃着过去，万家顺还在城里替别人开出租车。因为国际大环境一般，万家强的公司，既没扩张，也没缩水，去年还买了一套临海大宅，在外贸企业纷纷关张倒闭的情况下，他能混成这样，已是偌大的胜利了。

于是，还住着老房的老万望着村里此起彼伏的新房说，万家强说了，再过几年就把他和老鲍接到青岛享福，老家这房，还花钱费力地折腾啥？除非他想翻盖给老鼠和蜘蛛住！

村里人说是啊，是这么回事。

老万这么说，不是阿Q心理，而是认真这么认为的，万家强也认真地那么表达过。

也有人嘴贱，故意逗老万，说："老万，别吹了，家强上学结婚你没出一分钱的力，人家能接你进城？"

老万就一翻白眼说："照你这么说，我家家顺在家强身上出力了？"

把人堵得半天都上不来一句话。老万就会得意地说："他兄弟没在他身上出一分钱的力，他都把他兄弟一家三口弄进城去了，好歹他还吃过我种的粮食吃过他妈的奶，你觉得他能撂下我们老两口不管？"

一直把人逼得心服口服了，老万才鼻子眼里全是醉地望着满村的新房说："我家家强在城里买间茅房的钱就能在咱棉花村盖趟崭新的大房！"

所以，棉花村的人说，如果万家强在城里买的临海大宅能装上轱辘拉回来，老万一定会开着他的破拖拉机去拉回来在棉花村敲锣打鼓地转上个十圈八圈的。

3

最近，老万的日子过得很糟心，哪怕万家强在电话里和他说新房马上就拿钥匙了，还是提不起他的精气神儿。

都是让万春燕闹的。

万春燕是谁？

不仅是老万一母同胞的亲妹妹，还是老万一手拉扯大的。因为他们的父母，在万春燕七岁那年，前后脚地没了，丢下才十四岁的老万和七岁的万春燕。当初，多少叔叔婶子劝还是个半大孩芽子的老万把万春燕送人得了。老万不，说爹妈没了，活要和妹妹一起活，死就和妹妹一起死。那会儿的万春燕是个多可人的姑娘啊，被风和阳光摩挲得黑黝黝的小脸蛋上，一双葡萄一样的大眼睛，水汪汪的，招人爱着呢。

后来，半大孩芽子老万风一把雨一把地把万春燕拉扯大了，很多时候，他不觉得自己是万春燕的哥，而是像她的爹。不仅他自己这么觉得，整个棉花村的人都这么说。为了万春燕，老万真没少吃苦，一个大老爷们，不仅下得了田，修得了屋，还缝了一手好针线，织了一手好毛衣，都是让万春燕逼的。

万春燕十几岁的时候，也成了爱臭美的姑娘，别的姑娘有亲娘，衣裳缝得漂亮，毛衣织得俊。可她没有娘亲，就没有这些，就回家和老万哭。老万让她哭得心酸，心一狠，居然都给学会了。也是因为万春燕，老万二十七了才娶上媳妇，早先，因为拖着个妹妹，没人愿意嫁他，乡下有说法：刁姑妈坏大姑。意思是在男人的婚姻里，姐姐妹妹一个起好作用的也没有。万春燕打小就让老万给惯得不成样子，要没点来头，谁家的闺女敢嫁老万？

棉花村的人说，也就老鲍了。

老鲍是老万的老婆。

老鲍能降得住老万和万春燕，靠的是病。

没错，因为老鲍有病，就把这兄妹俩给降住了。

老鲍小的时候，从马车上摔下来过，虽没摔傻，但把脑子摔出了毛病，不能生气，一生气就打挺昏过去。有人说老鲍这毛病叫紧牙关，也有人说老鲍得的是羊角风，在乡下，谁家有个羊角风就跟有个精神病一样让人瞧不起，而娶了或者嫁了个羊角风的人更让人笑话。老万很生气，年轻那会儿带老鲍去大医院检查了，说是神经官能症，回来以后，老鲍的诊断证书老万整天带身上，见人就掏出来给人看，证明老鲍得的不是羊角风。

老鲍一昏过去，老万就吓得一颗心给碎成了好几瓣，所以呢，为了别有一天真把心脏吓碎了，不仅他自己不惹老鲍生气，万春燕惹老鲍生气也不成。担惊受怕全在他这儿呢，何况老鲍的肚子争气，一口气给他生了俩儿子。所以，整个棉花村的人都说，别看老万小时候受了不少罪，可老天看着呢，后天都找补给他了。

老万觉得也是，甚至，有时会有点翘尾巴，觉得儿子们之所以混得不错，是他当年吃苦的福报，每每抿两口酒，就这么和老鲍说。老鲍不是呸他，就是拿白眼球剜他，说家强有出息，那是根子好。

老鲍的父亲是财主，她父亲的父亲是秀才，要不是取消科举考试了，说不准能考个状元呢。每每说起这些，老鲍就怀念骑着快马也回不去的一百年前，仿佛只要一百年前的社会制度还在，她会不会是相府千金不敢说，但朱门大户里的千金是肯定了的，只要她是朱门大户里的千金，就一定不会嫁给老万这种大老粗，也犯不着受万春燕的气。

她和老万结婚那会，万春燕还没结婚，要不是她有一生气就昏倒的毛病，得让万春燕气得一天上一百回吊。

在乡下，别人家是一家有女百家求，可万春燕就是一家有女无人求。

倒不是万春燕长得丑还是有啥毛病，是老万把她宠坏了，骄横跋扈得出名，让十里八村的男人们宁肯打一辈子光棍也不敢往家招惹她。直到有天老万去乡政府驻地办事，遇上了老金。

那会儿的老金快三十岁了，在冰天雪地的东北边疆站了七八年岗，复员回来，父母早已过世，房子也让结婚成家的哥哥霸了。他没地去，就背着行李卷到乡政府要政策。要了半个多月，也没人给个正面答复，窝窝囊囊的老金就在乡政府门外的屋檐下猫了半个多月。老万见着他时，已经胡子拉碴挺不像个样子了。

几句话，老万就把老金领了回来，没敢说是给万春燕领的女婿，而是让老金先在家住下，刮胡子理发地梳洗干净了，又养了几天，脸上的颜色也红润了，才悄悄问万春燕怎么样？万春燕想了想，觉得老金收拾干净了不难看，看上去也是个能由着她往脖子上骑的主，就应了，但提出一个条件，让老万给起趟房子才嫁，要不然她这辈子就老死在哥哥家了。

一趟房子怎么着也得四间，又是砖瓦又是水泥的，哪儿是一个钱起得来的？把老万愁住了，老鲍气疯了，在家说哥把你拉扯大，还拉扯出罪来了？你当他是谁，是你爹啊？他是你爹你也得是他儿的？你长那个是他儿的家把什了？末了，还是老金解了围。老金说嫂子你别骂了，起房的钱我有。

原来，老金有复员军人安置费，正好能起趟新房。万春燕这才顺溜地把婚结了。

现在，把老万搅得寝食不安的，也是万春燕的这趟房子。

万春燕和老金就生了一独生姑娘小金，小金在县城打工的时候和同事大龙谈上了恋爱，万春燕就琢磨着，大龙家弟兄好几个，干脆让大龙当上门女婿得了，就和大龙父母商量，大龙父母虽然为难，但还是答应了，但提出了一个条件，让万春燕起趟新房，起新房前先让孩子们把婚结了，等新房盖起来，收拾好了，再让小两口回来住，免得让人把大龙看成是上门女婿瞧不起。看看窝囊了一辈子的老金，万春燕也觉得是这么回事，就应了，把小金嫁过去以后转年就动手翻盖房子。

按说她翻盖她的房子，和老万没半毛钱的关系。

可因为太贪，也因为欺负老万欺负惯了，万春燕愣是把房子翻盖得和老万有了扯不清的关系。

万春燕家和老万家是隔壁邻居，万春燕家在东，老万家在西，两家中间隔着不到两米的夹道，算是两家共有，里面堆着两家的破破烂烂，为这，老鲍和万春燕也没少怄气。过分的是，万春燕翻盖房子，居然不声不响地把夹道全给吃到了房子里头，把新房盖成了和老万家的房子山墙挨山墙。这还了得？在老鲍看来，简直就是骑脖子上拉屎，欺负到头顶上了，就天天和万春燕造饥荒，万春燕家的墙基垒了她就去扒、她扒了万春燕就又垒，牵牵绊绊地不知折腾了多少个来回，万春燕的山墙还是垒好了，这不，今天就要上大梁了，也是为了震一震老鲍，万春燕光上梁酒就请了十好几桌，熙熙攘攘地坐了一院子，就等鞭炮一响，大梁上了墙就开席了。

这边老鲍把老万骂得狗血喷头，当初要不是他横一拦竖一挡的，她绝不会让万春燕把山墙垒起来，她垒不起山墙就上不了大梁，上不了大梁就得乖乖地把吞到房里去的夹道让出来！现在可倒好！老鲍说："你不向着她嘛，人家领你情了没？"

"我是她哥，啥领不领情的？一家人用得着说见外话了？"老万心里虚得慌，可嘴上还硬着呢。

老鲍啧啧了一顿，说："亏你也好意思说是一家人，人家今天可是老亲旧亲的一起请了，请你这娘家哥哥了没？"

"请了，我不去。"

"你可是闻着酒味就丢了半条魂的人，能舍得不去？"老鲍故意拿眼斜着他，"啥时候请的，我咋不知道？"

"在山上干活的时候，春燕请了我好几遍，我说我得尊你嫂子个脸面，不去。"老万心里又烦又乱，懒得和老鲍磨牙，就背着手进了院子。

"就我这张风吹日晒的老脸，用不着你尊，有本事你去把酒吃给我看看。"老鲍里屋撵出来。

老万回头看了她一眼："真让我去不是？"

"谁不去谁是孙子!"

老万就真去了。

老万前脚一出门,老鲍后脚就搭了个梯子,站在墙上往东院张望,就见老万踱着方步进去,跟亲戚们逐一打着招呼,像男主人似的,老鲍就气得恨不能抓把土扬到正在炸鱼的锅里。正愤愤着呢,就见万春燕把手里的盘子放到桌上,冷眼看着老万,好像老万随时会出什么幺蛾子,她须得防着点,机警得很。

老万讪讪笑着说:"春燕啊,今天上梁?"

万春燕更警觉了:"我上我的梁关你什么事?"说着,往外推搡老万,"我今儿上梁,没工夫和你两口子闲磨嘴。"

当着众亲戚的面,老万让她弄得下不来台说:"春燕你这干啥?"

老鲍就彻底明白了,万春燕压根就没请过老万!想想老万从小把她拉扯大,再想想为了这个夹道,老万为了护着万春燕受了她多少难为啊,万春燕非但不领情,还这样对他!不由得心头火起,就噌噌地爬到了山墙上。

今天,无论如何她也不能让万春燕上得了这大梁。

4

万春燕把老万推搡到街上,咣当一声关上了门。

老万的心,跟被刀扎了一样疼,讪讪在街上站了一会儿,觉得眼睛酸疼,怕当街落下泪来让人看去日后说道,就匆忙往家走。这时就听万春燕家院子里噼里啪啦地放鞭炮,晓得要上梁了,大伙儿都等着上完梁开酒席呢。

老万进了自家院子,随手关了院门,就听隔壁有人吆喝:"山墙上有人!这梁咋上?"

老万一抬头，就见老鲍坐在山墙上，不由得就到吸了一口冷气，离地七八米呢，万一有个闪失可不是闹着玩的，忙喊："老鲍，你给我下来！"

老鲍好像没听见一样，拿着刨树根的小镢头，凿山墙，不一会儿，就凿下来好几块砖，又扑通扑通地给扔地上。

院墙那边的万春燕扯着破锣嗓子喊："你下不下来？你再不下来我拿竿子捅了啊！"接着，就喊老金。老金应得磕磕绊绊的，可没一会儿，老万就见一根长长的竹竿子竖了起来，不由得，心就提到了嗓子眼上，下意识喊了一声老鲍。墙那边的万春燕就喊："万金油，你要再不管好你的泼妇老婆，我给捅下来摔死了算你倒霉啊！"

老万还是个半大孩芽子的时候就又当爹又当娘的，没他不会东西也没他不懂的事，所以，乡亲们送了他一外号叫万金油。

本就憋了一肚子气，听万春燕又当着亲戚邻居喊自己的外号，还要把老鲍从山墙上捅下来摔死，老万一肚子的怒火，就烧旺了，蹭蹭地上了梯子，骑在墙头上比画着万春燕两口子的鼻子脸说："万春燕，有胆你今天就把你嫂子捅下来，看我不把你两口子拍成肉酱！"说完气咻咻地大喘了几口气，有点黯然地说："春燕，打小哥对你咋样？我吃就把心煮给你吃了你还嫌腥气呢？"

说着，老万心里酸溜溜的，要落泪。是的，在他心目中，万春燕不仅仅是个妹妹，更像他一手拉扯大的孩子，可这孩子长大后却一口一口地咬他的心，他好受得了嘛？

见老万在墙头上黯然难过，老金不好意思了，去看万春燕，被万春燕瞪得手一哆嗦，竹竿就杵到了老鲍脚尖上。老鲍尖叫了一声，破口大骂说："你妈逼老万，你妹妹两口子都把你老婆往死里弄了，你还骑墙头上人模狗样啥？"

老万知道，老鲍虽然得理不饶人，但从不干无中生有的事，七八米高的山墙呢，万一真捅下来，可不是闹着玩的！心里一气，就顺着梯子下来了，噌噌绕出自家院子就进了万春燕家，直奔老金，一把薅住了上衣领子："老金，朝女人下手，你他妈的还是不是个男人？！"

老金生来嘴笨，哇哇不出一句囫囵话，想从老万的手里挣开，老万薅得死死的，挣不动，就急了，结结巴巴说："你你……你们欺人太甚！要不是你老婆横挡竖拦，我的房子早盖起来了。"

"要不是你们把两家的夹道霸了，她能横挡竖拦？"见老金当着亲戚朋友的面先摘巴起他们的不是，老万怒从心头起，就把老金摔在了沙子堆上。老金后脑勺碰到了插在沙堆上的铁锨上了，生生的疼，让这个原本懦弱得窝囊的庄稼汉子火冒三丈，一把抄起铁锨就冲老万来了，把吃酒席的亲戚给吓得一声紧一声地哎呀。老万也不示弱，就手也抄起了一把铁锨，就和老金对着拍上了。两张铁锨电光火花地乒乓着，码在院子里的塑钢门窗、一院子没吃的酒席，不是被拍烂了就是被扬上沙土，有铁锨在俩愤怒的男人手里凶险着，谁都不敢上前去拉仗，眼睁睁看着原本喜庆的上大梁上成了一场饥荒。

大龙父母看看骑在山墙上的老鲍，再看看和舅子哥打成一团的老金，摇了摇头，和万春燕说："亲家，之前的话我收回来了，不算数。"

万春燕让他说得云里雾里的："啥话？"

大龙父亲说："等你盖起房子来，让大龙和小金回来住给你养老送终的话。"

万春燕眼瞪得跟铃铛似的："咋了？都说好的事这咋又变卦了？亲家，我房都要起来了，你这不要我了？"

大龙父亲指了指山墙上的老鲍："大梁还没上，女人就骑了墙，晦气。"

万春燕愣愣的。大龙父亲又添了一句："住这样的房，男人一辈子直不起腰，我大龙好孬也是条五尺男子汉，我这当爹虽说给不了他啥，可得让他活得像个男人似的，挺直了腰杆。"

原本愣愣的万春燕好像突然被人踢了一脚，一屁股坐地上就号啕上了："这日子没法过了没法过了！"

老金和老万正相互拿铁锨拍得难分难解呢，听万春燕这么一哭，就愣了一下，躲避不及，让老万一铁锨就给拍膀子上了。万春燕一看老金挨了打，边哭边喊着让小金打110，自己扑上去，抱着老万的腿就咬了一口。

老万啊呀了一声，疼得当即就掉下了泪。

事后，老万觉得，自己掉下泪来，不是万春燕咬得多么狠多么疼，而是心脏疼，疼得他受不了了。

然后，老万就被赶来的110带走了。

第二章

季苏摸出手机一看屏幕上显示的是老家俩字,心里就打上鼓了。

1

万家强刚收了房,正在新房规划装修,老鲍的电话就打过来了,当时他正测量厨房阳台尺寸,手机在包里,隐约听见响,就让季苏给递过来。季苏摸出手机一看屏幕上显示的是老家俩字,心里就打上鼓了。

和万家强结婚这些年,季苏已经养成了习惯,晓得乡下公婆对传统的君君臣臣父父子子的那一套很讲究,除非有要紧事,从不主动给万家强打电话。

所以,每当万家强接到老家电话,她的心,总会下意识地一抽,就紧张上了。一紧张,神态里就会有警惕,每每万家强看了,就很是不舒服,但又不好说什么,毕竟,有前车之鉴的不少事实摆在那儿,只要父母主动来电话,不是村里谁要来青岛看病,就是某人要来青岛办事,他的任务呢,就是来看病的他负责张罗医生,别让医院把乡亲当生猪宰了;来办事的他负责打前站,提前把关系给疏通好了,临了,人到了,再给当个一天两天的司机,和吃饭买单的……,类似的事,不胜枚举。因为棉花村离着青岛又不远,老家人不管是看病还是出门打工,都愿意往青岛跑,一年下来,万家强两口子不接待个十来拨不叫一年。莫要说季苏不愿意了,万家强也头疼，可再头疼也不成，知道爹娘好面子，张罗着让他帮乡亲忙，其一是善良，觉得万家强在青岛，帮帮忙也就是一抬手的事，其二是爹娘虚荣，让万家强张罗着帮了忙，人家除了念着万家强的情，也忘不了老万两口子，别的没有，好话又不用花钱买，一箩筐一箩筐地往老万两口子跟前端，把老万两口子给捧得开开心心的，让老万更是有了儿子出息，老子才能端得起太爷架子的自豪感。

现在，万家强见季苏拿着他手机，眉头一皱一皱的，就知道肯定不是她喜欢的人打来的电话，但也没问，伸手接过电话，扫了一眼，压着微微的不快，把电话挂断了，然后，打回去。

先挂断，再打回去，也是万家强接父母电话的程序，因为太了解乡下的父母，他们没事从不主动电话他，不是薄情不亲他，而是心疼长途话费，只要万家强接了电话不挂断，父母那话，说得就跟爆炒的豆子似的，噼里啪啦地往他耳朵里倾泻。好像稍微说慢了点，屁股上就能让狼逮一口肉去。

电话一接通，就是老鲍的哭声，那哭，好像天塌了地也陷了似的，让万家强赶紧回去，他爸被让派出所抓去了。

万家强就懵了，觉得父亲虽然有父亲的缺点，可最多也就是虚荣了点，爱吹个牛皮啥的，可也不至于把自己吹进派出所啊，就问为什么。

老鲍哭得呜呜的，说不出句囫囵话，把万家强的心，给哭焦了，老鲍想说清楚又说不清楚，颠三倒四地让他快点回。万家强就知道事不小，就看了季苏一眼，显然，因为母亲哭得嗓门大，季苏已经听了个大概，卷尺本子什么的都收拾利落了，拎着包在一旁冷静静地看着他呢。

万家强收了线，说我得回去趟。

季苏什么也没说，把包递给他，仿佛在说，不用说，她已经料到了。

万家强觉得就这么走了，还是有点不妥，就又说了句我妈说我爸进派出所了。

季苏说我听见了，然后问："你爸这是怎么了？"口气里带着点烦。

万家强既不能对她的口气表示不满，又不想表达对父母的抱怨，就说了句谁知道呢，等我回去看看再说。边说边往门口走，季苏跟到门口，说早点回来，咱房子得赶紧装起来，十一之前得搬家呢。

万家强说好，知道季苏烦着呢。自打结婚以来，他们真被老家的事无巨细折腾烦了，烦到只要一看到电话是从老家打来的，心脏里就跟给人装上了个二踢脚似的，砰砰地开炸。

季苏有心数落公婆两句，又怕万家强有情绪，要跑一百多公里的路呢，带着情绪开车人会毛躁，就把火压了回去，说路上慢点开。

万家强嗯了一声，就进了电梯。

下午，季苏还有课，本想让万家强把她捎到公交车站来着，可又怕在路上忍不住跟他抱怨公婆在这时候添乱，让他更烦，就没张口，只说让万家强先走，她再打量打量房子，琢磨一下装修方案。

万家强松了一口气，如获大赦似的。

一路上，开着车就想，怎么会有这种心情呢？好像离开季苏的视线就像小偷离开警察的视力范围一样放松。想来想去，可能是自己也觉得这些年是对不住季苏的吧？

他知道，因为老家的事，季苏跟着他受了不少委屈，他虽然嘴上没说，但心里清楚着呢。也是因为他的嘴上不说，季苏一直觉得他愚孝，只顾着他们万家人的感受，不管她有多委屈有多难。其实，怎么会是这样呢，他不说，只不过知道在年迈的父母和从乡下跑到城里讨生活的弟弟那儿，除了他这个大哥，没别的指望。他要附和着季苏的心思，说一阵老父母和万家顺他们挺不懂事的，以后还怎么义无反顾地帮他们？

万家强像知道自己的优缺点一样，知道自己家人身上的毛病在哪儿，可不管有多少毛病，那都是生养了他的父母和一母同胞的亲弟弟不是？他们遇上了事，让他甩手不管，他做不到，也狠不下心。虽然季苏也强调过，不是不管，但管也要有管的分寸，譬如，他怎么管父母都成，可不能把整个棉花村的责任都承担过来吧？

万家强知道她说的对，可想想老父亲殷切的眼神，那个不字和推脱，无论如何都说不出口。父亲也说了，就是因为儿子帮了棉花村上上下下那么多人的忙，他这个做老子的才有走到谁跟前都有背着手挺着胸脯的谱气儿，哼，这威望，连村委主任村支部书记都只有仰望他后脑勺子的份！现在，乡下生活也好了，在经济上老万两口子虽然没给得了万家强什么接济，但也没累赘着他。父母养育了他一场，他能给父母的，大概也就是这扬眉吐气的精神头儿了吧？在物质并不匮乏的当下，自己操操心跑跑腿就能让老人活得在人前有脸，人后有底气，他好意思说不吗？

一路往家狂奔着一路想，父亲到底是因为什么进了派出所，想来想去，就觉得十有八九是和姑妈万春燕闹起来了。最近，只要他往家打电话，母亲就控诉上了，控诉万春燕的蛮不讲理和父亲一贯的滥好人德行，都快把她气死了。

万家强打小就知道父亲有多偏袒姑妈，譬如姑妈爱吃樱桃，他家菜园子里的樱桃熟了，父亲就会贼眉鼠眼地摘上一小筐，打发他给姑妈送去，就这样也没落姑妈一句好，说父亲欠了她的，这是还债呢。

万家强也知道姑妈所谓的欠，就是她出生的时候，爷爷在院子里栽了棵楸树，说等万春燕长大了，树也就大了，正好砍了给她做嫁妆。可万春燕结婚的时候，老鲍不舍得砍，恁大一棵树，夏天能给院子遮不少阴凉不说，万家强和万家顺弟兄俩都喜欢在树下玩，砍了怪可惜的，就让老万迁集买了棵差不多大的树给万春燕打嫁妆，把这棵老树的命给保住了。嫁妆万春燕也收了，却醉死不认那壶酒钱，说虽然买的树也是树，可比起亲爹给栽下的那棵，还是差远了，起码味儿不对。就这么着，那棵茂密长在院子里的大树，就成了老万欠下了万春燕的象征，成了这辈子都还不清的债。

万家强能想象到母亲和姑妈为条夹道吵得鸡犬不宁，却没想到会把父亲给折腾进派出所，可见这饥荒造得不轻，心下一急，就把车开得风驰电掣的，出城不到二十公里，万家顺来电话问走到哪儿了，万家强这才想起来，因为走得急，忘记招呼万家顺了，就说出城有段距离了。万家顺就带着怨气说，哥，咱爸出这么大的事，我能不回去吗？

万家强知道他是心疼油钱，想搭顺风车，不由得，就有些恼火，不就十升油么？和父亲相比，哪头轻重，掂量不出来啊？但还是梗了几下喉咙，把火压了下去，就说已经出城好远了，不可能回去拉他，让万家顺自己开车回。

万家顺悻悻地，把手机往储物箱里一塞，扶起了暂停服务，打量了一下四周，见离陈玉华工作的超市不远，就打了方向，转过去，跟陈玉华说了家里的事，末了说得去趟。

陈玉华剜了他一眼又一眼，说你爸不本事挺大的嘛，咋还让人治到派出所去了？

万家顺转身就走。

陈玉华忙追出来，一把拽住他胳膊："都进派出所了，你爸该不会把你姑妈家的房子给点着了吧？"

"想什么不好？我爸有那个胆还没那么狠的心呢。"万家顺甩开她的胳膊，说听说砸了不少东西，还把老金也给拿铁锨拍了。

陈玉华吓了一跳，说这不得赔啊？

一听她这么说，万家顺就觉得自己胸口想想给人猛地咬了一口似的，愣了一下，喃喃道："不会吧？"

陈玉华又把手里的饼干往货架上一塞，恨恨说："不会吧不会吧！东西毁了不少，万春燕能饶了你们家我就头朝下一路拿着大顶回棉花村！"说着，把工作服一脱，就往收银台去，说我跟你一起回！说着，就请了假，拽着万家顺出了超市，就让他给万家强打电话。

万家顺问干吗。

陈玉华翻了一个白眼，说出这么大事，你哥不回去啊？

万家顺这才明白她也是想搭万家强的顺风车，就说我哥早走了。

陈玉华瞪大了眼，不相信似的说你就没说让你哥捎着你？

万家顺说说了，晚了，打电话的时候我哥已经离城好几十公里了。

陈玉华这才气哼哼地说这一折腾，车捞不着跑了不说，还得搭上汽油，你爸妈真是，都多大年纪了，就不能省点心啊！

万家顺顾不上和她叮当，说别絮叨了，说不准这会儿大哥已经到了，他回去得太晚不像话。然后看着陈玉华:"真跟我回去?"

"不真跟你回去我请假干什么?"

"全勤奖不要了?"

"什么狗屁全不全勤奖的,不就一百快钱嘛!"说着,把副驾驶的门关上,"让你自己回,我不放心,得回去看着点!"

"我又不是三岁两岁孩子,用得着你看了?"万家顺边嘟哝边发动了车子。

"我不知道你还不知道你爸妈?三套两套的,你那张破嘴就吹上了!知不知道进了城的人吹牛是有代价的?"

"知道,牛吹大了,老家有事用钱的时候得往外多掏。"万家顺无可奈何地说,"老婆,你就放心吧,我对钱比对爹娘亲。"

陈玉华又哼了一声,翻了他一个白眼,说:"见了你爸妈,咋说咱在城里的日子?"

"房无一间地无一垄,为了在城里安家立命,我们起早贪黑不容易。"万家顺像背课文似的说。见陈玉华又指着她自己的鼻子,忙补充了一句:"玉华更不容易,自从跟着我进了城,又是带孩子又是打工的,忙得连喘口气的工夫都没有。"

陈玉华扑哧就笑了,打了他胳膊一下:"去你的,连喘气都没工夫了那是死人。"说完,让他先到蒙古路那边扎一头,万家顺问干吗?

"让你去你就去,哪儿那么多废话?"

到了蒙古路,陈玉华让他在长途站旁等等,她进去上趟厕所,万家顺怕回去晚了万家强说他,有点急,催她快着点。陈玉华啥也不说,下车就往车站里跑,好像真的很内急似的,没几分钟,就回来了,身后跟着三个拎了大包小包的人。

万家顺就在心里扑哧上了,晓得陈玉华去长途站上厕所是假,去拉俩客人把油钱挣回来才是真格的。

陈玉华连招呼没跟他打,就掀开后备厢让三个人把行李放进去,又把三个人在后排座上安排妥当了,才一脑袋扎进去,一脸得意扬扬地看着万家顺:"怎么样?"

万家顺冲她竖了竖大拇指,说老婆,我万家顺能过上今天的好日子,全仰仗你了。把后座上的三个说得云里雾里的,活像被土匪绑了票的良民,突然嗅出味不对了,有慌慌张张的怕,在脸上显了出来。

陈玉华从后视镜里看到了,就回头笑着说:"大哥,我们真不是拉到僻静处宰客的黑车,这不,我们要回趟棉花村,捎上你们三个,我们把油钱挣出来,你们花坐大巴的价钱坐小车回去,多好,咱这叫拉屎扒地瓜,一举两得。"

后座上的三个人才放松下来,一路上,后座上的三个,直夸万家顺有福,娶了个理家过日子的好手,把陈玉华给恭维得飘飘然,那些原本担心着回去要帮着公婆掏赔偿的不快,就少了好些。

2

办案民警告诉万家强,老万已经承认是他先动手打的人,违反了治安管理条例不说,还要赔偿打架斗殴中毁坏的东西,一共三千块。

可老万扯着脖子喊,手是他先动的,可这是有原因的,如果万春燕和老金不霸了夹道,老鲍能上山墙?老鲍不上山墙,老金能拿竹竿往下捅她?这不成心要老鲍的命么?他是老鲍的男人,能眼瞅着自家老婆被人捅下来没了命?他不打成吗?至于他和老金打架时毁的东西,老金也有份!塑钢窗是老金的铁锹先落上去的,他亲眼看见的!

万家强虽然没亲临打架现场,但听父亲这一顿嚷嚷,已经明白了个差不多,这么多年了,他也了解父亲的脾气,虽然虚荣好面子也犟了点,但如果不是逼急了,是绝不会先动手的。可不管听上去父亲的动手是多么的在情理之中,先动了手,就是他理亏,如果不赔偿,父亲是休想出得了派出所。就说,爸,人家民警办案,看得不是谁有理谁没理,看的就是一个事实根据，到底是谁先动了手，咱把钱赔了出去，要不然您得拘留呢。

"不赔！莫说三千，三毛也不赔！"老万一副宁肯上法场也不肯认输的倔嘴脸，脖子梗老直，"家强，你要敢瞒着我赔了，你就不是我儿！"

万家强晓得，父亲认死理，倔了一辈子了，他也别想在这会儿跟他讲得通道理，就跟办案民警丢了个眼色，示意有话出去说，嘴上却跟老万说爸，我出去打几个电话，找人想想办法。

老万说成，眉开眼笑的。找人。这话他爱听。在他认为里，找人就是找门路，现如今，能找上人就是找得到门路，这是有能耐的表现。不管咋说，万家强是大城市人，又是做大生意的，当然认识很多头面人物。

头面人物是啥？就是八面玲珑，在这世界上就没他们趟不开的路子过不去的河，只要这些人物一个电话打过来，派出所就得溜溜开门把他放出去不说，搞不好所长都得跟他赔礼道歉，到那时候，他毫发无损，一文钱不赔地回棉花村，那腰杆子，得挺多直才能显出自己活得底气壮啊。

老万想着想着，就开心地笑了。

其实，万家强想和办案民警以及老金商量，赔偿款由他来出，但不能让老万知道。

闹到现在，老金早就后悔了。

说句良心话，对老万，老金一直还是心存感激的。当年退伍回来，要不是碰上老万，他还不知得在乡政府门口耗多久呢；要不是老万，他都三十开外的人了，上哪儿去娶媳妇儿？虽然说万春燕有万春燕的不是和缺点，可好歹一热炕头上和他过了这么些年，还给他生了个看一眼就满心都是欢喜的闺女。如果说他对自己这辈子还算满意，那这满意里好大一部分功劳是老万的。

当然，老金也明白，因为万春燕和老鲍不对付，不管他多感激老万都得和老婆站到同一条战壕，要不然，这往后的日子就甭想过安生了。

所以，他只能满脸愧色地跟万家强说，这事他想咋整都行，只要让他跟万春燕能交代过去。

自从来了派出所，万春燕十来分钟一个电话，都打好几遍了，哪一遍都怒火万丈。是啊，祸害了一院子的东西呢，搁谁身上谁也心疼，万春燕不仅跟他火烧火燎，跟派出所的民警也撂下狠话了，要是不让老万赔偿她家的损失，明天一早她就捎根绳子把自己吊死在派出所门口！

泼成这样的乡下妇女，派出所的民警也是头一遭遇上，也觉得棘手。跟没文化的泼妇没法讲道理，好在老万不像个横的，处理的时候，只能压着他点来了，可没承想老万也是属青蛙的，一压一蹦跶，要不是万家强来了，民警都不知该咋办好了。

万家强晓得，在父亲和姑妈那儿，派出所就意味着是公堂，是讲理的地方，派出所让谁赔，在他们的理解里就是谁不占理。这也是父亲咽不下这口气的原因所在。

万家强正跟老金交涉着，万家顺两口子到了，陈玉华阴着脸下了车，嘴里嘟哝着："真是的，一家老的小的就没个让人不操心的时候！这一趟蹿，我这月的全勤奖又没了！"

虽然是嘟哝，但嗓门并不小，万家强晓得这是故意说给他听的，这是陈玉华的习惯，见面哭穷就跟猫见了鱼就拖不动腿似的。

见没人接茬，陈玉华挨个人的脸色扫荡了一圈，问事情处理怎么样了。

万家强简要说了一下，陈玉华就像冷不丁被蛇咬了一口似的，差点跳起来："啥？三千块，这不讹人吗？！"说着就瞪着老金，"姑父，虽说我妈和姑妈不合，可开口就讹，好意思啊你们？再说了，要不是你们把夹道占了，能有今天的事吗？"

老金让她说得脸上挂不住，红一阵白一阵地讷讷不出一句囫囵话来。

万家强说："别说了，这钱我出。"

"哥，你出就不是钱了？你的钱也是咱老万家的钱，凭啥他要咱就给？你给我，我还替老虎谢谢你呢，不像某些人，讹了你的钱，你当他还领情啊？人家当你活该倒霉就应该往外掏！"三千块呐，陈玉华痛得肝酸肉颤，她在私营小超市上班，起早贪黑地忙活，连毛加屎也就两千出头，她能不痛吗她？

可不认这笔账事就了不了事，万家顺让陈玉华别说了，问万家强："咱爸什么态度？"

万家强还没说完，陈玉华就噼里啪啦地鼓起了掌，说还是咱爸想得开，不赔就对了，反正地里的活也忙过去了，咱爸出来也没事，蹲十五天拘留也没啥，有吃有喝不遭罪还不用干活，关键是不让某些人的阴谋得逞，既霸了咱家的地界儿还赚着咱家钱，好事全成他们家的了！

她一通歪理讲下来，万家强都快被她气笑了，说玉华你就少说两句没用的吧。

陈玉华一本正经说："咋成没用的了？哥，你想想，你就是交钱把咱爸保出来，咱爸出来还不是抽烟喝酒满街打溜溜？让他出去打工半年能挣回这三千块就不错了，还不如让他在里面待着，反正……"

万家强知道，陈玉华这么说，并不是出于对父亲的恶意，而是家庭主妇对生活成本的本能折算，但他更知道，对于生性倔强要面子的父亲来说，如果真让他蹲半个月拘留，就是不想让他在棉花村抬头做人了。因为在乡下，蹲拘留的概念和坐牢差不多，好人谁坐牢？不用多，人只要在拘留所里蹲过了夜，日后就得落下许多让人牙根痒痒的说辞，这还了得？遂说："玉华，别说了，我决定了。"然后，去车上拿手包，打开一看，就傻了，因为今天收房的时候交了半年物业费，交得就剩1500了，就问民警周围有没有ATM机，民警说以前有个，被人砸坏了，镇上只有农村信用合作社，想取其他银行的钱，得进县城。

万家强喃喃着说这可怎么办，就去看万家顺。

万家顺背对着他，正低头弯腰地护着火点烟，陈玉华责在旁顾左右，一副全然没在意他神态的样子。

这要是往常，万家强会另想办法，顺手让他们装过去得了，可今天不成，如果让他们装过去，他就得驱车三十公里去县城找银行取款，等取回来，派出所也该下班了。就喊了声家顺。

万家顺慌乱中抬头，一副被烟燎了眼的德行，眯着眼："哥。"

"身上有多少钱？"万家强直奔主题，见陈玉华警觉地望着这边，就笑笑说:"这钱我出,算借你的,等回去就还你。"

万家顺期期艾艾地说,哥,你也知道,开出租是个险活,不知啥时候就能拉上个混账的,为了安全起见我身上就带当天的找零。说着,弯腰从驾驶室上的挡光板后,拿下了一打夹在一起的零钱,数了数,才二百出头,就喊陈玉华:"媳妇,身上带多少?贡献点。"

陈玉华身子一扭,气哼哼说我一个穷打工的,出门在外,也就带当天的菜钱,没多少!

万家顺笑嘻嘻凑过来说:"没多也有个少,媳妇,快,你就当这钱不是赔给那谁家的,是咱哥借咱的,还不成?"

陈玉华啐了他一口:"就你会说。"说着,从包里掏出一揉烂了的牛皮纸信封,点出了一千五,摔到万家顺手里,拿眼剜着老金说,"这钱我都下过咒了,谁花谁倒霉!"

万家强接过钱,皱了皱眉头:"玉华,话这么说,有意思么?"

"亏咱吃了,钱咱也赔了,还不让我嘴上过过年啊?"说着,陈玉华一扭身子,又冲老金哼了一鼻子,说,"啥狗屁是亲三分向?还不如个陌生人呢,至少陌生人不会找茬讹我们!"

老金虽然脾气面了点,可脸面还是要的,让陈玉华这一顿抢白,脸红一阵白一阵的。万家强就喝了陈玉华一嗓子,说玉华你就少说两句吧,姑父又做不了姑妈的主。

陈玉华还没絮叨解气,说都这样了,还姑父姑妈呢,白眼狼都不带这么没良心的!

万家强见老金的嘴唇都哆嗦上了,知道再这么僵下去,也僵不出个好结果,忙招呼了老金一声,和民警进了派出所,把手续办利落了,又叮嘱老金,让他千万和万春燕说声,赔偿款的事,他们几个人知道行了,别往外声张。老金嘴里嗯着,心里却晓得,万春燕的嘴,他是做不了主的,用不了两天,就得满棉花村吆喝是老万两口子不占理,连公安都不站他那边。

果然。

3

交上钱，看着父亲出来了，万家顺两口子就回青岛了。

万家强送父亲回家，劝了一路，和万春燕家东家西家地住着，差不多就行了，别往冤家对头里掐。被万春燕送进派出所关了半天的这口气还没咽下去呢，老万板着脸不吭声，像随时要发脾气的张飞。

别看老万平时把吹嘘儿子当饭吃，可在儿子跟前，从来都威严得很，尤其他火大发了的时候，看着儿子噤若寒蝉，他那颗藏在暴怒的脸背后的一颗心，就美滋滋的，儿子大了也出息了，还能在他这当爹的跟前敢怒不敢言，这说明了啥？说明他老万教子有方！治家有道！他这当爹的到老还被儿子当一家之圣尊着敬着！

每次开车进村，万家强就高度紧张，因为街巷不仅七拐八扭，还窄得很，坑坑洼洼崎岖不平，曾几何时，老万曾经吹过，等万家强混得再牛点，就喊他回村把路给修了，不指望村委那帮吃人饭不干人事的了。因为这，被老鲍骂得好几天抬不起头来。老鲍说整个棉花村就显着你了啊？莫说咱家强还没混大发，就算他混大发了，也得先顾着自己家里吧？有给村里修路那钱，干啥不好？给万家顺盘辆车开着不行啊？帮万家顺在城里买套房不好啊？！老万让她骂得脸上挂不住，抡起巴掌来就要扇，老鲍白眼一翻，就挺了过去，这才了了事。

万家强小心翼翼地开着车子，老万突然说停，把万家强给吓了一跳，以为车轮轧着了什么，忙熄了火问怎么了。老万推开车门说买条烟去。说着，下了车，背着手往街边的小卖部去。

村里一共俩小卖部，一个在村南一个在村北，门前都有八九十平方的空地，栽了几棵楸树，地面拿水泥抹起来了，农闲的时候，树下经常一团一簇地坐着聊天的、下棋的、打扑克的，东家的长西家的短过了这个的嘴又入了那个的耳，万家强就玩笑说小卖部就是棉花村的新闻中心，譬如现在，他明白，父亲根本不是想买烟，而是用这种方式向大家宣告，他老万从来不做不占理的事，这不，去了一趟派出所，又毫发不损地回来了。

万家强忙下了车，追过去："爸，我给您买。"

其实，老万要的就是这个范儿，儿子有出息，老子想要啥儿子都抢着给埋单。

见老万来了，小卖部门口一拨人，心思都从扑克上挪开了，三三两两地站起来跟老万父子俩打招呼，见父亲回应大家招呼的时候，很是有下乡干部的范儿，万家强就憋不住想笑，爷俩进了小卖部，老万要了一条南京。万家强习惯性地掏出钱包，还没等打开呢，突然想起刚才给父亲交罚款，已经把钱包打扫干净了，就尴尬地问能不能刷卡。

老板就笑："家强你别逗庄户人耍笑，我知道现在你们城里人兴刷卡，可咱这是在乡下。"

万家强不好意思地笑了笑，说上午去收房了，物业费必须交现金，把钱包交空了。

老万本想借着买烟炫耀炫耀儿子的孝顺，没承想炫成了尴尬，就挺不是味的，顺嘴嘟哝了一句现在的城里人，不管买什么，就知道刷卡刷卡，还有家顺，陪我赶趟集就买个仨瓜俩枣的都嚷嚷着要刷卡，我看你们刷卡刷得都快不知道钱长什么样了！

万家强知道父亲是个要面子的人，往外走的时候，又跟老板说："三叔，以后我爸来买东西，都记账上行了，账等我回来再算。"

老板说了声好，不忘恭维老万两句："老万，有福哇！"

老万用鼻子哼了一声，就出了门。

爷俩回了家，老鲍的眼睛还红肿着，见老万进门，忙上下打量了一番，把老万打量恼了："看什么看？我又不是去坐了十年八年的大牢刚出来！"说着，扬着脖子冲院墙东面大声嚷嚷，"人家民警就是把我请过去问了问情况，这不，啥事没有就让我回来了！"

老鲍不信，问万家强："真啥事没有？"

万家强支吾说没事。

作为母亲，老鲍当然了解儿子，知道万家强打小有个毛病，只要一撒谎就眼神躲闪，见他眼神闪得像蝴蝶的翅膀，就一脸的半信半疑，说没啥事咋把你爸弄派出所里去了？

老万就火了，冲着院墙外大声嚷嚷说："你当派出所跟你们娘们似的？人家那儿丁是丁卯是卯，谁的理就是谁的，没理你说破大天也没用，我老万没做啥对不住人也没做屈情理的事，莫说派出所，就是国务院也不能把我怎么着了！"说完了，气咻咻地撕开刚买的烟，拿了一根点上，继续嚷嚷道："你当咱家强的大学白上了？外面头头面面的人物认识得多了去了，莫说咱有理，就是咱没理也能整治出咱的理来！"

老鲍晓得他是嚷嚷给街坊邻居听呢，就懒得和他磨嘴皮了，问万家强在城里的生意怎么样，万家强说还行，老鲍望了望天色，问今晚回去不。万家强说回，得赶紧回去研究装修，国庆节前无论如何得把家搬了。

为了买新房万家强去年就把旧房卖掉了，只是和买家商量好了，房价上优惠一点，但得让他们住到今年国庆。买他们旧房的是季苏的同事，如果到了约定的日子不搬，会让人说三道四也会让季苏为难，这些老鲍他们都知道，就说简单炒俩菜，让万家强吃了再走。

知道说不吃母亲会心里不过意，万家强就说好。

一会儿工夫，老鲍就炒了俩菜，万家强帮着端到炕桌上，就见父亲从半橱上摸过五粮液酒瓶子，往外倒酒，就诧异得不行了，说爸，这瓶酒您从过年喝到现在还没喝完？

过春节的时候，万家强捎了两瓶五粮液给老万。就父亲的酒量，一瓶白酒能喝三天就不错了，可这都6月了，每次回来都看见父亲拿这瓶子倒酒，就困惑了，以为只有自己回来，父亲才舍得喝这酒，就又随口说了句："爸，酒给了您，就是让您喝的，您别不舍得，再说了，已经开瓶的白酒时间一长酒香就跑光了。"

老鲍正好端着一盘小葱拌豆腐进来，就没好气得剜了老万一眼，跟万家强说："就你那两瓶酒，你前脚走，他后脚就招呼亲戚朋友喝起来了，你是没瞧见你爸当时那牛劲,好像离了他,别人这辈子就喝不上口五粮液了!"

万家强错愕地拿过酒瓶子闻了闻,就笑了:"爸,敢情您这灌的是二锅头啊。"

"一天到晚打肿了脸充胖子,弄得咱整个棉花村没不知道的,你爸养了俩有出息的儿子,尤其是老大!在城里有房有车有产业,供着他爸天天喝五粮液呢!"老鲍拿筷子往万家强眼前搛了些菜,"吹不要紧,你多少也得靠点谱,你也不问问,咱这方圆多少里,有钱的人家也不是没有,谁家能天天喝五粮液?你还真把自己当天王老子了?"

万家强也觉得父亲虚荣得有点过了,遂说:"爸,我妈说的也对,您想想,虽然没人知道您这瓶子里灌的是二锅头,可二锅头您哪儿来的?还不得出去买啊?您光买不见您喝,时间长了,人家还不得犯嘀咕啊,您见天家喝五粮液,还买二锅头干啥?"

"我买二锅头干啥?我洗脚我浇花我倒了洒了我愿意,管得着吗?"老万嘴硬着,其实他也没出去吹自己喝的是五粮液,就是觉得把二锅头灌到五粮液瓶子里,喝的时候,无端地,就觉得多了些气势。

万家强知道,父亲和姑妈的纠纷,从表面上看是解决了,但梁子埋得更深了,以后会发展到什么地步,谁也不敢说。就再三叮嘱,他和万家顺不在家,要凡事忍让,至于被万春燕占了去的夹道,占了就占了吧,他在青岛成家立业了,肯定不可能回老家,万家顺一家三口的户口虽然还在家,可两口子正铆足了力气攒钱买房呢,也没打算回来,所以,所谓夹道,争来争去的,对他们家来说,真没什么实际意义。

可老鲍说了,不管他们回不回来,她和万春燕争的不是个夹道,是一口气,自从结婚,万春燕就没少刁难她,现在她都土埋半截了,还让她欺负?没门儿!她咽不下这口气。

万家强就不知该说什么好了,闷了半天才说:"要不您二老就去城里住段时间,也落个眼不见心不烦,等心里这口气顺溜了再回来。"

老鲍更不干了,说:"想什么不好?我行得正站得直,倒让她欺负得避出去，还有天理么？"

话说到这份儿上，万家强知道再劝也无益，吃完饭，就往青岛赶，赶到家已经九点半了，季苏正兴致勃勃地在网上看家具，听见门响，也没起身，招呼万家强过去看她看好的沙发。

万家强累得全身跟散了架似的，瘫在沙发上不想动，两眼直直地望着她背影说你先收藏了，我改天再看。

季苏说网上的家具从看好了到下单到运回家得一两个月呢，得早点定下来。一回头，见万家强两眼发直地看着天花板，就知道他心里不痛快，起身，坐到他身边，问老家那边到底是怎么了，万家强就把家里的事大体一说，两手一摊说："我妈和我姑妈杠了三十多年了，谁也没办法。"

关于婆婆和姑婆婆的矛盾，季苏大抵知道一点，觉得特好笑，以前，她听万家强说万春燕养了只母鸡天天下蛋，突然有一天没下蛋，她就怀疑是自己下田的时候老鲍翻墙进去把鸡蛋偷了，姑嫂俩狠狠地干了一架，把水缸都砸破了。季苏听了笑得直不起腰，倒是万家强不好意思了，觉得季苏的这笑法，像在笑一对洋相出尽的小丑，从那以后，关于母亲和姑妈的矛盾，就很少和她说了。

听说万家强一个人承担了公公的罚款，季苏心里也有点小小的不快，说爸是你和万家顺两个人的爸，凭什么你自己掏罚款？

万家强吭哧了一会儿说这不是我主动说要替咱爸掏的嘛。

"你主动就得你掏啊？"季苏挺不高兴的，虽然他们家有工厂有房有车看上去挺体面的，可在钱上也宽敞不到那儿去，其一，作为小型民营企业，资金链一直是个问题，这不是万家强经营得不好，是全国性的，因为资金周转不灵，发不出工人工资，万家强让工人堵在办公室回不了家，也不是一次两次了；其二是他们刚买了房子，还贷着款呢，钱上紧张得她都不敢去实体店看家具。连装修加家具，他们一共就留了十万块钱。万家强在老家这一大方，就等于是送出去了一个她看好了却舍不得下手的茶几。季苏在心里默默地换算着，说不就个破夹道吗，占了就占了去，闹成这样，至于吗？

万家强虽然也是这么想的，可季苏一说出来，就觉得有了指责的意思，父母就这样，有再多不好，自己可以抱怨，却不愿被别人挑剔，原本，借陈玉华钱的事，想告诉季苏来着，可听她这么说，就知道，如果说了，就是雪上加霜地找数落，遂默默听着，没说什么。

4

果不出万家强的担心，他回青岛的第二天，老万就知道自己被儿子忽悠了，因为万春燕满大街炫耀，说老万两口子不占理，民警都不向着他们，要不是万家强替他掏了三千块钱的赔偿，现在老万还在拘留所蹲着呢。

当时老鲍刚从菜园子里往回走，见万春燕说得眉飞色舞的，就气上了，好一顿吵。说万春燕做贼心虚！信口雌黄！鬼才赔了她三千块钱呢！万春燕也不示弱，噌噌跑回家，拿出万家强赔的三千块钱和派出所处理意见挨个人跟前抖搂了一圈，上面不仅有万家强的签名还有派出所鲜红的盖章，这可做不了假，老鲍为啥横拦竖挡地不让她起新房？说白了，就是嫉妒她家盖了新的大房！

老鲍就冲她呸了一口又一口的唾沫，说："我嫉妒？万春燕你也不撒泡尿照照你自己，就你那德行，有啥好让我嫉妒的？我家家强、家顺都在青岛城里安家落户了，我盖哪门子新房？我盖起来养老鼠啊？！"

万春燕就斜着眼喷喷地嗤笑她："老鲍，当着我面，你快别吹了，就你那俩儿，就你们那家强，别的我不知道，我就知道他买个房还欠了银行一屁股饥荒呢，就你那家顺，连吃桶花生油都要回老家拎的主，他拿啥在青岛安家立业？拿你和我哥两条老命？！"

万家强买房贷款的事老鲍知道，可万春燕怎么知道的？她就觉得脸皮被万春燕当众火烧火燎地给掀掉了一层，恼得把菜篮子往地上一扔，就和万春燕打成了团，要不是有人把老万和老金喊来了，她能一口气把万春燕的头发给薅光了。

万春燕虽然看上去很壮，可有糖尿病，没力气，真动起手来，不是老鲍的对手。打仗没赚着便宜，万春燕气得两眼喷火，被老金连拖带拉着一边往家走一边骂老鲍和老万就是自己盖不起新房嫉妒她，边骂边拍着裤子口袋，好像口袋里装着的三千块钱和处理意见，就是她战胜了老鲍两口子的铁证。

老鲍也被老万拖回了家，关上大门就骂，骂他闯了祸居然让儿子替他堵窟窿，三千块呢，风调雨顺的年景里，他们在果园忙一年也就挣这个数。

老万让她骂得火起，捞起电话就拨给了万家强，问他是不是赔给了万春燕三千块钱，万家强知道瞒不住了，就说这不怕您生气嘛，想让您早点出来。

老万像暴风骤雨前的干雷，把万家强吼了一顿，就啪地挂断了电话，坐在那儿，越想越来气，明明是万春燕不占理，咋让她给说成是盖不起房子害红眼病了？

就又捞起电话给万家强拨了过去，让他往家汇 5 万块钱。

万家强吓了一跳，以为父亲要和姑妈斗气起趟新房，正要劝，老万又开口了，说大家不都说他和老金两口子闹是盖不起新房眼气嘛，那他就让棉花村的人看看，他老万，不是盖不起新房，是有钱也不屑得盖，因为他有俩好儿子，在城里混得好还孝顺，一往家寄钱都是几万几万的。

万家强就觉得父亲越老越天真了，就笑着问那然后呢？

老万说，就当这几万块钱回棉花村旅趟游，过几天他再给寄回去。

万家强觉得也成，只要能让老父亲把胸中这口气顺了，不就是把钱放回去溜一圈嘛，没啥，就让父亲给他个银行账号，他直接给打到存折上。老万不干，说打存折上干吗？我又不能逢人就拿存折跟人家看：你瞧，我儿给我存了 5 万块钱，这不摆明了显摆嘛，就要汇款单，因为汇款单一来，邮递员就会送到村委，村委帮忙签收了，就会在大喇叭上喊，某某，村委有你的汇款单。

老万决定，让这张汇款单在村委躺几天，让棉花村的人见识见识，谁家儿子能赶上他老万的儿子有出息、孝顺？一出手就给老子汇五万块！方圆几十里内，找不到一个！

父亲的炫富计划，把万家强乐坏了，去邮局汇了款，一连几天，只要一想到村里大喇叭上喊着让父亲去拿汇款单，而父亲装作没听见或者没有空去拿的样子就觉得好笑。

当然，这事他没跟季苏说，其一是觉得反正这钱不是真的给父亲了，是过几天就回来了，其二是怕说了季苏会奚落他们家搞笑。

可生活，就像个不按常理出牌的无赖，总有意想不到的事情发生。

第三章

大哭一场,哭尽这些年来的委屈和心酸。

1

这天晚上,万家顺两口子来了,还带了一串香蕉,尽管香蕉是那阵子最便宜的水果,但相比之前他们总是甩着十根手指来蹭饭吃,已经是破天荒了。

季苏觉得不对,在厨房里悄悄跟万家强说。

万家强有点不高兴,说你就不能往好里想?

季苏说:"不能,因为他们没给我养成这习惯。"

万家强关冰箱的时候,下手就重了些,季苏瞪他:"你摔谁呢?"

万家强说:"我摔我自己行了吧?"只要万家顺买了,在季苏跟前,万家强就得陪着点小心,毕竟,万家顺是他弟弟,这么多年了,忙没给他家帮过,麻烦倒添了不少,季苏能忍到现在,已算是好脾气的了,所以他也就不能太过分了。

季苏今年带毕业班,压力大得很,也累,本打算回家简单吃点,好休息休息,可万家顺一家三口一来,就简单不成了,又是买菜又是做饭,全是她一个人忙活,就有点烦,边切菜边琢磨,万家顺两口子到底来干吗?还破天荒地拎着水果,就让美芽把万家强叫过来,她一问,万家强才想起来，前几天在镇派出所借陈玉华的钱还没还，就说了。

以为找到了缘由的季苏，一下子就轻松释然了，说："我就说嘛，怎么还拎着东西来了，搞半天是来讨债的。"见万家强站在那儿欲言又止的样子，就知道他身上没现金，就故意哼哼笑了一会，说没钱了吧？

万家强就像个本就面皮薄的小乞丐，虽然饿着，可被人奚落了一顿，心里悻悻然地就有点恼，说我一会儿下楼取去。

季苏拽了他一把："取什么取？"

"不取你给啊？"万家强说。

"爸是你们两个的爸，他们也真好意思开口来要。"季苏见万家强一脸愠怒，知道再说下去他就真恼了，就笑嘻嘻地说，"逗你呢，抽屉里有钱。"

万家强又气又感动，说："媳妇，其实你不这么逗我我会更感动。"

"我就怕你感动大发了变成感恩。"季苏嬉皮笑脸地说，"知道嘛，人一旦感起恩来，就得整天捏着小心翼翼，多累得慌啊，我这不怕累着你，想让你活得自在点嘛。"

万家强哭笑不得，小声说："你啊，要是闭上嘴，真是如假包换的好媳妇。"

"不闭嘴我也是。"季苏继续做菜，怕一会儿忘了，菜一上桌，就去卧室拿了钱还给陈玉华，说这几天就忙装修了，差点把还钱的事给忘了，又道了谢。

陈玉华接过来，看了万家顺一眼，笑嘻嘻地说嫂子，说真的，今天我们还真是为了钱来的。

季苏也笑着没好气地说："那以后我们得多跟你们借几次钱，还能多赚几包水果吃。"

陈玉华也没客气："嫂子，你当我们提着水果来要账啊？真是的，哪有要账搭上礼的？我们是来借钱的。"

季苏和万家强面面相觑了一会，问借什么钱？

万家顺这才说他不是帮人家开出租车嘛，现在车主家里有事急等着用钱，要把出租车盘出去，他有想法。

"有账算?"万家强迟疑了一会儿才问。

"这车我都开两年了,没账算我能要它?"说着,万家顺从手机里翻出计算器,给万家强算这辆出租车每个月的费用和盈利,指着算出来的数字说:"这是纯利,老板说了,如果我想要就先给我,我不要再给别人。"

还没来得及说话,万家顺又翻出来几个短信,让万家强看,全是车主催问他要不要的,让他赶紧给个信,还有不少人在后面等着呢。

万家强也想帮万家顺盘下这辆出租,可最近真没钱,就说了。

万家顺两口子脸上的失望,跟瀑布似的往下跌。

虽然季苏不喜欢万家顺两口子,甚至还有点烦他们,但她也知道,万家顺他们漂在青岛里打工,要家底没家底要根基没根基,很辛苦,如果能盘下这辆出租车,确实是个好机会,可他们确实拿不出闲钱来帮他们,又怕他们误会是有钱不借,就大体说了一下家里的现状,新房是连门框都没有的毛坯,不装修没法住,旧房到国庆又必须腾出来了,万家强工厂那边,活是不少,可账难结,他们也是有心无力。

万家顺听得没精打采的,嘴上说没事没事,瞄了陈玉华一眼,说差不多了吧?

陈玉华没听见一样,满脸讨好地看着季苏欲言又止:"嫂子……"

季苏说有什么话,你直接说吧。

陈玉华这才说:"嫂子你能不能回娘家帮我借点,你爸是大学教授,肯定有存款。"

季苏连想都没想,说:"玉华,这主意你连打都别打。"

陈玉华说:"我是借,又不是不还,再说了,是你娘家,又不是外人。"

季苏说:"没错,是我娘家,可你也知道,我爸不是亲爸,妈也不是我亲妈,他们能收留我,把我养大我已很感激了,我绝对不能给他们添麻烦。"

"不是亲妈也是亲姑,和亲妈有啥区别,再说了,你亲姑又没孩子,肯定亲你,你开了口她能不帮你吗?"陈玉华依然不死心。

"没错,但我妈是家庭妇女,没工作也就没退休金,哪儿有钱借给我?"如果说季苏刚才对万家顺两口子的处境还有点同情,可陈玉华一副我是穷人你得帮我的咄咄逼人嘴脸,让她有点反感了:"再说了,这是帮你借钱,不是帮我。"

"你妈没工作也不一定没钱,姓季的老头挣了钱能不交给她?"陈玉华小声说,"嫂子,不是我要赖,其实啊,你妈帮了我们就是帮你了,帮我们把日子过好了,我们不就不累赘你和我哥了嘛,这是曲线救国。"

这一瞬间,季苏真的无语了,很多时候她困惑的人和人怎么就这么不一样呢?陈玉华两口子是哪里来的这么多理直气壮的赖子理论呢?她定定地看着陈玉华,半天才说:"真不行,不管因为什么,我都不会回娘家借钱,这是我的原则。"

原本,因为没钱借给万家顺,万家强还有点内疚,可一听陈玉华能说出让季苏回娘家借钱给她的话,还是大大出乎了他的意料,不由得,就替季苏恼上了,遂说家顺,钱的事,你再另想想办法,你嫂子娘家那边,就别打主意了。

陈玉华噘了噘嘴,要横放赖似的往沙发靠背上一依:"哥,你说得倒轻巧,我和家顺在城里举目无亲的,我们找谁想办法去?"

万家强定定看着她,慢慢说玉华,我们也没办法。说完,见万家顺和陈玉华两口子脸上都不好看,就咳了一下,下定了决心似的,说三个月前,因为厂里发不出工资,他让工人堵在办公室回不了家,就是季苏回娘家借钱解的围,结果,让季蓝知道了,虽然没吵也没闹,却找季苏谈了一次,说季教授工资虽然不低,可毕竟要维持他和老苏两个人的生活,希望季苏能自觉点,尽量少给老人增加负担,把季苏呛得上不来下不去的。毕竟,不管季蓝是不是小题大做,季苏都是回娘家借了钱,纵然她浑身上下都是嘴,也理直气壮不起来,就给窝囊得不行了,第二天就跟同事借了钱,当着季蓝的面还给了老苏,也发了誓,不管以后千难万险,都绝不会回娘家借一分钱。

陈玉华小声嘟哝说不让季蓝知道不就行了。

季苏懒得再多说一个字,就看着万家强。

万家强了解万家顺两口子，家底薄可脸皮厚。就像当初进城，连商量他们都没商量，就直奔他们而来，摆出一副你管也得管不管也得管的样子，在客厅沙发上，就跟扎了根一样，一住就是三个月，一室一厅的房子本来就小，万家顺也不讲究，动辄就穿着三角短裤在家晃悠，晃得季苏实在受不了，掏钱给他们租了一套小房子，才把这尴尬日子结束了。最滑稽的是半年后该交房租了，万家顺和房东说，这房是他哥嫂租的，他只负责住不负责交房租，房东都愣了，哭笑不得地给季苏打电话。季苏真崩溃了，和房东说，万家顺两口子都是结婚有孩子的成年人，自己有手有脚有工作，她没有义务继续为他们付房租。撂下电话，就打电话跟万家强咆哮了一顿。万家强知道是万家顺不对，但也知道他确实是经济上紧张，那会儿，万家顺的儿子老虎还小。陈玉华在家带孩子，万家顺开出租车的收入虽然还可以，但要应付一家三口再加上租房，确实吃力。就悄悄把房租给付了，事后，跟万家顺说，季苏当老师的，还是班主任，光学生的事就够她操心的了，以后家里有事，找他，别骚扰季苏。万家顺也听话，从那以后，不管是鸡拉下猫尿下的小破事，动辄来找万家强。就现在，如果他不吭声，万家顺两口子肯定还会本着能哭的孩子多吃奶的原则，没完没了地在这儿磨，就说家顺，要不这样吧，你给我个账号，如果这两天我能催回帐来，就直接划给你。

一听这话，万家顺知道，借钱这事，得画句号了，遂快快给万家强发了个银行账号，说得快着点，他就怕车主等不及转给别人了。

给完账号，万家顺起身，说把陈玉华和老虎送回家，他再出去跑两趟活。老虎看动画片看得不想走，一拉一挣扎，跟只健壮的大肉虫似的，没借着钱的陈玉华憋了一肚子的懊恼，照着屁股就一巴掌，老虎哇地就哭了，哭得超级响亮，响得季苏得脑壳都快要炸掉了。

万家顺也觉出了季苏的脸色不好看，一把抄起老虎，抱起来就往外走。老虎在他肩上边哭边大声说我要吃香蕉，我要吃香蕉！万家顺也朝他屁股拍了一巴掌："吃个屁，给我回家睡觉！"老虎哭得更响了："我妈说的，我妈说走的时候我要大声说吃香蕉！"

正郁闷着的季苏，就觉得轰的一声，胸膛里像奔跑着一群食草动物一样，响起了一片声势浩大的笑声。她强忍着笑，拎起万家顺他们带来的香蕉，塞到陈玉华手里，让她拿回去给老虎吃。

陈玉华让老虎嚷得脸上挂不住，就比画着要打的样子："再胡咧咧小心我打烂你的嘴！"

老虎在万家顺怀里一耸一耸地往高里蹿着说："我没胡咧咧就没胡咧咧！"

万家强懒得看他们一家三口在季苏跟前出丑，忙簇拥着送他们出门，到了楼下，万家顺依然贼心不死，说："哥，机会难得，你就不能帮我想想办法？"

万家强说："你要差得少，我也就帮你想办法了，这是差小十万呢，你也知道，现在朋友之间也不兴借钱了。"说完，叹了口气，说刚才当着你嫂子的面，我都没敢说，就算我现在不装房子了，我也没那么多钱借给你。

万家顺一惊，问怎么回事。

万家强苦笑着说："应咱爸的要求，我派了五万块钱回棉花村旅游去了。"

万家顺就更懵了："钱还会旅游？到底咋回事？"

万家强就把父亲让他汇五万块钱壮脸面的事说了一遍。万家顺听完，笑得跟个傻子似的，要不是陈玉华在车里等急了喊了一嗓子，他得蹲在马路牙子上先笑够了再说。

上了车，陈玉华问他笑什么，他就把万家强的话又说了一遍，陈玉华看着他，眨吧了几下眼睛，没说话。万家顺说："你今儿笑点咋这么高？"

陈玉华就笑了，慢慢地，一张嘴笑得跟菱角似的，说："万家顺，你明天得回趟棉花村。"

万家顺说："干吗？"

陈玉华说："你说呢？"

万家顺恍然地，就明白了，回头看着陈玉华说："媳妇，你的意思是说把咱哥那五万打了赦乎?"

"怎么,于心不忍啊?"

万家顺点点头:"如果我哥有钱不会不借给咱,可我要这么干了,我真觉得对不起我哥。"

陈玉华说:"又傻逼了吧,只要你回家照我说的做,你放心好了,这钱,不用你开口,你爸就主动帮你劫过来了,你哥一点都怪不到你头上。"

"我怎么说?"万家顺心有点动了。

"回家别提知道你哥那五万块钱的事,跟你爸说,你要盘这出租车,已经交了三万定金,如果凑不齐剩下的钱,这定金就泡汤了。"

"然后呢?"

"然后呢,你爸不仅会把你哥这五万劫过来,还会把棺材本挖给你。"

"万一我爸不这么干呢?"

"放心,你爸肯定这么干!"

"为什么肯定这么干?"

"为什么?!因为你爸是农民,抠门过日子,一辈子没见过大钱,一听你盘过车来有钱赚,盘不过来就三万块打了水漂,他保准比让人挖了你家祖坟都急。"

2

老万把那张已经在村委桌子上展览了四五天的汇款单取到了手,打算第二天去镇邮局花给万家强寄回青岛。

汇款单他是在傍晚去村委拿的,街坊邻居们都吃过晚饭了,在街上聚堆闲聊,老万背着手,拿着汇款单,穿过街坊邻居们的恭维以及羡慕的滋味,太让人难忘了。他想,在新闻联播里,国家领导人出国访问,踏着音乐仪仗队时也就这种心情吧?

晚上，他和老鲍比画："五万块钱，取出来，有这么高吧？"老鲍就骂他抖擞，这钱来回趟的汇来汇去，不花钱啊？

老万就嗤之以鼻，说："乡下娘们！一来一回，才一百块钱的邮费，这一百块钱，不仅能堵上大伙儿的嘴，还能给咱老两口脸上增光，值！"

第二天一早，万家顺就回了棉花村。

事实证明，陈玉华果然是具有真知灼见的女汉子。

听万家顺说完，老万就问了两句话："你要凑不齐钱，那三万就打水漂了？"

万家顺把脑袋点得跟鸡啄米似的："可不，要不怎么说是定金，定金就是敲定了咱要人家东西，不许人家往别处卖了，可咱要冷不丁不要了，就等于是咱忽悠了人家，定金就当赔偿咱给人家的损失了。"

老万又问："打官司呢？"

万家顺有点不耐了，说："定金就是定金，爸，咱把官司打到联合国也打不赢。"

老万抽了一袋烟，起身，进屋。万家顺听见炕橱的门开了又合上、合上又开了，好几次。老万从里屋出来，说走吧。

万家顺就知道，成了。但还装出一脸迷糊的样子问上哪？

老万的心疼了一下，像让刀剜了似的，万家顺打小招他喜欢，就是因为他见风使舵的机灵劲儿，可今天他把这机灵劲使在他这亲爹身上了，他就觉得自己这一片当爹的心，被儿子打了小九九，有说不出道不明白的难受。若不是惦记着他的棺材本，这一大早的，他往回跑着烧油玩哇？老万晓得万家顺还没大方到那份儿上。

其实，老万是觉得，惦记钱就惦记吧，像他这样的庄户人家，年纪大了，吃不动花不动了，可还在山上忙活，攒仨瓜俩枣，要是运气好，落个好死，临走前给孩子们分了，就跟小时候分糖给他们吃似的，让他们也高兴高兴，觉得给他老万当儿子也不折，虽然指望他那点钱也发不了家，可至少证明他老万这辈子活得着调，没给儿女留一屁股饥荒。

可还没等他死呢，万家顺就给惦记上了，钱落在他手上，十有八九是回不来了。所以呢，这事，还不能让大儿媳妇知道，虽然人家未必在意这点钱，可它总归是个事不是？至少证明他这当公爹的，一碗水没端平。路上，老万就问万家顺，你哥知道你回来不？

万家顺以为老万是想试探他知不知道那五万块钱，忙说不知道。昨晚他们去万家强家吃饭了，但没提今天回来的事。

老万说："去借钱？"

万家顺嗯了一声，说："我哥要装房子，手头没有。"

"你哥再没跟你说啥？"

万家顺心里一紧，说没有。

老万又哦了一声。

到了镇邮局门口，临下车前，老万说："钱的事，你哥要问起来，就说你给我打电话，我让你回来拿的。"

万家顺有点愣，说："爸……"

老万摆了摆手，背着手就进了邮局。

老万一共给了万家顺八万块钱，万家强的五万，这些年他和老鲍还攒了三万，全给了万家顺，他摸了摸钱说，我以为八万块钱得一大堆呢，也没多少。说着把钱递给万家顺："这里面有三万是不用还的，别跟你哥说，另外那五万，你手头宽绰了，就还我。"

自始至终，他没说那五万是万家强的。

万家顺是个聪明人，晓得父亲这么做，是为日后做准备，因为哥哥也在等钱用，这五万块钱到棉花村旅游旅出来的故事肯定瞒不住，用不了多久，就会像一颗小小的炸弹一样，在哥哥和父亲之间引爆，说不准哥哥家还会因此掀起一场战争，想到这里，万家顺也觉得自己不是东西，可是东西又能如何？他就只能是个给别人开出租车的！父亲没告诉他这五万块钱的来历，那也是用心良苦啊，那是为了事情兜不住的那天，好帮他洗脱，说不该他万家顺的事，都是他这当父亲的充大头，压根就没跟万家顺说这五万块钱的来历就硬挪给了他，这样，把战火引到自己头上，免得烧伤他哥俩之间的和气。拿着这厚厚一包钱，万家顺心里酸酸的，他安慰自己说，人不为己天诛地灭啊，等我挣了钱，就好好孝敬父母，好好敬着我哥。

万家顺不知道，昨天晚上，他们一家三口从万家强家出来，万家强就和季苏别扭了一顿。

3

万家强知道盘下这辆车对万家顺一家三口的意义，虽不说能改变他们的命运，但也是个把日子往好里过的机遇，觉得自己理应在关键时候拉弟弟一把，就和季苏商量，装修设计师不也说嘛，新房的水电走得很到位，格局设计也合理，基本不用大动，这样的话，是不是就可以不用家装公司了，铺上强化地板，把必要的生活设施都安装上就入住得了，等以后手头宽绰了也有心情了，再好好装修。

季苏一直不说话，只是看着他，把他看得心里发毛，就底气不足地问怎么了。

季苏说我理解你想帮你弟弟的心情，但也觉得你的想法很荒唐啊。然后噼里啪啦地问万家强知不知道强化地板不环保？不环保到什么程度？日本和韩国都已经不让生产了，所以，关于地板，她坚决不会听他的。至于先入住，等以后有闲钱也有心情了再装修的建议，就更荒唐了，因为谁都知道，房子一定要在住进去之前装修好了，要不然，等住进去了，就算有钱有闲也没法折腾，只有天天看着心烦的份儿。

万家强承认，和他结婚，季苏吃了不少苦。结婚前，他仗着对外贸业的熟悉，辞职了，开了外贸加工厂。等工厂开张了才知道做实业有多难，外人眼里的光鲜其实都是只看见贼吃肉没看见贼挨打，没订单的时候愁订单，有订单了又愁结账，如果是外单，结账的时候还怕汇率变化，总之，自从工厂开张，他就觉得做实业就像拉开的弓，心里有根弦时刻绷得紧紧的，最狼狈的几次是账迟迟结不回来，没钱给工人发工资，他被工人堵在办公室回不了家，都是季苏东奔西跑地借钱帮他把工资发了。她是个多要强的人啊，除了帮他借钱给工人发工资，从不求人，按说，她是在重点初中当班主任，学生家长里，哪路神仙都有，想利用他们在社会上做点什么，太简单了，可她从来不，从来都是自己有多少能力办多大事。别人做班主任，过年过节或者教师节或许会收点礼，可季苏，只要礼物超过二十块钱，就坚决不收了，不管送的人多么诚恳多么真心。事后，她说不是怕学生或家长说三道四，而是不想被自己瞧不起。

万家强虚虚地说我就是这么建议建议，你不同意就算了。

季苏说你要这么说这责任重了点，万一耽误了你弟弟一家的好日子，我承担不起。

"那你还想怎么样？"万家强有点恼了。

"我希望你是发自内心地，为我为美芽为这个家着一次想，而不是把不借钱给你弟弟归咎为我不同意。"

万家强觉得季苏这么说，太霸道了，明明是她不同意还非逼着他说成是自己心甘情愿，这跟独裁君主非逼着别人山呼万岁有什么区别？就倔倔地说了句本来就是。

季苏忽地就坐了起来，就和万家强吵了起来，吵着吵着，旁边小床上的美芽醒了，搓着眼说妈妈，你们干吗要这么大声说话？

季苏这才剜了万家强一眼，冷冷地说："我退一步，装修必须装，但家具可以用旧的，把买家具的钱借给他们。"

万家强梗着脖子说："不够！"

"不够找别人借去，我又不是银行！"说着，又恨恨补了一句，"陈玉华有娘家有弟弟妹妹，凭什么全找我们借！"

万家强一脑袋扎到枕头上，拽过毛巾被就往头上蒙。季苏抬手关了灯，甩给他一个后背："明天跟家顺要个账号给我，我把买家具的钱打给他。"

万家强半天没动也没应声。

季苏依然气咻咻地说不要拉倒，正好我上淘宝把看好的家具下了单。

　　万家强猛得坐起来，从床头拿过手机，把万家顺给他的账号短信转发给了季苏。季苏听手机一响，伸手拿过来，看了一眼，说："原来早就做好准备了。"说着，哼了一声，问万家强是不是不管她答不答应，他都会把钱划给万家顺？

　　万家强让她盘问烦了，爆破似的突然大喊了一声："没有！"

　　季苏知道再说下去他就彻底恼了，就躺下睡了。第二天一早，就从网上把两万块钱划给了万家顺，又发了个短信，让他查收。

　　万家顺正跟陈玉华商量，还差两万，到底跟谁借合适，季苏的短信就到了。

　　万家顺看着短信，乐得几乎要手舞足蹈，招呼陈玉华看短信，然后说我咋觉得这两天我被财神爷跟踪了呢？

　　陈玉华接过手机看了一眼，撇着嘴笑，说别高兴得太早了，等你哥嫂知道咱不声不响挖了他们七万块钱，有你受的。

　　万家顺就觉得，心脏忽闪了一下，像一脚踏了空一样。但很快就无所谓了，大哥这天塌下来，有老父亲顶着呢，到时候，他可以把无辜继续扮下去，如果大哥发火，他也会发火，冲老父亲，说爸，您怎么这样？这钱是我哥的，您咋不早说，您这不陷我于不仁义嘛？

　　这么一想，万家顺就仰慕起自己来了，觉得自己聪明。

　　然后，本着别夜长梦多的原则，万家顺去找车主交了钱，把车过了户，从此以后，他也是在城里有产业的人了，虽然他的产业是一堆满大街跑的铁。

4

　　从给父亲汇款后的第五天，万家强就开始盼星星盼月亮一样地盼着父亲把他打发回棉花村旅游的那五万块钱给汇回来，可都一周了，还一点动静也没有，因为国庆必须搬家，季苏一遍遍地催他去装修公司交头款。

装修头款是整个装修预算的75%啊，整个预算差不多小8万，头款就要小6万，他哪儿有这钱？只好找尽借口拖延，今天很忙，明天要跑税务上的事，总之，他忙得日理万机，比国家领导人还要忙上千百倍，没时间去交装修头款。

可不管他推说白天多么忙，晚上总是要回家的，昨天晚上，季苏就和他说了，既然他忙得抽不开身，就把钱转到她卡里，她趁午休时间去家装公司把钱交了也好让对方开工，万家强嘴里应着，心里却已叫苦连天，白天往老家打了个电话，问父亲收到钱了没有，父亲说收到了，这几天忙着呢，就没了下文，万家强本想提醒一下，既然收到了，就赶紧给他汇回来，他这边等着用呢。可张了几张嘴，还是没说出口，怕自己开口催了，让父亲觉得是儿子的不信任他这当爸的，在心里不舒服，就安慰自己说，没事没事，可能是秋天了，山上活多，父亲顾不过来，反正汇去的是汇款单，又不是现金，父亲搁家里也没什么危险，不过多等个两天么，已经是已经了，索性让老父亲高兴得彻底点。

体谅别人，真的是个辛苦活，譬如现在的万家强，他这么想想很简单，可钱回不来，就没法向季苏交代，怕中午季苏来电话催他转账，上午十一点的时候，就把手机给关了，人也没敢在办公室待，怕季苏打不通手机打他办公室的座机，季苏也是个倔人，他要不接，她肯定得一遍遍打，说不准还会直接杀过来。

就因为那迟迟回不来的五万块钱，万家强像只被苍蝇拍追晕了头的苍蝇，没头没脑地四处跌撞，目的只有一个，那就是躲着季苏，都快慌不择路了。就像这天中午，为了逃避随时可能杀进办公室的季苏，他不得不躲进了一家肯德基店，因为这里既可以蹭Wi-Fi又可以点杯东西坐上几个小时，坐到下午两点，估计季苏不可能过来了，才回了办公室，回去一问，季苏果然来过了，据说还挺生气，临走的时候踢了门一脚，万家强心惊胆战地端详了一会门，果然找见一个浅浅的女高跟鞋前掌的印子，心就哆嗦了一下，好像这一脚，踹的不是门，而是他的脸，心里的忐忑，就擂鼓似的，更剧烈了。

白天他可以躲出去，可他总不能躲成夜不归宿吧？

他决定和季苏坦白，就在他把五万块钱派回棉花村旅游了半个月之后的今晚。

决心虽然下定了，可一想到坦白之后季苏会愤怒，会因为愤怒口不择言地对他家进行讽刺挖苦，万家强就给纠结得恨不能抽自己一顿耳刮子算了。

傍晚，他把车停楼下，迟迟地，迟迟不愿意下车上楼，就在车里窝着刷微博，六点半的时候，手机响了，是美芽，用座机打来的，奶声奶气地问他什么时候回家吃饭。万家强胡乱搪塞说爸爸忙着呢，让她和季苏别等他，先吃，他忙完就回去。美芽说欲言又止地说了好几声可是可是才意犹未尽地说好吧，拜拜。万家强却忙又叫了她一声。美芽萌萌地问他还有什么事呀爸爸，那声音让万家强的心都要化掉了，就小心地问妈妈有没有不高兴呀？

美芽说妈妈在擦地板。

万家强就知道坏了，季苏生气的时候喜欢拖地板，说拖地板出一身汗，心里的不快就能发泄掉一些。

挂断手机，万家强满心都是怏怏的不安。想想回家推开门，迎接他的将是锃明瓦亮的干净地板和季苏劈头盖脸的质问，就更是近家情怯了，正不安着呢，就听有人敲他车窗，一扭头，见是季苏和美芽，季苏抱着胳膊，仰着脸，一副因洞穿了他的小伎俩而不屑于和他计较的高高在上模样，三岁的小美芽，露出一口洁白的小奶牙，冲他萌萌地笑着，趴在车窗上喊："爸爸，我们捉住你了。"

万家强尴尬得无地自容，忙推开车门，一把抄起美芽，眼睛偷瞄着季苏，嘴里说爸爸马上就上楼了，你们下来干吗？

美芽奶声奶气地说我和妈妈早就看见爸爸的车了，我问妈妈爸爸为什么不回家，妈妈说爸爸做了坏事就喜欢和我们捉迷藏。见万家强尴尬不语,就又问:"对不对呀?为什么爸爸在做了坏事的时候才喜欢和我们玩捉迷藏?"

三岁的美芽,正天真无邪的时候,也贪玩,以为爸爸只有干了坏事才会和她们玩捉迷藏游戏逗她们开心呢,两只小胖手捧着万家强的脸说爸爸天天做坏事吧。

万家强冲他做个鬼脸,然后一脸讨好地看着季苏:"那可不行,爸爸要天天做坏事,会把妈妈累坏的。"

美芽问为什么呀?

"因为爸爸一做坏事妈妈就要擦地板啊,你想想,擦地板多累呀,会心疼妈妈的爸爸都舍不得让妈妈擦地板。"

季苏知道他这是故意说着讨好自己呢,就用鼻子哼了一声,抱着胳膊往家走。

万家强忙抱着美芽追上去,用肩膀轻轻蹭了一下她的肩:"真生气了?"

季苏站住,回头定定望着他:"有个这么疼爱我的老公,我还生气岂不是太不知天高地厚了?"说着,又往前走,边走边说,"别绕圈子了,说吧,究竟干了什么对不起我的事。"

万家强干笑着打哈哈说就你老公我,岂是那种对不起老婆的货色?

季苏拿眼神逼住他:"手机为什么关机?"

"没电了它自然就关机了。"

"以前从来没这种情况,你是生意人,保持通讯通常是生意人的基本原则。"

"凡事不还有个例外么。"

"好。"季苏冷冷地说,"中午呢?中午你干什么去了?"

"中午出去办了点事,顺道在外面吃了顿饭。"

"什么事?"季苏决定今天决不让他轻易蒙混过关。

"哎——季苏,我说,咱有点过分了啊,我是你老公,不是犯人。"说着,腾出一只胳膊去揽她的腰,"走,赶紧回家吃饭,我都饿得前胸贴到后脊梁骨上了。"

见路过的人不时拿异样眼神打量他们，季苏也不想在大街上和他现眼，遂甩掉了他揽在腰上的手，噔噔往家走，进门就倚在门上，盯着他叫了声万家强。

万家强想装听不见，但不成，整个家就他们三个，客厅小得只有十来平方，放下一套沙发和茶几后，人在客厅转个身，都能相互摩擦着身体，如果装听不见，就是挑衅，就是摆明了我不想搭理你的问题，而这样，只会让季苏更愤怒，就极不情愿地嗯了一声，又底气不足地说咱有话好好说，你别这么咄咄逼人成不？

季苏说好，然后，一字一顿地慢慢说："你有事瞒着我。"

万家强弯着腰换鞋，老半天没换好，心里在拼命想：怎么说呢？要怎么说才能不至于把季苏惹得大为光火？本着能拖就拖的原则，他就像个健忘症患者，一眨眼就忘了她刚才问过什么似的，笑嘻嘻说："今晚做什么好吃的？"

季苏瞠目结舌地看着他，慢慢从牙缝里挤出一个字："屎。"

这要以往，万家强肯定得生气，因为他特别讨厌把屎尿屁之类的字眼挂嘴边上，觉得语言氛围不卫生是其一，还粗鄙，可在这个晚上，听季苏说晚饭做的是屎，他没生气脸也没变色，还是笑嘻嘻说："真格的？怎么做的？是油炸还是清蒸的？"

季苏一下子就给气哭了，眼泪跳出来，说万家强你欺负人！你欺负我贤惠你欺负我好说话。

老婆一哭，万家强就麻了手脚，手忙脚乱地不知该怎么安慰她好了，既想安慰她又不知该怎么开口，就说媳妇你自我表扬的段位越来越高了啊，还哭着进行自我表扬，我还是第一回见呢。

季苏倚在门上边呜呜地哭，边拍打他试图过来拉他的手。

万家强团团转着，嘟哝着说我饿了，媳妇，你就不能让我先吃两口饭再哭？

季苏不理他的话茬，哭着说："你有事瞒着我，你要不说，这饭就甭吃。"

"咱俩是天底下最亲的两口子，早晨见了晚上见，夜里还睡一被窝，我能有什么好瞒你的？"万家强装出一脸无辜相。

"装修款！"季苏大声说，"我一说交装修款你就东躲西藏，说！肯定是装修款出了事！你说，是不是借给你弟弟买出租车了？"

"哎，季苏，不管什么事，你可以怀疑我，可不带往我弟弟头上赖的啊。"一听季苏矛头直指万家顺，万家强心里有点不舒服，尽管他也晓得万家顺有这样那样的小毛病，但那些毛病他知道也可以说，别人不能说，兄弟像手足啊，别人挑他的毛病就跟嘲笑自己好生生的手脚丑陋而残疾一样，搁谁身上谁能受得了？脸就有点变，但也知道，装修款的事，瞒不下去了，才定定看着满脸是泪的季苏说我告诉你。

季苏看着他，等他下文。

"我告诉你，但我希望你不要因为这事进行人身攻击。"

"说吧，我只想知道真相。"

万家强就慢慢把父亲让他派五万块钱回棉花村旅游的事说了一遍。

季苏看着他，眼睛瞪好大，觉得这世界荒诞透了，诸多的讽刺挖苦话，就像一群拥挤的马蜂一样，急着要从嘴巴里喷薄而出，可又答应万家强不进行人身攻击的，只能紧紧地闭着嘴，把那些要往外喷涌的话，压啊压啊地压回去，只狠狠地喊了一声万家强。

所有的情绪和愤怒，都集中在这三个字上了。

万家强已经没了先前的强打精神，怏怏看着她，用警告的语气说咱说好了的啊。

季苏的眼泪，又一次跳了出来，准确地说是悲愤地蹦了出来。

万家强看了她一会儿，低头说我明天回去趟。

"有意义吗？"

万家强点点头，说："我爸说好的，让钱回去旅趟游就回来。"

季苏说："万一出了岔子呢？"

万家强心里一慌，嘴上还是说不会不会，走的是邮局，我爸说了，钱一到，让汇款单在村委晒几天他就去拿着单子，不往外取，直接按照汇款地址给我寄回来。

季苏知道，事已如此，再发火也无益，就擦了把眼泪，转身往厨房去，不知为什么就有了一种隐约的不祥预感，觉得这钱，十有八九是拿不回来了，却又怕一语成谶，就不敢往外说，只是怏怏招呼他吃饭吧。

坐下后，一筷子炒芹菜，季苏嚼来嚼去地嚼了半天，都嚼成没滋没味的老草了，就是咽不下去，看着万家强也吃得味同嚼蜡，知道今天这结局，也不是他故意，不过是一愚孝的儿子，一心想哄父母开心，结果把自己哄坑里去了，就往他碗里夹了一筷子菜。万家强一怔，心里也一暖，定定看着她，好半天才说了句对不起，我也不知道会这样。声音很低。

季苏叹了一口气，说吃饭吧。

尽管季苏知道真相后没谴责他，也没咆哮，可这一声叹气，却像重重的一拳打在了万家强心上，而且他很明白的是这一拳不是季苏打的。

就挺难受的，说什么情况，等明天回去就知道了。然后想这都小半个月了，不仅钱没回来，打电话父母也躲躲闪闪地只字不提这五万块钱，心里就像亮了一盏盏霓虹灯，忽闪忽闪的，挺不安的。

坐在饭桌旁嚼了半天，季苏也没吃多少东西，只觉得心里堵得慌，想找人倾诉倾诉，却又找不到合适的人，一下子，就理解了那些在婆媳论坛上媳妇婆婆相互攻击的帖子，在现实生活中，彼此倒不见得是多么的剑拔弩张，但小摩擦肯定是有的，积累多了，就难免产生蝴蝶效应，既然不想在现实中把生活爆发崩溃了，就到虚拟的网络世界发泄一下。

但季苏不想这样，觉得在网络上发泄对家庭成员的不满，就跟骂大街没什么区别，挺粗野也挺粗俗的，不符合她的性格。

虽说娘家是已婚女人最安全的精神垃圾桶，但那是其他女人的娘家。这样幸福而安全的精神垃圾桶，季苏没有。在老苏那儿，男人就是女人的天，哪怕万家强再混账，只要他还记得顾这个家，没出轨不吃喝嫖赌，就是好样的。如果他们两口子闹别扭，错一定是在季苏那儿，所以，季苏经常开玩笑说，老苏是天底下最大公无私的岳母，是专门给男人送福音、给自己的闺女送紧箍咒的，季苏要是回家找她倾诉，等于是揣着一肚子委屈会去找挨训。至于季蓝，就更不用说了，不说万家强的缺点的时候，她都瞧不上季苏找了个乡下凤凰男，对，在季蓝眼里，不管万家强多么优秀，都是攀上了季教授家这根高枝的凤凰男，如果季苏胆敢在她跟前说万家强的不是，那就等着吧，等着她嘲笑季苏自己跳了火坑现在又在火坑底下扮祥林嫂，试图博同情……其一，她还没沦落到需要博同情的地步，其二，她讨厌季蓝趾高气扬故作高贵的德行，所以，不管万家强惹她惹得多么凶，在季蓝跟前，她永远都是幸福得晕菜了的嘴脸，才能压住了季蓝那些自以为是的幸灾乐祸。

如果把娘家比做琼瑶的宫斗戏《还珠格格》，季苏就是命运多劫的小燕子，但她比小燕子还惨的是，她没有无话不说的紫薇更没有处处帮着她的含香。她只有一个永远不把她放在眼里的季蓝，和一个以冷落着她方能显示出自己是个合格好后妈的母亲老苏。老苏一心想当绝世好后妈，就不能对和她有血缘关系的季苏太热络，而对和她没血缘关系、甚至连声妈都不肯喊的季蓝，却好像捧着一块心头肉。生气气得厉害的时候，季苏就会说老苏活脱就是一现代版程婴，而幸亏季蓝不是被奸人所追杀的赵武，要不然，她这条小命也难保不被老苏奉献出去换了季蓝的活命。说虽然是这么说，但老苏不生气，因为老苏没文化不识字，根本就不知道程婴是何许人也。当然，季苏的这种说法，季教授多少听到过一两耳朵，但他不会给老苏解释，老苏就继续一副你说我是程婴我就是程婴的嘴脸对季蓝好。季教授人很好，对季苏没得说，但声形清淡，很少掺和家务事。而女人和娘家的关系，大多是婆婆妈妈的温暖琐碎或是鸡毛蒜反的小纠葛，所以，不管有多少委屈，不能和老苏说，季苏只有自己咬住了。所以，很多时候，看着别人家的母女亲亲热热地走在街上，季苏就会羡慕得眼圈发酸，是的，因为怕季蓝生气，老苏不仅逢事不护着她，对她也从不表达亲昵热络，在亲情上的重重失落感，让季苏难受得很。她想不明白，当年，母亲为什么能带着哑巴姐姐改嫁却一定要把健康的她给抛弃了，和万家强也这么说过，万家强对她有过很多种安慰，但哪一条都没安慰到她心坎上，就想，等时光再从容一些，就着手寻找亲生母亲，问问她这是为什么，然后扑到她怀里，大哭一场，哭尽这些年来的委屈和心酸。

第四章

有些亲戚，就像蚊子叮起来的一个包。

1

第二天一早，万家强就开车回老家了。

进村才九点多，为了阻止万春燕家的新房上梁，老鲍就像打鸣的公鸡一样勤勉，每天早晨早早带着她的收音机和大茶缸子爬上万春燕家的山墙上，端庄地坐了，听着收音机里的老戏，勾着花边，渴了大茶缸子里有水，饿了，老万把热饭热菜用包袱兜了，拿竹竿给她挑到山墙上，脚下是万春燕无可奈何的气急败坏，抬头是登高望远的爽朗，老鲍的心情，爽极了。

乡下盖房子讲究得很，不仅晚上不能上大梁，下午也不能上，必须中午之前，否则就是不合风俗的触霉头，乡下人盖趟新房就是照着大半辈子甚至一辈子去的，谁都不敢轻易坏这规矩，但尽管如此，老鲍还是坚持坐到傍晚才从山墙上下来，彻底断了万春燕在白天上大梁的念想，至于晚上，不怕触霉头她就上去，她老鲍不拦着她上赶着找诅咒。

那段日子，看着万春燕上不了大梁的房子像仰天敞着口的大嘴一样，风也吹日也晒，尤其是雨也淋，好端端的新房，就呈现了一派凄惶相，老鲍那个开心呐。没错，乡下人重口碑，但老鲍占理，不怕乡里乡亲们说道她，因为万春燕占了两家的夹道呢，不是她不讲理胡搅蛮缠，只要万春燕另砌道山墙，给她把吞了的夹道吐出来，她老鲍莫要说不会上山墙坐着了，连屁都不会多放半个！

万家强的车子到了村头，抬头往自己家的方向张望了一眼，远远地，就见老鲍坐在山墙上，正飞针走线地勾着花边呢。看看高耸的山墙，再看看母亲因为发胖而显得笨拙的身子以及花白了的头发，万家强的心，一下子就悬了起来，就有点怨父亲，又不是不知道母亲有一气就昏过去的老毛病，怎么能让她上山墙呢？不成，到家，他一定得说说父亲，甚至，他盼着万春燕不管用什么方式，赶紧把大梁上上，把房子盖好，这样母亲就不用每天坐在高高的山墙上让他的心发颤了。

车子路过小卖部的时候，想起上次买烟让父亲折了面子，就停车去小卖部给父亲买了两条好烟，这才往家走。

进家门家，怕自己冷不丁一声让母亲受惊，万家强遂也没喊，只是推门的时候，推得稍微响了一点，算是打招呼了。

听见门响，老鲍往下一看，是万家强，就想起了被万家顺撬去的那五万块钱，心就虚上了，就咂着嗓门喊老万老万，家强回来了。

老万正在里屋看电视，一听这话，烫着一样把电视关了，一把抓起烟袋，团团地，原地转了几匝，万家强就进来了，说："爸，您这干吗呢？"

老万磕磕巴巴地说："家强啊，你咋回来了？"嘴里这么说着，弯腰把挂在脚上的鞋提上，说："你回来了正好，我给你找个活干。"说着，头也不回地就往外走。

万家强让他弄得晕头转向地，说："爸，您先别忙活，我有事跟您说。"

老万说："啥事也没你姥姥家的事急。"这么说着，人已到了院子里，张着嗓子喊老鲍说："正好，家强回来了，你赶紧的下来收拾收拾。"

老鲍让他喊的晕头转向："收拾收拾干啥？"

老万恨恨地瞪了她一眼："昨晚他大舅不打电话说家强姥姥身子不好让你回去看看嘛，这不，正好，让家强在家帮你照望着这山墙，咱俩麻溜地过去看看。"

老鲍这才明白了，老万这是自知没法面对儿子，要拉着她躲出去。她边往下下边大着嗓门和万家强说："家强啊，你愿意上去就上去，不愿意上去就在下面听着，如果有人敢上大梁，你就给我上去！"

看着父母跟没头苍蝇似的东一句西一句，万家强就觉得脑子都炸了说："爸，我找您还有事！"

老万边往外走边说："啥事也没你姥姥的事要紧，等我回来再说。"

万家强喊："爸，我忙，没时间等！"

老鲍就从门口折回来，慌里慌张地小声说："家强啊，上大梁这景，只要上午上不上，下午她就是想上也找不齐人干活了，你要是急的话，过了中午你锁上门走行了。"

听着农用三轮扑通扑通地挣扎着远去了，万家强更加感觉不对了，却又不敢去想这不对到底在哪里，整个人给焦虑得五内俱焚。

这时，听见了院子这边动静的万春燕踩着梯子出现在墙头上，小心翼翼地说："家强啊，你回来了？"

看着墙头上一脸憔悴的万春燕，万家强点了点头。

万春燕一脸可怜相说家强，我听你爸妈出去了，你就看在小时候姑妈疼了你一场的份儿上，让我把这大梁上了吧。说着，眼泪唰唰就奔了下来，哭着说："我这房本来是给大龙和小金盖的，都起来一个月了，你妈就是不让我上梁合盖，让人看尽了笑话……"

万家强点点头，说："趁我爸妈不在，您赶紧地把梁上了，说真的，您就这么敞着不合盖，我妈就得一直和您没完，她和您没完，我们心里也不踏实，那么高的山墙，生怕她有个闪失，您……就抓抓紧吧，如果人手不够，我也过去帮一把。"

万家强说的是真心话，对万春燕把夹道占了去，虽然他也不满，但再仔细想想，也没什么，不就一条夹道么，再说了，他和万家顺都没回乡下的打算，还打算把父母接进城，这老房，就算不卖也是空着，就为条两米不到的夹道，父亲进了派出所，年过半百的母亲每天在五六米高的山墙上过日子，多让人提心吊胆！这事他还和季苏说过，季苏和他一样，巴不得万春燕赶紧的把大梁上了,给房子合上盖,公婆总不能把人家的房顶给扒了吧?这样呢,大家就都可以把心放回胸膛里踏踏实实过日子了。

有了万家强的承诺,万春燕和老金一会儿工夫就把人找起齐了,不到一个小时,大梁就上好了,然后是上预制板,挂瓦,快到中午的时候,一栋崭新的大瓦房就起来了。

2

老万他们根本没回老鲍娘家,而是在山上果园里有一搭没一搭地锄着草,老鲍说你躲得了一时你还能躲一辈子?

老万叹气,说:"实在张不开口啊。"

老鲍说:"知道张不开口你还把钱挪给了家顺!"

老万说:"没办法,张不开口也得挪,就是家强跟我翻了脸我也得挪。"

老鲍哼了一声:"打小你就偏着家顺,家强不和你急那是家强厚道,你可别拿家强的厚道当他憨。"

"放你娘的屁,我傻子啊我当家强憨?他憨他能考上名牌大学?别看他不是咱棉花村第一个考上大学的,可他是第一个考上重点大学的,家顺嘴甜我就偏向着他了?你还真把我当昏君了?"

见他火了,老鲍就不敢大声说话了,可心有不甘,就嘴里嘟哝着说你当你不是啊?

"是你娘个头!我这是向弱不向强!咱家顺在城里,除了哥嫂,他认识谁?关键时候谁能拉他一把?没人!他遇了个好机会,定金也交了,三万块啊,咱俩把命卖在果园里,卖上十年能卖出三万块来还得老天给面子,咱不帮他,这三万就打水漂了!可咱家强呢?他在城里,有同学有朋友,还有小季,小季有娘家,一大帮亲戚家,他要真遇到难事过不去了,往哪伸伸手,都能找到支应,咱家顺呢?除了他哥和咱俩这两把老骨头,他是叫天不灵叫地不应,咱不帮他谁帮他?"

老鲍不得不承认,老万说得有道理,也明白老万的招数损了点,把万家强的钱挪给万家顺,这是生生逼着万家强出去借钱,可万家强有多要强,她不是不晓得,当初他和季苏打算结婚的时候,还没房子,季苏他爸说家里房子多,就剩他老两口也住不过来,让他俩把婚结在家里行了,当时老鲍心里那个不是滋味啊,但也不好说什么,毕竟亲家也是一片好心,可就因为这,万家强愣是冒着和季苏分手的危险,提出了再等两年,等他买上房再结婚,好在季苏体谅他,就依了,直到两人齐心协力买了一套一居室才把婚结了。当父亲的,又不是不知道自己儿子什么脾性,还使这招逼他出去借钱,儿子心里,还不知得多难受呢。想想等着用钱的万家强在家里等得着急上火,她和老万又躲在山上有家不敢回,老鲍就想坐地上号啕一场,就抹着眼泪说钱到底是个啥东西哦,你瞧瞧它把人给逼的。

老万眼也不抬地说:"钱就是吊在穷人眼前的铡刀,一不小心,就削你一层脸皮。"

老鲍说说咱总不能在山上躲一辈子吧。

老万说,躲不了一辈子,咱家强城里事多,在家待不住,他估摸着,过了晌午还等不着人他就回城了。

没吃中午饭,下午三点多,老万饿得胸贴着后脊梁了,估摸着万家强应该走了,就和老鲍下山回了家。

可万家强没走。因为拿不到钱的万家强不知该怎么和季苏交代。老鲍还发现万春燕不仅上好了大梁还挂整齐了瓦,大老远看着万家强的车和万春燕家红彤彤的瓦房顶,她一拍大腿,就号啕上了。

老万也看见了。但他的心情和老鲍还是不一样的,对万春燕不仅上了梁还挂了瓦,他心里,是暗暗高兴的,毕竟,不管怎么闹,万春燕都是他亲手拉扯大的妹子,他是妹子摔一个跟头自己的心尖都会疼好几天的亲大哥。这阵子万春燕因为没法上梁而愁眉苦脸,也趁他上山干活的时候偷偷求过他,服过软,发自内心的,老万也想给她个台阶下的,可老鲍不干,说除非万春燕把讹的那三千块钱给退回来,在全村老少跟前给她赔礼道歉。

万春燕盖房盖得手头紧巴巴的，钱到手没几天就派了用场，哪儿还有得退？只好，就这么僵着了。所以，老万也愁着呢，愁老鲍和万春燕到底要僵到啥时候才收场，这下好！

不仅打破了让他挠头的僵局，他还可以理直气壮地和万家强发火，把他轰走！因为他做事不力，让他亲妈在山墙上白晒了一个多月的人干！到底还是让万春燕把新房合上盖了！这不分明就是胳膊肘往外拐吗？

所以，一下农用车，他就先发制人了，背着手大步进家，扯着嗓子喊着万家强的名字，说："你眼长脚后跟上去了！"

万家强很平静，说爸，我眼在脑袋上好好的，刚才我还去姑妈家帮忙了。

老万想把生气表演得再厉害一些，扬手就想给万家强一巴掌，可手扬起来了，却落不下去。觉得自己这爹当得很混，干了对不起孩子的事，居然还有脸打孩子？最后，这一巴掌在去往万加强的路上就改了方向，扇在了自己脸上。啥也没说，背着手回屋了，一进屋，眼泪"唰"地就滚了下来，觉得对不起孩子，因为他看见万家强的眼都红了，想来，这钱把孩子憋得不轻。

老万一巴掌虽然扇在自己脸上，把万家强扇愣了，他追进屋，说："爸，您就我姑妈这么一个亲人，别闹了，再说了，我也不愿意我妈每天都往山墙上爬，那么高，多危险。"

老万就是那种内心软得和棉花似的了，嘴巴还硬得能拿来当铁打，就瞪了万家强一眼："用不着你来教训我！"

万家强低下了头，说："爸。"

老万没看他也没应。

万家强说："爸，在家等了这大半天，我就不拐弯抹角了，我给您汇回来的那五万块钱呢？"

终于还是来了。

老万迟疑了片刻理直气壮地说我给花了。

万家强一惊："爸，您干什么能一下子花了五万块钱？"

老万想了想，说我给家顺了。见万家强错愕，接着又追了一句："家顺不知道这钱是你的。"然后就把万家顺回来借钱的事说了一遍，说，"除了你，没人帮得上家顺，咱能眼睁睁看着他三万块钱打了水漂？"

万家强就觉得胸口冷冷的硬硬的，他按捺着愤怒说爸，您想借给家顺也行，可那是我的钱，您怎么着也得跟我商量商量啊。

老万一梗脖子："商量啥？我是你爹，我说了算！我把你们生出来的时候，我跟谁商量了？我连你妈都不商量，老子就是老子，老子就是想干啥就干啥！"

老万摆出一副老子就是不讲理了，看你能把我怎么着的嘴脸。万家强就知道，完了，再往下说，只能是吵起来。就拿起手包，说："爸，我不跟您吵，真理永远在您手里握着，我是您生的，想剐想杀您说了算！"说完就往外走。

老万心里不是滋味，可嘴上的输还不能认，大步追到院子里，情急之下吆喝道："咋，你咋？你有本事了，还跟老子耍起态度来了？！"

万家强边往外走边说："爸，我不说了嘛，我是您生的，想咋整您说了算，您说让我寄五万块给您壮门面我就得麻溜地给您寄，您说把这五万挪给万家顺了，我就得连屁都不敢放一个，您还想让我怎么着？让我跪下来，给您磕头，谢谢您，说爸，您做得真对啊，您真是英明啊，我装修房子没钱我出去借，坚决不怪您，行了吧？！"万家强边说边上了车，发动了车子。

万春燕在院子里听到了老万爷俩的吵架，心想，我还真当万家强有钱一把就孝敬了你五万呢，搞了半天是演戏给大家伙看呐，这可真是打肿了儿子的脸，充老子的胖子，也觉得万家强不容易，从上大学开始就自己勤工俭学，没跟家里要一分钱，别人家儿子谈恋爱娶媳妇，哪个不得扒老子一层皮？万家强也没有，买房子娶季苏，一分钱没跟爹娘要，还把万家顺两口子给拉把进了城，这孩子容易吗？老万还冲人家吆喝。万春燕决定，她这作姑妈的，得给侄子送点温暖，就从灶房里拎出一篮子下午刚从菜园里摘的新鲜西红柿和黄瓜，跑出去就往万家强后备厢里塞，说新摘的，没打农药不施化肥的，让万家强拿回去给美芽吃。

本来，老鲍也觉得对不起万家强，老万和儿子吵吵的时候就一声没吭，可没想到万春燕趁这时候跑到儿子跟前卖好，就火了，掀开后备厢把西红柿什么的给扔了出来。

万家强从后视镜里看这一幕，只觉得疲惫，深深的疲惫淹没了他，他发动了车子，把两个怒目相向的亲人，远远地抛在了家乡的街上。

他真的无能为力，他真的管不了。除了逃走，他还能怎么样呢？

3

车到青岛的时候，已经是下午四点多了，期间，季苏给他打了好几个电话，问情况怎么样，他说还好，父母回姥姥家了，等他们回来就可以了……

现在季苏又来电话了，他只能怔怔地望着手机。响个不停的手机。却不敢接，后来，车过二手车市场时，他停下了，踟蹰了半天，慢慢把车开了进去，他宁肯把车子卖了也不想去借钱，在上一次因为没钱给工人发工资，而被工人堵在办公室回不了家，当着他和工人的面，季苏流着眼泪打电话求爷爷告奶奶地借钱给工人发工资时，他就在心里发过誓，以后哪怕是因为没钱被人拿刀劈了，他都不会再让季苏出去借一分钱了。

这辆国产车他才开了三年，收二手车的只肯给5万5，他说六万，少了一分都不行，最后，成交，他把现金装在包里，到家时，已经是华灯初上了，饭也摆好了，季苏边给他盛汤边问钱拿回来了没，他说在包里。季苏饭也顾不上吃，就去看他的包，见是6捆，还很意外，笑嘻嘻地问怎么是6万？万家强低着头吃饭，假装没听见。季苏就自说自话地说是不是咱爸妈为了庆祝咱买了新房，赞助了一万装修费啊？

万家强笑笑,说吃饭吧。

季苏觉得他情绪不高,以为他是被父母给感动的呢,万家强就这样,每当公婆为他干点啥,他就会觉得又欠了父母一大笔,就会感动,他一感动,心就会哽咽,就会现出这副德行。

季苏边吃饭边说,吃完饭要回趟娘家。

"回去有事?"万家强问。

季苏嗯了一声,说下午她妈给她电话了,说她爸这几天老是胸闷,让他去医院也不去,让季苏抽空回家劝劝他。

万家强说咱爸有心脏病,胸闷可不好。说着就加快了往嘴里扒拉饭菜的速度,吃完了,起身,先去把钱放起来,又洗了把脸,等季苏娘俩吃完了,一起下楼。

到了楼下,季苏习惯性地往他停车的地方去,万家强拉了她一下,说这边,季苏说你车不停那边吗?万家强说我们打车过去吧。

季苏一愣:"咱家有车干吗要打车?"

万家强不说话,抱着美芽快步走到街边,伸着胳膊拦出租车,季苏愣愣地看着他的背影,觉得不对头,三步两步走过去,晃了他胳膊一下:"家强,怎么回事?"

万家强嗯啊地敷衍她:"什么怎么回事?"

"车,咱家车呢?"

一辆出租车停在脚边,万家强拉开车门,坐在副驾驶位置,以前,他们也有打车的时候,万家强从来不坐副驾驶座,都是和她一起坐后排,一路说笑,可见,他心里藏着事,是在故意躲着她!季苏上了车,用刀子一样的目光,冷冷地扫射着万家强的后脑勺。

司机问去哪,万家强说金口路。边说边偷偷从后视镜里瞄了一眼季苏,和季苏的目光正好碰了着正着,顿时就觉得心上,咣的一下,好像有大锤砸在石头上,震得他的心麻麻的。就傻傻地笑了一下。

季苏说万家强,咱家车呢?

万家强好像没听见一样,跟司机说师傅,我告诉你一条近道,你从登州路啤酒街，直接上大学路，走东方饭店门口……

季苏说万家强！

万家强回头，冲她笑笑："这位美女，我在你跟前呢，你怎么喊起来没完了？"

季苏说："咱家车呢？"

万家强说："能不能先不说这话题？"

季苏斩钉截铁："不能！"

万家强："那……等下车再说，成不？"

季苏："不成！"

万家强："哎，美女，你今天怎么就这么犟呢？差这十分八分钟了？"

听他这么说，季苏就知道，毁了，今儿这一天，万家强不知干了多少能气炸了她肺的事："万家强，你别叫我美女，我告诉你，你一叫我美女我就心惊肉跳，你第一次叫我美女，是为了告诉我你爸妈供你上学不容易，咱俩的婚，就不订了，第二次叫我美女，是因为你没房又不愿住我家，决定推迟两年等买上房子再办婚礼，第三次你叫我美女，是你弟弟领着老婆投奔到咱家门口了……你说，这一次，你又打算怎么算计我？"

万家强咽了口唾沫，艰难说下车说。

司机用余光看了看万家强，说伙计，运气不错啊。

万家强忙嬉皮笑脸地接住："可不，娶了这么好的媳妇，美得我天天夜里在梦中笑醒。"

因为愤怒，季苏就觉得自己的脸，已经僵硬成了冰天雪地里的一块铁板。

4

季苏抢一样噔噔走在前面，万家强抱着美芽一路小跑，边跑边跟美芽说快板似的唱:"我们是猎人,我们是猎人!"故意唱得声音高高的,让季苏听见,接下来就是:我们是猎人,每天都勤勤恳恳,只为捉住你这个美人。歌词是万家强自己杜撰的,曲调套用的是好多年前一则杀虫剂的广告歌《我们是害虫》,曲调铿锵而又滑稽。

万家强最受不了的就是季苏生了气扭头就走不说话,咳,有事说事,不说话赌什么闷气嘛,赌闷气又解决不了问题。这话,在不生气的时候,他也和季苏说过,季苏就说不生闷气我干吗?和你吵,你是对手吗?万家强想了想,确实,吵架自己确实不是当老师的季苏的对手。季苏就用眼神笑他,说和你对吵,看你又傻又笨地张半天嘴吐不出一句囫囵话我更生气。万家强就说这不充分证明我理屈词穷吗,你生什么气?季苏就喊我生气自己的眼光行了吧?万家强就知道,再说下去,就是她生气自己看走了眼,找了他这么个嘴巴比心眼还笨拙的蠢家伙了,每一次,话说到这里,就刹车了,小两口恩恩爱爱地滚在一起,季苏也说过,万家强的这傻,不是随便哪个人都能傻到这份儿上的,说白了,就是善良过分透出几分傻来。

这一次又是,她也知道,公婆之所以能把万家强逼到卖车的份儿上,也是吃准了他的这份厚道。

如果站在局外人的角度上,她一定会大力夸奖万家强的善良厚道,可偏偏的,她是局内人,公婆和万家强的所作所为,说难听点,是狼狈为奸地侵犯她的利益,虽然万家强是被动,可再被动他也配合了不是?

季苏眼泪唰唰往下滚,这要以往,如果矛盾闹得不算厉害,只要万家强把美芽扛在肩上一唱我们是猎人我们是猎人,不管多生气,她都会笑了,可今天不行。听万家强在身后一路小跑地唱我们是猎人我们是猎人,她不仅没笑的念头,甚至想猛地转过身去,泪流满面地冲万家强大喊大叫一顿,以泄心头之恨。

可是,不行,父亲病了,她不能在这节骨眼上和万家强吵。

季苏自认是个通情达理的人,虽然生活庞大而现实,足以用冗长的琐碎把爱情扼杀于无形中,可她和万家强,还真没因为生活的琐碎起过争执。在她的记忆里，他们争执的来源，大都是来自彼此身后的那个家。

如果说万家强那个家带给她的是无穷尽的烦恼和愤怒，那么娘家带给她的就是永远都无法向人启齿的郁闷。

因为曾经的进城保姆身份，母亲老苏在季教授和季蓝面前，总有一副怎么都改不掉的奴才相，每时每刻都在兢兢业业地扮演着老妈子，为了赚个贤良温暖好后妈的口碑，她对季蓝的好，是无所不包容，对季苏严苛到了挑刺的程度，季苏气不过，就质问她，妈你到底和我近还是和季蓝近？

老苏会不以为然地看她一眼，用义正词严的腔调说我向理不向人。

每每听她这么说，简直了，季苏气急败坏，说妈，您是我亲姑妈！我亲爸是您亲弟弟！

老苏就翻一个白眼，用一声不吭对抗她，不屑得很，好像在说说这些没用的干什么？

季苏就明白了，哪怕她举办一个万人论证大会也没用，老苏都会以大义灭亲的姿态，站到季蓝那边去，生成没娘的孩子是苦虫，她不疼谁疼？尽管每当她这么说的时候，季蓝都是一脸不屑的嫌恶，但这一点也不妨碍老苏把好后妈这个角色任劳任怨地扮演到底。

季苏被母亲丢在季家时，已经记事了，也知道老苏不是她亲妈，就一直延续着小的时候的称呼，喊她姑妈，后来季教授给她落上了户，让她别喊自己喊姑父了，要喊爸爸，为这，季蓝气得哭了好几天，连饭都不吃。可把老苏吓坏了，趁季教授不在，吓唬季苏，让她以后不许喊季教授爸爸，哪怕季教授让喊也不行，季苏吓得含着满眼的泪答应了，季蓝这才开始吃饭。可季教授不干，仿佛看穿了老苏和季蓝的小把戏，在饭桌上当着大家的面说季苏你以后要不喊我爸爸我就不喜欢你了，而且不吃饭。

季蓝不吃饭老苏害怕，季教授不吃饭老苏就更是要胆战心惊了，因为在她的世界里，季教授就是她的天啊。

所以，她哭着求季蓝，就让季苏喊季教授爸爸吧，但她绝对不允许她喊自己妈。

才8岁的季蓝，轻蔑地看了她一眼，没吭声，好像在说季苏喊她什么关她屁事。

　　要不是季教授发了一顿火,到现在季苏还得喊她姑妈呢。当季教授知道了季苏屡教不改地喊老苏姑妈是老苏的主意,勃然大怒,把筷子一摔,连饭都不吃了,拿手指点着桌子沿儿说她喊我爸爸喊你姑妈,让不了解情况的人听了,这算怎么回事?!

　　老苏这才妥协了,不敢再用让季苏喊她姑妈这一招去讨好季蓝了。只是每当季教授那边的亲戚来了,她总是下意识地让季苏躲到房间里去,走亲戚家,也会找尽借口不带季苏,好像季苏不是变成了她养女的侄女,而是她自身带来的一块难以擦洗的污垢,让她羞于示人,以至于要千方百计地藏匿起来。

　　这些,季苏心里都很清楚的,也很难受,这也是大学毕业后她急着结婚的原因所在,想逃开这个让她尴尬而心冷的家,可万家强偏偏又因为要强,一定要买上房再结婚,这让她悲愤而痛苦,甚至因此怀疑过万家强的爱。

　　还好,仿佛也是老天悯她,万家强奋斗了两年,终于买上了房,虽然不大,但也是家了。有了自己的家之后,再回头张望各路的亲戚,季苏就觉得,有些亲戚,就像蚊子叮起来的一个包,虽然肉是自己身上的肉,却又疼又痒地让人不舒服到了恨不能先剔之而后快,只是,下不了手而已。

　　结婚后,老苏似乎对她好些了,尤其是有了美芽之后,经常不打招呼地就来了,拎着大包小包的吃的,坐在美芽床边,看着她发愣,有一次,季苏去卫生间给美芽洗衣服去了,出来的时候看见老苏飞快地亲着美芽的额头和小脸蛋,一边亲一边留意着门口的样子,让她心一酸,一下子明白了这些年来,老苏之所以冷待自己,也是有苦衷的,就在心里叹了口气。

第五章

这世上有一种最难以言说的感动就是,你不说我也明白。

1

季苏一路酸甜苦辣地上了楼,敲开门,就见季教授正在客厅看报纸,听见门响,习惯性地放下报纸,张望着进来的一家三口,笑着说季苏啊,然后冲美芽拍手,让她到姥爷这边来。

老苏则一脸火上了眉毛的焦急,小声说你姐都劝了半天了,没用。

声音虽然小,但季教授还是听见了,一把抄起美芽,抱在怀里说,原来是姥姥搬的救兵啊。

季苏放下心头的不快,和季教授以及正盯着电视屏幕的季蓝打了招呼,问老苏到底怎么了。老苏一副快被急哭了的样子说,这几天季教授总是睡着睡着就让胸口闷醒,让他去医院也不去,说是胃疼,喝杯热水就好了。

季教授心脏不好,这,季苏是知道的,也明白心绞痛和胸闷经常会被病人误当成了胃病,就劝季教授还是去医院看一看。

季教授说以前都看过多少次了,每一次都是住院观察,结果呢,去医院的结果就是换个地方睡几天再回来,没多大意义,还是在家自在一些。

季苏看了看季教授的脸,越发觉得不对了,他抱着美芽不过几分钟而已,额上就渗出汗来了,嘴唇也有点发乌,就从他怀里接过美芽,说爸,您还是去医院看看吧,不为别的,就为了让我妈放心,也让我们心里踏实。说着,眼里,就有了泪光,说真的,这些年来,能让她感受到亲情温暖的,也就季教授了,她像愿意自己一直被幸福围绕一样愿意他长命百岁,给她她所期望的亲情的温暖。

季蓝瞄了她一眼,表情很淡漠,然后,当她不存在似的,兀自和季教授说:"爸,您到底去不去医院?"

季教授干脆利索地说:"我身体好着呢,去医院干什么?"

"您已经心肌梗死过一次了。"季蓝有点不耐了,"让您去医院,是为您好,您怎么就这么执拗呢?"

季教授坐回沙发,又一把抓起报纸,示威似的哗啦哗啦地抖了两下,继续看:"别听你妈的,她只要说起我的健康,用的全是夸张性语言。"

季蓝淡淡然地纠正了一句:"爸,我妈已经去世了。"说着,用眼稍扫了季苏一眼,带着轻蔑的示威。

这要在平时,季苏一定会反驳季蓝,告诉她犯不着这么煞费苦心地提醒她,她知道她不是她亲姐,但今天当着身体不好的季教授的面,她只能说:"爸,我没觉得我妈夸张,我觉得您脸色不对。"说着,大方地看了季蓝一眼,说,"刚才季蓝也说了,毕竟您是有过心肌梗死史的人,真的不能掉以轻心。"

姐姐妹妹之类的血缘称呼,在季苏和季蓝之间,就像水里的鱼和天上的飞鸟中间的关系,彼此知道,但绝无关系,甚至是相互抗拒。她们从来都是直呼名字,为这,小的时候,季教授凶过她们,甚至还差点揍了季蓝,但没用,就只好由着她们去了。

季教授放低了手里的报纸,叹了口气说,季苏啊,不去医院是因为爸爸不喜欢医院里的气味和气氛,明明健康着呢,一闻医院里的来苏水味,就觉得自己像棵被喷了除草剂的草一样地蔫了。

"爸,您别心理作用,住院观察能及时发现隐藏在您身体里的隐患,万一有症状,医生护士马上就出现在您面前了,可您在家就不行了。"季苏坐在季教授身边，轻轻地给他按摩着胳膊："也不是我妈大惊小怪，您想想，我妈没文化也没工作，做教授夫人是她终生唯一的职业，您可得好好的，健康长命百岁地活着，要不然，我妈会失业的，您说，她能不着急吗？"

季蓝用鼻子轻轻冷笑了一声，说："季苏你这到底是关心我爸啊还是担心你妈没人养活了？"

季苏张了张嘴，还没来得及说什么呢，就见季教授把报纸往茶几上一扔，说走，去医院。

季苏开心地笑了，问老苏准备好住院用的东西了没，老苏忙不迭地从卧室拎出两个鼓鼓囊囊的手拎包，说早就给准备好了。

自己说了半天没说通，季苏几句就把父亲给说服了，季蓝心里特不舒服，甚至有点怨恨父亲，觉得他这是故意要她在季苏跟前难堪，脸色就难看了起来，抓着手包，站在那儿，一动不动地僵着，好像在考虑到底是负气地夺门而走好呢还是应该跟着去医院。

到底还是理智占了上风，气鼓鼓地过来，争抢似的从季苏手里抢过季教授的胳膊，扶着他下楼，老苏也要跟着去，被季苏拦下了，说车里坐不下那么多人，让她在家带美芽行了。

老苏说咋能坐不开呢，然后迷瞪着老眼一个一个地数人，说家强开车，我坐他边上抱着美芽，你们和你爸坐后面，正好。

季苏接过她手了的袋子，说今晚得打出租车去医院，所以，肯定坐不下这么多人，今晚她的任务就是在家带美芽。

季蓝一愣，问："你们家的车呢？"

季苏不想多说，就说没开。

季蓝就夸张地冷笑了一声："滑稽，明知道要送我爸去医院，怎么能不开车？"

话逼到这份儿上了，季苏只能说实话，说车已经卖了，所以，今晚必须打车。

"卖了？好好的，你们卖车干什么？"季蓝很意外。

没辙，季苏只好实话实说，说为了帮万家顺盘出租车，就把车给卖了，季蓝听得两眼圆睁，一脸见证了天方夜谭瞬间化为现实的错愕状。季教授也听见了，就看看万家强又看看季苏，有些责备地说要用钱怎么也不跟我说？

季苏怕他觉得自己和他究竟还是有些见外，因而伤感，忙解释说事情发生得突然，而且这里面有不是他们能左右得了的隐情，万家强也是不得已才把车卖了的，要不然她早就厚着脸皮回娘家借钱了。

季教授看着她，什么也没说，只是在她手上拍了两下，仿佛在说，你不说我也明白的。

明白。

在这世上有一种最难以言说的感动就是，你不说我也明白的，但是我也不说，因为我不想让你因此而难过。

万家强拦了辆出租车，一行四个人上了车，去医院，办了住院手续，因为是晚上，只是做了一下简单检查，果然，季教授的情况不太好，心肌缺血比较严重，必须住院，24小时仪器监护。

一忙活，就到了十点多，季教授虽然行动能自理，可身上连着仪器，夜里得有人陪床，季蓝当仁不让，要陪床，季苏明白，她要陪床不过是示威，示威给她看，她才是季教授的亲生女儿，也是季教授在关键时候必须依赖的人。

但季苏知道，不管怎么说，季教授是男人，晚上要起夜，女儿陪床不方便，而且季蓝的丈夫朱天明出差了，让她的女儿——一个才十二岁的孩子一个人在家，不现实，遂也没和她争执，只平和地问了一句："欣怡自己在家行吗？"

季蓝就愣了，仿佛正逗着强呢，被人从背后推了一趔趄，就恼恼地看着季苏："你什么意思？"

季苏心平气和说："欣怡自己在家不害怕吗？"

话音刚落，季蓝手机就响了，是欣怡，问她怎么还不回来，她一个人在家不敢睡觉。

季苏就顺坡给了个台阶说:"你先回吧,今晚让家强陪床好了。"

季教授身上的仪器已经连接好了,也挥着手让她回去,说他好好的,一个人就行,不用陪床。季苏说那不成,万一您要去卫生间呢,反正陪床也是睡觉,正好病房里还有张空床,就让万家强在这儿睡得了。

季教授也明白,不管怎么说,他们都不会把他一个人丢在医院,遂由着他们去了。

季苏帮着把病房收拾利索了,就和季蓝一起出了医院,站在夜风习习的街上,两人距离远远地站着,谁也没有想跟谁说一句话的意思,季苏就想,如果说这也算亲人,也只能算是老天硬塞给的,就像一件没人想要甚至是累赘的礼物。

2

万春燕自从房子盖好了,气焰又嚣张了不少,动辄就在院子里大着嗓门指桑骂槐,老鲍也是炮仗性子,压不住火,只要万春燕在院子里一开腔,她就跳着脚接腔。姑嫂两个,隔着一道墙,经常吵得怒火万丈,都恨不能立马拎着菜刀翻墙而过把对方剁碎了喂狗,相互揭对方丑大都有不揭出个祖宗八辈来就没完的架势,尤其是万春燕,不仅陈芝麻烂谷子翻腾了无数遍,还把老万让万家强往家汇五万块钱充门面的事给掀出来了,在自家院子里抖擞完了又上街广播。结果是老万让万家强寄回的那五万块钱,不仅没长了脸,让万春燕这一吆喝,还成了把他脸给抽肿了的耳光,把六十多岁的老万,给羞得走路都要低着头贴墙根走。老鲍就骂他,让万春燕给欺负得像过街老鼠似的,往后她是没法在棉花村做人了,吵着要进城找儿子去。老万这才急了,虽然万家强和万家顺都表示过,等他们在城里的日子安定下来,就把二老接到城里去享福,可现在是时候吗?万家顺一家三口还租房子住呢,万家强买是买房了,可装修房子的钱让他这当爹的背着他给挪移了，说不准媳妇正跟他闹得不可开交呢，如果这当口他们老两口进了城，那才叫没事找事呢！所以，城不是现在就能进的，棉花村还要继续待。既然要继续在棉花村过日头，就算蔫了也得强打精神。所以，无论如何也不能承认自己干过打肿了儿子的脸充自己的胖子这回事，所以，有天当他听见万春燕又在街上臭摆他为了自己的那三寸面子生逼着万家强往家汇了五万块钱时，眼睛一瞪，就跟万春燕吵上了，问她是哪只耳朵听见了还是哪只眼睛瞧见了？

万春燕仰着一张晒得黧黑的脸说她看是没看见，可她听见了，前几天万家强为啥回来？还不是因为让他这当爹的诳急了眼了？

老万就死犟着说我是他亲爹我诳我亲儿干啥呢？说着，就指着万春燕的鼻子让她好好想想，爹妈去世那会她才七岁，多少人劝他把她送了人，因为他也才是个需要爹妈照应的半大娃，可是，他没有，他一把鼻涕一把泪地把她拉扯大了，没指望她报答，可她也不能左一榔头又一镢头地往他心尖上使劲啊！说这话的时候，老万的鼻子都酸了。爹妈死的时候他才十四岁，一个半大不大的小子和一个动辄就咧大嘴哭着要找娘的小女孩，谁敢想往后的日子怎么熬？可他硬生生就这么熬过来了，图的是啥？不就是万春燕是他亲妹子嘛，不就是不想血脉分离吗？这么多年过去，他们确实没有血脉分离，可心呢？亲人之间那点热乎气呢？

想着想着，老万的手就颤抖了，眼泪颤颤着，就要往下滚。万春燕也看见了，其实，她心里也念着当哥的情，确实是她不对，太贪了点，把哥家的夹道占了，还讹了哥家三千块，这要说起来，她是挺不厚道的。可是，在乡情浓郁的乡下，人要落下不厚道的口实，日子就不好过了，所以，她万春燕不能把这个不厚道的名声领回来自己按头上，而是必得把屎盆子往哥哥两口子头上扣实在了，自己才能有从容喘气的空间，遂又说明明是他们两口子盖不起新房子，看着她新崭崭的大房起来了眼气，才想着办法地折腾她，倒成了她的不是了！非要摁成她的不是不要紧，没理了，就千年的母猪想着万年的抱糠似的把当年那点破事拿出来压她，她还就不信这邪了，别以为当年没把她送人她就得感他的恩戴他的德，事实恰好相反，当年把她送了人才好，送个殷实的人家，她也就犯不着跟他吃那些苦受那些穷了！

老万怎么也想不到万春燕会说出这样的话来，就满腔悲愤地看看她，摇了摇头："春燕，你要这么说，就是良心被狗吃了。"说完，背着手，一步三叹地走了。围观的人也觉得万春燕过分了，年纪大的，仗着辈分和声望在那儿，就数落了万春燕两句，说春燕啊，人活着，不能说没良心的话。

万春燕给说得上不去下不来的，涨红着脸，不知该冲谁发火，末了，一跺脚，走了。回家望着院墙西面的老万家，越想越气，就从墙根下抄起一把铲刀，绑到杆子上，一下下地铲老万家的老楸树，也就是她爹栽下的那棵嫁妆树，虽然老万另买木材给她打了嫁妆，才奂下了这棵树的活命，可看着楸树一天天地茂盛在那个有老鲍的家里，就气不打一处来，一生气，她就拿着铲子修楸树的树头，把探到她家院子的树杈剃头一样地给铲光了，树头一面被修得像悬崖峭壁一面像扑啦啦的浓密大伞，看上去滑稽可笑极了。

见万春燕又在拿树出气，原本就满肚子悲凉的老万就更气了，一怒之下，就出去借了电锯，想把树齐根锯了利索。可电锯借来了，对着树没比画几下，又觉得下不去手，觉得老树就像他的一个不说话的老兄，虽然要判它死刑，可用锯子，就像给腰斩了似的于心不忍，遂想把连根一起刨了，也免得只锯树干日后又冒出小树来照样和万春燕淘气。

老万找了个镢头，在这头吭哧吭哧地刨上了。

毕竟是年过半百的树了，根粗，往四下的泥土里伸展得也大，老万也想尽量完整地把树根刨出来，因为上次进城，季教授说想弄个棵大点的树根做根雕茶桌，他都寻摸了一年多了，也没寻摸着，这会自家刨树了，正好。就顺着树根，往边下刨去，以树为圆心，刨得那窟窿，足足有五六个平方那么大。正刨着呢，老鲍挎着一筐菜从菜园子里回来了，见老万吭哧吭哧地刨树，就急了，把篮子一扔，说你干啥呢？

要刨掉陪了自己大半辈子的树，老万心里也听不是滋味的，但还是倔倔地说:"我干啥,你看不见啊?明知故问!"

老鲍就来夺他的镢头:"好好的,你刨它干啥?"

"看着害气,刨了利索!"老万依在坑边上,抽了根烟,眯着眼睛看树梢,心里五味杂陈的。老鲍也顺着他的眼神去看,见不少树枝被铲得藕断丝连的,叮叮当当地挂在树上,显得分外凄惨,遂明白老万为什么要刨树了,就在院子里跳着脚骂万春燕,说不就是让她顺溜地把房子上了梁她就得瑟得不知姓什么了吗?她这就拿镢头给她刨塌了!说着,也真去找了镢头,发狠似的在墙根下刨。

墙那边的万春燕真急了,以为老鲍真的要从墙那边掏个洞把她家新房给掏塌了,就连哭带骂地拽着老金去找老万拼命。

老万正刨树根呢,就听镢头下面清脆地响了一声,好像刨到了什么,还没等细看,万春燕和老金就气势汹汹地来了。老金见老万把窟窿刨不小了,也以为真是要刨他的房子,就急了,一急,反倒结巴了,一个字也说不出来。万春燕见老万窟窿都刨老大了,又气又急,顾不上骂,要跟老万两口子拼命,徒手舞扎了两下,自知吓唬不着手里攥着镢头的老万两口子,眼睛就四下里寻摸,看见了撂在地上的电锯,抄起来就奔老万去了。

老万还真让她吓着了,忙说电锯不是闹着玩的,让她放下。万春燕的泼劲一上来,越拦她越呛着茬上,见老万真怕了,索性把电锯开关打开了,冲着老万两口子一挥一挥的,让他赶紧把坑给填了,要不,她今天就把他两口子锯了再锯自己的脖子。

老万生气地说你当我真刨你房子啊,我刨树!万春燕就跟进了村的鬼子兵似的,也随着他打转,就是不放电锯,嗡嗡响着的电锯把老金也吓坏了,说春燕,有事说事,别拿电锯瞎比画。

万春燕就回头骂他:"有事说事管用当年你哥能占了你的房?!"

老金就蔫了,老金脾气蔫,话也不赶趟儿,如果不是逼到坎上,就没急的时候,因为这,万春燕恨得牙根痒,却又拿他没办法,当然,她也知道,如果老金像她一样,也是一蹦三丈高的脾气,他俩的日子根本就没法过。

虽然让万春燕的坏脾气威住了大半辈子了，可见万春燕拿着电锯比来画去的，老金还是担心她犯起虎脾气来闯下收拾不了的大祸，就萎着腰在她身后转来转去的，瞅准了，一把抱住她的腰去夺电锯。见老金居然敢和她唱对台戏，万春燕攒了一脑门子的火，噌地就烧了起来，一手提着电锯一手去扒拉着骂他吃里爬外。老万惦记着一镢头下去的那一声脆响，就懒得搭理他们两口子的闹腾，忽然听老金哇的一声惨叫，一只血淋淋的手，翻着跟头滚进了坑里，老万给吓得一个趔趄就坐在了坑底下，再然后，就是老鲍被人提着头发大杀特杀似的惨叫。

老万闻声，看也顾不上细看，连滚带爬地出了坑，一把抄起正嗷嗷叫唤的老鲍就往大门口的拖拉机上抱，在老万怀里，老鲍飞散的魂魄收回了一点，拍打着老万的肩磕磕绊绊喊："老金，老金！"

老万急三火四地道都他妈逼什么时候了，你还顾得上老金！说着就要去发动拖拉机，被老鲍一把揪住了："胳膊，老金的胳膊！"

老万这才定神去看，果然，老鲍的胳膊好好的，只见老金一手死死地攥着鲜血淋漓的半截胳膊，脸色灰白，整个人疼得好像傻掉了，两眼直愣愣地瞪着院墙，电锯还在万春燕手里嗡嗡地耸动着，淅沥的血，一滴两滴地往下滚。

老万连滚带爬地从拖拉机上翻下来，从万春燕手里夺下了电锯，关了，往旁边一扔，捡了一截绳子，顶着老金杀猪一样的嚎叫，扎在他的断胳膊上，又翻到坑里，捡起老金的断胳膊，往万春燕手里一塞，把两口子推到拖拉机上，又把老鲍揪下来，发动了就往镇医院跑，可镇医院水平不行，医生不敢收，又转奔县医院。

县医院的医生忙活了一下午才把胳膊接回老金身上，花老鼻子钱了，光手术押金就交了 2 万，是小金两口子来交的，因为万春燕盖房子盖得，实在掏不出钱了。

万春燕看着收据，跟小金说："让你舅给你打个借条。"

不仅小金还有老万都莫名其妙。

万春燕耷拉着眼皮说："你爸的胳膊是你舅给锯下来的。"

老金一听就炸了，说："春燕，你扪扪你良心！"

万春燕说："我扪扪脑门老金的胳膊也是你锯下来的，电锯是你借的吧？我脑子让驴踢了？我跑你家院子里把我男人的胳膊锯下来！"

小金觉得也是这个理，原本还有些踟蹰的她就走到了老万跟前，说："舅，我和大龙打工挣俩钱有限，你把我爸胳膊锯了这钱得你出。"

此时，老万痛打自己一万军棍的心都有了，觉得哪怕脚后跟上都长着嘴也说不清楚这事了，他像只气急败坏的老猴子，在医院走廊里跳着脚说："万春燕！我操！我操老金他娘，我操他娘我瞎了狗眼，早知道你今天这么对我，当年我就该把你扔山上去喂狼！"

可老万没把万春燕扔山上去喂狼，而是含辛茹苦把她养大了，万春燕却变成了狼，平日里一口一口地撕咬他的好心情，现在是一口闷掉了他的心！他看着万春燕，觉得胸口闷了一大口鲜血，随时有可能喷涌而出。而万春燕也毫无畏惧地看着他，好像在说，你别觉得冤得慌，如果不是你不安好心要从地下掏洞刨毁了我家房基，我能去找你拼命？如果你没借了电锯，我能在找你拼命的时候就手捞起它错把老金的胳膊锯了？说一千道一万，就是你老万的责任，这壶酒钱，你是认也得认不认还得认，你，没跑了！

3

老万做梦也想不到，自己好心好意把老金送到医院，万春燕不但不感激，反倒把他讹了。气急败坏里就说万春燕，你是不是我妹妹？昧着良心说话，你还是不是人了？

万春燕说反正她给老万当了这么些年妹妹也没捞着啥好处，所以，给老万当妹妹也没啥好稀罕的，让他该赔钱赔钱，甭拿这个说事。再说了，退一万步讲，不管她是不是老万的妹妹，老金的胳膊都是他锯下来的，千真万确,她亲眼目睹。说到这里,老万气得两眼冒火星,去质问老金,已经保住了胳膊的老金,低垂着眼皮,像一条被打怕了的可怜老狗,看都不敢看他一眼,老万就知道完了,原来吕洞宾果真是会被狗咬的,就强睁着一双一天一夜没合过的昏花老眼往村里突突,一进门,就没来由地把老鲍骂了一顿。

老鲍刚从昨天的惊魂中醒过一丝神,让他一骂,又憷了,两眼一翻,就昏了过去。

一着急上火就翻着白眼昏过去,是老鲍的老毛病了,这也是多年以来,她治老万的撒手锏。不管是讲理和吵架,只要占不了上风,她眼白一翻,就往后倒过去,好些时候,能把老万拳大的心脏活活从嗓子眼里吓出来。

老万边给她掐人中,边扇了自己一嘴巴,等老鲍悠悠地吐着气醒过来,他也不说话,懊恼地上一边抽烟去了,抽够了就站院子里,端详着院子里的树,越看越来气,要不是它,这些年来,老鲍和万春燕的饥荒至少得少一半,要不是因为刨它,万春燕也就不会锯了老金的胳膊往他头上赖,这么想着,心里的恨,就更有力气了,把烟屁股一扔,又跳进了坑里,吭哧吭哧地刨了几下,突然想起昨天刨的时候,好像刨到了什么,就蹲下去,细细地扒拉了,果然,是一个黑色的陶土坛子,摸了摸又晃了晃,在土里埋得牢牢的,就把土往旁边清理了一下,这才看见坛子里装了些黑乎乎的东西,顺手掏出一个,摸着硬硬的,虽然黑乎乎的,但能看出上面有花纹,就手抓了把土搓了搓,搓过的地方,都银亮银亮的,看上去好像是大洋,就飞快把坛子里的东西全都掏了出来,居然全是一样的东西,他张了张嘴,这会儿激动得心脏差点从嘴里跳出来。

他把这些硬邦邦的宝贝们堆到一边,在坛子四周又刨又挖了一会,见真没其他东西了,才脱下上衣把它们兜了出来,也顾不上喊老鲍,自己打水稀里哗啦地洗了几遍,又咬了咬,不像铁也不像铜,有点软,没错了,是大洋,就招呼老鲍过来看。

无缘无故地让他给骂了一顿,老鲍还生着他气呢,遂不管他怎么招呼,都躺炕上不吭声,老万迫不及待要献宝,就连坛子端到炕上让老鲍看,见老鲍爱答不理地拿白眼扫他,就说大洋!是大洋,咱发财了!

老鲍就一个骨碌从炕上爬了起来,做贼似的往窗外张望了一眼,胖泥鳅似地下了炕,一溜烟奔到院子里,把大门关了,才气喘吁吁地瞪大了眼,看着一坛子长了银锈的大洋,颤着声说真假?

老万递给她一块,让她咬咬。

老鲍咬了一下,眼泪就扑簌簌地掉下来了,带着哭腔问能买多少钱?

老万想了想,摇头,说不知道。过了一会儿,才小心说十万八万是值了吧。

老鲍的泪,就掉得更厉害了,说那就赶紧卖,卖了钱给家强,咱把孩子装修的钱挪给了家顺,孩子在媳妇跟前儿还不知有多难做呢。

老万没吭声,过了一会儿,才前言不搭后语地把在医院被万春燕讹了的事说了,老鲍一听,就跳了脚,要去医院撕了万春燕,被老万拉住了,说撕什么撕?我就不信干屎她能抹到我身上。

老鲍气哼哼看着他,说万金油我告诉你,你要敢让万春燕讹成了,不管上吊还是喝农药,我这就不活了,我这就让咱儿成没娘的孩子,让你当没老婆的老光棍!

老万厌烦地看了她一眼,说除了上吊就是喝农药,你就不能耍点别的招?说着,拿出两块大洋,把其他的找件旧上衣包了,要找地藏起来,说不着急卖,等秋天收拾完庄稼他就进城,找季教授看看这东西到底能值多少钱再说。

老鲍觉得也在理,就帮他找地方藏了。

因为这突如其来的大洋,老万的心情也好了许多,再看院里的那棵楸树,就觉得更是亲切了,像多年相互偎依的亲人一样亲切,甚至觉得,这楸树是通灵的,那一百块大洋,就是它晓得自己要杀它而倒腾来的买命钱,老万心里很慨然,拍了拍楸树的树干,叫了声老兄,就拿起铁锨,把刨出来的坑埋上了。

4

过了不到十天，老金吊着一条打了石膏的胳膊出院了，街坊邻居们提着鸡蛋排骨地去看他。但老万没去，其一是都闹成这样了，就没必要提着礼物上门找不自在了，其二是在医院让万春燕两口子讹了一顿，心已经寒透了。

可，该来的，终于还是来了。老金出院的第三天，老鲍出去倒脏水，就见万春燕像半截雄赳赳的树桩子一样竖在东院墙上，吓得她，差点把手里端着的盆摔地上，就恼了，一扬手，盆里的水，就往东墙根下去了，溅了万春燕一脸。

奇怪的是万春燕没恼，先是往脸上抹了一把，然后问老万呢？

老鲍没好气地说死了！

万春燕拿鼻子哼了几声，说死了不要紧，父债子还，等她进城找万家强，让他替老万把老金的医药费啥的赔了。

一听这个，老鲍脚上的怒筋，就一跳一跳地鼓了起来，一边碎砖头烂石头地往万春燕立着的地方护一边破口大骂，直把原本趾高气扬的万春燕从墙头骂没了。

然后，村委主任来了。再然后是村支书来了，众口一词，让老万赔偿老金的医疗费和误工费。老万跟他们理论得都快把嘴皮磨破了，说千真万确他借电锯是锯树的。

村干部就问你锯啥树？

老万就指指院子里的楸树。

村干部就说老万啊老万，虽说大伙儿都知道你这人厚道，可在这事上你撒谎就把谎撒拙了，你说锯这棵树，树咋还好好地站院子里？

老万说借完电锯我又改主意了，想连根刨了它。

村干部就又指指院子里的树,说你刨了吗?

老万就哑了,他总不能说我刨着刨着刨出了一坛子大洋就不刨了吧?财不露白呢,这事是万万张扬不得。

于是,老万就吧嗒吧嗒地抽烟不吭声了。

他一不吭声,村干部就当他终于理屈词穷了,就摆出一副很理解他的样子,表示虽然他们明白万春燕占了夹道他咽不下这口气,可再咽不下人家房也盖起来了,就不能睁只眼闭只眼地过去,何况他和万春燕还是一奶同胞呢,往后还得东家西家地邻居着,就别弄得跟仇人似的了,好在老金的胳膊接上了,医生也说了,过阵子就能恢复,也落不下啥残疾,这要真说起大度来,还是万春燕大度,因为单是凭着老万把老金胳膊锯下来这茬,她就可以报警把老万逮进去,人家没报警,只是让他赔偿点经济损失,说白了,还是念着他是亲哥这份情呢。

听村干部说到这里,老万就像年夜里的二踢脚遇上了火一样,爆了!要不是有房顶捂着,他能一个高蹦天上去,撕破了嗓子似地喊,我要咋说你们才能信?老金胳膊是万春燕锯的,她讹我呢!

村干部就说,老万,再不搅和了,你说人家老公老婆的,万春燕干吗要把自家男人的胳膊锯断了诬赖你?苦肉计还有这唱法的?何况电锯的主人可以作证,电锯是老万亲自跑他们家去借的……总之,不管老万怎么说,大伙儿都觉得,老金的胳膊,是断在了老万手上,因为锯子是他借的么,因为他和老金有过节么。

老万就恼了,撵鸡一样把村干部往外赶,夫唱妇随,老鲍也跟在身后嚷嚷村干部不是昏官就是吃了万春燕的请,才硬是要把干屎往老万身上抹!村干部让她嚷嚷得脸上挂不住了,就跟万春燕说这事他们不管了,让她该走法律途径就走法律途径,万春燕也果真跑到镇法庭把老万告了。

随后几天,万春燕天天站在小卖部门口,逢人就说她把老万告了,街坊邻居也三三两两地把着话捎到老万跟前儿,可老万没当事,觉得万春燕也就是吆喝着吓唬吓唬他,打官司呢,没深仇大恨谁往法庭里去?不管万春燕多十恶不赦,都邪不到把拉扯她长大的亲哥往法庭上送的份儿。所以，十天后，当万春燕命悬一线躺在医院里等救命血时，老万是片刻也没犹豫，片刻也没耽误地开着拖拉机去了。

万春燕为什么会命悬一线呢？

说到这里，我要往回倒叙片刻，说说万春燕和她的亲家大龙父母的事，万春燕只有小金这么一个女儿，按照山东的计划生育政策，只要头胎是女儿，她可以合理合法地再生第二个孩子，可不知为啥，她医也求了神也拜了，就是怀不上了，为这，她一度曾很自卑，觉得没生出个儿子来是对不起老金，好在老金厚道，没觉得香不香火的有多重要，甚至还安慰万春燕说，没事，等小金长大了，给她招个入赘女婿，生了小孩让他姓金不就得了。

说是这么说，事就不是这么回事了，在乡下，但凡有条件的人家，都不会撒手让儿子去当上门女婿，就算没条件，但凡要点脸面的男人也不愿意给人当上门女婿，那些愿意当上门女婿的，小金又瞧不在眼里，就这么着，一年一年的，眼瞅着就要把小金的婚事耽误了，才和大龙谈上了。虽说大龙弟兄三个，可大龙父母照样不答应大龙当上门女婿，因为大龙是老大，当上门女婿，别人会瞧不起他爹娘，爹娘都让人瞧不起了，下面俩兄弟的婚事，怕是就要作难了。所以，他们商量了个折中的办法，让小金先跟大龙把婚结了，等大龙俩兄弟都结了婚，大龙和小金就搬回棉花村，给万春燕两口子养老送终，但前提是万春燕也不能委屈着大龙，必须把旧房翻盖成新的。尽管老万早就说了，这恐怕是大龙父母的搪塞说法而已，目的是为了尽快让大龙把小金娶回去。可万春燕还是喜得啊，合不拢嘴，反倒把提醒她的老万给噎了一顿。老万也就不愿多插嘴了。

可事实呢？果然应验了老万当初的猜测。

这不，大龙父母借口万春燕为大龙小两口翻盖的房子还没上梁就让老鲍上墙坐了，晦气，死活不认当年许下的账了。

万春燕当然不能巴巴地把这亏吃了，骂完了闺女骂大龙，骂完大龙跟亲家理论，大龙父母虽然有大龙父母的刁猾，可跟万春燕斗起嘴来，还真不是对手，在电话里吵吵了几次，索性就不接电话了。

大龙父母越不接电话，万春燕的一肚子闷气就发酵得越是膨胀，心一横，找了个日头硬朗的日子，骑上电动车就奔大龙父母家去了，非要把这理掰扯过来不可。

三掰扯两掰扯，把大龙父母给掰扯的脸红脖子粗，脸上挂不住，就吵了起来，还吵着吵着就把她推搡到了门外，咣地一关大门，任凭她连喊带拍打，就是不给开了。

万春燕哪儿咽得下这口气？就在大龙父母家的门外切了手腕。

其实，她不想死，本意想吓唬吓唬大龙父母，让他们松松口。没承想人家扛吓，管你万春燕要死要活人家就是不开门，不应声，眼看着鲜血小蛇一样从手腕子上流出来，万春燕自己也怕了。十五岁的时候，她掉山沟里一次，摔得失血过多差点丢了命，才知道自己是熊猫血，除了哥哥老万，周边再也找不到能救她命的人了，这也是她不愿意往外村嫁的原因之一，人，不管活得舒不舒服，谁不惜命呢？

关于她是熊猫血的事，闲聊的时候和大龙父母也提起来过，所以，今天她才拿割手腕吓唬他们，熊猫血呢，这方圆几十里，除了老万找不到第二个能救她命的人，大龙父母也晓得，眼下她和老万闹得水火不容，就算她的血流干了，老万也未必能挽袖子救她，难不成大龙父母豁上落个逼死亲家的恶名也不改口？她还就不信了！

万春燕是这么想的。

可她不知道，大龙父母不这么想，早先，大龙和小金处对象的时候，他们也托人打听过，晓得万春燕是棉花村有名的厉害主儿，拿一哭二闹三上吊当家常便饭，却没一回死成的！今儿演到他家门口了，他们当然不能上当让她得逞！

大龙父母做梦也没想到万春燕会真的割手腕，直到听她的声变了调，才觉出不好，开门一看，万春燕的脸，都惨白惨白的了，大龙父母立马吓麻了手脚，给她勒住了手腕子就往医院送。等老万接到电话赶到医院，因为失血过多，万春燕的脸都已经白成一张纸了，疼得老万啊，在心里一个跟头一把泪的，二话不说就输了500毫升给她。眼看着她脸色逐渐有点人色了，才晕头晕脑地回了家，进门就喊老鲍给他烧红糖水，他晕得都快站不住了。

老万接到电话往医院去的时候，老鲍不在家，也不知他咋就蜡黄着一张脸进来了，老鲍给吓了一跳，边忙手忙脚地烧红糖水边问他到底是怎么了？

老万就把万春燕割手腕子的事说了一遍，末了才说自己去给她献血了。

老鲍虽然生气，但也知道，在性命攸关的时候，莫要说老万，就是找到她头上，她也开不了回绝的口，就嘟嘟哝哝地给他烧了一大碗红糖水，老万还没等喝呢，就听有人在门外喊："万金友在家吗？"

老万吸溜了一口红糖水，大着嗓门啊了一声，就见一前一后进来俩穿制服的人，打开一个装文件的夹子，让他签字。

老万眼花，看不清，问签啥？来人说传票。

老万就懵了，说我不坐船也没买船票，你是不是送错了？

来人就笑得不行了，说不是坐船的传票，是法庭传票，万春燕起诉他蓄意伤害，要跟他追讨民事赔偿，已经立案了，今天他们是来送开庭传票的。

老万就觉得有一万只蜜蜂在脑袋里嗡嗡成了一团，满眼都是金星在蹦跶，要不是扶着门框，怕是就一脑袋栽倒了。老鲍一听万春燕把他们告下了，噌地就火了，扯过传票，三把两把撕了，好像来人是万春燕的同党，是伙着万春燕来欺负他们的，愣是一口气把人家给骂跑了，这才一把鼻涕一把泪地坐在门槛上哭开了，边哭边骂万春燕是喝干了她哥血的白眼狼。

老万咋也想不明白，自己刚给万春燕献完了救命血，她咋能这就让法院来送传票？不行！这事一定得跟万春燕理论理论，要不然，他就是想破了头也想不明白自己亲手拉扯大的妹子为什么要对他下这么狠的手。第二天一早，他就发动了拖拉机。老鲍问他干啥呢。老万说去医院，老鲍就明白了，拍了拍身上的土，上了车，说就你那嘴？

老鲍知道老万虽然脾气不小，可嘴笨，越到关键时候越说不出话来。

老万也知道，只要老鲍去了，说清楚摆道理这事就别指望了，只剩了吵嘴打架这档子事。当然，万春燕的手腕子昨天才缝好，手是动不了，可嘴仗那是一定免不了的。也好，就当让老鲍帮他出口恶气。

果然，到了医院，嘛理也没来得及讲，老鲍就和万春燕吵成了一锅爆豆，老万在一边看着，满心满眼里都是苍凉，他和万春燕也是一奶同胞的亲人啊，可是，这些年来，除了相互往对方的心尖子上掏窟窿，就没干点别的。

老万黯然神伤，默默拉起吵得嘴角泛白沫的老鲍走了。走到门口，才一字一顿地告诉万春燕，从今往后，他没她这个妹妹，状，随她告去，他还想找个地方好好和万春燕摆摆道理呢，正好！法庭上见。

老万就不信这满天底下就找不到个讲理的地方了！万春燕不就是想和他算账掰扯钱嘛，好，上法庭讲去，他要跟法官从头到尾好好掰扯掰扯，当年爹死娘没了的时候她才七岁，是他这当哥的，舍不得吃舍不得穿的把她拉扯到高中毕业。让法官去四乡八邻地打听打听，乡下姑娘，就是父母健全的，有几个读到高中毕业的？可他老万就办到了，要不是文化大革命来了，取消了高考，他还想供她念大学呢……万春燕不是豁上坏了良心也要讹他么，成，让万春燕先把老万养育她二十年的账结了，想讹多少，随她便！

其实，如果不是老万两口子来闹了这一场，万春燕原本是想去撤诉的，都和老金商量了，说不看别的，看在老万给她输了500毫升血的份上，等出院她就去镇法院把起诉撤了，和老万家斗了这些年，一直是她争强好胜爱掐尖，可不管怎么掐，做人的良心，她还是有的。

从没打过官司的万春燕不晓得起了诉还有送传票这一说，更没想到还没等她去撤诉呢，镇法庭就把传票给老万送去了，那张送到的传票，像刀子一样扎在了老万心上，把老万的心彻底扎寒了，两口子跑到医院一顿闹腾，把万春燕已经松软了的心，又给闹硬了。老万两口子前脚一走，她后脚就跟老金说，告，不告他们个底儿掉她就不是万春燕！

5

老万无论如何也没想到：他在法庭上慷慨陈词得泪眼婆娑，法官却让他就事说事，不要牵扯以前的陈芝麻烂谷子。老万就恼了，问上法庭是不是为了摆明白谁有理谁没理的？法官说对。老万就说他这就是在说理，万春燕不是要上法庭跟他算账么，那就先把他拉扯她长大的账也一起算了。法官说道理是这道理，但今天开庭审的是他把老金胳膊锯了这事，别的事要另案另立，不能往一块搅和。

老万问到底咋个不能往一块搅和法？难道万春燕不是他拉扯大的？

法官说是归是，但不能往这事上搅和。

老万就愤怒成了咆哮的狮子，说法官不是吃万春燕的请了就是收她的礼了，要不然，咋能处处向着她？

法官让他搅和得语结，急了，说法律是讲条理讲证据的，当庭就硬生生判了，老万赔偿老金五万块钱的医疗费和误工费。法警让老万在判决书上签字，老万抓过来撕了，两手并在一起，往上一举，让法官逮捕他坐牢算了。法官没理会他，拿起卷宗走了，几个法警几乎是架着把老万送出法庭的，站在镇法庭门外的大街上，老万看了看日头，觉得日头毒得好像有一万把喷着火的长剑扎向他的心窝。

万春燕两口子路过他身边时，脚步快得像逃，老万知道他们是做贼心虚，可是，不知为什么，他一点也发不起火来，只觉得心脏的位置又闷又疼，疼得他站不住了，就弯着腰，在大街上蹲了下去。

他就那么紧紧地拥抱着自己的胸膛，蹲在镇法庭门口的大街上，眼神迷茫，面目枯槁，内心泪流成河。

老万决定，等摘完苹果，就地卖给苹果贩子，把门一锁，进城投奔儿子去，因为法官说了，不在判决书上签字没用，到时候万春燕可以申请法院强制执行。

　　老万虽然对打官司的事一知半解,可强制执行,他还是知道的,前两年,村里的果汁厂欠钱让人起诉了,法院来强制执行,那是进门见啥封啥,最后,满车间的机器全给贴上封条拉走给便宜卖了。

　　那天下午,老万站在院子里,打量着这四间住了六十多年的老屋,在心里叹了口气,执行吧,不就四间破屋么,难不成他们能执行了去拆吧拆吧卖了?卖怕是都没人买!何况,万家强早就说了,等买了新房,就把二老接进城去享福,现如今,他新房也拿钥匙了,也是时候了吧?夜里,和老鲍这么说,老鲍挖苦了她一顿,说就算家强来接你,你有脸去啊?

　　老万心里一咯噔,这才想起自己挪了万家强五万块钱的事,也不知季苏为难他了没,心里讪讪地黯然,就没再说什么。

第六章

好好的,您立什么遗嘱啊?

1

季教授住院调养了一阵,就出院了。这天下午,他给季苏打了个电话,让她下班回家,说有事要商量。季苏问什么事,他轻描淡写说回来就知道了,也没什么大事。下了班,季苏让万家强去幼儿园接美芽,自己回了娘家。进门的时候,季教授正在书房临一幅名画,因为心脏不好,不能从事户外锻炼,这些年来,他一直与书画为伴,因为画国画和写书法是要站着的,很有些打太极的意味,既修身养性,又能锻炼身体,十几年揣摩下来,在书画方面,虽然没成名成家,但也颇有造诣了。

季苏站在门口,喊了声爸。

季教授抬头看着她笑笑,用手指了指对面的一把椅子,示意她坐。

季苏进去,但没坐,而是站在一旁看他画画。季教授边韵一块山石边说,这次叫她们回来,也没什么大事,就是把写好的遗嘱,给她们一人一份。

季教授口气淡得,好像是告诉她家里有株他喜欢的花开了,喊她们回来看一眼一样。

季苏说爸,好好的,您立什么遗嘱啊?

季教授就笑，说我的身体我知道，心肌梗死很难越过第三道坎，我已经过了两道了，还是把身后事考虑周全些好，这样你们都不难做。正说着，季蓝进来了，风风火火说："爸，我听说您要立遗嘱？"

"不是要立，是已经立好了。"季教授笑呵呵地放下笔，"你妈这个人啊，就不敢让她知道点事。"

季苏就知道一定是父亲给季蓝打了电话，没说什么事，季蓝又电话母亲，把话套出来了。

季蓝看了季苏一眼，示威似的，小声说爸，我都说过多少次了？我妈已经去世了。

"我也说过很多次了，你苏阿姨就是你妈！"季教授不高兴了，这些年来，他最耿耿于怀的就是季蓝坚持喊老苏喊阿姨，这意味着季蓝一直以来不认可他的婚姻，而这种不认可，对于老苏这种没多少文化，以丈夫为天的传统女人来说，就是毁灭性的否定，他比谁都知道，季蓝每喊一声阿姨，老苏的心，都要颤抖一下。

像往常一样，季蓝不动声色地转移了话题："爸，我认为您没必要这么早就立遗嘱。"

"我比你了解自己。"说着，季教授就从抽屉里拿出三个信封，"客厅里说。"又对季苏道："让你妈先别忙，出来一下。"季苏哦了一声，去厨房把老苏喊出来。

老苏边往外走边往下摘围裙，见季教授手里拿了三个信封，就知道挡不住了，就抹着眼泪说："好生生的日子过着，你爸非要弄些招人难过的。"

季教授笑着坐下了，说以前，有钱人家的老人都会提前打好了棺材放着，据说越是打好了棺材的人越是活得寿命长，所以棺材才有了另一个名字叫寿材。说着，扬了扬手里的信封，说现在不兴用棺材了，用遗嘱也一样，他早就写好了，今天召集大家过来看看，如果没意见的话，就各自签上字。

毕竟遗嘱是和死亡联系在一起的，话题显得很沉重，整个客厅里，除了季教授自说自话似的絮叨，就是老苏时不时地拿手背擦一下眼泪，季苏和季蓝都没说话。季教授又说，这几年他设想过很多种立遗嘱的方式，都不妥当，最终还是选择了这种。季教授说立遗嘱是对家人负责的表现。见大家都不说话，就深深望了老苏一眼，说："我主要是不放心你妈，她这个人，没念过书，满脑子传统思想，善良得不分是非，如果我不把身后事安排好，她不知会把日子过成什么样。"

季苏明白，父亲的担心不是没道理的，母亲没文化，是古典戏曲的忠实粉丝，古典戏剧里的那些忠忠义义，早已随着她深爱的戏曲，深入她心，在母亲的心目中，季蓝的生母就是端庄贤惠却不幸早逝的正房夫人，而她是那个幸运的被收房的丫头，对季蓝，一直有种奴才要敬着少主子的恭敬，而她季苏，不过是用不光彩的手段被她带进这个家门的拖油瓶，作为忠仆，厚待少主子薄自家拖油瓶，是自然而然的事，所以，一旦父亲身故，母亲绝对能做到：自己的孩子是用来虐待的，主子的孩子是用来厚待的。因为在母亲心里，这才是一个正直善良高尚女性的标准。

就因为老苏是她的亲姑妈，和她有血缘关系，在老苏眼里，季苏就是可以虐待的自家孩子，当然，这个所谓的虐待，也不过是让自家孩子吃点亏，免得外人说三道四，从上中学那会，季苏就曾为这和老苏争执过，她也是人，凭什么她要代她选择吃亏去成全别人，好名声能干吗？能当饭吃吗？

为这，要不是因为有季教授护着，季苏都能挨一顿揍。那年夏天有位非常著名的台湾男歌星来青岛来演唱会，票价很贵，大概是几百块钱吧。那会儿的几百块钱是什么概念？大约是季教授半个月的工资，她和十几岁的季蓝，正追星追得狂热的年纪，俩人都想去看。莫说这根本不可能，就算只能有一个人去看，老苏也不敢跟季教授要钱买票。因为知道一旦要钱买票，她俩就谁也看不成了。于是，老苏就动用了平时买菜省下的私房钱，买了一张票给季蓝，按说得了便宜，季蓝悄悄去看就得了，可她不，非要炫耀着气季苏，气得季苏和老苏争执了一顿，哭着连饭也不吃了，季教授问怎么回事。老苏不敢说，就说季苏坏脾气，事事都和姐姐攀比。季教授向来瞧不上事事攀比的人，也说这可不是个好习惯。季苏气不过，就把老苏偷偷买票给季蓝去看演出的事说了,季教授这才大吃一惊,结果是他给季苏也买了张票,还把老苏批评了一顿,虽然去看同一场演出,但季蓝和季苏谁都不肯和谁一起走。

事后,季教授批评老苏,说她事事偏袒季蓝,虽然看上去是对季蓝好,可这会让季蓝产生优越感,从而看低季苏,而且季苏也是个有自尊心的孩子,一定会抵触这种看低,长期这样下去,她和季蓝之间会有矛盾的。老苏也觉得季教授说得对,可就是改不了。结果呢,一切如季教授所猜测,长大后的季蓝和季苏,就像水和油一样不可调和,季蓝像浮在水面上的油一样,对季苏这个闯入他们家的乡下来客不屑一顾,而季苏也像倔强而纯净的水一样,既然油不屑于下沉,那么她也不必仰着脸攀附。

季蓝打小就不许季苏喊她姐姐,季苏就不喊了,直到现在。她和季教授说爸,您放心,有我们在,我妈不会把日子过乱套的,而不是说有我和我姐在。

季教授不置可否地说:"你妈虽然没文化,可你妈的倔,我是知道的。"意思是没用的,老苏的倔强,不是随便谁都可以扭转的。

季教授将三个信封分别递给她们三个,季蓝连拆也没拆,就落泪了,说:"爸,您为什么一定要让大家难过呢?"

季教授笑笑,说现在难过是为了以后好过。

季蓝把信封往沙发扶手上一放,一副不打算接受的样子:"爸,我反对您现在就立遗嘱。"

季教授微笑:"反对无效。"

季蓝拿纸巾沾了一下眼泪,说:"您现在就立遗嘱,好像我们多么不值得您信任似的。"

季教授沉吟了一会,说:"正是因为我太信任你们,所以必须提前立遗嘱。"

季苏明白,季教授这是铁了心了,遂想打开信封,可见母亲和季蓝一个泪眼婆娑,一个誓死不打算接受的样子,反倒不知怎么着好了。季教授也看出了大家的为难和不愿接受,就说:"既然你们不看……那我就大体上说说吧，我是个教书匠，没多少存款，就不分给你们了，如果真有一天我走了，就算留给你妈的生活费，至于你姐妹俩……季苏，虽然你不是我亲生女儿，但我们之间的感情不输真正的父女，这都是题外话，我想跟你们俩说的是，你们都年轻，有学历有工作，家庭也很幸福，我呢就不留物质财产给你们了，你妈不认字，书房里的书画，你们两个平分了吧，到时候，你们自己挑。再就是这栋房子，是1995年公房改革买下来的，是我和你妈的共同财产，我考虑了很久，决定把属于我的那一半份额，留给你妈，因为你妈没有工作，她这人自觉，最怕给别人添麻烦，如果她生活拮据，可以出租两间，用房租安度晚年。"

季蓝表情淡漠地看着季教授："然后呢？"

"如果你们都同意，就在遗嘱上签字，一式三份，你们一人一份。"季教授说。

季苏心头有点哽咽，因为这是一份充满了爱的遗嘱，是那么了不起的大学教授对一个别人看来根本就配不上他、只配给他家做老妈子的乡下老婆的爱。就把遗嘱拿过来，逐一签上字，摆回去。

季蓝冷淡淡地瞥了她一眼，说："这字我不签。"

季教授问："为什么？"

季蓝淡淡地说："如果我和苏阿姨有血缘关系我就签。"

季教授就明白了她的心思，怒怒地看了她一会儿，突然说："季蓝，今天叫你们回来，不是为了听你们意见的，是把我的决定告诉你们。"

"爸，您可以不告诉我！"说着，季蓝拿起包，起身就走，"因为对您财产的事，我不关心。"说完，头也不回地走了，季教授气得脸色发白，看看老苏，把遗嘱推过云。

老苏明白他的意思，就颤颤地说我不会写字。

"不会写字按手印！"说完，递给老苏印泥盒，看着她逐一按上手印，拿起遗嘱就起身走了。

季教授这一走，就再也没回来，当天晚上，他拿着遗嘱去了几位同事家，让他们签名做了遗嘱见证人就回来了，还没到家，刚走到楼梯上，就突发脑溢血昏了过去，正在厨房洗碗的老苏听见楼梯上传来一阵急促的人体坠落声，吓得心一咯噔，碗都摔了，开门一看，就见在昏黄的楼梯灯下，季教授蜷缩着身体，倒在楼梯下。

2

秋天来了，漫山遍野的苹果熟了，摘了，卖了，法院也来找过老万一次了，说万春燕申请执行了，问他什么时候给赔偿款。老万撒了个谎，说过几天，过几天儿子从城里给他汇来款就给。

吃一堑长一智，输一场官司就让老万学聪明了，知道法律强大着呢，硬顶着往上冲就是自己找亏吃，要不然，他也不至于输这场官司。

等法官走了，他和老鲍就像找地藏过冬粮食的老鼠一样，找了个隐秘的地角，把大洋又埋得更隐秘了，这才带着家里的细软，进城去了。

出了村，站在村北的山坡上，望着晨曦中的棉花村，心里，有种说不出来的滋味，浩浩荡荡地涌动，说不上来是悲伤还是欣喜，只是觉得，眼眶酸酸的，鼻子上像被扎了无数根细小的针。他活了六十多年的地方啊，本来，可以等万家强他们风风光光地把他和老鲍接走的，可因为那场官司，他等不及了。

路上，老万和老鲍说，觉得走得不怎么光彩，像丧家犬。

老鲍的忍了又忍的眼泪，一下子就滚了下来。

一路上，心里沉甸甸的，嘴上没有话。等车到青岛，才突然想起来，自己来是来了，可来之前没和俩孩子通气呢。

老鲍说咋办？

老万踢了脚下的行李一脚，说："来都来了，还能咋办！"说着，就要给万家强打电话，被老鲍一把扯住了，说："你有脸给家强打电话啊？"

老万一下子，人就蔫了，好像霜打的茄子，说："咋整？"以前进城，他去万家顺家看过，在齐东路上租了两间老房，是串间，两口子住在里面那间小的，外面的大间算是客厅，但搭了一张小床，他们的孙子老虎，就睡在那张小床上，厕所是公用的，厨房是在外面临时搭建的。当时老万看了还挺难受的，说就这么两间破房，比猪窝大不了多有点，也叫房子？也有脸收房租？

万家顺就叽叽歪歪说，连这么两间破房都得让儿子去租来住，爸，您也好意思数落啊？

老万就哑了。

咳，没钱缺本事的父母在儿女跟前，就是气短啊。

老万坐在行李上吧嗒吧嗒地抽了一支烟，决定把电话打给万家顺。万家顺正安慰刚被炒了鱿鱼的陈玉华，一听父母都在长途车站，就有点摸不着头了，说您二老咋不在家看果园子？

老万说你哪儿那么多废话，我和你妈进城你不愿意是不是？

万家顺忙说愿意愿意，莫说您二老要进城，您要去美国我都愿意。等他开车到了长途车站，看着站在一堆大包小包旁的父母，隐约地，就觉得不对头，说爸您这是干啥呢？进趟城恨不能连乡下的家都搬来。

老万说没错，我就是把家搬来了。说着，就把行李往后备厢塞。万家顺觉得不对，搭手帮忙的时候问："爸，您啥意思啊？我怎么听着不大对味？"

老万就把和万春燕打官司输了，为了躲避强制执行，决定提前进城养老的事说了，万家顺一听脑壳就大了，把塞了一半的行李包一下子拽到地上，结结巴巴问："爸，您的意思是从今往后，您和我妈就在城里扎根了？"

"啊，不行啊？"老万的口气虽然大咧咧的，听上去也理直气壮，但心，还是虚的。

"您怎么也不先和我们商量商量？"万家顺把两手往牛仔裤口袋里一插。

"我是老子，你们是儿子，老子和儿子还有啥好商量的？！"老万把行李又往里推了推，码进去一只小袋子，"这事自始至终我没和你们哥俩商量,就是不想让你俩操心!"

"爸,您这是不让我哥俩操心?"万家顺一想到父母懵头懵脑地投奔自己来了,晚上陈玉华还不知得恼成什么样呢,头就大了。

"那你说我这是干啥?"毕竟是老子,被儿子呛着茬说了半天,老万已经有点挂不住面子了。

"找麻烦!"万家顺气哼哼说。

"顺,你说啥?"老万火了,"我和你妈让人欺负得没地躲了,来投奔你成你们找麻烦了?"

"那您怎么没找我哥?"万家顺悻悻说。

"你把那五万块钱还我我就去找你哥!"老万恼了,嗓门就亮了。老万从来都这样,怕软不怕硬的一个人。

一听父亲提五万块钱的事,万家顺就蔫了,板着一张脸,把老万他们的东西逐一塞进出租车,老万上车,还没等坐稳呢,车子就嗡的一声,像只巨大的铁苍蝇一样冲了出去。

老万这才晓得,儿子是嫌自己的,咳,果然是老了啊,去谁家就是给谁家送了张罚单。心里这么想着,就黯然了。半天才说我和你妈还没老得用人伺候,你不早就说了嘛,在城里提个桶卖一月小豆腐都比在家伺候一年的果园挣得多。

"那是说……"万家顺的声音里听不出心情,像一坨用木板压住的棉花,"那是坐地户,买两斤黄豆去菜市场捡点菜叶子就能做买卖,可您呢?您没房吧,得租吧?房租多贵,我又不是没跟您说过。"

万家顺话里话外的,没打算让老两口住他们家。老万听出来了,伤心那阵过去了,因为没用,这时候老万才信了人家说的,在混账儿女手里,父母怎么做,都没对的时候,你越善良越好说话他就越欺负你,所以,老万隔着司机防护栏拍了拍万家顺的肩,说家顺,你停车。

万家顺头也没回,有点不耐地问干吗?

"我有话跟你说。"老万压着火气。

万家顺说有什么话您说行了,停车干吗?停不好警察还过来找麻烦。

"我让你停了车说！"老万的嗓门提高了八度。

万家顺这才感觉到大事不妙，找了个僻静地方，把车停了，回头小心翼翼地说："爸，您生气了？"

老万连掰带踹地下了车，站在马路牙子上说万家顺你给我下来。

万家顺晓得，父亲摆出这个姿势，十有八九是要打人了，小心地下了车，离老万远远地站了，说："爸，有话您好好说，我可告诉您，这是城里不是乡下，不带随便动手的，还有，我也是孩他爸了，不能随便给人打，我亲爹也不行！我得给我儿子留点体面！"

老万那只要抡出去的巴掌，又悄悄攥了回去。是啊，万家顺也快三十的人了，不能打了。再想想，自己也老了，打不动了。不由得，就悲从中来，弯着腰，就在路边蹲下了，眼眶子跟肿了似的，生生地疼。他低着头，闷了一会儿，闷得眼眶不疼了，才抬起头，好像大出了一口气似的说："家顺，我本不想给你们添麻烦，可你也知道，我官司输了，你也知道爸输的不是钱，是脸面，是口气，我不能赔。"

"您没钱赔她还能把您抱井里？"

"万春燕是谁？是咱棉花村头号泼妇，自从起诉她就天天骂大街，你妈一拾骂，就把整个棉花村都得罪了！"确实的，老万没撒谎，这阵子老鲍整天和万春燕造饥荒，在吵架骂人上，老鲍的嘴没万春燕利索，气急了，就说人在做天在看，万春燕生不出儿子来是老天惩罚她，乡下有多少男青年娶不上老婆打光棍啊，可她小金连个女婿都招不回来，就是因为大家都晓得小金有个缺德的妈，小伙宁打光棍都不上她的门，所以，万春燕就是把房子盖成宫殿也是没儿子的庄户孙，穷土鳖！不为别的，为了离她这号掉份儿的穷土鳖远一点，她和老万也得尽快进城找儿子享福去！骂完了，还要冲万春燕家方向狠狠呸口唾沫："就你家这破房，我眼气！？我呸，你连院子带房加起来都没我家强家一间茅房值钱，我有啥好眼气的？"呸完了，又啐出几句没见过世面的庄户孙！老万扑上去捂嘴都捂不住，咳，这老鲍这人，开了骂就不管三七二十一，庄户孙，穷土鳖这话能随便在乡下大街上骂？这就不是骂哪个人的事了，是骂全村，打那以后，村里的人见了老鲍都讪讪的，能不说话就不说话，能绕着走就不迎面，老鲍生生就觉得自己成传染病号了。

万家顺歪着脸看了一会儿满街的车，点了根烟，说："爸，您的意思……是再也不回棉花村了？"

老万嗯了一声。

万家顺闷着头抽烟不吭声，琢磨着话要怎么说才能不把老父亲惹得一蹦三个高，就慢吞吞说："玉华刚让老板开了。"

"为啥？"

"嫌她不上晚班，我跑车，老虎小，把他自己放家里不放心。"

老万好像很无所谓，甚至还笑了："这不我和你妈来得正是时候，你妈这人愚叨，进城她不把自己弄丢了我就算烧高香了，也不敢指望她出去干点啥，正好让她在家带老虎，让玉华找份工，啥早班晚班的，家里有你妈，让她尽管上去。"

万家顺心里一动，觉得有道理，可不知陈玉华是不是愿意，就没敢满口应下来，只说您和我妈，既然不打算回棉花村了，总得从长计议吧？

老万瞪了他一眼："家顺，你这话啥意思？怕我和你妈长期赖在你家还是怎么着？"

万家顺也梗了一下脖子："爸，您这话说的，就您儿子我，在城里上无片瓦下无立锥之地，我敞开了让您赖，您有地赖吗？"

老万看着他愣了一会儿，站起来，环顾着街道两边林立的高楼，这楼真多啊，跟树林子似的，一栋挨着一栋，可咋就没万家顺的一间呢？这些人都是咋买上房的？老万想得挺惆怅的，想自己也是老糊涂了，小儿子在城里连间房都没有，他来投奔个什么劲呢，有些后悔，可临出棉花村前，那些吹下的大话，逼得他成了过河的卒子，他是要了一辈子脸面的人，回不去了。

望着那些让他惆怅让他感慨的高楼，老万喃喃道："城里的房，咋就这么贵呢？"

"可不。"万家顺说，"爸，您说您和我妈咋就是农民？"

"城里有啥好的，说下岗就下岗了。"老万嘴硬道，"我听说下岗把日子过惨了的人，连水都用不起，叫吃滴答水。"

万家顺知道啥叫滴答水，就是把水龙头底下放个桶，水龙头拧开，但开得很小，水只能一滴一滴地往下流，因为水流太小，水表就不走了，水表不走就可以不交水费，城里就叫吃滴答水。

老万觉得乡下日子再苦再穷，至少水还是吃得起的。

万家顺说爸您就别吃糠的可怜吃米的了，城里人再下岗再没钱也比乡下人有钱，只要是城里人，就总归有间房子住，用不着像他似的，为了买房整天汗流浃背地卖命，等房买上了，大半条命也没了。

老万说放屁，你哥买上房了，我看命还囫囵个儿地在他手里呢。

"我哥买上了又不是我的。"万家顺嘟哝，"爸，我可跟您把丑话说前面啊，您要住我家不要紧，没事别招惹玉华，她要给您甩了脸色说了难听的，您也别找我告状，告了也没用，您别说我不孝顺，就我俩现在这条件，您二老还来投奔，说出云都让人笑话。"

老万有些愤然地点了点头："回家你就跟玉华说，我和你妈是暂住，过两天我租间小房搬出去。"

"爸，这可是您自己说的。"万家顺心上有点发飘。

老万什么也没说，背着手，上了车。

3

果然，一听公婆要来长住，陈玉华立马炸了锅，说："爸，您可真会赶时候。"

老万虽然难过，但还是笑呵呵地说："啥赶不赶时候的，不就份临时工嘛，丢了再找！"

陈玉华知道也不好闹太僵，就撇撇嘴，跟万家顺要万家强的电话号码。万家顺问干吗？陈玉华把眼珠一翻说咱爸和咱妈来了，晚上请咱哥他们过来吃饭啊。

万家顺就明白了，陈玉华这是想把父母来了的消息先告诉大哥他们，然后想辙子把父母怂恿过去，不由地，在心里暗暗地冲陈玉华翘大拇指，遂说电话我打，你负责买菜做饭行了。

老万本不想这么快就让万家强他们知道自己来了，可万家顺两口子把话说这份上了，又不好阻拦，就让老鲍把带来的土鸡蛋装一半出来，陈玉华机警地问干吗，不是带来给老虎吃的？老万说给老虎留了一半，这一半他得带了去看美芽姥爷，说着，让万家顺说把他捎到金口路去。万家顺问干吗？老万笼统说找美芽姥爷有点事。

万家顺就哼哼了两声，说您和我姑妈的官司已经结了，这会再去找他顶个屁用。被老万瞪了一眼，只好乖乖拉他去了，到了，才见季教授家锁着门，一问邻居，才晓得他病得厉害，已经住院了，老万忙让万家顺给万家强打了个电话，问清楚了季教授住的医院病房，直接就去了。

4

看着躺在病床上的季教授，老万挺难受，本想和他多说会话，可见他说话都断断续续的，就为难了，有心问他大洋的事，又怕他费神，不问吧，他在心里惦记着又是个事，季教授虽然虚弱，但从他的欲言又止上，大约也猜他不单纯是来看自己的，就让他有事直说。老万回头看了一眼，万家顺正坐旁边凳子上玩手机，就说家顺，出去给我买包烟。

万家顺很意外，说爸，您想抽烟啊？我这儿有。说着，从口袋里掏出一盒烟。正好护士进来送药，瞥见了，冷冷地说病房不能抽烟。

万家顺如获大赦，说："爸，您也听见了，不是我不给您买。"

"我让你去买你就去买！"老万恼怒地说。

万家顺皱眉看着不可理喻的父亲，终还是起身一步三回头地出去了。

老万这才掏出大洋，让季教授看看。

季教授端详了一会，眼睛越来越亮，问大洋是怎么来的。老万吭哧了一会儿，小声说从地里刨出来的，然后小心翼翼地问值不值钱？季教授说知道这款大洋，很罕见，收藏价值要远远大于它的自身货币价值。老万听得云里雾里的，他只关心这些大洋值多少钱，对它的收藏价值其一不懂其二也不感兴趣，就捏着一颗快要跳到嗓子眼的心，问这么一个大洋能卖多少钱，季教授端详了一会儿，说大概七八千吧。

一股晕乎乎的热血冲上了老万脑门子，他傻乎乎地张着嘴，半天，才扔出一句云里雾里的话："一共值这么多？"

季教授一愣，说一枚。

老万就坐不住了，站起来，在病房里团团地转着，掰着指头咕哝着数，一个七千，十个就是七万，一百个就是七十万……

老万突然想坐在地板上搓着脚大哭一场，是喜极而泣的大哭，七十万啊，这还是往少里说，他这辈子都没见过这么多钱！老苏端着洗好的毛巾从卫生间出来，让喃喃自语着团团转的老万吓了一跳。因为说话太多，身体也虚弱，季教授依在床头有点喘，老苏就不高兴了，就不满地瞟了老万一眼，说："亲家，啥事把你高兴成这样？"

老万大喜过望地说："有钱了，亲家，我有钱了……"说着说着，又觉得不妥当，忙下意识地捂了一下嘴巴，"一辈子没见过大钱的主，让亲家母见笑了。"

正说着，万家顺也回来了，把烟往老万手里一塞，正要抱怨呢，见老万一脸喜色，一点也不比陈玉华给他生了个大胖孙子的时候少，就纳闷了，问："爸，啥把您高兴成这样？"

老万合不拢嘴地说："没啥没啥。"

老苏边给季教授擦脸边说，亲家，自家孩子还有啥好藏着掖着的？然后跟万家顺说："你爸有钱了。"

万家顺跟冷不丁被人告诉中了五百万一样，将信将疑地看着老万，慢慢说："爸，真的啊？"

关于大洋的事，老万不想和任何人多说，忙忙和季教授他们告了别，从病房出来，万家顺跟条一步三回头的小狗似的，一个劲儿地问老苏说他有钱了到底是怎么回事。老万知道，想瞒得一点风不透，这可能性不大，就把俩大洋从口袋里掏出来，撒谎说上山刨地刨出来俩大洋，一个值好几千呢，你说我这是不是叫有钱了？

望着俩大洋，万家顺眼里的喜悦，瞬间跌没了影踪，落寞地说我还当您有个百儿八十万呢。

老万心里一惊，盘算着把大洋卖了，可不是百儿八十万怎么的？但脸上不动声色，说："你爸要是有百儿八十万，能自己窝着？"

"那可不好说。"万家顺发动了车子，懒洋洋地开着车，说爸，不是我没给您打预防针啊，玉华脾气不好，您和我妈要在这儿住时间长了，一个锅里摸勺子，难免勺子碰锅沿儿，到那时候，您可别指望我站出来替您二老伸张正义啊，玉华跟了我这些年也不容易，福没享着，我不能让人家挨欺负。

老万在心里说我和你妈给你当了这么些年爹娘，除了出力也没享什么福，你咋就不说说？但知道说了就是找杠抬，遂闭了嘴。

咳，人老了，要从孩子手里讨生活，不容易啊。过了一会儿，老万说放心，我还没老得动不了，大买卖做不了，小生意还能动动，尽量不给你们添麻烦。

万家顺默默地开了一会儿车，才说爸，您也别嫌我说话不好听，在城里，我们也难。

想想万家顺一家三口住的那猪窝不如的破房，现如今他们老两口还要挤进来，老万也有点心酸，叹了口气，他有心说顺，别愁，你爸现在有钱了，等我卖了大洋就给你买房，但他不能，他必须压住了冲动，等回去和老鲍商量商量再说，就算他有心帮万家顺也不成啊，他是俩儿子的人啊，得一碗水端平，要不然，会给俩儿子制造矛盾。

所以，这一路上，老万心里就像揣着一锅蒸汽腾腾的热馒头，幸福得有随时就要捂不住了的感觉，到了家，借口要熟悉熟悉周边环境，拉着老鲍就出了门，鬼鬼祟祟地找了不少地方，却又总觉得不安全，最后，拉着她上了信号山公园，找了个僻静角落，才把大洋的事说了，老鲍愣愣地看着他，半天才拍了一下大腿说哎呀我的妈呀……就号啕大哭了，说这大洋要是早来该多好，早来的话，万家顺盘出租车就不用东取西借末了逼得他这当爹的半道挪了万家强的钱，不仅如此，在万家强买房子的时候，他们多少也能帮衬上两个，就不会像现在似的，不仅大儿子成家立业一分钱没帮上，还坑蒙拐骗地挪人家的钱，临了，有事都不好意思往人家跟前凑。

老两口坐在公园里长吁短叹，末了决定，初来乍到的，大洋的事先不对哥俩张扬，等过阵看情况再说。

第七章

亲人就是我们来这个世界的时候，上帝送给我们随身携带的礼物。

1

下午，万家顺直接去了万家强公司，把父母为了逃避法院执行决定提前进城养老的事说了，然后，一脸茫然地问万家强怎么办？

还能怎么办？万家强只能说既来之则安之，父母既然来了就来了吧，只是这阵子因为岳父住院，他家新房也在装修，怕是腾不出精力照顾父母，既然父母已经先投奔他家去了，就先在他家住着，等他装修完新房搬了家，就把父母接过去。

这个回答虽然没达到万家顺的目的，可至少有了盼头，心里就轻松点了，让万家强晚上过去吃饭，万家强知道陈玉华不是个勤快人，再就是万家顺家房子小，一大家子八口人，根本就坐不下，遂说晚上就别在家里吃了，他请客，去江宁会馆，正好让父母看看劈柴院。万家顺嗯了一声，忙给陈玉华打了个电话，让她别买菜了。

陈玉华正在家看韩剧呢，听他这一说，正中下怀，扭头见老虎和老万正玩游戏玩得入迷，就让老鲍给老虎换套干净衣服，晚上去江宁会馆吃饭。

就父母来青岛的事，万家强弟兄俩又絮叨了一会儿，万家强叮嘱他，关于他卖车的事，先别告诉父母，怕他们心里不好受。

万家顺说好。

晚上，一大家子去了江宁会馆，万家强订了最好的房间，能直接看到戏台，老万和老鲍一进古色古香的房间，就唏嘘不已，腾然间虚荣暴涨，觉得万家强虽说做企业做得手头也紧吧，再紧也是瘦死的骆驼比马大，要不然怎么会请他们二老到这么豪华的饭店吃饭？整个棉花村，能进这么好饭店吃饭的人，怕也就是他老两口了。

这么想着，老万就忘了万家强一个人奋斗的那些艰难，就像不知情的人只看见贼吃肉，没看见贼挨打，席间，话语里就膨胀得让万家强不自在了起来。

季苏晚上还要去医院陪床，和公婆寒暄过后，草草吃了几口饭就走了。季苏一走，老万说话就更放得开了，说真的，虽然季苏从来不给他们脸色看，说话向来也是客客气气的，可老万两口子，总觉得和她有些隔膜，那种隔膜，就像抱窝鸡和天上飞着的孔雀的隔膜。用陈玉华的话说，什么隔不隔膜的，他们这叫自卑，因为季苏是城里人，大学毕业，又是教授的闺女，在她跟前，他们难免要紧手紧脚的，总怕被人家笑话，被人瞧不起，所以要处处拿捏着点。和她陈玉华呢，大家就是席上滑到炕上的差距，高矮差不多，谁也不用笑话谁，公婆觉得和她没隔膜，那叫看人下菜碟！一开始，老万还和她争执，事后一想，确实是这么回事，从骨子里，觉得自己和陈玉华是一类人，也就凡事不见外了。

在饭桌上，万家强又把下午和万家顺说的话重复了一遍，说等新房装修完了，就把父母接过来，和他们一起住。

陈玉华问还要装修多少时间。

万家强说两个月吧，再晾两个月的味，就可以搬进去住了。

陈玉华就噘了噘嘴，还有四个月呢，一想到一连四个月要和公婆一个锅里摸勺子，就觉得日子昏庸得暗无天日了。

戏台上开始唱戏，唱得是《四郎探母》，老万和老鲍就给掉到戏文里去了，老鲍时不时拿手背揩揩眼角的泪。

夜晚的劈柴院灯火辉煌，人声鼎沸地摩肩接踵着。吃完饭往外走，万家强怕父母走丢了，小心地搀着老万的胳膊。

很多年了，他们与父母没有这么近距离地有多身体接触，老万有种冲动，想把儿子揽在怀里，结结实实地拍拍他的后背，但他抑制住了。

就是在这个晚上，季教授艰难地走完了他67年的人间路。送他来医院的时候，医生早就说过，他因为脑溢血住院，又有心肌梗死病史，这两个病凑到一起，是最凶险的，因为治疗其中任何一项都会加重另一个病的症状……因为脑溢血是急症，就只能抢先治疗脑溢血，结果却诱发了大面积心肌梗死。

其实，在临终前的大半天，季教授就有感觉了，从上午开始，胸口就闷得像压了块大石头一样，之前心肌梗死发作之前，都有类似的症状，他深知自己难以逃过这一劫，下午就跟老苏说了，晚上把季蓝也叫过来，他有话要和她说。

季蓝来了之后，季教授握着她的手，说蓝蓝，你的脾气，要收一收，不然，会害了你自己的。

这话，季教授说过很多次了，季蓝都没当事。

季蓝名牌大学毕业，在青岛第一流的零售商业集团做人事经理，丈夫朱天明是她大学同学，是一家合资企业的中方CEO，两人一毕业就结了婚，她却一直瞧不起朱天明从国营菜店退休的母亲，莫要说平时，连节假日都不去。有时，朱天明的父母想孙女了，过来看看，想抱孩子季蓝都要让他们先用消毒液洗手，因为这，朱天明和她吵过几次，却拗不过她，毕竟也是多年的感情，又不能因为这离婚，就由着她去了。可季蓝并不因此而收敛对公婆的歧视，从不让朱天明父母接孩子出去玩，他们给孙女买了玩的穿的，不是扔了就是一顺手送了人。朱天明很少和她一起回岳父母家，并非是忙得没时间过来，而是用这种方式对抗季蓝。季教授经常不止一次地提醒她，做事不要太自我，要顾及别人的感受，季蓝却嗤之以鼻。季苏有心想说两句就更不好开口了，因为在季蓝眼里，她不过是个不受欢迎的乡下大妞。

现在，季教授又这么说，季蓝不以为然地笑了笑，敷衍说好啊，爸，您放心，从今往后，我就像过去的老太太收小脚一样收收我的坏脾气，您就放心吧。

季教授当然知道这是敷衍，悲凉地望着她，说爸还想跟你提最后一个要求。

季蓝觉得父亲和自己谈话，有了遗言的味道，就难过地点了点头，说爸，您不要想太多，我还想留着我的坏脾气等您好了监督我呢。

季教授笑了笑，望着坐在一旁的老苏说："你妈这个人啊，善良，尤其是对你，没原则的善良，如果爸爸走了，你不要难为她，不管你信还是不信，爸爸都知道你是你妈心目中最疼爱的那个人。"

季蓝在心里噘了噘嘴，说知道。

"别难为你妈，她这辈子不容易。"说到这里，季教授的眼睛湿润了，老苏没文化，甚至有些愚昧，但她的善良和好性情，是季教授所尊敬的，有时候，我们对一个人的尊敬未必来自这个人的社会地位也未必是来自他的学养，而是对对方做人品质的敬仰。老苏没文化，季教授能风平浪静地和她过了几十年，仰仗的就是对她做人品质上的欣赏。

也正是因为对老苏的了解，知道自己时日不多的季教授，才更担心她的将来，一个太有力量去爱的人，容易被这些爱所牵绊所伤害。

季教授久久地凝望着自己终生最是牵挂的两个女人，轻轻叹了口气，说他想和季苏单独谈谈。季蓝有点不快，因为父亲都没想和她这亲生女儿单独谈谈！虽然有再多不情愿，还是起身出去了。

望着脸色苍白的季教授，季苏的泪，在心里滚滚的，是的，在这个世界上，再也没有比这个人更爱她的人，他的爱，那么的明朗而昂扬，甚至超过了她的母亲老苏。正是因为他，这个家才有她的一席之地。

季教授的手，从被子下探出来，握住了她的手，说季苏啊，爸爸不开口你也懂得爸爸要说什么对不对？

季苏一点头，泪就下来了。

"对你妈好，别生她的气。"

季苏哽咽着说知道。

"别讨厌季蓝,爸爸知道她不好,可是,爸爸要走了,除了你,我没其他人可以托付,如果将来她在生活上摔了跤,你扶她一把,行不行?"

"爸,您别瞎想,等您好起来,万一她摔了跤,我们一起扶。"

"嗯,一起。"季教授说,"虽然你们之间没血缘关系,可命运把你们凑到一个家里了,你们就是亲人,季苏,爸爸想了很久,想亲人是什么呢?亲人就是我们来这个世界的时候,上帝送给我们随身携带的礼物,用来在漫长的人生岁月里,相互搀扶相互温暖。"季教授大口地喘息着说,"你说是不是?季苏。"

季苏用力点头,泪就滚了下来。

夜色渐渐深了,秋天的空气,凉得像水,轻轻贴着人的肌肤行走,让人的心,微微地,就有了荒凉感,季教授带着深深的眷恋,离开了这个世界。

2

因为季教授的突然离世,老苏的世界,就像一个突然被人抽掉了支撑的帐篷,唰啦一下,就坍塌了,虽然季教授活着的时候对家务事不闻不问,但他在,就是老苏的定海神针,她只要把生活的一切安排得以季教授为中心圆点就行了。季教授的走,让她一下子失去了生活的重心,每天在家忙忙叨叨的,要么拿着抹布东擦一下西蹭一下,要么拿着季教授的茶杯,兜兜地转着,都捏上茶叶了,却一下子又茫然了。

季苏就知道,老苏虽然表面上不动声色,但内心是很崩溃的,就和万家强说想回去陪母亲住一阵。万家强说成,让她下班就去金口路,房子装修的事,交给他行了。季苏知道,万家强的公司虽然不大,但也是麻雀虽小,五脏俱全,每天光公司的事就够他忙的了,又要他往新房子里跑着看装修，确实是太辛苦了，可身为班主任，除了午休的时候，根本就没时间往外跑，也只能这样了，对万家强的谅解，她能做的感激，就是陪母亲吃完晚饭，买点水果什么的，一起溜达到齐东路的万家顺家，看望一下公婆。

　　去的次数多了，就知道公婆在万家顺家住得并不顺心，譬如只要她去了，老鲍就会悄悄和她数落陈玉华的不是，三十多岁的人了，一点也不知道过日子，没工作了就在家蹲着？在家蹲着看韩剧新工作就能从天上掉下来？要命的是，自从他们老厌口来了，陈玉华就十指不沾阳春水了，一天三顿全是老鲍做饭，做完了，还得三遍两遍地请着，才能把她从电脑上喊下来。每次劝陈玉华去找份新工作，她都说等把这电视剧看完了再说，电视剧还有看完的时候？这部看完了还有下部，那么多演员导演是干啥的？不就是制造怎么也看不完的电视剧的？

　　老鲍和季苏这么说的时候，愤愤的，说万家顺早起贪黑地跑出租，熬得眼圈都是青的，陈玉华咋就看不在眼里呢？说着，啧啧地抹着眼泪心疼万家顺。

　　季苏知道，对于婆媳之间的鸡毛蒜皮矛盾，别人最好不参与意见，果然，还没等她参与意见呢，陈玉华倒找她告公婆的状了，说家里房小，也不隔音，公公天不亮就起床去赶早市买菜，让婆婆做小豆腐提出去卖，弄得大家谁也睡不好，他们不晓得万家顺辛苦啊？哪天不是半夜回来？一大早的他们还折腾，好意思吗？

　　季苏这才知道，公婆两人在万家顺家住着，并没闲着，公婆忙活一早晨，做两桶小豆腐拎出去卖，一天也能挣将近一百块钱，临近中午卖完小豆腐，再买着菜拎回来，做中午饭，这样万家顺中午可以特意往家的这个方向跑车，顺道吃顿热乎饭，照这么说，敢情陈玉华就成了家里的女皇，除了看电视剧，什么也不干。

　　季苏想婉转地劝劝她，才说了没两句，陈玉华就恼了，一把鼻涕一把眼泪地控诉公婆太不体恤她内心的苦闷了，难不成她愿意在家闲着？可她一没文凭二不年轻了，去商场站柜台人家都挑剔她的年龄和长相，去饭店打工吧,直接给发到后厨去和一帮老太太择菜洗碗,她又咽不下这口气,不在家闷着她咋办?

听她控诉的,倒不是她不作为,而是这个世界虐待了她。季苏就知道,跟这种嫁汉嫁汉就是穿衣吃饭的女人永远没道理可讲,就做了罢。只悄悄宽慰公婆说,再忍忍,等新房装修好了,就接他们过去住。

3

一晃,季教授去世一个多月了,新房装修也接近了尾声,有个周末,季苏从超市回来,见她的东西被母亲收拾得整整齐齐理在了一起。她只当是老苏闲得无聊,才把她的东西收拾整齐了,吃饭的时候就说妈,您要在家闲没事,就出去转转,别总在家里待着。

老苏嗯了一声,欲言又止地看着她,张了张嘴。季苏就问妈您有事?

老苏想了一下,又嗯了一声,说你爸都去世这么长时间了,我也适应过来了,你也是上有老下有小的人,不能老住在娘家不回去。

季苏说公婆暂时住在万家顺那边,家里倒也没什么事。

"没什么事也是你的家,你一个结婚女人老住在娘家算怎么回事?"老苏说。季苏结婚前,老苏就曾经说过,结婚以后,如果平时没事回娘家看看,她欢迎,可要是和万家强闹了矛盾,别回来,回来她也不收留,或许是因为有她这句深明大义的话垫着底,这些年来,尽管和万家强有些小的磕磕碰碰,但还真没闹到要回娘家的地步,这一次回来,也是她结婚以后回娘家住得最长的一次。季苏就笑着说,我才住这么几天您就烦我了啊?

老苏生怕她不相信似的,沉着脸昂了一声。季苏觉得不对,觉得应该是她不在家的时候,家里发生了什么事,就去看美芽。

美芽似乎明白了妈妈的眼神,就奶声奶气地说:"大姨妈不喜欢妈妈住在姥姥家。"

"小孩子家家的，不许胡说。"老苏忙试图去拦住美芽，可能态度过于仓促严肃了，不但没拦住，反倒把美芽吓着了，就往妈妈身边凑了凑，眼泪汪汪地分辩，"我没胡说，大姨妈说了，姥爷刚走妈妈就盯上这房子了。"

季苏恍然大悟，不由地，就在心里冷笑了一下，是的，金口路在一片鼓起来的小山包上，往南几百米就是碧波万顷的大海，1949年以前，周围全是百年前独门独院的德式老别墅，曾经是民国时期的鸿儒大师们的聚集地，环境优雅，很有文化底蕴，最近几年，经常有发了财的儒商来这一带一间一间地收购解放后被分拆着分出去的老房，一旦把一栋楼的房子都收回来，变成独门独院的别墅后立马坐地升值几千万，季教授家的房子，原本只有二楼的一半是季家的，当时学院分房，按资历，季教授完全可以分一套三居室，但季教授喜欢金口路，没要，隔壁邻居要了，就把他家腾出来的房子贴给了季教授，现在只要把楼下三家的房子收过来，整个小院就是季教授家的了，但这很难，因为一楼住的是学院的职工，在房地产发烧的当下很难能有能力购买新房搬走，季教授觉得整个二楼就够住了，也没收购的想法，可季蓝是学经济的，有这念头，说可以贴钱帮一楼住户买房搬走，只要他们把一楼的房子卖给他们，被季教授呵斥一顿，说惦记别人的家园，是不道德的。

季苏知道再问下去，母亲也不会承认，就转移话题，问季蓝回来干什么。老苏说回来拿画。

季苏这才想起来，季教授在遗嘱里说书房的书和字画由她和季蓝平分，因为新家没装修完，把书画拿到旧家还得往新家搬，嫌折腾，就一直没动。听说季蓝回来拿了，就问老苏怎么不告诉她一声。

老苏瞪着一双莫知所以的眼睛看着她，好像在问，我告诉你干什么？

季苏说我爸说过的，书房的字画我和她平分，她回来拿至少也告诉我一声吧。

老苏不自然地拿鼻子哼哼了两声，说就算你爸这么说了，你心里也得有点数，说到底，你姐才是你爸的亲闺女，她就是全拉了去别人也说不出啥。

季苏怔怔看了母亲一会儿,知道跟她理论不清,就起身去了书房,果然,书房里的古籍图书善本,已经荡然无存,几幅比较不错的油画也不见了,只留了季教授自己临摹的几幅国画,就回头问老苏,季蓝自己挑的?

老苏嗯嗯着,说你爸没了,拿几幅画算是当念想。

季苏就说既然要拿回去当念想,按说她应该拿我爸临摹的这几幅画,那几幅油画又不是我爸画的,有什么好当念想的。

老苏觉察出了季苏对季蓝的奚落,愤愤说就知道挑你姐的毛病。

季苏笑笑,说那几幅油画都是小有名气的画家画的,估计一幅能值几万块钱。

老苏小心地看着她:"你眼气啊?"

"我眼气什么,本来就应该是她的。"说着,从背后拥抱了老苏一下,"妈,不管别人怎么想我,可我都知道我自己是谁,既不眼馋别人的钱财也不眼馋别人的东西的季苏。"

老苏感慨地拍了拍她的手,黯然地叹了口气,说:"你不怨妈就好,咳,你也知道,后妈难当啊,何况你姐心里也苦。"

季苏问老苏是不是很介意季蓝对她在娘家住有意见,老苏顿了一会儿,才说她不想让亲戚朋友说三道四。季苏说既然这样,那我就搬回去,但您自己在家,要万事注意,尤其是厨房煮着东西的时候,人不能离开。

4

季苏拎着大包小包地回家,正在楼梯上气喘吁吁呢,就听美芽在前面欢快地喊爷爷奶奶,也没当事,以为美芽在前面遇上了楼上下来遛弯的老人,可接着,就听见了公婆和美芽说话的声音,就错愕了一下,三步并作两步地上了楼,就见公婆坐在门口的擦脚垫子上,正起身习惯性地拍打屁股上并不存在的尘土呢,忙迎上去问怎么了。

老万和老鲍有点不太自在，抱起美芽说今天老两口遛弯遛到这边了，就想顺道上来看看美芽，说着，老鲍还揩了眼角两下。季苏觉得事情不对，因为公婆知道的，最近这段时间她都住在娘家，怎么会遛弯遛到这边来看美芽呢？尽管心里有疑惑，但公婆不说，她也不便问，忙开了门，把公婆让进来，天已经黑透了，就猜老两口可能还没吃饭，忙去厨房找吃的，却见自己不在家的这个月期间，厨房和冰箱被万家强吃得像被扫荡过一样干净，就善意地撒了个谎，说她这就到楼下小超市去买点菜，她和美芽也还没吃呢。

看着季苏匆匆下楼去的身影，老鲍就问美芽，今天怎么回来了。

美芽就说大姨妈不愿意妈妈住姥姥家。

老鲍有心问为什么，可又知道美芽一个五岁的孩子也说不上个所以然来，就不问了，就问她饿不饿，美芽说不饿，刚刚在姥姥家吃过饭。老鲍的眼泪就摇晃着要往下滚了，看看老万，说还是大媳妇好。

是啊，还是季苏好，就是因为猜到他们还饿着肚子，怕他们难堪，明明吃过饭了还说没吃过。

没一会儿，万家强也回来了，见爹妈都在，挺意外，问他们怎么来了。老鲍忙冲老万使眼色，说来看美芽。

但这个眼色，被万家强收在了眼里，和季苏一样，前后一想，也觉得不对，可当着季苏的面，怕问多了让父母难堪，就忍了，等吃完饭，借口领父母下去转转，到了街上，问到底怎么回事，老鲍这才泪如雨下地说让陈玉华锁在门外了。今天他们跟往常一样，上午十点多卖完了两桶小豆腐，买好了菜往家走，却见万家顺家锁着门，以为陈玉华出去有事，一会儿就回来了，老两口就坐门口等着，都等到下午三点多了，也没见着陈玉华的影子，挨到下午四点，他们又忍着饥肠辘辘去幼儿园接老虎，想接着老虎陈玉华差不多就该到家了，可去幼儿园一问，老虎早就让陈玉华接走了，老两口这才明白，陈玉华这是故意把他们俩锁在门外了，心头一阵难受，就一路打听着到了万家强家。

一想到父母被锁在门外连饥带饿地凄惶了大半天，万家强就心头火

115

起，抄起手机，就把万家顺骂了一顿，没承想万家顺不仅不惭愧，反而倒打一耙，说陈玉华今天突然接到以前工友的电话，约她一起去应聘，还怕父母回来进不了家门，特意在门上贴了张纸条让他们去邻居大胖家拿钥匙开门回家，可晚上回来也没见着二老，就吓坏了，现在两人正满世界找老人呢。

万家强被他的理直气壮说得云里雾里，说要真找不到咱爸妈了，你怎么不打电话给我？

万家顺一腔委屈调说给你打电话，我也得有那个胆的。

万家强想了想也是，对万家顺，他通常没大有好气，或许他真的是因为惧他而在没找到父母之前不敢电话他，就快快说算了，跑你的车吧。

回家后，季苏问到底怎么回事，万家强就顺着万家顺的谎说了一遍，可季苏觉得不对，说如果是这样，家顺怎么也不来接咱爸妈啊？

万家强心里一咯噔，但嘴上却说爸妈来都来了，就凑合着住几天吧，是我不让他来接的。

季苏哦了一声。

万家强有点不舒服，觉得她那一声哦，意味深长地充满着对他的不信任。

其实，这就是著名的邻人他偷斧子原理，很多时候，季苏还是个简单的人，不愿凡事往坏处想，可万家强因为撒了谎，自己心里倒芥蒂上了。

然后，第二天早晨，万家顺用实际行动揭穿了所有人的谎言，包括他自己的。

因为是班主任，季苏早晨走得很早，她刚出门没一会儿，正要去坐马桶的万家强就听有人敲门，以为是季苏忘了拿什么，又返回来了，这样的事，以前也发生过，就拿了一本书，边往门口走边问又忘了拿什么了？一开门，却见是万家顺！像逃难者一样前后都挂着行李包。

万家强就懵了，问他这是干什么呢？

万家顺一边进屋往地板上一个一个地扔着行李包一边气喘吁吁地说玉华说咱爸妈人在你这边，东西在我们家，怕爸妈用的时候找不见，让我给送来。说着，揉着肩说累死我了。

老万闻声从里屋出来，看着满客厅的大包小包，就彻底明白了，什么在门上贴了纸条，什么把钥匙放在邻居家，都是假的，他和陈玉华这分明就是打着方便他们老两口使用的旗号下逐客令。就红着眼，看看地板上的行李再看看万家顺，还没等他开口训斥呢，万家顺就一溜烟地退到门口，说有顾客约了他的车，得赶紧去，说着，退到门口，连声说声再见的空都没留出来就一溜烟跑了。

老万怔怔地盯着门口，让他给气得泪水长流。

万家强知道现在不是谴责万家顺的时候，否则就是往父母心头上捅刀子，就装作没看见老万满眼旦都是的明晃晃眼泪，招呼老万过来吃早饭。

老万哪儿吃得下去？

傍晚，万家强早早回了家，季苏还没回，遂问父母中午吃了什么，老万没吭声，半天，老鲍才抹着眼泪说让万家顺给气的，老万一天水米没沾。

万家强一听就急了，说爸，您都多大年纪了，再气也不能和饭治气，把身体弄垮了咋办？

老万梗着脖子，大着嗓门说垮了好，垮了省了你们弟兄俩的心了。

万家强就不高兴了，说爸，您这是什么话呢？没错，家顺是惹您生气了，您肚子里有火也不能逮谁烧谁啊？

老万也觉得自己过分了，但嘴笨，也没心情往回圆，一家三口就那么僵僵地坐着，显得很怪异，末了，万家强跟父亲提议出去喝杯啤酒。自从进城，怕儿媳妇反感，老万有段时间没喝酒了，就说好。

爷俩去了街边的啤酒屋，要了一扎啤酒，俩小菜。满街的秋风，从门下面钻进来，而他们，还在这微寒里喝着冰凉的散啤酒，莫名的，气氛就苍凉了起来，勉强喝完一杯，老万说天凉了，不是喝散啤的时候了。

往家走的路上，万家强说爸，您和我妈既然已经从家顺那儿出来了，就甭回去了。

老万啊了一声，大大地张着嘴，看着满天的繁星，说："都怪你妈。"

"怎么又怪到我妈身上去了？"

"你妈把话说太满了。"老万叹气，说临走前老鲍在街坊邻居跟前把话说得太满了，满得他都回不去了，怕回去了人家会说是让儿子媳妇撵回去的，不仅自己没面子，也往儿子们脸上抹黑。

万家强知道，父亲这么说，其实是说话给他听，解释他们为什么一定要留在城里，并不单单是让那五万块钱的判决吓的，更主要的原因是面子。不想让父亲难过，万家强说回去什么回去？本来他就计划着搬了新家就把父母接过来，眼下，不过是早来了几个月而已。

老万心里，这才舒服了一点。

5

说真的，万家顺也不是个一点良心都没有的浑小子，虽然耍着花腔把父母的东西送到了哥哥家，但心里，多少还是有些愧疚的，毕竟，因为他伶牙俐齿能说会道，打小老万就疼他，可父母来住了才一个月刚出头，陈玉华就把二老给撵了出去，确实说不过去。不撵吧，他又烦，一天车出下来，人都累得跟要散了架似的，回来还得听陈玉华诉苦，昨天公公数落她了，今天婆婆又给她脸色看了，像只眼泪汪汪的苍蝇似的在耳边哼哼，让他既打不得又恼不得，而且，因为二老住在这儿，凡事都得看陈玉华的脸色。本来，因为买出租车都是从父母和哥哥那儿弄的钱，陈玉华的娘家没帮上忙，仗着这个，他挺有底气的，不仅可以呵斥陈玉华，收车回来，她还屁颠屁颠地给他打洗脚水，可自从父母来，就完菜了，好像父母来就成了他欠了陈玉华的似的，他出车的时候得操心着他们有没有吵起来，收车回来得小心翼翼地讨陈玉华的欢心，千万地小心着别把她惹翻了弄得大家都尴尬难受，她啰唆，她抱怨，他都得吃老鼠药一样地逼自己往下咽着，日子一久，他都觉得自己快累死了。但也明白，虽然他耍着花枪不动声色地把父母塞给哥哥了，可不管哥哥还是父母，都不傻，具体是怎么回事，大家心里都明白，只是没挑破在面上就是了。这么想着，万家顺也觉得自己浑，一天下来，不知道拍了多少次方向盘感慨着懊悔了多少遍，可是，有什么用呢？生活就像一群疯狗一样撵在屁股后，生生地，就把他撵成了一头龇牙咧嘴的猪。

傍晚回家吃饭，房东来收房租，万家顺这才想起来，盘车盘的，光债就借了一屁股，哪儿还顾得上房租？就忙赔着笑脸说事情太突然，今天家里没那么多现金，改天给送过去。房东有点不悦，但还是应允了，说再过俩月，他要涨房租，让他们有个心理准备。陈玉华一听，恨不能拿筷子把房东的眼叉瞎了，说就这破房子，潮乎乎黑乎乎跟个藏妖洞似的，下雨漏水，刮风漏气，还没有卫生间，厨房也是他们自己搭起来的，他咋好意思涨房租。

听她把自己的房子挖苦得一文不值，房东也不高兴了，说没错，就这么两间破房子，他们愿意住，就得按照他要的数交房租，不愿意交，就另找房子搬家走人！

万家顺一看要闹僵，忙出来打圆场，跟房东说房租该涨涨，别和陈玉华一抠门娘们一般见识，本来肚子里就有气，好歹送走房东，回来跟陈玉华又哇哇了一顿，让她有本事把事扑拉平了再惹事，别啥本事没有就惹事的本事，他就是个专业擦屁股的也得能忙得过来的。然后掰着指头跟陈玉华数：" 咱不往远了说，就说这两天，你给我捅多少娄子了！？昨天把我爸妈挤兑走，今天早晨又催命似的催着我把我爸妈的行李弄过去了了你那点破心事，现在你又给我惹房东？陈玉华，我发现在这世界上咋就没有你不敢惹的人啊？"

陈玉华就叉着腰和他凶：" 万家顺，你拿你的榆木疙瘩脑袋好好想想，是我给你捅娄子吗？是他妈的穷给你捅的娄子！就这间破猪窝，你爸妈还甩着十根手指头硬要往里挤，我能有好心情吗？我没好心情能给他脸色看？就咱那破房东？肥得脸上流油要抱着肚子才能上街，你要有钱莫说我犯不着和他叽歪，我连看他一眼我都懒得看！" 说着，把白眼一翻，" 明天拿什么交房租?"

万家顺已经让她数落得脸上挂不住了,把筷子一摔说:"不交了,从明天开始睡马路!"

陈玉华二话不说,就去收拾行李:"要睡大马路你自己睡去,我和儿子不跟着你丢这个人。"要收拾好了回娘家。让万家顺喝住了,说你他妈的要走也白天走,深更半夜的哪儿有长途车?

陈玉华搂着收拾了一半的行李箱,就哭了。

万家顺垂头丧气地坐下了,见老虎怯怯地看着自己和陈玉华,心里有点难受,就夹了一筷子菜放到他碗里,摸摸他的头说:"儿子,吃饭。"

老虎眨吧着眼看了他一会儿,小声说:"爸爸,是不是有钱就可以不睡马路了?"

万家顺点点头,又说儿子,爸不会让你睡马路。

老虎说爷爷说他有好多钱,等将来给我上大学的。

万家顺眼睛一亮,就想起了在医院病房里,父亲突然莫名其妙地逼着他出去买烟,等他拿着烟进去,父亲像魔怔了一样嘴里嘟囔着有钱了有钱了,看见他就跟小偷看见了失主一样,吓得不敢吭声了,事后,不管他怎么追问,父亲一直说是因为刨地刨出来了两块大洋,季教授说值个七千八千的,他挺高兴,因为如果卖了的话,就是小两万,他和老鲍得在果园里伺候好几年才能伺候出来这么些钱呢,他能不高兴吗?当时他就要把父亲拉到文物市场去卖了,可父亲不干,说要留着传给美芽和老虎,一人一块。当时,万家顺就在心里嘬了嘬嘴。

现在,因为老虎的提醒,万家顺又想起了那两块大洋,想因为盘出租车,已经把哥哥借到山穷水尽了,父母的老底也就剩这两块大洋没挖出来了。这么想着,心里就痒痒的。想等老虎和美芽大了,人家谁还稀罕这两块大洋啊,还不如现在就卖了给他救救急呢。这么想着,就和陈玉华说了,说得陈玉华两眼锃亮,当胸就给了他一拳,嫌他不早说。

父母能给自己应上急,在万家顺感觉里,那就是自己的本事,比陈玉华强多了。除了能嚷嚷会撒泼,她娘家没一个能成事的,她父母是老实巴交的农民，不仅三脚踹不出个屁来，就是把他们家洗劫了也洗不出一千块钱，还有她弟弟陈玉强，长得也人五人六的，就是好吃懒做，没跑到门上来揩他们的油就是烧高香了，至于做点啥给姐姐陈玉华长面子，那是压根就指望不得。这个家不管有什么事，都是万家顺自己扛着，实在扛不住了，就去找哥哥求助，所以，尽管陈玉华时不时地撒撒泼，关键时候，还是得看万家顺的。

但在这个晚上，陈玉华觉得事情不对头，因为就她了解的公婆，好面子虽然好面子，但是自己的血汗钱，对外从来不声张，就像她和万家顺结婚那会儿，公婆那个穷哭得啊，好像这世上再也没有比他们还穷苦的人了。结果呢，她父母拿不同意一逼，彩礼钱还不照样一掏就是几万，关键是一分钱的外债没借。

所以，陈玉华有充分的理由相信，公婆手里，不只这两块大洋，就说家顺，明天一早，咱把你爸妈接回来当菩萨供着！

万家顺就懵了，说锁门外你已经锁了，我也厚着脸皮把他们的东西送过去了，这又让我去请回来，你想什么不好？

陈玉华就笑："傻了吧？"

万家顺知道她惦记父母手里那两块大洋呢，就说你要稀罕，我给你要过来行了，犯得着来回折腾了？

陈玉华这才端了一脸叵测的笑说万一咱爸妈手里不止这两块大洋呢？

万家顺说不会吧？

陈玉华又笑："万一会呢？你不要啊？"

父亲在病房里魔怔一样地踱着步说我有钱的样子又浮现在万家顺的脑海里，万家顺就也给魔怔了，说是啊，万一咱爸有一千块一万块呢？喃喃自语似的说着，眼睛就嚯嚯地亮了，一拍大腿说那老子就不开出租了，也尝尝当公子哥儿的滋味。

想到父亲手里可能有不少大洋，万家顺就激动得不成，几乎一夜没怎么合眼，但也有点忐忑，万一父母手里真的只有两块大洋呢？陈玉华就笑，说至少咱房租不用出去借了。

万家顺这才明白，就算父母手里没更多的大洋，陈玉华也打算把这两块大洋抠到自己手里才善罢甘休。就微微叹了口气，说就为两块大洋，你犯得着吗？

陈玉华就笑，充满了对他嗤笑的笑："万家顺，听上去你很有钱啊。"

万家顺说这不是有没有钱的问题，好容易把二老送出去了，为这万儿八千的再折腾回来，以后咋办？

"咋办？"陈玉华说，"以前怎么办，以后就还怎么办。"

剩下的话，不用说，万家顺也明白，那就以前怎么送出去的，以后还怎么送出去嘛。万家顺心里虚虚的，觉得自己挺不是个东西。

心里藏了愧的万家顺话就少了，一路上默不作声地开车，陈玉华一边使劲揉眼睛一边问他红了没，肿了没？他懒得看，就说看不出来，陈玉华就下手更狠了一些，眼看着，红肿得都快破皮了，万家顺才说差不多了，好像这样就是替父母小小地报复了她一下，心里就畅快了许多。

第八章

兄弟姐妹一旦成立自己的小家庭，马上就会有隔阂。

1

万家强两口子早早上班走了，老万也穿戴整齐了，打算去周边的农贸市场转着看看找点小生意做，一开门，就见万家顺两口子气喘吁吁地上来了，老万愣了片刻，刚想退回去关门，就听万家顺带着哭腔喊了声爸，说陈玉华把父母锁在门外这事，他越琢磨越不对，就跟陈玉华造了一顿饥荒，今天，陈玉华为证明不是故意把公婆锁在门外的，无论如何也要把他们老两口子给接回去。

本来还一肚子气的老万，竟然就给懵住了，一时不知说什么好，只是怔怔地看了他们片刻，但还是转身想关门，却被万家顺一把拉住了胳膊，陈玉华也簇拥上来，一把抓住老万的手，带着哭腔说爸，前天我真不是故意把您锁门外的，不信您去问大胖，我都把钥匙放他那儿了，不知哪个手贱的把门上的纸条给撕了！

人被人求着，就容易端起架子来，此刻的老万就是，被万家顺两口子声泪俱下地求着，就觉得做家长的威严，又悄然回到了身上，不经意地，就挺了挺胸，声音都好像是从胸腔圆滚滚冲出来的："行了，我和你妈在你哥家住得也挺好，也没怪罪谁，只要你们俩好好过日子就行了。"

陈玉华就哭着说:"爸,您和我妈不在,家顺一张口就怨我,我们这日子还咋能过好?"说着,就摇晃着老万的胳膊,哭着央求他和老鲍搬回去住。老万就给他们弄晕头了,原本,他以为是万家顺两口子容不下他们,才变着花招撵他们走的,这又哭着嚎着要接回去,到底是唱了哪一出?就去看老鲍。

老鲍也被万家顺两口子连哭带嚎的央求搞得有点云里雾里,但被陈玉华锁在门外的那口恶气还没出来,就把脸拉长长地说:"回去干啥?让你们锁门外还没锁够啊?"

陈玉华就哇的一声哭了,过来拉着老鲍的手:"妈,您要不回去,我就没活路了,昨天晚上家顺早早收车,跟我闹了一夜。"

老鲍瞥了万家顺一眼,不相信地说和你闹,他有那胆啊?

陈玉华就哭着说,万家顺在别的事上,确实没胆和他闹,但在父母的事上,他不仅有胆,那胆大得,跟豹子似的。

做父母的都这样,听说孩子为了护自己,突然在媳妇跟前勇敢了起来,会特别开心,心情也特别舒朗,老万两口子也是,虽然脸还虎着,但嘴角已经有憋不住的笑了,末了,老万顿了顿嗓子,故作威严地问万家顺两口子大清早地跑过来,到底是为什么。

万家顺吭哧了一会,说接您二老回去么。

说真的,万家强两口子对他们好着呢,老万并不想回去,就看看老鲍。老鲍也不想回去,就剜了陈玉华一眼,仰起脸说要回你自己回!我懒得回去看有些人的脸!

老万就说:"顺,你看,不是爸不给你面子,是你妈心里有坎啊。"

万家顺就从背后推搡了陈玉华一下:"都是你!一天到晚,你班不上,就知道在家看韩剧惹咱妈生气,看韩剧是能看出饭来还是能看出钱来!?"

陈玉华又眼泪汪汪地发誓,她这就出去找工作,决不再惹二老生气,只求二老能回去,让她能过上没有抱怨不看万家顺脸色的好日子。

老万觉得,儿媳妇都把话说这份儿上了,如果自己还犟着不回去,就是故意为难人家了,就拖长了腔调说,既然这样,那我和你妈就回去吧。

说完，又心有余悸，就说玉华啊，你可说到做到，别我和你妈回去了，你又是摔摔打打的又是甩脸色。

陈玉华满脸不好意思地说不会了，以前是她不懂事，这两天二老不在，可把她忙活坏了，又是去幼儿园接送孩子又是买菜做饭的，忙得跟没头苍蝇似的。

老鲍就在心里噘了噘嘴，心话：闹了半天，还是把我们当老妈子请回去啊。可是人老了，知道自己在儿女那儿还有用处，就开心得很，于是，老两口就跟喝了口小酒似的，美滋滋晕乎乎的，给万家强留了张便条，拎上行李就跟他们回去了。

2

因为公婆在，季苏还特意多买了些菜，进门，喊了声爸妈。房里，却静悄悄的没人应，就跟美芽说爷爷奶奶可能下楼溜弯了，说着，进了厨房，把菜放下，出来倒水喝时，才发现餐桌上压了张纸条，是老万写的，说他和老鲍想来想去，还是住万家顺那边更合适，其一那边离大连路农贸市场近，方便他做点小买卖贴补家用，再就是陈玉华要出去上班了，得有人帮他们去幼儿园接送老虎。

季苏也没多想，把纸条又压回水杯底下就去做饭了。七点左右的时候，万家强拖着疲惫的身子进了门，也响亮地喊了声爸妈，季苏就应声出来说爸妈去万家顺那边了。

万家强一愣，问为什么？

季苏说她也不知道为什么，回来，他们就不在了。说着，把老万留的纸条递给他："咱爸留的。"

万家强大体扫了一眼，突然心里不是滋味，就定定地看着季苏："你和咱爸妈说什么了吗？"

季苏说没有啊。又说说了，早晨她告诉老鲍菜在冰箱里，让他们中午端出来热热吃。

"再没说别的？"万家强沉着脸，说真的，他比谁都明白，父亲的自尊心很强，已经让万家顺两口子给挤兑出来了，无缘无故的，在明知道万家顺两口子不欢迎他们的情况下，是绝对不会主动回去的。

季苏感觉出了他话里的质疑，觉得挺辱没的，就白了他一眼，说没了，转身去厨房做饭。万家强就坐在饭桌上看着纸条发呆，突然说你知道吗，我爸和我妈是让家顺两口子撺出来的。

"我不知道。"季苏冷冷地说，其实，如果万家强换一种口气，说不准她会耐心地和他探讨探讨这个问题。

"我没跟你说。"

"你没说我也能猜出来。"

"知道我为什么不告诉你原因吗？"万家强的声音已经冷得可以当冰用。

"怕我嗤笑你们家人，怕我说你弟弟两口子不要凭什么让我要。"结婚这些年以后季苏对万家强已经了如指掌，知道他好面子，不愿意让外人说他们家人哪怕一丁点儿的不是。

"可你还是做了！"万家强暴怒地说，"你觉得，在这种情况下，我父母可能回万家顺家吗？"

"我不知道。"季苏冷冷地说，"因为我不是你父母！"

两人剑拔弩张地相互瞪着，因为委屈，因为被辱被看低，让她满腔愤怒，把手里的香菜往厨房案板上一扔，拉起美芽就走了。

娘俩在初秋的街上走走停停，季苏的眼泪就掉下来了，除了娘家，她没地方可以去，就擦擦眼泪跟美芽说，如果姥姥问我们为什么来，就说妈妈不放心姥姥一个人住，好不好？

美芽点点头，然后天真地问："妈妈生爸爸气了？对不对？"

季苏不想对孩子撒谎，就嗯了一声，问："美芽觉得是爸爸不对还是妈妈不对？"

美芽认真地想了想说爸爸脾气不好，妈妈不温柔。

季苏想也是，只要自己温和点，耐心和万家强解释，也不至于吵起来。咳，两口子就是这样，吵的时候在火头上，顾不了那么多，等醒过味来，火已经烧旺了，谁都拉不下面子去主动去扑火。就一步三回头地领着美芽往公交车站走，又在车站上故意等过了两辆公交车，也没见万家强追出来，才恨恨地上了车。

万家强也在家愤怒着呢，想父母也一把年纪了，进城投奔儿子，被小儿子撵出来，又被大儿媳妇用脸色挤兑出去，两颗苍老的心，还不知伤成什么样了呢，这么想着，心头火起得饭也吃不下，换上鞋子就往万家顺家去，到了才知道是自己错怪季苏了，有心给她道歉，又开不了口，就给她发短信，说了对不起。

季苏正和老苏聊天，听见手机在餐桌上响了一下，懒得去拿，老苏就提醒她，是不是万家强催她回家了。季苏没想到万家强能跟她道歉，就说不能，知道我在您这儿他还催什么催？然后说不想回去了，陪她住一晚上。

老苏说那哪儿成？她一个结婚有孩子的女人整天住娘家，影响夫妻感情，说着，老农赶鸭子一样地，张着胳膊要撵她们走。季苏明白母亲的一片好心，可看着偌大的家里，就她孤零零一个人，不由地替她凄惶，拿过手机看了一眼，见是万家强道歉，心情就好了很多，那种冤枉了又被昭雪的委屈，腾然涌上心头，眼睛就湿润了，有泪摇晃着要往下滚，老苏纳闷，说好端端的，你这是怎么了？

既然矛盾已经过去了，季苏就把公婆被万家顺两口子撵出来，今天又莫名其妙搬回去她却被万家强冤枉了一顿的事说了。百思不得其解里，老苏就想到了老万的大洋，就说你公公这个人真抠。

季苏就笑，说我公公就是个老农民，就算你让他不抠，兜里也没几个钱。

那可不见得。老苏就把老万拿着大洋去找季教授鉴定的事说了，末了又追了句听他絮叨的，好像有一百块。

季苏错愕得下巴都差点掉下来，说妈，您没听错吧？

老苏说怎么能听错了，病房里安静着呢，就他们仨人，她听得真真儿的，不过，话又说回来了，老万再有钱那也是老万的，让季苏别去打算，人老了，手里有俩压箱底的钱，心里踏实。

季苏就笑，说我是那种人吗？说着，人已经被老苏撵到门口，就又嘱咐了几句，领着美芽走了。到了家，还在想万家强到底知不知道他爸有大洋的事，有心想问，又怕万家强误会，不问，心里总像搁了件什么事，翻来覆去地睡不着。万家强就回身搂了她，问怎么了。

季苏说没什么。

万家强的手，就往她睡衣里摸，自从季教授去世，她就住娘家，回来当天公婆又来了，因为房子太小，夜里也不敢造次，两人已经一个多月没鱼水之欢了。季苏让他抚摸得全身膨胀，皮肤滚烫滚烫的，万家强不声不响地闯进去，在黑暗中，两人的喘息粗重了起来，末了，万家强感觉到她像只没了刺的小刺猬蜷在自己胸前了，才释放了自己，两人仰面躺在床上，黑暗中盯着看不清的天花板，万家强握了握她小巧的胸，说对不起啊，今天错怪你了。

季苏哼了一声。

万家强就又伏过来吻了她一下，算是赔罪。

季苏歪着头，问他是不是去看父母了。万家强嗯了一声，纳着闷说："我就奇怪，家顺两口子到底是唱的哪一出。"

季苏按亮了台灯，直直看着他，说："我有个猜测，你想不想听？"

"说吧。"万家强把她揽过来。季苏踟蹰了一下，说："那你不许说我阴暗。"

"不说。"

"我猜万家顺可能知道一些咱俩不知道的事。"季苏见万家强满眼狐疑地看着自己，就晓得他也不知道大洋的事，遂把老万去医院找季教授鉴定大洋的事说了一遍。

万家强一愣一愣地看着她，好像她说的是天方夜谭。

"我妈告诉我的。"季苏说。

万家强明白她是在强调这件事的真实性，就喃喃道："我长这么大，就没听我爸说过家里有大洋。"

"未必是以前就有。"季苏说。

万家强觉得不可思议，问季苏有没有可能是岳母听错了。季苏说不可能，因为我爸说那大洋罕见，我妈还特意要过去看了呢。

万家强说这样啊。

"不打算找你爸问问？"季苏小心地问。

万家强想了想，摇头，说："算了，既然老人家没说，就是不想让我们知道，我问了反而不好。"

季苏觉得也是，过了一会儿，才说你弟弟可能知道这事。

"为什么？"

"他拉你爸去医院找的我爸啊。"

突然地，万家强就心头一乱，说你的意思是他们突然把我爸妈接回去，是因为大洋？

季苏点头，嗯了一声："有可能，突然回过味来了，要不然，就凭他两口子的那算计劲儿，好容易送瘟神似的把你爸妈送出来了，哪儿有又主动接回去的道理？"

"不会吧。"万家强不置可否地笑了一下，并没往深里想，其一，觉得父母有一百块大洋的可能性不大，其二，就算父母真的有，那也是父母的，他也不惦记，这并不是他高尚，而是自认为虽然做企业做得资金链紧张着呢，可再紧张也比万家顺两口子好得多，如果父母真的有一百块大洋，也愿意帮衬一下万家顺，他没意见。

只是，当着季苏的面，这没意见，他不能表达，怕季苏心理上不平衡，遂把她往怀里一揽，说不早了，睡吧。

季苏明白，话题到此为止了。

3

　　新房已经装修完了，季苏就想把季教授分给她的书画拉回来，其一能装饰一下新家，其二，因为季教授生前大部分时间都待在书房，现在只要没事，老苏就在书房里摸摸转转，季苏怕她是睹物思人，这种滋味，对于老人来说，是很杀心的，早点把书画拉走，母亲看不见，也就没那么难过了。就给万家顺打了个电话，让他抽空帮她拉回去。

　　老万就纳闷了，说你哥不是有车嘛，怎么还得让你去拉？

　　万家顺这才想起来，他害得哥哥把车卖了，父亲还不知道呢，怕他知道了会怪罪自己，忙扯谎说他哥的车在汽修厂大修呢。老万不高兴了，说前几天在他家住，他公交来公交去的就说车放修理厂了，这都修多少时间了？

　　万家顺继续扯谎说大修么，一时半会儿修不好。

　　老万就不再吭声了，说反正在家闲着，要去帮万家顺搬搬抬抬什么的，顺便也跟亲家母聊聊天。见父亲一脸的非去不可，万家顺知道拦不住，遂也不拦了。

　　等到了，见季蓝也在。原来，老苏怕季蓝事后挑毛病，特意打电话让她过来看看还没有没她的东西，别稀里糊涂地让季苏一遭儿拉了去。

　　季蓝又从书橱里找出了几本古籍善本，说季教授活着的时候说过，希望她能好好研读一下这几本书。

　　一听是古籍善本，老万有点稀罕，非要看看过去的书是啥样子的。季蓝忍着不耐，把书给了他，人却在一边盯着，生怕老万给弄坏了。期间，她单位来了几个电话，其中一个是问招聘的事，好像是要招仓库理货员，要了6个男的，还想找个女的记记流水账什么的。老万一听，眼珠子就亮了，想起了这几天陈玉华到处找工作到处碰壁，就小心地问："美芽姨妈，你在单位是领导啊？"

季蓝不置可否地笑了一下，从他手里把书抽回来，塞进包里，转身就要走。老苏觉得她这么怠慢会让老万没面子，就忙替她说："可不，我们家蓝蓝可是大公司的领导，是乐万家的经理，专门管招人提拔人。"

老万就敬仰地啊了一声，说："我说呢，美芽姨妈一看就是个当领导的。"

见季蓝依然没搭理他意思，就敞着嗓子喊万家顺，说："家顺啊，美芽姨妈是大单位的经理，专门管招人，你问问，能不能把咱玉华招进去！"

老万这么喊，看上去很唐突，但也有他的用意，他知道季蓝没把他放在眼里，作为一个长辈他要继续纠缠下去，显得挺不识趣的，但万家顺就可以，因为他是小字辈啊，为了自己媳妇的事，脸皮厚点谁也说不出什么来。

万家顺也晓得父亲这是在给自己指路呢，就忙凑上去问："姐，看在亲戚份儿上，我家玉华的事，还得请您多帮忙。"

季蓝就冷冷看了他一眼说："大公司不比私营小公司，招人要按程序来，不是我一个人就能说了算的。"说完，头也不回地走了，万家顺让她给晾得尴尬得不行了，就小声抱怨说嫂子也不知帮两句腔。

季苏就说你哥没告诉你啊？

"什么？"

"我和季蓝的关系。"

万家顺莫名其妙地说："这还用告诉吗，她是你姐姐，美芽的姨妈。"

"但我们之间的关系还不如关系很普通的两个同事。"季苏不动声色地说。

老万这才从理书的箱子上抬去头，说："美芽妈，这事不能怪别人，人家是老大，你是当妹妹的，就应该客气点，咋能直呼人家名字，叫声姐能咋了？"

"人家觉得我叫她姐是占人家便宜，爸，您说，我还能叫吗？"季苏搬着书往外走。

老万就给她绕糊涂了，回家路上，问万家顺这话是什么意思，万家顺说还能什么意思，就是我嫂子傲，遇上比她更傲的了。

老万也觉得是这么回事，就愈发觉得季苏不好说话了。

晚上，一家五口正吃着晚饭呢，万家顺的手机就响了，是房东的，催交房租呢，虽然没见着人，可接着电话，万家顺也点头哈腰地好声好气着，说最近家里事多，让房东再多给宽限几天。

老万是倔脾气，一辈子不愿意向人低头，见万家顺接个电话都点头哈腰成这样，就生气了，说有什么话不能好好说，犯得着像小鬼见着大鬼似的了？

万家顺哭丧着脸说，他倒想跟阎王见着小鬼似的作威作福来着，可他也得有这底气的，欠着人家钱，人家没把咱撵出去睡大马路就不错了，我跟人家威风得起来嘛我？

老万这才知道，万家顺欠人家房租都已经拖了半个月了，就郁郁地生气，饭也咽不下去了，问："要交多少？"

"半年的，七千八。"

老万跟让蝎子蜇了似的，差点跳起来："不是一月一千么，半年咋会是七千八，他不会算账你也不会算？"

万家顺蔫蔫说半年六千那是老皇历了，房东涨价了。

老万背着手，在不大的房间里踱来踱去，把木质的旧地板踩得吭咚吭咚直响，嘴里喃喃着，就这么间破房子，他一月租一千都顶破天了，亏他也好意思涨价！

万家顺耷拉着眼皮说往后还得涨。虽然一副很沮丧的样子，心里，却是极得意的，他虽然没大才华，但小聪明还是有点的，在人情世事上，分寸拿捏得好着呢，所以，把父母从哥哥家接回来，房租和大洋的事，他只字不提，等的就是这一天，一切都像行云流水的戏剧桥段似的，自自然然地水到渠成，房东催房租，而且涨价了，房租他是没钱交的，然后，跟陈玉华一唱一和地哭穷哭艰难，他就不信了，如果有大洋，父亲还能捂得住！

"涨！让他涨，咱不租了还不行吗！"老万果然上了道，手在空气里一下一下地挥着，好像看不见摸不着的空气就是胖房东，他正一下一下地扇着他贪得无厌的胖脸。

"不租睡在马路上啊？"万家顺说，"盘车盘得我现在真没钱交房租了。"

因为肚子里藏着小算盘，陈玉华的心，也紧紧地绷着呢，就特意做出一脸被人挤兑得快要过不下去了的可怜相说："要不……我回娘家借点？"

"拉倒吧，你空着手回得了娘家？再说了，就你那个娘家，你弟弟不来揩油我就阿弥陀佛了，别钱没借着还搭上了礼钱。"说着，从桌上抓起车钥匙，起身就往外走。

陈玉华问他去哪儿？

万家顺悻悻地，突然说了句良心话，说盘车盘的，已经把我哥家的底都挖掉了，他出去找其他哥们儿借借看。

"你给我回来！"老万断喝，"借钱是容易啊还是光彩？"

万家顺的心啊，乐得跟六月的花园子似的，面上却一脸的苦闷："不借咋办？等房东把咱一家五口撵出去？"

老万就语塞了，低着头，挥了挥手，意思是去吧。顿时，万家顺心里拔凉拔凉的，和陈玉华相互看了一眼，还是出门了。

万家顺前脚出门，陈玉华后脚就给他发了个短信：别真借，等回来继续哭穷。

万家顺回了六个字：你也演得像着点。

陈玉华心领神会，好像百爪挠心似的，放下筷子，饭也不吃了，倚着厨房的门口，眉头越皱越紧，一会儿工夫，眼泪就滚下来了。这一次，她没撒泼似地大哭，而是像个贤良而隐忍的女人真的被命运这狗东西逼急了一样，默默地流着泪。其实，老万和老鲍不怕她撒泼骂大街，就怕她凄风苦雨地掉眼泪，掉下来的不是泪啊，是磨盘，沉甸甸的，一扇一扇地往老万的心上砸。如果他这当公爹的家底厚，如果儿子有本事，犯得着把儿媳妇愁得泪眼婆娑了？

老鲍的心，也让陈玉华哭得酸溜溜的。就冲老万张了张嘴，被老万拿眼神制止了。

老鲍是女人，担不住心事，夜里，就一下地捅老万的胳膊，老万只是用鼻子嗯一声，不说话，老鲍就小声问："真不管啊？"

老万翻个身，背对着她，不说管也不说不管。

老鲍就恨恨地，说你把它们埋缸底下又生不了崽养不了孙的，卖俩给孩子解解难过好。

老万就跟聋了似的，没一会儿，就鼾声四起，把老鲍给恨得，就踹他，可不管她怎么踹，老万的鼾声都响得跟旱地里起雷似的。

就像老鲍知道老万是装睡一样，老万也晓得瞒不过老鲍，可他不想说话，在这个夜晚，他觉得自己脑壳里，坐了两个老万，一个是要帮万家顺的，一个是替万家强打抱不平的，俩儿子，都是亲爹生亲娘养的，咋能总是厚此薄彼啊？万家顺两口子，咋就像个无底洞呢？他拼着老命帮他填，原以为帮他盘上车就万事大吉了，没承想房子又成了难题。黑暗中，老万在胸膛里叹了口气，就听门响了，知道是万家顺回来了，他没坐起来，跟他寒暄一声再躺下继续睡。

只觉得生活的窘境，就像一张迫人的大嘴，张得大大的，让他不敢正眼去看。

他没像往常似地坐在床沿上，跟进门的万家顺说回来了啊，是因为他不愿意去看万家顺满脸无法开解的愁苦，总要说点什么吧？可他说什么呢？都是无解的苦恼。

黑暗中，万家顺啪嗒地按开了灯，老万就觉得胸膛里呼嗵一下，好像有人照着他心脏的位置踹了一脚，但，他还是没睁眼，甚至，又使劲闭了闭眼。

在这个夜晚，他最怕的是万家顺站过来，喊他一声爸。

哪怕他喊他一声仅仅是为了告诉他，爸我回来了，也不行。

他不想面对万家顺的脸。

万家顺在房间里静静地站了片刻，老万甚至都感觉得到他的目光，像手电筒一样在脸上扫来扫去，终于扫见了父亲的不情愿面对，所以，他才又啪的一声，关了灯。

老万的心，悠悠地回到了胸膛。他闭着眼，告诉自己说睡吧睡吧，可万家顺那张愁肠百结的脸，总是在他眼前晃啊晃的。再然后，他听见万家顺进了卧室，两口子长吁短叹地嘀咕了一会，陈玉华又嘤嘤地哭上了，万家顺好像很是不耐了，大声呵斥哭什么哭？不是还没睡马路吗？再要么就是你要是后悔了，咱现在离还来得及，咱俩离了，有本事你去找个有钱的！给你买大房，买别墅，我万家顺没本事我不耽误你行了吧！

话音一落，陈玉华的哭，就号啕上了。

老万有心装听不见也不行了，只好起来，冲里屋喊了一嗓子："家顺！大半夜的，你吵吵什么吵吵？"

陈玉华哭得更来劲了。

老万就觉得，脑袋里有个巨大的马蜂窝被人捅了一竿子，垂头丧气地坐床沿上，点了根烟，把老虎呛地直咳嗽，老鲍踹了他两脚。虽然没使劲，可也差点把他踹床下去。老万就更是恼火了，回头冲她道："大半夜的，你们还让不让人消停了？"

老鲍就坐起来，一把夺过他的烟，掐了："让人消停你就别大半夜地起来抽烟！"

老万擎着一只空手，突然地难受，突然地痛恨自己，怎就这么没本事，怎就没给孩子们打下个厚实点的家底呢？就他，一穷二白的一农民，啥也没给得了儿子，临老了老了居然也想进城跟儿子享福，脸皮咋就这么厚实呢？

儿子都难成这样了，他还留那堆大洋干什么？埋一天是一天的百无一用。

老万想啊想啊，就想出了一个主意，既能帮帮万家顺，也不至于亏待了万家强，那就是把大洋起出来卖了，以他这当爹的名义买一套房子，让万家顺一家三口一起搭伙住着，既能省了房租，他老两口身边也有个照应，等他和老鲍走了，再让哥俩平分了这房子，至于咋分法，他就管不了那么多了，至少，他心意是这样的，对俩儿子也算一碗水端平了，还解了万家顺的难，多好啊。

想到这里，老万都佩服自己了，心里也逐渐安定了，喊了声家顺。

万家顺等这声喊等得心都焦了，忙应了一声。

老万说你出来趟，顺手按亮了灯。

万家顺穿着睡衣，但一脸失眠佬的焦虑模样，倚在门框上，蔫头耷脑地说："爸，有话您就直说，我心里烦躁着呢。"

老万用力看了他一眼，小声说："先把门掩上。"

万家顺就觉得心脏快从胸口跳出来了，一脸的苦相却迟迟地不敢往下卸："想说啥您就说，有啥好神秘的。"

老万就抬高了嗓门："我让你掩上你就给我掩上！"

万家顺这才不情愿地背过手去，掩门之前，手在背后冲陈玉华打了个V字手势。

老万拍了拍床沿，示意他坐。

万家顺依然是故作一脸怏怏地在床沿上坐了，没精打采地看着老万，一副对这个世界很绝望的嘴脸。

"买套房多少钱？"

"那要看买什么样的了，别墅上千万，黄金地角的公寓也这数，地角稍微差点的几百万，就咱这号穷苦百姓住的套二房怎么着也得八九十万。"万家顺说着，故意一副且惊喜且疑惑的样子说，"爸，您千万别告诉我您要买套房给我们住住。"

"有没有再便宜点的了？"

"那得找。"

老万哦了一声，说："明晚把你哥喊出来，咱爷仨开个家庭会议。"

趴在门上偷听的陈玉华，高兴得一个高就跳回了床上，翻了一个欣喜若狂的跟头。

4

听万家强说晚上他们爷仨要去新房那边开家庭会议，季苏就觉得既搞笑又别扭。自从和万家强结婚，只要家里有大事，老万都会把万家强和万家顺喊到别的房间，关上门商量，她们这些女人，包括老鲍在内，都没参与的份儿。季苏就抱不平的，说都什么年代了，你们家还歧视女性，把万家强说得讪讪的，说这是从父亲的爷爷那儿留下的老传统，倒不是歧视女性，而是男人更有大局观，一旦让女人参与了，难免发生更多鸡毛蒜皮的小枝节，让事情进展不了那么顺畅。

这点，季苏倒也承认。就她所观察的，不管男人还是女人，没组成自己的小家庭之前，和大家庭的凝聚力特别的强，兄弟姐妹之间相处也融洽得很，可一旦成立自己的小家庭，马上就会有隔阂，这倒不是成家之后人心变了，而是有了小家庭就意味着有了自己的私有空间，所谓私有空间换一种说法其实就是私心，开始有所保留，甚至有了相互间的比较，说难听点就是攀比。

我们国人喜欢把人生活成一种竞赛，而不是享受过程，这点，作为班主任，季苏深有体会，虽然她也喜欢学习成绩好的孩子，可看着孩子们小小的年纪就开始了相互拼智力体力的厮杀，就难过得不得了，人生，就是个过程么，为什么我们这个国家的人类就不想享受相互需要相互扶持的美好生活呢？当然，她更明白的是，孩子的心地，都是纯净明亮的，家长才是发动孩子们进行竞争比拼的发动机，所以，好些时候，季苏觉得中国的家长是天底下最可怕的家长，可是，几千年的传统就这么下来了，这不是她一个人改变得了的。除了叹息和替孩子们心疼，她所能做的，更多只能是站在一边摇头叹息。

家族也是这样，既然公婆说是从祖上传下来的规矩，意思也很明白了，这不是她这一个儿媳妇能改变得了的。而且公婆之所以强调是祖上传下来的规矩，就是对她的抗议进行了不可反转的无视和否定。

多少年了，大到一个民族，小到一个家庭，中国女人只有服从命运却没有参与主宰命运的份，在替中国女人悲哀的同时，季苏也晓得，在认知领域被剥夺洗脑了几千年的中国女人，在很多方面确实有一定的狭隘性和局限性，譬如说，一旦开家族会议，一定是有家族性的事情要决定，而家族事务，十有八九要牵扯到利益，利益当前，莫要说女人，男人又能有几个做到不为自己着想？但中国父权社会了几千年下来，男人们的家族观念比较重，所以，也就更容易以家族为重，不像女人似的只为小家利益着急，所以，一旦要决定起某些事情来，纯粹的男人参与确实要比有女人参与干脆利索一些。

这些，季苏明白，万家强也是这么解释的，所以，尽管她心有不平，还是洗了水果，又装了一套新茶具，让他带到新房那边去用。

新家已经装修好了，该进的新家具也已经进来了，再通一段时间的风，就可以搬家了，万家强到了没多一会儿，老万和万家顺也到了。

爷三个在新家里挨间屋转着看看，每到一个房间，万家顺都啧啧地羡慕不已，拍着门框说，他这辈子要是能住上这么大一套新房，就是死也值得了。

老万就瞪了他一眼，让他不会说话就闭嘴！住新房就得死，那这世上的新房岂不是都卖给鬼了！？

万家强晓得父亲有点迷信，呵斥万家顺是怕他在新房里这么说着晦气，就也笑着说万家顺这话说得太没格局了，莫说这不过一套公寓而已，将来，他还打算住别墅呢。

万家顺就讪讪地厚着脸皮说，成啊，哥，那等你买上别墅了，就把这套房借我住住。

万家强说没问题。

老万剜了万家顺一眼，说就知道啃你哥！

万家顺让他说得脸上挂不住，说我哥又不是骨头，我啃我哥干吗。

老万哼了一声，说好像你没啃似的。

万家顺心里就更有底了，晓得父亲这么说，其实是在赶鸭子上架似的把哥哥往高尚的架子上赶呢，等赶得哥哥美滋滋地上去了，父亲就会拿出他的方案，对他万家顺有利的方案，那会，哥哥已经被架得高高在上了，也就不好意思跟他们计较短长了……想着即将有可能到来的好事，万家顺的心，就飘飘然的了，根本就没心思和老万计较，就涎着脸皮说可不，爸，您说得也对，我开辆破出租车，满大街地跑，像啥？就像条流浪狗，从城市人的口袋里挣点碎银子讨生活，哪儿有能力高大上？

听儿子把自己贬成了流浪狗，老万心里就更不是滋味了，有心斥责万家顺，又觉得他说也对，开辆破出租车，满大街流浪狗抢骨头一样地抢活，确实不容易，就瞪了他一眼，没说什么。

万家强把老万他们领到一个带卫生间的卧室门口，往里指了指说："爸，这屋有卫生间，方便，将来给您和我妈住。"

老万端详了一会，若有若无地嗯了一声，才定定看着他说家强，今天我把你们弟兄俩召集到一块，就是说这个事。

万家强就笑了，说爸，住我家的事您和我商量就行了，把家顺拽进来干吗。

老万看着他，顿了又顿，半天才说："家强，将来我跟家顺住。"

万家顺愣愣地看着父亲，好像被父亲的提议给惊着了似的，其实呢，他这愣是开心的愣，知道父亲之所以这么说，是因为父亲果真有能力买房，而且这房买得和他有扯不清的关系，但面上还要做大惊小怪状，说："爸，您放着我哥家一百多平的大房不住，非要和我挤两间比猪窝大不了多少的破房，有意思吗？"

"要一直住那两间破房，你求我我也不住！"说着，老万坐下，端起茶，抿了一口，"我打算买房。"

万家强惊得下巴都差点掉下来，几乎要结巴了："爸，您要在青岛买房？"

"嗯。"说着，老万瞥了万家顺一眼。

万家顺的心脏扑通扑通地跳着，眼巴巴地看着老万："爸，您拿什么买房？"

老万哼了一声，说反正不用典肝卖肾！见俩儿子被他要买房的壮举惊得半天合不拢嘴，这才把他刨树刨出来一百块大洋的事从头到尾说了一遍。让万家顺明天就陪他回棉花村把大洋取出来卖了，万家顺忙不迭地点着头，恨不能现在就一翅膀飞回去："爸，您的意思是把大洋卖了，您买房让我们和您一起住？"

"不行啊？"老万沉着嗓子道，虽然万家顺没明说，但他那点小心思，他也瞧得明白。

万家顺的心，在胸腔里微微跌了一跟头，嘴上敷衍着说行啊行啊，只要不用花房租，阎王老子的房我也敢住！

"又满嘴跑火车！"老万低喝了一声，吓得万家顺歪了歪嘴。老万又把房子的所有权和将来的分配方案说了一遍，问万家强这样可不可以？万家强想都没想说可以。

老万这才舒了口气，说虽然万家顺跟着他住看上去挺占便宜，可他和老鲍老了，也需要身边有人了，就算是相互照顾吧。

万家强点点头。家庭会议就这么结束了。

回家后，万家强说我爸果然有一百块大洋。

季苏就缠人小狗一样黏上来，问万家强家过去是不是地主，万家强就笑，说他们家往上数三代穷得叮当响，他爷爷是给人扛长工的，家里地无一垄房无半间，解放前用一根扁担挑着他的父亲和姑妈，从外地流浪到棉花村，靠着给人扛活养活一家老小，大洋是从院子里的树下挖出来的，至于谁是它们的真正的主人，早已经湮灭在漫漫岁月的长风里，但肯定不是爷爷。

季苏神往地说那你爸是不是打算把大洋给你哥俩分了？

万家强心头一梗，望着季苏的眼睛，突然不知说什么好，半天，才摇了摇头，说我爸要卖了。

"卖了分钱啊？"季苏有点可惜，说既然大洋是罕见版本，那一定是很有收藏价值的，留着，说不准还会继续升值呢，现在又不等钱买米下锅，卖了干什么？

万家强讷讷了一会儿，才说我爸要买房。

季苏眼睛就瞪鸡蛋那么大，说你爸卖房干吗，不说好了，等搬新家和我们一起住么。

万家强就把父亲买房的原因说了一遍，说完，握着季苏的手，小心问："你没意见吧？"

季苏愣了一会儿，明白了，公婆买房的动力，其实是解决万家顺家的困难。心里微微地，有点不快，但很快也释然了，觉得这样也好，虽然她和万家强也商量好了，等搬新家把公婆接过来，但对于能否和公婆相处好了，她心里还是没谱的。就结婚这些年来，她和公婆打过的交道来看，因为价值观和生活习惯的差异，想百分百相处融洽，根本是没可能的事，所以，对和公婆一起住，她还真有点打怵。虽说公婆买房和万家顺一起住，看上去是挺便宜万家顺他们的，可她心里，居然还挺高兴，就像逃过了一段她不情愿过的生活那么高兴，至于房子将来是不是在公婆百年之后弟兄俩平分，她根本就不在意，倒不是她有多么有钱或者多么大方，而是她生性恬淡，对不是自己劳动所得的财富，既没概念也没贪念。公婆自己买了房，就不搬过来住了，让她觉得肩上的负担，一下子轻松了好多，甚至还怕陈玉华宁肯租房也不愿意和公婆一起住，也这么和万家强说了。

万家强怔怔看着季苏，突然一阵心酸，为季苏，觉得季苏虽然嘴巴厉害，但好些时候，单纯得像个孩子，总是拿自己去设身处地别人，就把她手在掌心里握紧了，说万家顺两口子非常愿意和父母一起住。

季苏还是有点过意不去，说如果婆媳相处不来的话，挺辛苦陈玉华的，所以他们也不能因为是公婆买了房子和万家顺一起住就不管了，因为公婆没退休金，他们又进了城，不是在乡下，可以自己吃自己种的粮食自己种的菜，所以，生活费他们每月还是要给的。

听季苏这么通情达理，万家强心里热烘烘的，说好，给多少呢？

季苏在心里默默算了一会儿，说眼下我们也紧张，就每月一千五吧，等我们缓过劲儿来再多给。

万家强说好,把季苏揽过来,在怀里圈着,突然想跟她说好多好多温暖的话,却张不开嘴。其实他也知道,和父母一起住,鸡毛蒜皮的乱七八糟事多,肯定没现在轻松,万家顺两口子愿意和父母住,一定也不是心甘情愿的,不过是被钱逼得罢了。现在的年轻人,虽然不能说都凉薄不孝顺,但真正愿意和父母在一个锅里摸勺子的,还是少数。就像他,当初之所以和季苏商量着要把父母接过来,不过是体恤父母多年的辛苦,也晓得父母就这么点心愿了,想和他们一起住,为的是在棉花村的父老乡亲面前讨个大面子。在乡下,混来混去混一辈子,说不上什么追求什么理想,最大的荣耀莫过于儿女混好了,没忘了爹娘,接出去享福,借以显示,自己这一生,无论是在做人还是在为人父母上,都是成功的。

万家顺两口子呢,是既开心又沮丧,开心的是父亲真的有钱,还是能买得起房的钱,沮丧的是父亲说房子要放在他名下,他们一家三口只有共住的权利。

既然父亲已经决定卖了大洋买房,怎么才能把房落到自己名下?万家顺愁得眉毛都拧成大疙瘩了,陈玉华也是,但懊恼了一阵,就想出办法了,让万家顺别愁,先回老家把大洋取出来卖了再说。

万家顺是急脾气,让她有点子就说,其一是他参谋参谋靠不靠谱,其二是也宽宽他纠结的心,陈玉华就抿着嘴笑,说就你那泻肚子似的嘴,我还信不过你呢,一翻身,扔他一哑巴后背,睡了。

把万家顺给恨得牙根都痒了,朝着她后背挥了挥拳头,做了一下势,也睡了。第二天早晨,天还没亮呢,就让陈玉华给晃起来了,说早饭已经做好了,让他赶紧起来吃,吃完了就拉老万回棉花村。

闻着香喷喷的暴锅面,老万就醒了,到青岛住了也快俩月了,吃儿媳妇做的早饭,这还是第一次呢。

老万起床,洗刷完了,坐下吃饭,但没吭声,在心里,有些落寞地感慨,这人呐,不管在哪儿混,都得有点啥拿住了人家才成啊。

吃完饭,爷俩就上路了,因为起得早,路上车少,没用一个小时,就到棉花村了。

深秋的棉花村还是原来的样子，但显得有些深沉，毕竟法院判给万春燕的钱他还没给，老万怕知道自己回来的人多了传到万春燕耳朵里，又是一顿闹，就悄悄在座位上往下滑了滑，跟万家顺说，快点开，路上别跟人打招呼，赶紧回家起了大洋就走。

想着即将到来的房子，万家顺比他还急呢，连连地嗯了，在崎岖的巷子，把车开得躲闪挪移得，很快就到了门口，下车回家，先把门从里面关了，找了把镢头，帮老万把大洋刨出来，上车就走，整个过程跟做贼似的……

爷俩抱着大洋回青岛，还不到9点呢，文物市场还没开门，因为心情好，万家顺就拉着父亲在附近的街上转了几圈，等文物市场开了门，才把车停下，进去了，没多一会儿，就找到了买家，上午十点半，大洋就出手了，顺利得让老万恍惚间觉得，就像做了个梦，看着存折上的钱数，一遍一遍地掐自己的大腿，以证明自己不是在梦里。

父亲的恍惚，让万家顺觉得好笑，就说爸，您一遍遍地，别把大腿掐青了。

老万就瞪了他一眼，觉得都让儿子看出来了，显得自己很没见过世面的样子，就说你以为我当这是在做梦？我生气。

"好好的，您卖了一大笔钱，你生啥气？"万家顺问。

老万就拍着存折感慨，城里有钱人真多啊，人和人也不一样，更不能比，你瞧你这边穷得连七千八百块钱的房租都掏不起，人家就能花八十多万买一堆不当盐不当酱的大洋回去摩挲着玩！

老万一步三叹地出了文物市场，让万家顺带他去找房产中介。

万家顺就想起了陈玉华说她有点子，怕父亲一看就看中了，让陈玉华的点子落了空，就说俩大老爷们不会砍价，看房子的话，还是把陈玉华叫上比较好，女人心细会说，能磨下价钱来。

老万觉得也是，就他和万家顺俩大老爷们，跟人家磨叽价钱，确实不像那么回事，就让万家顺回家拉了陈玉华，三个人浩浩荡荡地去看房。

从上午看到下午三点，房看了五六套，中意的有两套，一套是老万看好的，两房一厅，房子挺新，就是没装修，要八十一万，老万琢磨着，大洋卖了八十三万，加上中介和其他杂七杂八的费用，再砍砍价，正好就了手里的钱，不错。可陈玉华也看好了一套，就是贵了点，要九十万，房龄和老万看好的那套差不多，但装修了，还多出一个阳台。

　　依着陈玉华的意思，要那套九十万的，因为装修好，买下来，基本不用动，打扫打扫卫生就可以搬进去住了，能省四五万的装修费，再就是虽说只比老万看好的那套多出来一个阳台，可这阳台是封闭的，足有四五个平方那么大，相当于一间小房子呢，本着差不多价钱要大个的道理，也应该要这套，何况老虎转过年来就该上学了，这套房子离学校近，接送孩子也方便。

　　毕竟刚进城没多久，老万对城里的一切，还是有点晕头转向摸不着东南西北，再加上万家顺两口子一唱一和，很快，就把他给说得心也动了，可为难的是钱不够，就跟中介说能不能和房主商量一下降降价，他实在拿不出这么多钱。

　　中介胖老板说这还不好说，贷款啊。

　　老万就给吓得头一摇三个晃，说不贷不贷。

　　在老万看来，只有公家和做大买卖的才贷款来着，就他一乡下老农也贷款，还是后怕，何况他也听人说，只要是贷款买的房，还不上贷款房子是会被银行没收的，就这么和中介说了，中介的胖老板就笑，说经她手买卖的房子90%的都贷款，也没见谁的房子让银行没收了去。

　　陈玉华也在一边添油加醋地说爸，我们又不多贷，几万块钱而已，有我们呢，您怕啥？

　　老万觉得也是，当即签了合同，约好了过几天去银行办贷款。

　　从中介出来，把老万送回家，万家顺找了个借口，把陈玉华叫出来，说你不知道嘛，我爸是个农民，没经济收入，再说年龄也超了，根本就贷不下款来，你说你这不赶鸭子上架么？

　　陈玉华就抿着嘴唇看着他坏笑了一会，说傻了吧？

万家顺说你倒给我说个聪明的，现在我爸是合同也签了定金也交了，万一办不下贷款来，定金不就泡汤了？

万家顺晓得，这几万块钱的定金一旦泡了汤，老万一定没完，在中介跳脚不说，说不准一气之下能跟人干起来。

陈玉华就笑，说就你爸那抠门劲儿，你觉得他能眼睁睁地看着定金泡了汤？

万家顺说他不眼睁睁地看着定金泡汤能怎么着？打，他那把年纪，肯定打不过人家，而且，定金就是定金，就算他们去打官司也打不赢。

"所以么……"陈玉华说，"到时候，咱俩上啊，就说，爸，您也甭气了，我们家顺年轻，能贷出款来，只要把合同更名就行了，这不……房子就顺风顺水地到你名下了。"

万家顺眼睛瞪得跟塞了只鸡蛋似的，啊呀了好几声，才一把把陈玉华抱在怀里，狠狠地搂了两下，说老婆，你果真诸葛亮啊。

陈玉华就得意地笑，说怎么样？你觉得行得通行不通？

"当然行得通，百分百的！"

陈玉华轻轻打了他一下，让他别高兴得太早了，这两天要夹着尾巴装，一定不能让公婆看出来他们俩早就知道贷不下款来的事，一定要等在办贷款的现场才恍然大悟措手不及的样子。

万家顺就笑，让她放心，只要能搞到一套属于自己的房子，别说装傻充愣，现在就是给他一舞台，他也能立马站上去表演得不输奥斯卡奖的大牌明星。

一晃，几天过去了，老万心心念念着去办贷款的事，等到了约好的那天，一家人去了银行，抽号排了半天队，一切果然如陈玉华所料，以老万的身份和年龄，贷款审核不过，也就是说，这套房，如果老万想以自己的名义买，就必须现金交易，想贷款，是门儿都没有。

老万当即就傻了，冲中介就火了，说我们头一遭买房不懂政策，你咋也不懂呢？我是个农民年龄也大了，贷不出款你咋不早点告诉我？

中介也不是吃素的，瞥了万家顺两口子一眼，说你儿子都没提醒你我提醒你干吗?我跟钱有仇啊?

是啊,只有中介成了,中介才有佣金拿,而且早就讲好的,签合同就得交一半佣金,之后不管购房程序是否能完成,佣金不退。不为别的,单是为了挣到这笔佣金,她也得让老万把这合同签了,而不是提前告诉他后面的种种不可能。

老万不干,死活要退佣金,退定金。

中介的胖老板也不干,一个电话,就来了几个横鼻子竖眼睛的小伙子,说来硬的,她不怕,打官司,随便老万打,就是打到联合国,也没老万赢的份儿!

见老万气得眼都直了,陈玉华这才凑上来,小心翼翼地说:"爸,您看,我们也不知道您贷不出款来,要不……您看,您也别气了,咱赶紧问问老板,有啥别的解决办法没。"

老万梗着脖子不说话。

陈玉华就做一副懵懂未开的样子,凑到中介胖老板跟前,说我爸态度不好,您也别生气,您想想,我爸就是个农民,又没多少文化,在乡下苦扒苦做了一辈子,才攒这么点钱,不容易,您说定金不能退,咱就想个定金不退也能让我们把这房买了的办法。

胖老板还在和老万治气,只是用鼻子哼哼,不说话。

陈玉华就一副好脾气的模样,好话说尽,末了,胖老板才说更名,用你们两口子的名义买,就能贷下款来了。

陈玉华忙一惊一乍地说那咋行,钱是我爸出的,哪儿能用我们的名字买。

胖老板就点了支烟,一副主意我已经替你们出了,你们爱听就听,不听拉倒的嘴脸。

陈玉华看看万家顺,再去看老万。

老万脸黑得像包公,一声不响,颌骨上的肉咬得一跳一跳的。

万家顺在身后冲陈玉华伸了伸大拇指,就凑上去,说爸,您看,怎么办?

渐渐地，老万心里的梗，就松了就软了，渐渐也觉出了不知哪儿不对，再看看万家顺两口子，那眼神，就跟早些年的年前，他准备酱货过年时，只有几岁的万家顺在一旁眼巴巴地看着他，强忍着垂涎欲滴一个样。

慢慢回过味来的老万，突然地内心苍凉，眼睛酸酸的，有说不出来的痛楚在心里翻腾，他突然地不想说话，半个字都不想说，只是把存折和身份证掏出来，递给万家顺，说你们看着办吧，我不管了。

转身，就出了中介所。

站在青岛的大街上，老万突然想大哭一场。

到底是老了，到底是老子，他还能怎么样呢？就像人家说的，你见谁家老子算计得过儿女？倒不见得是当老子的有多蠢，而是当老子的都狠不下心去算计儿女，真应了那句天底下只有狠心的儿女，没狠心的爷娘啊。

老万像个受伤的老兵一样，在街上慢慢地走走回了家。

他不相信万家顺两口子会不知道他这个老农民的爹根本就贷不下款来，在明明知道的情况下，他们还是坚持动员他选了贵的房子，就说明万家顺两口子早就盘算好了，甚至他们和中介的胖老板心照不宣地搭好了这个扣，等他老万傻乎乎地往里钻，为的是达成万家顺自己的那份小算盘。

回家，就把心里的疑虑和老鲍说了，老鲍一下一下地看着他，看得他心里都发毛了，说你有话就说，别装神弄鬼地帮着他们气我。

老鲍叹了口气，说算了。老鲍也啥都不想说了，说了干啥？生气啊？反正已经是已经了。

可老万不干，因为他心里堵得慌，逼着她发表一下看法。老鲍就说发表啥发表，咱还能活几年？咱一死，房子还不是他们的？

老万说事是这么回事，可家强那边咋交代？

老鲍说亏你还是家强的老子，就算等他俩走了，万家顺两口子仗着房在他们名下把这房霸了，你觉得家强是那种和他弟弟争房的人？

老万点点头，说家强确实不是那种人，只是太亏着他们两口子了。

老鲍点点头，说跟家顺两口子说说，别在家强跟前露房子买在了他们名下的事，就算家强没什么，还有季苏呢，都是儿媳妇，公婆没把一碗水端平,她心里能舒服了?

老万说嗯。

晚上,万家顺两口子兴高采烈地回了,还拎着大包小包的海鲜小菜,不用说,老万就知道,房子的事,这两口子已经办得遂了他们自己的意。果然。晚饭桌上,万家顺给老万倒了满满一杯酒,说虽然房子只是挂在他名下,但不管怎么说,借老万这当爹的光,在青岛,他万家顺也算是名下有房的人了。

老万拿眼翻了他几翻,没说啥,闷着头把酒干了,沉着嗓子说房子买在你名下的事,别跟你哥嫂露。

万家顺得意忘形地说那还用您叮嘱?说着,做了个在嘴上拉拉链的手势,跟陈玉华说:"听见了没?"

陈玉华眉开眼笑地说听见了。

那套九十多平的二居室,就这么稳稳妥妥地落到了万家顺的名下,从房主那儿拿了钥匙,陈玉华去收拾了收拾卫生,没几天就搬过去了。

第九章

生儿育女是人类犯了一个沾沾自喜的天大错误。

1

万家顺搬家没多久,万家强也搬家了。

新家离金口路近,季苏回去的就更勤了,因为老苏没退休工资,季苏怕她在日常生活上过度节俭,就隔三岔五买了菜和日常用品给送过去,偶尔地,也会遇上季蓝,季苏还挺感动的,觉得就平时季蓝对母亲基本无视或当她不过是个乡下保姆而已的态度,父亲去世后,金口路的家里,应该看不见季蓝的影子才对。可现在,她回十次娘家,至少有八次会遇上季蓝,就觉得她这个人,或许只是看上去冷淡,内心也是念情的,对她也就客气了很多。在客厅遇上了,会主动打打招呼,说几句话,对她的主动,季蓝还是老样子,爱答不理的,好像她是这家的主人,而季苏是不招人待见的赖皮亲戚,几次下来,季苏就烦了,不再主动,于是,两人又回到了从前的状态,像两个截然不同的生物品种,却不得不共同生活在同一片区域内。

人看待事物的时候,一冷静,就会生出审视,时间久了,季苏就看出来了,季蓝回娘家,既不是怀念父亲也不是看望老苏,而是宣示她在这个家的主权,好像只要她一天不回来,这个家就会背着她易了主似的。

季蓝不是个多话的人，每次回来，都歪在书房的贵妃榻上看书，这张榻是季教授在世的时候，买得最贵的一件家具，是小叶紫檀的，季教授每当写字画画累了，就会歪在上面休息一会儿，因为长时间的人体摩挲，整张榻已经被磨得细腻而油亮。

季蓝依在榻上看书的时候，老苏会泡杯茶或莲子羹端过去，放在旁边的小几上，茶香袅袅里，榻上的季蓝，就更是有了几分大小姐气。

季苏看着就来气，说妈，您又不是老妈子，您何必作践自己。

老苏就瞪着一双不知所以的眼睛看着她，说我咋作践自己了？

季苏就气，说她自己又不是没手没脚，想喝茶不会自己泡啊，瞧您勤快得，生怕人家瞧得起您。

老苏就抬手做要打的样子，说我给你姐泡杯茶碍你什么事了？

季苏就气愤地说碍我眼事，我就看不惯您按着自己往老妈子的方向作践自己，您给人端茶端饭的，人家不仅连声谢谢都不说，连眼皮都不抬一下，真是的，在人家眼里，您连老妈子都不如。

"自己家人，谢啥谢？"老苏小声说。然后又说季蓝心情不好，让季苏别处处挑她的刺。

季苏就纳闷："您怎么知道季蓝心情不好？"

在季苏印象里，只有关系不错的母女之间，才会交流彼此心情，可就老苏在季蓝心目中的江湖地位，按说没这种可能。

老苏就腼腆地笑了笑，其实也不是季蓝亲口告诉她的，是季蓝和朱天明通电话的时候她听来的，最近季蓝总泡娘家，朱天明也经常电话她，两人说着说着电话就吵起来了，好像是她婆婆身体不好，朱天明把她接回家了。

季蓝和婆婆关系不好，季苏早就知道，虽然以前多少也听过一点，主要是季蓝婆婆特别庸俗还特别会说，而且卫生习惯非常不好，结婚没多久他们就从家里搬出来了，季蓝宁肯在外面租房也不愿和婆婆在同一屋檐下过日子。

因为季蓝和婆婆关系不好，季苏和季蓝婆婆打交道的机会也就很少。

结婚前，季苏见过季蓝婆婆几次，看上去是个精明的人，确实有点庸俗，表达能力特别强，听她说一会儿话，季苏就给舌灿莲花这个成语找到了最好的注解。像这样的婆婆，莫说季蓝这种自诩清高优雅的儿媳妇和她处不来，让季苏和她相处，怕也有困难。

不由得，季苏就挺同情季蓝的，再回来遇上，四目相对的时候，也不再把她当空气了，至少，用眼神笑一下。

季苏和老苏说，就算季蓝不喜欢她婆婆，可总不能连家都不要了吧？

老苏叹了口气，说能入你姐姐眼的人，就没几个，让她和不入眼的人在同一屋檐下过日子都很难，就甭说她讨厌她婆婆了。

老苏同情完了季蓝又同情季蓝的女儿欣怡，叹着气说，你姐看不惯她婆婆，苦了的不是别人，是欣怡。说完，把包好的馄饨煮了，让季苏给送到书房去。

季苏不给送，说不给她惯毛病，想吃自己出来吃，她不送。

老苏就嘟哝了一句，端起来，自己要往书房去，季苏说我来。老苏以为季苏是不忍心她劳动，终于肯送了呢，就笑了，把馄饨递给她。季苏接过来，转身出了厨房，放在餐桌上，冲书房喊："季蓝，我妈给你煮了碗馄饨，你吃不吃？"

把老苏吓了一跳，撑出来轻轻打了她一下，端起来，往书房里送，要不是怕刚出锅的馄饨烫着母亲，季苏真想一把把她拽回来。

老苏回头看了她一眼，突然小声说："你姐今天心情不好，都哭了。"

季苏一惊，想问为什么，又怕母亲分心撒了馄饨烫着，就耐着性子等她回厨房，不等季苏问，老苏就小声说，今天季蓝进门没多一会儿，朱天明就带着欣怡来了，说要和她一起回家，季蓝不回，两人就在书房里吵起来了，声音虽然不大，可老苏听见了，朱天明说她要实在不愿意回那个家，就离婚。当时季蓝就毛了，说离就离，就把朱天明从书房推出来了，把欣怡吓得不轻，站在客厅里可怜巴巴地抹眼泪，苦苦地求她爸千万别和她妈离婚，咳，老苏也抹了一把眼泪，说欣怡吓得泪眼婆婆的，怪可怜的。

季苏也挺意外的，就她知道，朱天明除了长得帅一点，其他条件都一般。当年为了追季蓝，那劲头，但凡认识季蓝和朱天明的人都知道，朱天明都恨不能脱掉了鞋子，赤脚上阵地追了，好容易把季蓝追到手，那是捧在手里怕摔着，含在嘴里怕化了，把周围的女孩子给羡慕得不行了。而结婚以后的季蓝，因为丈夫的宠，也幸福得像嫁给了民间王子的幸福公主。

可现在，因为不喜欢婆婆，两人闹到了要离婚的地步，季苏还是没想到的，就说不会真离吧？

老苏说谁知道呢，我看小朱挺生气。

季苏嗯了一声，觉得还是不至于，就想依着季蓝的那个傲劲儿，朱天明为了母亲跟她提离婚，一定很幻灭，不由得，心就软了一点。

其实，这不是朱天明第一次跟季蓝提离婚了，早在半个月前，他就提过一次。

季蓝觉得朱天明提离婚，不过是逼她接受他母亲的一个手段。两个月前，朱天明独居的母亲，煮稀饭把锅烧干了，引起了火灾，好在不严重，这已经不是第一次了，邻居也怕了，怕朱天明的母亲有一天真的引起了大火灾，自己也跟着遭殃，就三番五次地劝朱天明把母亲接走，朱天明也晓得母亲和季蓝的不睦，就一直拖着，直到这次，母亲烧干锅，点着了厨房，把消防车都招来了，朱天明实在没办法了，不管季蓝同不同意，就硬把母亲接回了家。

不管多么不喜欢，毕竟都是朱天明的母亲，所以，一开始，季蓝再不喜欢婆婆也拼命忍了，可谁知婆婆变得越来越不可理喻，譬如，她上完大便不晓得冲厕所，明明吃过饭了，还嚷着没吃，如果这些，是季蓝咬咬牙还能忍过去的，她最不能忍受的是婆婆像个饿怕了的人一样到处藏吃的，什么排骨米饭红烧肉鱼啊虾啊的，她到处乱藏，有时一开抽屉，里面是一块霉得臭烘烘的排骨，衣橱角落里说不准塞着好几碗霉得冒青烟的米饭或者是臭得让人目瞪口呆的鱼虾……

为这，季蓝和她吵和朱天明吵，朱天明也劝过母亲，她每次都答应得好好的，再也不藏吃的了，过不了几天，季蓝就会在更隐秘的地方发现她藏的变了质的食物……朱天明也带她去看过医生，医生说这是老年痴呆症的前兆，除了吃药减缓症状的发展，在医学上毫无办法。

季蓝都崩溃了，提出把她送养老院，可平时看上去稀里糊涂的婆婆，居然一听养老院就清楚明白得很，像个知道即将被大人遗弃的孩子一样，哭得如丧考妣，纵然朱天明再狠心也做不到把一听云养老院就哭成泪人的母亲送出去。

季蓝毫无办法，为了眼不见心不烦，索性下班就回金口路待着，等快要上床睡觉的时候再回，朱天明一个人既要接送孩子又要照顾老年痴呆症前期患者的母亲，根本就忙不过来，就和季蓝争执，争执中也提出过离婚。

第一次听朱天明提离婚，季蓝真震惊，不亚于平地上起雷。她没死缠烂打，说好，你想离明天我们就去办手续。

她把结婚证都找出来了，朱天明却不去了，说是说气话。

如果上一次朱天明说拿离婚吓唬她，她还能原谅的话，那是因为他是在家说的，外人不知道，可今天他居然吵到了娘家，当着老苏的和欣怡的面说要离婚，这对于季蓝来说，太伤自尊了。

因为让朱天明闹的心情脆弱，所以，今天，季苏喊季蓝出来吃馄饨，她倒没装听不见或者干脆不屑一顾，从书房出来了，看看餐桌上的馄饨，拖来椅子，坐了，拿起勺子，舀了一只馄饨，想吃，见老苏和季苏在旁边看着，又有些不自在，笑了笑，放下勺子，端起馄饨就去书房了。

季苏在心里切了一声，转身回了厨房，想帮老苏收拾收拾再回家，没一会儿，季蓝端着空碗进来了，见季苏在擦洗洗碗池，伸了伸手，想把空碗放到洗碗池里，又不好意思，缩了回去，端着站在一旁，想等季苏清洗完了洗碗池再洗。

季苏心下一软，就说："你下班就回这边欣怡怎么办？"

季蓝一愣，说："朱天明管。"

季苏就没头没尾地说了一句："你们这样对孩子不好。"

季蓝淡淡说："知道。"过了一会又说，"欣怡的初中可能要在你们学校读。"

季苏看了她一眼,说:"第一志愿报我们学校?"

季蓝嗯了一声,问:"你带不带新初一?"

季苏说不一定,这要看学校安排。

季蓝又淡淡哦了一声说:"如果你不带新初一,麻烦你给介绍个好班主任。"

季苏也嗯了一声,说:"其实能选出来当班主任的老师,都很优秀。"

"还是想挑一个更好的。"季蓝小声说。

季苏看了她一眼,说好,等新初一的班主任确定了我再告诉你。

季蓝说了声谢谢。

季苏看着她,想劝她别这么和朱天明僵着,可话又不知从何说起。季蓝也看到了她眼里的欲言又止,就笑笑,去洗碗了。

季苏擦干手,拎上买好的菜,就回家了。

老万和老鲍都在,老鲍正包饺子,见季苏大包小包回家,老万迎上来,说季苏回来了啊,你妈赶早市买了荠菜,说要包荠菜饺子给你们吃。

季苏挺开心,搓着手看着一盖垫的荠菜饺子摩拳擦掌,直嚷着有现成饭吃真幸福,老鲍就抬眼看了老万一眼,说:"你看看,这人和人就是不一样,有现成饭吃大媳妇高兴成这样,老虎妈可倒好,我卖上命去也做不对她心思。"

老万瞥了她一眼:"就你话多!"见老鲍撅着嘴懒得搭理他,就又追了一句,"就你做菜放那点油,跟点眼药似的,那菜能好吃了就奇了怪了。"说着,给季苏拖开了一把椅子,说,"小季,你放心,今晚这饺子馅我没敢让你妈调。"然后问季苏怎么回来这么晚。

季苏让老两口的这翻热情弄得有点手足无措,就笑着说顺路买了点菜回娘家看了看,老万这才啊了一声,催着季苏给老苏打电话,让她过来吃饺子。

季苏犹豫了一会,说我姐在家,过不来。

当面不喊季蓝喊姐姐,那是不想让季蓝的冷漠伤着自尊,但在人后,说起季蓝，她都认真地说她是姐姐。

一听季蓝也在娘家，老万两口子就跟事先排练过似的，一唱一和地羡慕老苏有福气，两个女儿虽然都不是亲生的，可比亲生的还孝顺……

季苏听着，也没说什么，笑了笑，就洗手过来帮老鲍包饺子。

万家强进门，饺子也上了桌，老万抿了几口酒，才说不管走到哪里，都是打虎亲兄弟，上阵父子兵，他们兄弟俩虽然分开单过了，但还是要相互帮衬着点。听到这里，万家强就晓得父亲这顿饭吃得是有来头的了，就笑着让他有什么尽管说。

老万这才看了看季苏说："小季，我说了你别嫌我给你揽事啊。"

季苏心里一咯噔："爸，您说吧，能办到的，我会尽力去办，我办不到的，您也别怪我就成。"

老万觉得儿媳妇的态度挺实诚，就嘿嘿笑了两声，说："这事吧，说难也难，说不难就你一句话的事。"

让季蓝给陈玉华安排工作的事，以前公婆在季苏跟前敲边鼓打小锣地说过几回，因为心里没底，季苏都没吭声，这次也是，尽管想到了，还是没明说，只笑了笑，隐晦地旁敲侧击说爸："那可不一定，有的事，您看起来很简单，但做的时候很麻烦。"

"这事不麻烦。"老万笃定地说，又看了万家强一眼才说，"小季，你看，玉华年纪轻轻，总在家闲着也不是个事，你能不能托托你姐？让她也进大单位上班。"

果然，应了季苏的猜测，犹疑了一会儿，才说上次她不是跟你说不行了嘛。

"那是我说，你说就不一样了。"老万语气肯定得好像他就是季蓝，"人家跟我非亲非故的，说办不了是正常，你说就不一样了。"

"爸……"季苏想说其实我和我姐的感情一点也不好，和大街上的路人甲路人乙差不多，可又觉得这时候说这话，像故意往外推事似的，就看看万家强，万家强当然明白，但又觉得一口回绝，父亲面子上会挂不住，就说你现在也别这么肯定，还是抽机会问问再说吧。

万家强把话说到这儿了，她也只能说好，心里，却懊恼上了，从到青岛那天起她就知道，季蓝不仅从没把她当妹妹，更没把她放在眼里，尽管小时候她常常觉得很受伤，可现在她长大了，也有了自己的家庭和亲情，不再是那个渴望从季蓝那儿得到亲情认可的小季苏了，所以，心无所求的她也用不着用渴求的眼神眼巴巴地看季蓝的脸色了，可现在公婆又让她为陈玉华的事去求季蓝，不由得，就有些懊恼得为难，觉得自己好容易才在季蓝跟前站住脚的那些不亢不卑，又要因为求她而委顿。何况今天季蓝刚说了希望她能帮欣怡找个好班主任，她这就为陈玉华的工作去找她，显得太像交易了，季苏不喜欢这种感觉。

　　夜里，她和万家强这么说，万家强攥了攥她的手，半天才说，就当帮我爸妈的忙吧，陈玉华不上班，在家大眼瞪小眼的，难免有矛盾。

　　季苏嘴里说好，可事后见了季蓝，却怎么也开不了口。有好几次，她下班回了金口路，张望着书房的门口，几次开口又开不了，想去找季蓝说又迈不出脚，老苏都看出来了，问她是不是有什么事要找季蓝说，季苏心里一惊，否认了，觉得人真的不能求人，还没等开口呢，矜持就端不住了，流露出些卑下来招自己痛恨。

　　老万那边等了又等，也没等来季苏的消息，就打电话问万家强，听父亲都有些恼火了，不得已，万家强说了实话，说季苏和季蓝的关系很疏淡，根本开不了这个口。

　　老万就觉得，在自己家人跟前，什么开得了口开不了口的，都是死要面子活受罪！死要面子活受罪，这景虽然老万这辈子也弄过，可那是跟外人，跟自己家人也死要面子活受罪，这不成里外不分，自找罪受么？

　　不成，老万就还不信这邪了，不管咋说，季蓝都是季苏的姐姐也是老苏的继女，总归来说，也是沾亲带故，求她，比求不认识的陌生人还是要方便的。

　　老万决定亲自出马，不指望季苏了。

　　季苏不说季蓝每天下了班都回金口路么，这就说明她是个孝顺孩子，没忘了老苏这个继母，只要她是孝顺孩子，就好办，到时候他把话跟老苏一说，老苏跟季蓝絮叨絮叨，这事基本就成了，因为季蓝孝顺么，孝顺的孩子都听老人的话。

说干就干，这天，老万特意留了几碗小豆腐没卖，拎着就去金口路了，进门就寒暄说，听季苏说老苏也是在乡下长大的，只要是在乡下过过苦日子的人，就没有不喜欢吃小豆腐的，这不，他特意留了两碗，送过来给老苏尝尝。

苦出身的老苏确实也爱吃庄户饭，见老万大老远地拎着给自己送了来，也挺感动的，两人寒暄了半天，都寒暄得找不到别的话说了，老万才把心一横，拿出一副老大哥的气势来，说他今天来，其实也不单单是送两碗小豆腐给她尝尝，是有事要求她。

老苏就懵了，她一个大门不出二门不迈连退休工资都没有的家庭妇女，能帮人办得成啥事？除了当年季教授求她别自卑，只管把心放踏实了和他过日子之外，这还是第一次有人跟她用了求这个字，就有点受宠若惊了，说亲家，您可千万别用这个求字，有啥事，您尽管说。

老万就把希望季蓝帮陈玉华安排份工作的事说了。说真的，老苏很为难，两手搓来搓去地说这是我可不敢替孩子答应。

老万就笑，说您又不是美芽姨妈单位的领导，您就是现在答应了也没用啊。说完，哈哈一笑，气氛就轻松了好多。

事实是，老苏和季蓝也开不了口，一连几天，季蓝下班过来了，就进书房去看书，老苏又是端茶又是倒水的，几次，话到嘴边又咽下。因为想找机会跟季蓝提这事，去书房的次数，就多了，季蓝本就心情不好，回金口路，不过是躲个清静，可老苏总在眼前晃个不停，就有点烦，遂趁老苏出去的空，起身，把书房门掩了，也没关，只是掩上，老苏就会明白，季蓝晓得，在自己跟前，老苏小心着呢。

老苏开不了口，老万就天天往这儿跑，因为大连路菜市场离着金口路也就三公里左右的样子，每天上午十点左右，卖完小豆腐，老万就没事了，没事了的老万就拎着特意留下的一碗小豆腐往金口路跑，虽然他每次都说是知道老苏喜欢吃小豆腐，特意留一碗送给她，可一周下来，老苏就觉得，那些吃下去的小豆腐，就像一扇一扇的石磨，压在她的心上，让她坐卧不安。

虽然老万来了也不问陈玉华工作的事，可老苏看得出，他的心，都快急得长疮了，她只好把牙咬了又咬，把心里的那只脚也跺了又跺，在这天晚上，特意做了季蓝喜欢吃的虾仁煎饺，趁端给她的时候，小心翼翼地说了。季蓝挑了挑眼角，看了她一眼又一眼，又看煎饺，嘴角撇着一抹若有若无的笑，好像突然明白了这盘煎饺的意义似的，用鼻翼无声笑了一下，半天才说，我看看再说吧。

老苏的心里，就像有只巨大的气球被人松开了捆着吹气口的绳子，嗖地就松弛了好多。

老万再来，就心定神怡了好多，说季蓝说要看看再说。

老万也像个被闷在橡皮房子里四处刨窟窿的人，终于看到了一丝希望的曙光，也松了口气，说："亲家，你莫要怪我逼你……咳……一言难尽啊。"

老苏就定定看了他，等他下文，老万却没事人一样龇龇牙说乡下人进城过日子不容易啊，上有老下有小的，还有银行贷款要还。

老苏说一月还四百，跟没还有啥区别。

老万说："有区别有区别，你们城里人不晓得乡下人的脾性，欠着别人的钱睡不着觉。"

老苏就想起了万家强被老万逼着卖掉了的车，心头有股热热的火，就蔓延开来了，就很不开心地说了句不是乡下人进城不容易，城里人也不容易，要不是家顺盘车把家强家装修的钱花了，家强也用不着去卖汽车。

老万眨吧了几下昏花的老眼："说啥？你说啥？"

老苏就意外得很，说："你该不会不知道家强把车卖了吧？"

老万就急了，说："我前阵听说送修理厂大修了，咋？修好就卖了？"

"修啥修？"老苏不高兴地说，"家强回去找你要钱，听说钱让你挪给家顺了，就直接把车开去卖了。"

老万就觉得胸口被人打了一拳又一拳，颓然地说是卖了啊。

老苏见他脸色不太好，就不敢往深里说了，就缓和了一下口气，说旧的不去新的不来，卖就卖了吧，反正是帮了自家兄弟又不是让人骗了去了。

一连几天，老万话很少，连卖小豆腐的时候，都很少笑了，总是一手收了钱，一手默默地把小豆腐递出去，卖完小豆腐也不再去找老苏了。老鲍觉得不对劲，就问他怎么了，老万看看他，叹口气，问她，人老是不是就要办糊涂事？

老鲍说不见得，我娘家妈妈都九十多岁了也不糊涂。

"可我怎么觉得我糊涂了？"老万想啊想啊，想起了夏天他逼着万家强汇五万块钱回棉花村旅游给他壮脸，想起了他背着万家强把这钱挪给了万家顺，想起了他把大洋卖了本来想买套房子放在自己名下，等他和老鲍走了，就当是留小礼物一样，让俩儿子甜蜜蜜地瓜分了，可现在看来，可能性也不大了，因为阴差阳错的，房子就买在了万家顺名下。老万觉得自己被万家顺算计了，被算计得还那么心甘情愿，虽然房子落在万家顺名下的事除了他、老鲍和万家顺两口子谁都不知道，可他觉得，这不让万家强知道就是欺骗，就是对厚道儿子的亏待。虽然万家强从没问过也没说过什么，但老万觉得他啥都明白，不问，是怕他这当爹的左右为难，可他怎么能因为万家强的厚道更加亏他呢？

想着想着，老万的眼睛就潮湿了，想扇自己两巴掌，可见老鲍瞪着一双不知所以的眼睛看着自己，就改成摸了两大把胡茬，才叹气似地说："家强把车卖了，都是我害的。"

老鲍吓了一跳，问出什么事了。

老万说去年夏天的事了，就把前因后果又说了一遍，末了又叹气说："家强厚道。"

老鲍也抹了一把眼泪说，可不。

两人成泪眼婆娑着，老虎闯进来了，说要去公园玩滑板车。老万硬气了一下，问："你妈呢？"

老虎说妈妈在看电视剧。

老万忽地就站了起来,被老鲍一把扯住了:"你虎头虎脸的,要干啥?"

老万就冲客厅里嚷了一句:"看!看!就知道看电视剧,是能看出饭来还是能看出钱来!"

陈玉华忙拿起遥控器,把电视关了,没事人一样伸了个懒腰说老虎,走,跟妈妈上街玩去。

老虎一个呼啦,就跟她跑了。

老万恨恨地,踢了门一脚,被老鲍拽了一下子:"踢坏了不用花钱啊!"

2

一周后,季蓝主动给季苏打了电话,问陈玉华会不会操作电脑。老万去金口路找母亲的事,季苏知道,就猜季蓝这么问是为了给陈玉华安排工作,就让她等会儿。挂断电话,直接给陈玉华打过去。

见是季苏的电话,陈玉华很警惕,因为她用笔记本电脑看韩剧已经看得出神入化了,能用数据线把笔记本连接到电视机上看,这样屏幕大,看起来舒服。就问是不是公婆告她状了。季苏就笑,说她又不是家长,就算告状也告不到她这儿,是季蓝问。

陈玉华松了口气,问是不是工作的事有信了。

季苏说可能。

陈玉华这才炫技似的说,要问她会不会别的嘛,她不敢打包票,唯独电脑,她想怎么玩就怎么玩。

季苏给季蓝回了电话,顺便把陈玉华的电话号码也给了。

可季苏万没想到的是,陈玉华所谓的会玩电脑,不过是会混论坛会看电视剧,可季蓝公司要的是会处理文字文档的打字员。好在陈玉华也要强,去公司报到之后,回家觉也不睡了,成宿成宿地抱着电脑练打字,说无论如何也要保住这份正规大单位的工作,可光打字不行,还要会排版会调字号，会制作简易表格。万家顺也不会，出去现学又来不及，季苏不想让季蓝说三道四，索性让陈玉华住过来，手把手地教了几个晚上，勉强过关，季苏才算长长地舒了口气。

陈玉华进城以后，一直在个体私营单位打工，大都工资不高，上班不许迟到，下班没个准点，说加班就加班。工资稍微高点的，还要看老板脸色，而眼下这份工作，一切都按规矩来，她也珍惜得很，每天上班兢兢业业，下班就抱着电脑练打字、WORD排版，简易表格制作，连老虎过来喊她一嗓子都不耐烦，所有家务，都丢给了公婆。老万老两口子虽说辛苦，可看到陈玉华为了工作这么上进，他们也高兴，任劳任怨地承担了所有家务，好像陈玉华真的有多大的前程似的，给供了起来。

期间，万家强过来看望父母，见老两口忙里忙外的，陈玉华没事人一样在电脑上混BBS，心里挺不舒服，回家和季苏说，想把父母接过来。

季苏问为什么。万家强就把原因说了，说陈玉华欺负二老人老眼花看不清也不懂电脑，整天泡在电脑上玩，把所有家务扔给俩老人忙活，他看着不舒服。半天，季苏才说，房子是你爸妈买的，如果家顺两口子不自觉，让他们搬出去租房住就是了，把父母从他们自己家接出来算怎么回事？

公婆买房和万家顺他们同住，季苏没意见，甚至还暗暗感谢万家顺两口子，毕竟公婆是从乡下进城的，对城里规矩和习惯未必懂得，就算他们买房自己住，她和万家强也不放心，但有万家顺两口子在，就放心多了。可让老两口搬出来，就等于腾房子让给万家顺两口子住。季苏多少有些心理不平衡，这么想着，也这么说了。万家强深深看了她一眼，没吭声。其实，当父亲说买房贷款了时，万家强就晓得房子落在万家顺名下了，可父亲不说，他也不想问，跟季苏也没提，毕竟父亲没把一碗水端平，还有害得他把车都卖了的这档子事摆在那儿，不管季苏多大度，心里不舒服都是难免的。

季苏说陈玉华不自觉，你爸妈说说她不就行了？

万家强就苦笑，说他爸妈都眼花了，看不清电脑上的内容，就算看清了,也不懂,还以为陈玉华在苦练业务呢,连他去了,都怕打扰陈玉华学习,说是找份好工作不容易,时不时提醒他说话小声点。说着,万家强的眼睛就湿润了,说父母也都六十多岁的人了,大热天,也不舍得开空调,老两口在厨房里忙得挥汗如雨,他看着心疼。

季苏心里也酸溜溜的,说爸妈不懂,咱老这么闷着不说也不是办法啊。

万家强说那怎么办?总不能我一个做大伯的去数落陈玉华吧?

季苏觉得由她去找陈玉华谈也不合适,很有自我感觉良好,嫌弃陈玉华不孝顺的嫌疑,就让万家强打电话跟万家顺说说,让陈玉华多体恤着点老人,别整天盯在电脑上看电视剧。

想来想去,万家强觉得也只能这样了,就给万家顺打了个电话,让他第二天中午去公司找他一起吃饭。万家顺问什么事。万家强想了想,说见面再说吧。

夜里,回家跟陈玉华说,陈玉华也一愣,平时,一般都是他们有事找万家强他们,很少有万家强主动找他们,这冷不丁的,难道是为房子落万家顺名下的事?

两口子嘀咕了大半夜,末了,陈玉华说,如果真是为这事,万家顺就态度好点,说房子在他名下,也是当时被逼急了没办法的权宜之计,他也就是顶个名,但房子还是父亲的,总之,得让万家强两口子心里踏实,别逼着他写字据什么的,要不然以后肯定是麻烦。

万家顺说不能,他哥不是那种斤斤计较的人。

陈玉华就哼哼地冷笑,说现在下结论还为时过早,万家强是不是那种人要等公婆没了的那天才知道。

万家顺说你这不咒我爸妈么,作势要打。陈玉华一个骨碌滚到他怀里,仰起一张刚敷完面膜的嫩脸说你打你打,有本事你朝我脸上打。

原本还虎视眈眈的万家顺,一下子就笑了,一大嘴巴吻上去,滚成了亲昵的一团。

第二天中午,万家顺早早去了万家强的公司,哥俩在公司门口的饭馆坐了，见万家顺警惕得像个偷玉米唯恐被人类逮住的猴子，就觉得好笑，问他干吗警惕成这样，是捡乘客钱包了还是闯红灯被交警追了？

万家顺不自然地笑了笑，说哥你啥时候也变这么幽默了？嘴里这么说着，表情还是有点不自在，万家强点了三个菜，说今天叫他过来，不为别的，就觉得父母太辛苦了，让他说说陈玉华，别整天泡在网上看电视剧，多少也分担一点家务。

万家顺含了一嘴菜，愣愣地看着万家强，说哥，你找我过来就为这事啊？

万家强嗯了一声。

万家顺那颗悬着的心，才落回了胸腔，恨恨说这个陈玉华就是属懒驴的，牵着不走打着倒退，看我不收拾她！

万家强忙说："你千万别因为这回去和陈玉华吵架，我就是……觉得咱爸妈挺辛苦的，你抽时间说说玉华，电视剧不是不可以看，但得有个节制。"

万家顺点头，其实，关于陈玉华看电视剧这事，他也来气，也说过她几次，可每次都是刚说完能好个三天两天的，过一阵她又掉回电视剧的窟窿里爬不上来了。

虽然万家强找他说的不是他所担心的房子落在谁名下的事，万家顺的心，也放回了肚子里，可还是很恼火，其一，陈玉华迷电视剧不是一天两天的事了，其二是被万家强找到面上，这意味着在哥哥眼里，自己和陈玉华做得很欠缺，很不孝顺，甚至很混账，夜里收车回家，见陈玉华还趴在电脑上看电视剧，就一把拿过鼠标，啪地给关了。

陈玉华正看得兴起，以为万家顺忙着给她关电脑是想和她过夫妻生活，就头也不回地说你先洗好了上床，我看完这集就来。

万家顺还是不说话，一把抄过鼠标，又给她关了。陈玉华就恼了，忽地站起来，沉着脸说你再这样，今晚就甭想沾我的身啊！

"谁稀罕！"万家顺生气地说，"陈玉华，我告诉你啊，你在家最好自觉点，别什么都让我爸妈干。"

陈玉华眨巴了几下眼,这才明白万家顺一点儿也不想睡她,而是有人跟他告了她的状,就有点气,说:"我听你话不对味啊,谁?啊,谁跑你跟前下蛆了?"说后面这句时故意扯着嗓子冲着外间,"有意见当面提,背后戳我算什么本事!?"

万家顺一把扯过她胳膊,往床的方向推了一把,压低了嗓门说:"大半夜的,你想干什么?"

陈玉华一个趔趄就跌坐在床沿上,像条不服气的鱼一样,一个打挺又蹦了起来,嗓门一下子就亮了上去:"我干啥?啊!万家顺,大半夜的你回来找事你还有脸问我干啥!?"说着,就呜呜地哭上了。陈玉华一哭就陈芝麻烂谷子地数落,哭着数落说当年你穷得三根筋挑了个脑袋,除了我,哪个姑娘见着你不躲着走?我陈玉华要模样有模样要身材有身材,要不是让你花言巧语骗了,我犯得着跟着你进城当二等公民了?

除了陈玉华陈芝麻烂谷子的哭,万家顺啥都不怕,可只要她一哭,他心里就乱成了一团麻,倒不是理亏,而是又烦又乱,好像全身上下都是嘴都找不到讲理的开始在哪儿。所以陈玉华也知道,不管她多么不占理,只要她把眼一闭,呜呜一哭,就是治万家顺的一剂特效药。

果然,万家顺让她哭得好像遭了电击的老鼠,先是一脑袋扎到床上拿毛巾被把头蒙了起来,又觉得不对,又拿毛巾被连呜呜大哭的陈玉华兜头包进来按倒在床上,气喘吁吁地说行了行了,深更半夜的让我爸妈听见又该心里不好受了!

陈玉华哭得更来劲了,说他们不好受我还不好受呢,整天像个囚犯似的让人盯着的日子,你觉得我舒服啊?

"我爸妈是那号人吗?"

"是!就是,他们就是专门欺负儿媳妇的老间谍!"

"你再说小心我动手了啊!"听陈玉华说父母是老间谍,万家顺也不高兴了,"别当我怕你,深更半夜的我是怕邻居听见了笑话。"

陈玉华就扯着嗓门啊啊地哭了两声,示威似的看着他:"我不怕丢人!"

自从进城,老万就养成了一个习惯,不管多晚,每晚都得等到万家顺收车回来，才能放心地合眼睡觉，这听万家顺进门了，刚迷糊着呢，就让隔壁两口子的吵吵声给弄醒了，就推了推老鲍，说两口子吵啥呢？你去看看。

老鲍早就醒了，虽然隔着一堵墙，可也听了个差不多，就一翻身，说咱俩都成儿媳妇眼里的老间谍了，还看啥看？

"啥老间谍？"老万坐起来。

"说咱俩整天盯着她，跟家顺告他状。"老鲍气哼哼说，因为买房子的钱是老万掏的，老鲍住着就踏实多了，只要陈玉华没骑到脖子上给气受，她就懒得去管他们两口子的闲事。

听陈玉华在隔壁嘟嘟哝哝地哭起来没完，老万挺烦的，起身披上衣服，站门口喊了一嗓子："家顺！深更半夜的不睡觉你们吵吵什么？"

本以为这一嗓子能起到一点震慑作用，可没承想陈玉华不仅哭得更响了，还啪地按亮了灯跑出来，质问老万自己这儿媳妇当得怎么样。

虽然对陈玉华有不满，可他一个当公公的，当面说，显得很婆婆妈妈，好像专门盯着儿媳妇的不是似的，就敷衍说好，好着呢。

陈玉华就说既然好着呢，您干吗跟家顺告状？

老万云里雾里的："我要有啥不满意的我就直接说了，我跟家顺告啥状啊。"

陈玉华也懵了："您没跟家顺告状我啥家务都不干，全推给您和我妈？"

"我和你妈是那样人吗？！"老万生气地说，"没谁是干活累死的！"

陈玉华就彻底懵了，狐疑地盯着万家顺："你在外面遇不顺心事了？"

"没！"万家顺没好气地说。

"没不顺心事你回来找什么茬！？"说着，陈玉华推了他一把，把他推了个趔趄。夜已经深了，万家顺不想就这事继续往深里纠缠也不想把万家强供出来，就和稀泥似的摆了摆手说好了好了，算我找事！嘟哝着困了，连脚都没洗就上了床。

陈玉华披头散发地坐在床沿上生了一会闷气，突然想起昨天万家顺说万家强约他今天过去趟，就心里一个激灵，捅了他一下，说你哥找我事了？

万家顺恼恼地说你有完没完？

陈玉华噘着嘴，说你不告诉我今晚这是怎么回事，我就睡不着。说着，去掀万家顺的被子，趴在他脸上好声好气地说是不是你哥？

万家顺睁了一下眼，又闭上了，算是默认："总之，以后你自觉点就行了。"

说真的，陈玉华虽然不怕万家顺也不怕公婆，但对万家强两口子，还是很敬重的，这敬重里有点儿怕，不想让万家强两口子对她印象不好，就像顽皮捣蛋的小孩子拼命遵守纪律给老师看一样，就想在万家强两口子那儿落声好。

她也不明白自己为什么会有这样的心理，也跟万家顺说过。万家顺说还用问，你他妈的这就是看人下菜碟，你势利眼，我和我爸妈这儿都是一干二净的穷骨头，你就和我们硬碰硬，咱哥嫂呢，是多少还有点肉的骨头，你总上蹭上前去沾点油光，当然要端好脸了。陈玉华就呸他，说才不是这么回事呢，她对万家强两口子的好里，有敬重一样的畏惧。万家顺就嗤笑她，说懂不懂？这叫敬畏，他刚从收音机上学来的新词，她对万家强两口子之所以有这种感觉，是因为从人格上敬仰他哥和他嫂子。

陈玉华觉得，有那么点意思，遇上泼的赖的，她不怕，大不了脸皮一撕，一块儿泼一块儿赖就成了，可对做事有理有据也处事得体的万家强两口子，她那一身的泼和赖，就像想吞天的狗一样，徒有一张大嘴，却不知从哪儿下口。

接下来的几天，陈玉华就谨慎了很多，下班回来，象征性地去厨房帮两下忙再往电脑里扎。

可是，对于她这样一个资深电视连续剧迷来说，突然不能上网看电视了，就跟不情愿地戒烟似的，很烦躁，就算不看电视剧也心不在焉的，下意识的，就总想往电脑那儿凑，凑过去了，又怕公婆看见，就多开几个页面，老万他们过来的时候，她快速切到WORD页面，他们不在的时候就看电视剧。可因为电视剧有声音，一看就会露馅，她特意去信息城买了个耳麦。可因为天生抠门，她买的耳麦很劣质，漏音厉害，尤其是她戴着它看电视剧，看见老万两口子一进来就快速换网页的行为，活脱就是现代版的掩耳盗铃。

终于，陈玉华还是被耳麦给出卖了。

她不戴耳麦的时候，外界只要有点风吹草动她就把页面换到WORD上去，可她戴上耳麦了，耳麦就是个双刃剑，既可以不把电脑里的声音传出去，也因为戴着它，对外界的声音就不那么灵敏了，尤其是这个劣质耳机，漏音厉害，她看电视剧的时候，根本就瞒不了老万两口子，他们貌似被瞒住了，只是给她留个面子，懒得和她生气罢了，可也因为戴着耳麦，她总是要等老万两口子走近了才能发现，然后手忙脚乱地换页面，时间长了，老万他们就知道了，陈玉华这是打着爱岗敬业的幌子玩儿呢。

老鲍就挺不高兴的，觉得陈玉华的这套掩耳盗铃的把戏，是把她和老万当老傻子耍，就挺恼火的，这要搁以前，住万家顺他们租的房子里，老鲍不会唠叨，因为不管怎么说，房子也是人家租的，哪怕她和老万身为爹娘，也是寄人篱下，说话做事的分寸，都得拿捏好了。可这房，是老万出钱买的，虽然在万家顺名下，虽然贷款也是万家顺还，和大把的房款比起来，那点贷款充其量就是大肉跟前的一小撮葱花而已，所以，在老鲍心理上，不管在谁名下，只要大头钱是老万出的，这房就是老万的，她也就理直气壮把这儿当自己家。

一开始，老鲍絮叨的时候，陈玉华还会心慌气短地辩解两句，久了，就烦了。迷恋上网的人都知道，当网上有东西吸引我们的时候，莫要说絮叨我们，谁喊我们一嗓子我们都会烦谁，因为在潜意识里，明白沉溺于网络和沉溺于酒精沉迷于麻将桌没什么区别，挺没意思的，人在做没意思的事的时候，不喜欢一遍遍被提醒自己不该身在其中沉溺下去。这种感觉，也像我们在搞见不得人的小动作，被人吆喝了一嗓子，会一紧张，下意识地产生抵抗情绪，久了，就积累成了心烦的抗拒。

现在，陈玉华就是如此，沉迷于看韩剧，当她的掩耳盗铃被识破之后，索性就光明正大了，连网页也不切换了，不管老万两口子怎么在身边晃来晃去怎么旁敲侧击，她都当没看见没听见。一怒之下，老鲍饭也不做了碗也不洗了，洗衣服只洗她和老万的，把万家顺一家三口的脏衣服都码在卫生间里。因为天气热，卫生间里潮湿，很快，衣服就长了霉点，怎么洗衣服上都有印子。万家顺要好，一看衣服上有霉点印子就骂陈玉华。陈玉华得冤得不行了，好像整个地球都在欺负她，就呼天抢地地哭，不是闹着回娘家就是要跳楼。

万家顺就说你别当我还是以前的万家顺，有种你就回娘家，别看老子是个户口在乡下的农民，可现在不比从前了，只要有吃饭的本事，没人在意你是什么户口，现在还有好些城里人想把户口落到乡下还得花钱托关系呢，最关键的是我万家顺这个进城农民现在有房有车，不是以前那个上无片瓦下无立锥之地的万家顺了。陈玉华你别一不高兴了就拿回娘家离婚吓唬我，有本事你现在就和我离，城里别的没有，可我想找个结婚的姑娘，还真不难，瞧瞧吧，多少大龄姑娘剩在家里急得嗷嗷挠墙呢，你想腾地方就利索着点！

陈玉华还真没让他吓住了，先是瞪着眼看了他一会儿，突然就去收拾行李，收拾完了，领着老虎就雄赳赳往外走，边走边说："走，老虎，咱给人家腾地方娶小老婆，我也出去给你找个新爹！"

一看陈玉华要领着老虎走，不仅万家顺，连老万和老鲍眼睛都圆了，七手八脚地上来拉，说陈玉华你这干吗呢，晓不晓得孩子明天还得上学啊？

陈玉华就像得胜的母大虫，站在门口，抱着胳膊乜斜着万家顺和老万他们，说："你们也知道老虎明天还得上学啊？知道还不给我老实点！有辆破车买套破房就有资本欺负老娘了？！"

自从天天和老鲍鸡毛蒜皮地吵闹，陈玉华的脾气越来越烂，张口闭口老娘，为这，万家顺也跟她吵，可陈玉华就跟打了十管子鸡血似的，越说越来精神，一副再说就扑上来打到底的架势，成了这个家里谁都惹不起的主。

日子就这么鸡犬不宁地过了大半年。有一天一句话不合，陈玉华和老鲍又吵吵起来了，毕竟老了，老鲍嘴皮子没陈玉华麻溜儿了，连气加急，就给昏倒了。

按说不管吵吵多么厉害，起因也不是化解不了的敌我矛盾，见婆婆气昏了，陈玉华都应该见好就收才对。可自从陈玉华和老鲍把日子过成了冤家对头，老鲍就隔三岔五地昏倒，每一次都是有惊无险，陈玉华不仅拿这不当回事，还认为老鲍这是特意的，眼见吵不赢她了，就拿昏倒当撒手锏用。所以，当老鲍口吐白沫到在地上时，她依然卡着腰喋喋不休地卖弄嘴上功夫。一旁的老万，不由得就悲愤了，甚至开始怀疑生儿育女是人类犯了一个沾沾自喜的天大错误。

他默默地站着。

默默地看着陈玉华没心没肺地冲倒在地上口吐白沫的老鲍大放厥词。

他默默地扶起老鲍，默默地掐着她的人中，直到听见老鲍嗓子里有咯隆隆的响声，看见老鲍慢慢睁开眼，用手无力地拍了一下地面，哭了一声老天爷啊……

老万站起来，怒视着陈玉华。

突然的，陈玉华就有点怕了，但嘴上依然不认输，说爸，你别觉得房子是你买的就了不起了，我们就得处处捏着小心过日子，您也不出去打听打听，谁家娶儿媳妇不给买房子？啊，养猪还得先垒个猪圈呢，何况我也是爹妈打小疼着宠着长大的一姑娘！

老万说我买房给你们住还不如砌猪圈养猪！

陈玉华就愣了，说爸，您这么说是啥意思？

老万说没啥意思，你给家顺打电话，让他回来，然后收拾收拾东西，给我滚！你们全都给我滚！

陈玉华愣愣地看着他，说："你说啥？"

"滚！"老万从牙缝里挤出一个字。

陈玉华一屁股坐地上，就开始天啊地啊地哭起来了。

老万的头都快要炸了，抄起电话就拨了万家顺的号码，让他赶紧滚回来。

万家顺是半个小时以后到的，他进门刹那，陈玉华一个鲤鱼打挺从地板上跳了起来，疯了一样地冲到阳台上，把腿跨在窗户上冲万家顺喊："万家顺，你要我还是要爹娘!?"

万家顺哪儿见过这阵势，真吓傻了，忙推着同样吓傻了的老虎说："快，去跟你妈说，爸谁都要，一个都不能少。"

"我操你妈！万家顺，谁他妈的稀罕你一个都不能少，今天你只有两个选择，要么要我和老虎，要么要你爹娘，你要是要我们娘儿俩，这就让你爹娘收拾行李从这个家滚出去，你要是要你爹娘——我就不活了，从这儿跳下去！"说完，又嘶哑着嗓子喊了一声，"万家顺，你别当我吓唬你，这处处看人脸色的破日子我早他妈的过够了，再这么过下去，我还不如一了百了地死了利索！"

喊完，陈玉华的腿又往外偏了偏："滚！赶紧给我滚！"

她视死如归的气势把万家顺吓住了，他呆呆地看着老万，用带着哭腔的声音喊了声爸。

这一声喊，像一双有力的手推倒了老万心中一堵业已风化许久的土墙，一瞬间，他看不清这个世界，看不清身边的每一个人，他只是机械地应了一声，说家顺啊。泪就下来了。然后，他转身，回房间，默默地收拾东西，老鲍像只知道即将失去家园的老狗一样，站在他身后小声地哭。末了，老万回头喝了一嗓子："哭！你他妈逼除了昏倒就是哭！"

他老了，手脚很慢。他希望正在收拾的时候，万家顺进来，说爸，您别走，我要您和我妈。

其实，就算万家顺这么说，他也得走，人老了，帮不上孩子啥了，也不能毁了孩子的日子啊，这楼22层高呢，万一她真跳下去，还不死死地摔成一摊泥啊？他咋能让孙子没娘呢？要不然，等孙子长大了，问起他妈，他咋说呢？她陈玉华可以不仁，但他是通情达理的长辈，他不能不义啊。

现在，他算是想明白了，在儿女跟前，父母就没个赢的时候，因为心里有爱啊，干啥啥不忍。

3

　　进电梯的时候，老万恨不能电梯失灵，从 22 楼摔下去，把他和老鲍摔死算了。可电梯好好的，平平稳稳地把他和老鲍送到了一楼。

　　走出电梯的刹那，老万觉得，他迈进的不是公寓大堂，而是地狱，周遭一片黑暗，而他，找不到出路。老两口在电梯门口茫然地站着，挡了进出电梯人的道，被人拨来推去，那种处处被人嫌弃的绝望，排山倒海地往老万心里涌。

　　后来，他们上了街，站在川流不息的街上，老鲍抹着眼泪问他上哪儿？

　　老万的眼泪，刷地就滚了下来，也不看红绿灯，在车流里狼奔豕突地走了一会儿，把司机们惹火了，就没见这么不懂规矩不要命的老头，把喇叭按得山响，老万也火了，回头冲司机吆喝："有本事你从老子身上压过去，老子活够了！"

　　司机就更生气了，说："你活够了另找死法，别要死还寻个垫背的。"

　　老万想想也是，自己活够了也不能平白无故地害人家司机啊。就对司机挥了挥手，让车过去了，冲车尾巴说了声对不住。然后大口大口地吸着汽车尾气说如果这是毒气就好了。

　　老鲍说毒倒是有毒，就是死得慢点。

　　老万就让她逗笑了，眼里还含着明晃晃的泪，说走吧。

　　老鲍又问上哪儿？

　　老万想了想，说反正不能回棉花村让人看笑话。

　　是啊，临出来之前，他俩太高调了，好像进城就是一脚踏进了天堂，就算再回棉花村那也是衣锦还乡地省亲才成，就现如今这副潦倒嘴脸，哪儿有脸回去？

见他一时难住了，老鲍就小声商量说要不咱去家强家？

老万没吭声。

老鲍就又说以前家强不说搬了新家就把咱接去嘛。

"那是以前，不是现在。"老万叹了口气，"就算家强请，咱还有脸进那个门？"

老鲍想了想，是没脸，老万为了帮万家顺还害得万家强把车都卖了，现在房明明是老万买的，可让万家顺给鸠占鹊巢地给撵出来了，这不分明是啥啥都亏着万家强便宜了万家顺，到这步田地了，又投奔万家强，这叫啥？这不分明是挑好样的孩子欺负么？

"不行。"老万说。

"可总得有个地方去上啊？"老鲍抹了一下潮湿的眼角。

老万说车到山前必有路，那些一把年纪在城里混的乡下人也没见睡在大街上，总能想出法子！他说得铿锵有力，好像只要找个地方睡一觉，一片崭新的天地就出现了。

最后，老两口决定先找家小旅馆住下，然后找点合适的小买卖做着，养活老两口应该没问题。因为做小豆腐的工具在万家顺家没带出来，小豆腐是不能卖了。老万决定，找不到活之前，先去前海沿一带捡矿泉水瓶子，别看捡瓶子不起眼，一天也能捡个三十四十的，遇上需要找人帮忙的再搭把手，还能额外挣点。

老万盘算了一下，照这么算的话，一天挣五十块不成问题，刨去住宿三十块，剩下二十，节俭着点，也够吃了。

想到这里，老万黯然地叹了口气，谁能想到呢？在棉花村耀武扬威的老万、那个嚷嚷着要进城当老太爷的老万，却沦落到了捡矿泉水瓶子的份儿上！

站在盛夏的街上，老万想，如果有钱包捡就好了。想想万家顺两口子的所作所为，儿子还真不如钱靠谱呢，他这么说，被老鲍断然否定了，说咱家强就不这样。

老万又是一阵愧得慌。

他们来青岛也快一年了，知道靠海的小旅馆也不便宜，就往长途站的方向走了几里路，在华阳路上找了一个家庭小旅馆，怕老板不让住，没敢说打算住下以后去捡矿泉水瓶子，只撒谎说进城找人，也不知什么时候能找到。

这天晚上，他们过得很凄惶，傍晚时，老万拉着老鲍去吃馄饨，可老鲍吃不下，眼睁睁看着一碗水煮飞云一样的馄饨坨成一个面疙瘩，末了还泪眼婆娑地问老万，你说，家顺两口子今晚能吃得下饭去？再要么就是他两口子今晚能睡得着？

事实证明，万家顺两口子不仅吃得下还睡得着，这不是因为他们的良心坏了，而是他们都没想到，暴吵了一顿，真的就能把父母从这个家里撵走，甚至万家顺要出门前还指着陈玉华的鼻子说，等会儿父母回来了，她要敢再给父母脸色看，有她好看的！

虽然陈玉华巴不得公婆就此离家出走，不和她在一个锅里摸勺子了，可她也知道，买房子的钱是公婆掏的，真把他们赶走，于情于理都说不过去，但她愿意强词夺理地吆喝吆喝，杀一杀公婆的威风，让他们晓得，别以为这房子是他们买的她就得看他们脸色，他们欠了她这儿媳妇的，因为按常理，她和万家顺结婚那会儿，公婆就应该给他们准备新房，却没有，这房子就当补上当年对她的亏欠了。

陈玉华甚至想象过，傍晚的时候，公婆两个拎着大包小包的青菜，没事人一样回来了。

可是，没有。

陈玉华就想可能是公婆想给她点颜色看看，不伺候她了，他们在外面吃了饭再回来。就领着老虎上街随便吃了点。

天渐渐黑头了，时钟一个钟点一个钟点地往后挪，公婆丝毫没回来的苗头，陈玉华心里就有点忐忑了，打电话问万家顺，公婆给他打电话了没有。以陈玉华的逻辑，公婆不回来，还有一个可能是打电话把万家顺拎到某个地方，一把鼻涕一把眼泪地训斥一顿，解解心头的气。谁知不问还好，一问，万家顺一下子就炸了，反问我爸妈还没回来？她真怕了。真怕了，心气就收起来了，小心翼翼地说是不是去咱哥家了？

万家顺没接茬，只咬牙切齿说陈玉华，我告诉你，如果我爸妈没事还好，如果他们有事，我我……！我他妈下辈子都和你做仇人！

挂断电话，万家顺恨恨地拍了两把方向盘，在心里，既怨陈玉华也怨父母，不就鸡毛蒜皮地吵两句么？已婚的儿子和父母一起住，哪儿有不吵的？吵起来哪儿有好听的？爹娘也都这把年纪了，气性咋就这么大呢？有心打电话问问万家强，又怕挨训，就在父母经常去的地方兜兜转转地找了一会儿，眼看都快十一点了，知道再不打这电话就不行了，就拨了万家强的手机。

万家强刚洗完澡，正要睡觉，见电话是万家顺打来的，心里一咯噔，亲戚朋友之间，平时打电话没什么，可临近深夜的电话，一般没什么好事，就忙接起来，问怎么了。

万家顺这才磕磕巴巴问父母过来没。

万家强一听就毛了，说咱爸妈不是和你们一起住么，深更半夜到我家来干什么？

"白天也没来？"万家强寄希望于父母从他家出来后，又到哥哥家来过，然后又走了，这样的话，他觉得自己肩上担的罪责还能少点。

可这是个周末，万家强一整天都在家，就说没。问万家顺到底怎么回事，不得已，万家顺只好实事求是地说了，万家强一听就炸了，飞快穿上衣服，顾不上回答季苏的问话就冲出门去。

夜已经深了，知道在街上也找不出眉目，哥俩抱着最后一丝希望回了赵棉花村，结果，迎接他们的只有暮色和满院子的蜘蛛网，一看就是经久没人走动了，看着从小长大的地方变得如此的萧条，万家强心里的泪，就滚滚地下来了。

哥俩站在院子里发了一阵呆，谁也没惊动，又悄悄转身回了青岛。

青岛虽算不上一线城市，人口也有千万之众。万家强晓得，如果父母存心躲着他们，靠他们单枪匹马的力量，就是挖地三尺也未必找得到，遂去电视台和广播电台做了寻人启事，希望见着老万他们的人能给他们提供线索。

老万是在第二天晚上看见电视新闻的,是的,生平第一次,他上了电视,还是青岛市收视最高的新闻节目,他在电视里看见了自己和老鲍的照片以及两个儿子殷切的呼唤,看着看着,他和老鲍都落泪了,正当他们泪眼婆娑时,旅馆老板两口子兴冲冲地跑过来,问电视上刚刚演的那俩人是不是他们。

老鲍刚要说是,被老万一把扯住了,说不是不是,我哪儿有恁好的命,趟上这么孝顺的儿子。

虽然嘴上这么说着,但老万还是决定尽快给万家强打电话,让他赶紧告诉电视台,把寻人启事撤了,要不然,被棉花村的人看见可咋办?还不说啥的都来了?!

4

一见到父亲,万家强就哽咽了。

因为从家里走得匆忙,老万没带刮胡刀,两天没刮胡子让他看上去特狼狈。

万家强说爸,不就吵场嘴,您说您何必呢。

老万剜了万家顺一眼,梗着脖子没说话。

万家顺小心翼翼地叫了声爸,说玉华其实也是说气话,您怎么还当真了。说着拉开车门,请老万上车:"我已经把她狠狠骂了一顿了,您要觉得还不解气,回去接着骂。"伸手来拉老万,被老万甩开了,又去搀老鲍,被老鲍翻了个白眼:"我和你爸还想多活两年呢。"

万家强一看这样,知道父母一时半会儿不想回万家顺家了,就递了个台阶,说算了,还是让爸妈先住我那儿吧。然后,小心地看着父母。老万哼了一声,拉开车门,把老鲍推上去,自己也上了车,对已经屁颠屁颠坐驾驶座上的万家顺说:"去你哥家。"

等车到了,老万从口袋里掏出一把零票子扔车后座上,一字一顿说:"我给你车钱了!"

公婆和陈玉华他们闹矛盾的事,季苏大体已经知道了,但具体是怎么闹的,闹到什么程度,万家强没说,她也没问,傍晚下班回来,见公婆已经在家了,也没多想,多做了几个菜,一家人和和气气地吃了,好像什么事也没发生,都晚上十点了,见公婆还没走的意思,才觉得不太对劲,把万家强拽到一边,小声问说你爸妈怎么还不回去啊?

万家强含含混混地说不回去了。

季苏哦了一声,以为是今晚不回去了,就说也好,刚刚闹了矛盾,让他们分开冷静冷静,说着,招呼万家强去书房帮她支折叠床,顺便问今晚大家怎么睡。

万家强要睡折叠床,让父亲睡沙发,老鲍和季苏她们睡大床。

老鲍说哪儿能给他们夫妻分床,她看了,美芽的床挺宽,她搂美芽睡,让老万去睡折叠床。

夜里,季苏问公婆要在这儿住多久。

万家强心里一慌,就含含混混地说爸妈没说。其实,从万家顺把父母送进门来后一脸的如释重负上,他也看出来了,万家顺似乎有把父母当包袱卸给他的意思。万家顺走的时候,母亲又追到门口,让他抽空把她和老万的拖鞋和擦脸毛巾送来,也是一时半会儿不打算回去住的样子,万家强心里就直咯噔,越想越觉得事情不对,当初父母说买了房子和万家顺一起住,他还挺开心也挺感激万家顺两口子的,可这才一年不到,就给撵出来了,还是从父母掏钱买的房子里撵出来了,也太不像话了!虽然万家顺一再强调是陈玉华太泼了,他也气得要命,要不是看在老虎面上,早就跟她离了。万家强听着,嘴里不吭声,可心里明白这是弟弟在撇清呢,总有人把儿子不孝顺的原因推到儿媳妇身上,可万家强不信,如果儿子孝顺得态度强硬,媳妇再泼也不敢乱来。

季苏翻了个身,说在家具城订了几张学习桌椅,如果公婆打算多住几天，就通知他们晚点送货。

"算了，这事……不好问。"万家强的心是虚的，为了掩饰声音的发飘，就故意搂着季苏，鼻子埋在她长长的头发里，嗅啊嗅的，说真香。

季苏想了想，觉得也是，问了真好像要撵公婆走似的，就往他怀里偎了偎说睡吧。

他们的新房一共一百四十多平，是三居室，他们夫妻一间，女儿美芽一间，另一间原本是给老万夫妻准备的，可老万买了房，季苏就想周末和假期里利用这间房开家庭辅导班，多少也能赚点，因为新房还贷着款，虽然万家强的公司看上去还不错，可不知什么时候就会来上一下子资金紧张，让她没处抓没处挠的，就跟万家强商量，她利用周末的时间和书房的空闲，办个补习班，倒不是指望这挣钱贴补家用，挣了，就攒着，万一万家强什么时候资金紧张，她也好拿出来应一下急，不用东跑西借地狼狈。

万家强知道季苏原本就是个缺乏安全感的人，自从他因为发不出工资被工人堵在办公室里几次，真把季苏吓怕了，生怕以后再出现这样的情况。

季苏也说了，如果以后再出现这样的情况，她就真的没脸出去借钱了，能借的人都已经借遍了，虽然事后都很快就还了，可找人借钱的滋味，实在是太难受、太伤自尊了，她开这个辅导班，赚钱不是为别的，就是为了挣点钱存在那儿，给自己找点安全感。

万家强既感动又难过，作为一个大男人，竟然混到让老婆自己筹备安全感的份上，觉得挺失败的，这么说给季苏听了。季苏就笑，说对于万家强那么大的公司来说，她用这种方式攒安全感，相当于螳臂当车，可笑得很，可就算不攒安全感，她也想攒点钱，赶紧买上辆车，自从万家强把车卖了，不仅万家强、包括她在内，出行太不方便了。

万家强就拍拍她的后背，笑，说成，你负责买车，我负责给咱家换别墅。

可她负责攒车的计划还没开始呢，公婆就来了，万家强知道，季苏的计划，十有八九要泡汤。就翻来覆去地睡不着，想父母和万家顺住得这段时光，肯定很辛苦，而且整天和陈玉华生气，母亲犯病犯得比在老家还频繁，就是他们过得一点也不舒心的铁证，想着想着，万家强在心里叹了口气，想，等天亮了，找机会和季苏谈谈，看是不是让父母住这边，不回去和陈玉华他们讨气了。

父母含辛茹苦了一辈子，老了老了，他想让他们过几天舒心日子。

第二天一早，季苏做早饭，老鲍插不上手，也不想插手，自打和陈玉华闹僵，老鲍算是想明白了，甭管是亲儿子还是儿媳妇，人家要成心不稀罕你，你就是把自己作践成老妈子也没人领情，只会欺负得更没顾忌，在这世界上见过怕财主的怕当官的怕混的怕横的，就是没见过怕逢人就哈腰的老妈子的，所以，夜里她和老万商量好了，有了万家顺那儿的前车之鉴，他们到了万家强这儿，得把架子扎起来，儿女成了家，当爹娘自己不扎架子，没人起哄帮你架秧子。

没事干的老鲍挨间屋转，转到了书房，见屋里一件家具都没摆，就问万家强这房空着干吗？正在给美芽梳小辫子的万家强就咧着嘴说："给您和我爸住。"

老鲍一愣，眼睛就潮了，呆呆地看着万家强："这还给你爸和我留着呢？"

看着母亲满脸的感动和满眼的殷切，万家强脑子一下子就短路了，突然想起来，关于让父母在这儿长住的事，还没和季苏谈呢，他生怕母亲这会儿因为感动就这事跟他絮叨起来没完让季苏听见，就啊啊了半天说是啊是啊，边说边往厨房里瞟，如果季苏知道他连商量都没和她商量就决定把父母留在这边住了，一定会因为自己不被尊重而不高兴。

可老鲍很高兴，也很满足，噙着一眼的泪花，把窝在沙发上的老万拉过来，指着空荡荡的书房，颤着嗓音说："还是咱家强看得长远，早就知道咱有今天……"

老万瞪了老鲍一眼，老鲍就把后面的话咽了回去，搭上一辈子的老本买房把小儿子买成了白眼狼，不是件值得张扬的光彩事，一遍遍地絮叨什么？

到底家强是读过书的人，晓得道德礼义廉耻这些老景儿，老万在心里叹了口气，怪不得老话说，爹娘也有昏君式的，万家顺从小嘴甜，说话专拣大人爱听的说，带到人前，就跟颗甜豆似的，所以老万打心眼里偏着他，也正是因为偏着他，他才会又干了件昏君事，就是把棺材本全掏出来买房买到了他名下。

万家强两口子都上班去了，老鲍在把每个房间又打量了一遍，快快说，现在想想，真没脸赖在家强家。

老万瞪了她一眼："你这说的是人话吗？赖在家强家？我是他老子，住他家让他养是天经地义的事！"

老鲍把肥硕的身子一扭："少在这儿逞能，有真本事你就到家顺家天经地义去！"

老万就哑了。

在家无聊，万家强家又在一片新小区里，周围没有菜市场，老万想做小买卖都做不成，就在家看电视，可电视，一个电视机遥控器一个机顶盒遥控器，两人用来用去就给用绕了，电视看不了，报纸杂志没意思，想出门吧，不认路，怕走迷糊了，两人心里就焦上了，人心焦的时候，瞧什么都不顺眼，就甭说两口子了，在一块儿过了大半辈子，就是朵花也看腻了，何况是一脸褶子的人！老鲍嫌老万抽烟呛，老万嫌老鲍烦，两个人吵吵了一天，在晚饭桌上，老鲍就气鼓鼓地说，等买床的时候，买两张单人床行了，老万身上有烟油子味，闻了一辈子了，她都闻恶心了，不挨着他睡了。

一听说买床，季苏愣了一下，看看万家强。

万家强哼哼哈哈地说好说好说。

季苏就觉得事不对了，她知道，如果她再不问，事情就会在万家强哼哼哈哈的打马虎中继续挺进，就心平气和地问："买什么床？"

一桌子的人面面相觑。

老鲍那颗焦了一天的心，一下子悬了起来，这万一季苏不咸不淡地来上一句又不是长住，买什么床？到时候他们要咋反应才能对撇子哦？

老万抿了一大口酒，耷拉着眼皮说万家强不说那间屋是给我和你妈留的嘛，光留了屋不添床咋睡人？

季苏最害怕会变成现实的猜测，终于隐隐露出了一丝兆头，说："爸，您不是买房子了吗？怎么又要住这边来？"说着看看万家强说，"不说好了我在书房办辅导班吗？桌椅的定金我都交了。"

"我和你妈不来，那是书房，我和你妈来了，它就是我和你妈的睡房。"老万声音不高，但很威严里透着点流氓无赖的味道，老万自己是这么感觉的，他以为拿了钱在万家顺家就有了他和老鲍的一席之地，结果却是，钱和万家顺的家都成了他也无法收复的失地，现在唯一可占领的，也就是万家强家了，如果再不强硬点，他咋办？回乡下和隔壁的万春燕抵挤眼为仇让老鲍一年犯十次打挺？嗯，是的，一想到老鲍一生气就打挺的毛病老万就心头发紧，想着她两眼一闭，直挺挺地就倒在地上，牙关紧闭，浑身抽搐，老万就心头凄惶，觉得自己这男人当得失败，才让女人一个跟头一个跟头地往地上昏。

说完这句话，老万继续头不抬眼不睁地喝酒，活像个几辈子没见着酒的酒鬼。万家强知道，父亲这是在用喝酒遮掩尴尬，这就跟出轨的男人被老婆逮着了，总要死皮赖脸地辩解之所以犯了浑，是因为酒，自己酒后乱了性，让那摇着尾巴等机会的狐狸精得了逞。其实，鬼都知道男人想犯桃花浑了，和酒精没半点关系，可几千年来中国男人已经习惯了拿酒精当仕女手里的团扇，既能扇风找凉，又有装饰性，最关键的时候还能拿来遮掩脸。

季苏瞠目结舌地看着大家，万家强和老鲍他们耷拉着眼皮继续吃饭，桌上只有筷子碰盘碗和咀嚼的声音，活像上世纪初的电影默片。他们的沉默让季苏觉得他们是统一了战线结了盟，只为对付自己这个敌人。

所以，她放下了筷子。直直地看着万家强，眼睛里像有无数的利箭在刷刷地往外射。

万家强知道，再装傻不行了："我正打算和你商量呢。"

"那现在就商量。"季苏也没客气，公婆来也来了，又提出了买床，以后要怎么着，想必他们已经商量好了，唯独把她这儿媳妇当成大敌防着瞒着，这让季苏觉得人格上受到了侮辱，再说了，她对长期和老鲍生活，没有足够的信心。

怎么说呢，就结婚这些年来，她对老鲍的了解，是老鲍这人好强爱掐尖，仗着有一生气就打挺的毛病，想欺负谁就欺负谁，如果别人不让她欺负的话，她会一打挺就昏倒在地牙关紧咬啊，这一招，简直成她的生化武器了。有一次，老鲍来青岛住，万家强洗澡的时候把玉佩吊坠摘在卫生间忘记带了，事后想起来，到处找，快把家翻个底掉了，老鲍才小声说她当是万家强不要的就捡起来了，说着，从口袋里掏出来，给了万家强。万家强当时就不高兴了说妈，您别乱拿东西，拿了也记得跟我们说一声。

好嘛，就这么一句，老鲍当即就挺了过去，倒在了季苏脚边，季苏没见过这阵势，吓得失声尖叫着跳到了一边，从那以后，她对老鲍就心有余悸了。

万家强两口子的话说到这儿，老万夫妻的傻也就装不下去了，都放下了筷子，唯有老万的酒杯还在手里攥着，像战士攥着一枚手榴弹，随时准备扔出去把敌人炸个稀里哗啦。

万家强说我们到里屋说吧。

季苏说不用，既然是说爸妈的事，我们就当着爸妈的面说吧，我喜欢开诚布公。

万家强就看看老万两口子，尽量声音平缓地说："这么说吧，现在除了咱家，咱爸妈没地方去了，咱妈身体不是太好，和姑妈打官司打得老家也没法待了，前两天和家顺他们闹得也没法继续一起住了。"

说到这里，万家强停住了，其一，关于决定性的言论，他不想由自己来下，想留给季苏，这样既给季苏留了余地也算是给父母一个面子，其二，他怕万一季苏听他一个人就决断了这个家庭的未来，会生气发火，让大家都下不来台，以后的相处就更难了。

可是，季苏没他希望的那么贤惠，而是径直说："房不是咱爸妈买的么，闹得住不到一起去了也应该是家顺他们而不是咱爸妈搬出来啊。"

"万家顺家楼层太高，咱爸妈在乡下生活了一辈子，畏高，整夜整夜地睡不着，长期这么下去，身体肯定吃不消。"万家强边说边浏览着每一个人的反应。

季苏什么也没说，抓起筷子吃饭，发狠一样地吃。

老鲍有点不好意思，刚要张口说啥，被老万瞪了回去，那意思是别犯贱，这是咱儿子的家，她不就个儿媳妇嘛，儿媳妇这景，给脸给多了会膨胀抖擞，膨胀到数就拿我们这些老骨头不当回事了。

于是老鲍复又恢复了耷拉着眼皮的样子，继续吃饭。

季苏实在咽不下去了，觉得憋屈得慌，把碗一推，就回卧室了。

老鲍看着乱糟糟的饭桌，要收拾了去洗碗，被老万粗暴地拦下了。总之，在万家顺家低伏做小吃了亏的老万认准一个道理：马善被人骑，人善被人欺，自己养的儿女也不行，你要想过舒服点，就得硬气。

一向不做家务的万家强，那天晚上，收拾了桌子洗了碗，夜里，搂着季苏，也不说话，就在她耳后的头发里蹭啊蹭的。季苏明白，只要万家强这样，就是心里觉得愧得慌，那些憋在心里的刻薄话，终还是没忍心说出口。因为知道万家强善良也极要面子，而嫁给一个这样男人的妻子，某些时候，也只能隐忍地选择默认。

她默默流了一会泪，最终还是决定投降，因为明白，事实就像万家强说的，公婆投奔他们，也有走投无路的无奈，自从公婆和万家顺他们住一起，陈玉华每天都要在 QQ 上向她控诉公婆。

尽管如此，季苏还是决定装傻，有些真相，说透了的唯一意义就是让大家尴尬甚至是无地自容，还是心照不宣的好。

第二天，午休的时候，去家具城逛了逛，看好了一张床，快要付款了，突然觉得自己昨晚的言行，肯定会让公婆心里不舒服，就想给彼此个台阶下，打回电话，跟老鲍说正在给他们买床，问他们喜欢硬一点的还是软一点的？

老鲍和老万刚吃完饭，还没来得及收拾桌子，一听季苏这么说，心里一暖，眼泪泡子就不争气了，说小季啊，妈知道，我和你爸来是唐突了点，按说你和万家强结婚买房我们一点力也没出，这会来享清闲福，是怪没脸皮的……

季苏这人不怕别人来硬的，就怕别人通情达理的，用万家强的话讲：别人一通情达理，她就恨不能化身天使，忙和老鲍说千万别这么说，让她担待着点自己昨晚的态度，问她喜欢软床还是硬床，她好让商家配床垫。

老鲍忙说在老家睡惯了硬炕，还是硬点的吧。

第十章

好像在这世界上再也没有比婆婆更可恶的人类了。

1

就这么着,老万老鲍成功入侵,季苏的辅导班彻底泡汤。老万和老鲍好像彻底吸取了在万家顺家做牛做马也不招儿媳妇待见的经验教训,自从住进来,就横草不动竖草不拿,说话的时候,老万动辄以老太爷自居,吃完饭,往沙发上一坐,一副凛然不可侵犯的样子坐在那儿看电视。季苏就觉得特别可笑,尤其是看到婆婆泡好了茶,端过去,老万都很有地主范儿地瞟一眼,用鼻子嗯一声,示意老鲍放那儿行了,就悄悄和万家强说,你爸这是怎么了啊?万家强知道父亲这是被万家顺家受气受怕了,特意摆谱呢,可明说了,又怕季苏觉得可笑,就不以为然地说,说什么呢?

那段时间,老万两口子像惊弓之鸟,在万家强家摆够了谱,万家强也跟季苏说了无数遍说什么呢,季苏就不开心了。其实,她希望万家强能主动跟父母聊聊,人和人是不一样的,不管怎么样她都不可能像陈玉华那样对待他们,让他们只管恢复常态就行了,可万家强就不,倒好像她说句什么,是在挑他父母的不是,季苏就憋屈得慌。

女人一憋屈了,唯一的去处就是娘家,再下班去娘家送菜的时候,待的时间也就长了,一想家里的乖张气氛,甚至都不想回家。老苏就劝她,说公婆有毛病可以装看不见，千万别逃避，不然会影响夫妻感情的。季蓝就拿鼻子用气息笑，季苏这才晓得，看上去冷淡清高的季蓝，其实也八卦，要不然，她和母亲的这些话也不会入了她的耳。

从这件事上季苏不得不承认，女人是立场动物，做儿媳妇的女人凑在一起，都同仇敌忾着婆婆，好像在这世界上再也没有比婆婆更可恶的人类了，可是，婆婆不也是从儿媳妇时候来的么？怎么会做了婆婆就变十恶不赦了呢？相反，做婆婆的凑在一起，说的也全是儿媳妇的不是。现在，因为季苏也在娘家逃避公婆，让季蓝觉得也算同病相怜，有了共同语言，也就不再总是闷在书房里看书了，只要季苏带着美芽回了，就会顺便从书房出来干什么的样子，和她搭话，然后深一句浅一句地聊。说起朱天明的母亲时，季苏就说她觉得朱天明的母亲也不是故意恶心她，很可能是老年痴呆的前兆，因为她同事的母亲老年痴呆了就这样，永远是孩子不给她饭吃，见着好吃的就又抢又藏的……

季蓝觉得不可能，如果老年痴呆了，怎么每月到了13号她都准时记得去银行领工资？

季苏就不知说什么好了。

总之，那段时间，季苏和季蓝的关系，比以前好了很多，这让老苏很开心。因为既要照顾母亲又要工作，朱天明经常不能准时去学校接送女儿，季蓝不会开车，让欣怡自己打出租车，又不放心，有天，因为这，季蓝跟朱天明在电话里吵起来了。季苏看不过眼，就说不如让万家顺每天定点定时去学校接送欣怡，反正都是打车，至少落个放心。

季蓝觉得也是，就和陈玉华说了。陈玉华答应得啊，好像季蓝请万家顺接送欣怡是莫大的恩惠似的，晚上回家和万家顺说，接送欣怡的时候，细心周到着点，要知道她的劳动合同可是两年一签。

2

刻意端着的架子，终究是端不习惯的，在万家强家端了不到半个月的架子，老万就觉得累坏了，索性两肩一松，主动把架子放了下来。

只要老万一放下架子，家里的气氛就缓和了好多，最让季苏欣慰的是，自从公婆来了，万家强的生意就做得特别顺，年底就提前还完了房贷还买了一辆8成新的二手车。公婆也不像刚搬进来那会那么警惕了，因为周围没有菜市场，老万也没法做生意，闲来没事，就去学校帮她接送美芽，老鲍虽然不做饭，但都会在傍晚的时候把菜买回来，择洗干净了，等她回来，下锅炒一炒就可以了。

季苏不是个对生活有太多要求的人，觉得日子这样就好，倒也没觉得和公婆之间有多难相处。每逢周末，万家顺一家三口还会厚着脸皮来蹭饭，蹭得老鲍嘟嘟哝哝的，季苏晓得婆婆这是想让她知道她心疼自己，就笑笑，也不多说，偶尔地，觉得老鲍的脾气虽然有点怪异，但人还是善良的。

季苏觉得，人不管性格多么乖张，只要是善良的，就不难相处。自从知道她和老鲍相处还可以，老苏就时不时地吃点小醋，动辄做她喜欢吃的坐公交送来，当着老鲍的面，非要让她说到底谁做的好吃，每次，季苏都模棱两可地说都好吃都好吃。老苏就生气，觉得她给老鲍留了面子就是不给她面子，一赌气，十天半个月也不来，老鲍晓得她小心眼，就会包了老苏喜欢吃的萝卜缨包子让季苏送过去。

一见萝卜缨包子，老苏的脾气就没了，眉开眼笑地说你婆婆也知道咱俩近呢，要不然就她那抠门，能舍得包了包子让你来拍我的马屁？

夹在两个争宠的老人中间，季苏觉得挺幸福的。而季蓝，还是老样子，季苏回十次娘家，至少有七次能遇上她，不由得就担心她和朱天明的夫妻关系，可季蓝笑得满眼都是志在必得，季苏也就不多说了。季蓝有时会问问欣怡在班里表现怎么样，季苏也如实相告，季蓝就期期艾艾问能不能帮欣怡多争取点中考加分。季苏不知该怎么说，作为初中班主任她清楚地知道，现在的中考比高考还残酷。所有家长都希望自己孩子能考进本市最好的高中，而考进这些考中拼的不仅仅是成绩，还有加分，而且所有家长都知道，加分虽然看上去公平，但实际上是块操作空间很大的灰色地带，有不少优秀的孩子，平时成绩不错，却输在加分上。

从当老师的那一天起，季苏就曾经发过誓，她一定要当个客观公正的好老师，所以这些年以来，她收的最贵重的礼物就是教师节时学生送的一小板巧克力，是的，一小板，如果多了，也会坚决退回。在家长会上，她就开诚布公地和家长说，除了耳濡目染地教育好自己的孩子，他们不必惦记着怎么讨好她这个做班主任的，因为班主任也是人，也喜欢懂事阳光上进的好孩子，如果孩子不争气不招人喜欢，就像一个人不招人喜欢的人妄图通过送礼来改变周围人对他的态度一样，是徒劳的，因为没人会因为受贿而喜欢上一个自己不喜欢的人。

这番话，只要开家长会她就要讲一次，所以，做老师这么多年以来，从来没被投诉过。每每教师节，回学校看她的学生，也是最多的，在她看来，那些回来看望她的笑脸，就是最丰厚大礼。

所以，每次季蓝问，季苏都是不动声色地笑笑。

性情清冷的季蓝也就识趣不再多说。

没过多久，季苏再回娘家，好多次没遇着季蓝，就问老苏怎么回事。老苏说朱天明的母亲老年痴呆得越来越厉害，必须24小时有人看护，没办法，给送到专门的养老院去了，婆婆不在家了，季蓝也就不用躲回娘家了。

3

自从每天去学校接送欣怡，万家顺和朱天明的关系近了不少。有时朱天明在外面应酬酒后不能开车，也会打电话给万家顺，让他代驾回家，一来二去两人也就熟了，熟得朱天明一喝大了，就跟他称兄道弟。每每看着烂醉如泥的朱天明被万家顺架回家，朱天明还要逞能地喊："季蓝，来客人了，泡茶！"季蓝就觉得他可笑，像狐假虎威的狐狸那么可笑。

不喝酒的朱天明话不多，甚至有点沉闷，可只要喝了酒，就不是往日的那个朱天明了。季蓝不觉得这是酒精作怪，而是觉得酒精是一只毫不留情的手，撕下了朱天明平时的假面具。

也是因为混熟了，更是因为喝了酒，万家顺去代驾的时候，朱天明的话都特别多，多到了让万家顺知道了他在外面有个百依百顺的相好的，还知道了要不是欣怡，他早就和季蓝离婚了。总之，喝醉了的朱天明跟万家顺无话不说，这让万家顺深切觉得，酒精，真是个无坚不摧的坏东西。

譬如，就在这天深夜，万家顺去酒店给喝得烂醉如泥的朱天明代驾，一上车，朱天明就扯着他问："家顺，你想不想发财？"

万家顺当他是酒话，也没往深里想，随口说想啊，做梦都想当有钱人。

"真的？"

"这还有假？十三亿中国人就有十三亿个发财梦。"其实，万家顺也就这么说说，他觉得自己的横财运已经随着父亲挖出来的那一百块大洋彻底结束了，在这世界上，哪儿有那么多好事都往一个人身上聚呢。

"你要真想发财，我有条道。"朱天明嘟哝说，他们公司最近有批大货，要招标下游企业，今晚请他喝酒的就是想拿到这笔订单的下游企业之一。

万家顺哦了一声，还没往心上去，只说好啊，如果他们拿到订单会给您回扣吧？

"那是。"朱天明夸张地捻了几下手指，说，"其实这钱可以我们两个合伙挣了。"

万家顺心里一动，但嘴里还是说朱哥，您别开玩笑了。

"没开玩笑，家顺，你当我真喝大了？"朱天明努力坐端正了，"你哥的公司是搞外贸加工的吧？"

万家顺啊了一声。

"你哥可以来投标。"朱天明打了个酒嗝，"我包他中标，但是……"

"回扣必须提前到位？"

朱天明嗯了一声，又醉醺醺地说了句既然给谁干也是干，当然一定要肥水不流外人田了。

虽然不知道这是一笔多大的订单，可万家顺的心，已经开始扑通上了，把朱天明送回家，也不顾得回去开自己的车了，就给万家强打了个电话，问他干吗呢。

万家强当他又遇上了麻烦，问他什么事。

万家顺就贼溜溜问他能不能出来一下，万家强一看都子夜十二点了，懒得动，让他有事在电话里说得了。万家顺想了想，朱天明一番前言不搭后语的醉话，他确实没法在电话里和万家强说明白，遂说明天吧，明天我问明白了去公司跟你说。

万家强就把电话挂了，第二天中午，万家顺满面春风地来了，拖了把凳子往他办公桌对面一坐，跟视察工作的领导似的，拖着腔调问万家强最近生意怎么样。

万家强说在全国外贸缩水的形式下，难不成他一个外贸加工企业还能独树一帜地跳出这一片萧条的大环境？

万家顺把手机往桌上一拍，说："哥，你翻身的机会来了。"

万家强就觉得好笑，像听到一只蚂蚁对他说它将帮他搬来一座大厦那么可笑，就没好气地看着他笑笑，问他喝酒了没？

万家顺好像受了侮辱,说就知道你会这么问,做一副生气的样子梗着脖子别着脑袋往外看。

万家强给他倒了杯水,说中午想吃什么?

万家顺跑车跑到饭点了,如果在万家强公司附近,都会过来找万家强吃饭,当然,每次都是万家强埋单。可是,在这一天,当哥哥像往常一样问他想吃什么时,他觉得自己受到了有史以来最大的轻视,一种从来不被重视,从来都是被当成揩油打秋风的轻视,不由得,心里就冒出了一个小小的拳头,瞥了万家强一眼,用带了些挑衅的语气问:"我想吃龙虾,可以吗?"

"如果是小龙虾么,马马虎虎我还请得起。"万家强拿起手包,说走吧。

万家顺往椅子里坐得更深了,皱眉头看着他:"哥,你啥意思?"

"吃饭。"万家强说,"我还能有啥意思?"

"哥,你是不是觉得我找你除了蹭饭吃就没别的正事了?"

万家强感觉出了他的情绪,就耐着性子坐了下来,说那好,什么正事你赶紧说,别耽误吃午饭,我下午还有事。

万家顺这才跟个被欺负了的孩子终于有机会开口诉委屈似的,把朱天明公司要招标的事说了一遍,说:"哥,天明哥说了,只要你去投标,保准成。"

"我不投。"关于招标投标的猫腻,万家强多少听说一些,靠正当竞争虽然他发不了横财,但支撑企业正常运转还是能做到的,所以,对这些旁门左道,他向来不屑一顾。

"哥——!你咋这样?"万家顺本以为他一说,万家强会高兴得跳起来,没承想他却是牵着不走打着倒退,"这可是别人请客送礼都挖不到的门路,送到你门上来你还不干?"

"不干。"万家强回答得干脆利索,"我可以去投标,但我犯不着谁照顾。"

"只要你去投标就成。"万家顺开心了,"剩下的你就甭管了。"

"别打你的小算盘,你跟朱天明说,别照顾我,照顾也没用,我没回扣给。"说着,又摆了摆头,"不吃饭了?"

万家顺麻溜地从椅子上溜下来:"吃!哥,咱可说好了,你去投标。"

万家强没吭声,晚上,跟季苏说了,说也不知消息真假。

季苏问他是不是动心了,万家强嗯了一声,说现在国际大环境不好,大家都在抢单呢,虽然他犯不着让朱天明照顾,但是,有这个机会,他还是想去试一试,大不了不跟朱天明吭声他悄悄去把标投了就是了。季苏说成,等明天回娘家的时候,如果碰上季蓝,就顺便问问她。

万家强说你问的时候策略点,别让季蓝觉得我们是要托她家朱天明的关系。

季苏说知道。

第二天傍晚,季苏在娘家遇上了季蓝,就轻描淡写地问了这事,季蓝说是,就是因为要投标,最近这段时间朱天明整天被人拉出去喝酒,家门口也经常堵着送礼的,都快烦死她了。

季苏下意识地说真的啊。季蓝就若有所思地看着她,过了一会儿,问她问这个干什么,季苏顿了一顿,说没什么,就是问问。

季蓝又问是不是万家强要去投标?季苏说没呢,慌忙里撒谎说我是听万家顺回家说了这么一嘴。

季蓝好像看破了她心思似的,拖长了腔调哦了一声,过了一会儿又说如果万家强需要帮忙,就尽管开口。

季苏挺意外,甚至有一丝感动,这么多年了,这还是季蓝第一次主动跟她说类似的话,但还是笑了笑,说没有,然后,又道了谢。

季蓝端详着她,笑了笑,说其实,不管怎么说,我们是在一个家里长大的,你犯不着跟我这么见外。

季苏也笑笑,没说什么。过了一会儿,季蓝又自言自语似的说,朱天明打电话的时候她听过两耳朵,这笔订单虽然大,但投资也大,原材料都要中标企业自行购买,最后一起结账,所以,中标虽然意味着有钱可以赚,但投资的压力也不小。

季苏说这样啊。

见她好像泄了气的样子,季蓝就没再吭声。

夜里,季苏把季蓝的话跟万家强说了:"还投吗?"

万家强望着黑漆漆的天花板发了一会呆,说如果不投,下半年公司没订单可做,还有三四十号工人等工资吃饭呢。

季苏就叹了口气,说咱没钱往原材料上投啊。

万家强歪着头,定定看着她说:"如果中标的话……我想……把房子抵押了,可不可以?"

季苏就觉得心脏忽地一下,就好像血液一下子被抽空了一样,呆呆地望着他,半天没说话。万家强攥攥她的手,笑:"说不准根本就中不了标。"

虽然季苏也希望万家强事业成功,但一想到要把刚住了不到两年的房子抵押贷款,她宁肯万家强中不了标。

4

人生总是这样,想要的,未必来,不想要的,却来了。

最终,万家强还是中了朱天明公司的标,当他从电子屏幕上读到这个消息的时候,先是一喜,然后心里就是沉甸甸的,想想要垫付的一百万原材料款,突然就兴奋不起来了,甚至还有冲进去声明退出的冲动。

终还是没有,进去签了字,把合同也签订了,才心意深沉地出来了,甚至,在公司走廊里迎头碰见朱天明也没往脸上挤一丝笑容。

回公司已经是中午了,刚坐定,万家顺就来了,眉飞色舞地说哥,出去喝两杯庆祝庆祝吧?

因为要垫付的一百万原材料款,万家强正满腹心事,一丝一毫也高兴不起来,就说庆祝什么?

"庆祝中标啊。"万家顺拖了把椅子坐在万家强办公桌的对面,大咧咧地拿起他的水杯喝了两大口水。

"消息还挺灵通的。"万家强说,"想吃什么?"

"那是,挣钱的事不灵通着点儿成么。"万家顺想了想说,歪着嘴坏笑说我想吃龙虾。

万家强还是老话:"小龙虾么马马虎虎我还请得起。"

万家顺就一把抓起车钥匙,说:"成,小龙虾就小龙虾,大龙虾我先给你记账上。"

万家强瞥了他一眼,半是玩笑地说:"听你这口气,怎么好像我欠下你账了似的?"

"那是那是。"万家顺匆忙忙地往外走,说等会儿饭桌上和你细说。

看着神神秘秘的万家顺,万家强就觉得好笑极了,他从小就这样,大智慧没有,小聪明一万,最喜欢干的事情是拿着鸡毛当令箭。

两人从公司出来,去了常去的小馆子,万家强要了两个菜,刚要挥手跟老板说好了,被万家顺一把拦住了:"今天这么好的日子,再添个菜。"说着,拿过菜谱扫了一眼,又添了道葱烧蹄筋。

万家强是个节俭的人,说吃不了你打包啊。

"放心好了,有我在,浪费不了。"说着,万家顺拿过一瓶啤酒,打开,给自己和万家强各倒了一杯,万家强见状,把他跟前的啤酒拿走:"你下午还得跑车,不许喝酒。"

"今天啥日子?我还跑车!"说着,万家顺把啤酒拿过来,喝了一大口,先是示威似地看着万家强,然后龇牙咧嘴地笑了,"哥,你都要挣大钱了,也不知道给你弟弟放半天假。"

"你小子!"万家强让他说得哭笑不得,说什么挣不挣大钱,他正愁着上哪儿去倒腾原材料钱呢。

万家顺一愣:"是个事啊。"又问,"多少?"

万家强伸出一根指头晃了晃:"一百万。"

万家顺倒吸了一口冷气:"不能贷款?"

"难。"万家强说。

"再说再说。"万家顺端起酒杯和碰了碰他在桌子上的酒杯,"先高兴高兴再说。"

万家强苦笑了一下,端起杯子抿了一口。

万家顺怔怔地看了他一会,突然阳光灿烂地笑了,说:"哥,你猜,你是怎么中的标?"

"投的么。"万家强说,真的,除了让季苏帮着从季蓝那儿打听打听招标的消息是否属实,在他个人感觉里,投标这件事就跟朱天明没任何关系了,因为之后的投标事宜,他都是公事公办地跟朱天明公司的生产科联系的,投标需要递交的一切资料,也是从生产科过的手,莫要说跟朱天明打招呼,他连让朱天明知道他要参加投标都没让知道,所以,说起中标的事,他坦荡得很。

"就知道你会这么说。"万家顺说着,掏出手机,打开图片库:"哥,我的亲哥,你好好看看,这是我让天明哥拍下来的投标书,哪一家的标书做得都不比你差,为啥你中标了他们没中?"

万家强觉得气氛不对,就警觉了起来:"家顺,你什么意思?直接点。"

万家顺点头,放下手机:"哥,这么说吧,你这个标,完全是在天明哥的操作下才中的。"

"胡说八道!"万家强就觉得一股热血冲上了脑门,"我光明正大自己投的!"

万家顺摆摆手:"哥,咱别这么大嗓门,这么说吧,二十几家公司的标都是光明正大自己投的,可让谁中标这事,就未必正大光明了,我直说了吧,我猜到你会投这个标了,就去找天明哥了,哥,要不是我好说歹说地许下了好处,这个标你就是连投二十年也中不了。"

万家强直直地盯着他,就觉得一波又一波的热血往脑门顶上冲,他是个最讨厌旁门邪道的人,怎么会稀里糊涂成了旁门邪道中人了呢?原先就不是很丰茂的喜悦,彻底荡然无存变成了屈辱,这就像一个初出茅庐的小子,独自一个人闯过了千难万险抵达了目的地,正得意着呢,突然被告知,胜利的到来,并不是因为他多么的勇猛,而是有很多力量在暗中保护他。

太杀伤成就感了。

万家顺看出了哥哥的懊恼，怕继续嬉皮笑脸下去，会把他惹翻，就小心翼翼地碰了碰他的酒杯："哥，生气了啊？"

万家强抿了一大口酒，没说话，那些因为懊恼而来的愤怒，却继续在胸腔里发着酵。说真的，看着万家顺那副涎着脸的德行，很多次，他心里的一只手，已经拍在桌子上了，还有个自己，也嘶喊了无数遍我不干了。

觉得辱没。

自从和季苏结婚，他就能感受得到来自季蓝两口子的轻视，他从没发作过，那是因为他们轻视他们的，只要他不做让他们轻视的事情，那些投射过来的轻视就成了一面镜子，彰显了他们自己的粗鄙和狭隘。可现在，他的这个一门心思往钱奔的亲兄弟，背着他，把让季蓝两口子把多年来试图轻视他却没落到实处的轻视，彻底地，像烙印一样烙在了他的脸上。

他从没像现在这样痛恨万家顺，也从没像现在这样痛恨了万家顺还有火没地方发。因为，万家顺这么做，也是百分百地为了他这当哥哥的好。

万家强黑着的脸，也真吓着万家顺了，他抿了口酒，声音不高，但还是底气很壮地说，就现在这社会，想做成点事儿，不靠关系成嘛？

万家强强压着怒火说我万家强没靠关系照样活了三十多年！

"咱又没求着谁，这可是主动送到门上的关系。"万家顺原本想今天中午跟万家强卖卖功劳，顺道把朱天明的回扣敲定了。

在跟朱天明谋划让万家强中标的时候，朱天明也明说了，现在是商业社会，谁也不会给谁白忙活，更没人替别人白白冒险，说白了，操作万家强中标这事，不符合商业规则也不符合商业道德，他要冒很大风险，所以，相应的好处，还是要按市面上流行的潜规则来。万家顺作为中间人，当然也应该拿一份好处，也要从万家强给的回扣里拎。万家强和万家顺毕竟亲兄弟，拿自己亲哥的回扣，在情面上说不过去，朱天明就给主动揽了过去，说跟万家强说，回扣是只给他一个人的，等他拿到手以后，拿出一部分给万家顺，这样也算是在亲哥面前给他保住了颜面。

万家顺还挺感激的，觉得朱天明这人确实有担当。

可现在的万家强怒火万丈的，让万家顺不知该怎么开口了，只是讷讷地看着万家强，除了嚷嚷着喝酒，不敢再说别的。

还好，万家强主动提了："是朱天明让你找我要回扣的？"

万家顺吭哧了一会儿，才说朱天明没明说，但意思里是有了。

"你告诉朱天明，这标我放弃了！"一想到朱天明是这种专门制造潜规则的人，万家强就气不打一处来。

万家顺一听就急了，因为一旦决定投标，都是要交诚意金的，诚意金就像定金一样，一旦中标后放弃，就退不回来了。

万家顺一急，就结巴了，说："哥，我的亲哥，你标也中了合同也签了，现在又弃标是要付违约金的，咱家钱还没多到让你这么随意耍着玩的地步吧？"

万家强仰头喝了一杯酒，别着脸看饭馆窗外，没搭理他。

万家顺磕磕巴巴，口不择言地劝他："哥，天明哥回扣的事，咱可以再商量，可咱可千万别干拉开架子要打大雁，结果大雁没打下来把枪弄丢了的傻事。"

其实，万家强也是说气话，现在弃标，要付合同金额 10％ 的违约金，这不是闹着玩的，就灰灰地冲万家顺摆了摆手："你去问问朱天明，打算要多少，让他明说。"

万家顺捏着小心说 5％。但他不能说这 5％ 里有他的 1.5％。他不好意思说并不意味着他认为拿亲哥的回扣有啥好羞愧的，俗话说亲兄弟明算账，他不过把这老话儿实践了一下而已。这么大一笔生意，如果他介绍给别人的话，给 1.5％ 的回扣他还嫌少了不干呢。所以，从某种程度上，他觉得自己这是在帮万家强。

"他什么时候要？"万家强咬了咬牙。

"越快越好，哥，不用我说，你也知道，我嫂子那个姐姐，挺不是个东西的，听天明哥说他妈因为老年痴呆得厉害送养老院了，24 小时护工守着呢，花不少钱，我嫂子他姐不给，全得天明哥在外面弄事挣钱找补，哥……你也别一听天明哥要回扣就心理上不舒服,他也不容易,都是让生活逼的。"

这番话万家顺替朱天明说得掏心掏肺的。万家强觉得也是。生活就像一架大战车,每个人都是它的俘虏。

因为季苏不支持投标,关于投标中标的事,万家强在家没提。傍晚万家强心意沉沉地回了家,晚饭也没胃口吃,躺在床上漫无边际地想这一百万从哪儿弄。

其实,他知道自己所谓的愁肠百结很虚伪,其一,一百万不是个小数,其二,作为第一代城市移民,除了抵押房子从民间借贷公司借钱,他没第二条路可走。夜里,他试探着问季苏,如果准确无误地知道三个月后将会有 200 万进账,现在让她把房子抵押出去,她干不干?

季苏斩钉截铁地说不干。

万家强说再过三个月就有 200 万进账啊。

"万一进不了呢?"

"不会的,合同白纸黑字地签着呢。"

"我是个悲观主义者。"然后,季苏就忽地坐了起来。

"我也不乐观。"万家强小心翼翼地说,"但不管这世上有多少中途荒废了的合同,还是按约履行了的合同多。"

季苏就按亮了台灯:"你去投标了?"

万家强点了点头,但没敢说实话:"我正在和他们公司商量,为了保证质量,最好是由他们提供原材料,这样,我可以把利润调低点,但至少不用冒那么大风险。"

"这还差不多。"说完季苏又躺下了,还是有点不放心,说,"家强,你知道的,我是个没安全感的人。"

万家强探手按灭了台灯:"知道,我继续和他们协调去。"

季苏说协调不成咱就不干了。

"好。"万家强的心,沉甸甸的,遂决定,关于筹款的事,不再和季苏商量了。

男人就得这样不是？把所有的压力一肩担了。让老婆孩子过轻松惬意的日子。这么想的瞬间，万家强觉得自己挺伟大的。

4

最终，万家强还是瞒着季苏把房子抵押了。

本来，万家强想去银行办抵押贷款来着，可去了一问，他办的属于小型企业的小额贷款，不仅不好办，流程也烦琐而漫长，等贷款批下来，说不准订单合同的期限也到了，他等不起，只好去找民间借贷公司，手续简单，虽然也需要抵押房产，但流程短，三五天借款就到账了。

尽管如此，万家强还是给难住了，因为抵押房产需要夫妻两人一起签字，可他知道，莫说让季苏签字，就是让她知道了要抵押房子贷款，这事都十有八九得黄，就跟万家顺商量。

万家顺说这还不好办，他整天在街面上跑，别的不敢说，三教九流的人还认识几个，第二天，跟万家强要了张单人一寸照片，第三天就给了他一本假离婚证和一份把房产判决到他名下的法院离婚判决书。

把万家强吓了一跳，扔蛇蝎一样，给扔到了一边，说我和你嫂子好好的，你这不是咒我们么。

万家顺说什么咒不咒的，那些在街头摆摊卖杂耍的，哪个不整天咒爹骂祖宗的，也没见人家是遭天谴了还是挨雷劈了，你还没到那一步呢，你不让我嫂子知道不就行了？见万家强还是愣愣地不吭声，万家顺又把假离婚证和判决书拿起来，拉过他的手，塞进去："我嫂子是通情理讲道理的人，就算有一天她知道了，不用你解释她也明白，你这么做，还不是为了让她和美芽过上更好的日子嘛。"说着，万家顺又笑了，"等订单完成了，账也结了，钱也挣到手了，你再把这假离婚证往我嫂子跟前一拍，还不是笑谈一场嘛。"

说完这些，万家顺突然仰慕自己，居然有这么好的口才，居然试图说服起在他眼里一直高大上到了不起的哥哥来了，而且从神色上看，哥哥已经十有八九被他说服了！

由此，万家顺觉得，钱真他妈的是个好东西，就因为只要说服了哥哥就能挣三万块钱，他竟然口才可以这么好。

这不是他多么有水平，而是前面有三万块钱等在那儿啊。就跟在驴子眼前吊一束鲜嫩的青草就跑得快一个道理，前面有他想要得到的三万块钱就潜能爆发了。

想想投标前交上的20万诚意金，再想想自己付出的努力，万家强一跺脚，决定就这么办了，当天晚上就偷摸从家里翻出了房产证，第二天一早，带着去了民间借贷公司，下午去房产交易中心办了房产抵押后，借的钱就到账了。

钱到账第一件事，就是拿出十万块钱，让万家顺给朱天明送了去。

怕他起疑心，万家顺还跟他虚情假意地推让了一会儿，说送钱是送面子的事，最好他自己出马，可万家强不愿意见朱天明，更不愿意亲手把这钱递到他手里，觉得辱没得很。

一种无论如何也洗脱不了的辱没。

万家顺这才推却不过地接过钱，屁颠屁颠给朱天明送了去，朱天明也没有食言，当即就抽了三万块钱给他。

万家顺就像个整天在街头讨零钱的小乞丐，突然被人扔了一大捆大票子一样，高兴得手舞足蹈，都不知该怎么着好了，先去珠宝店给陈玉华买了一条白金项链，又跑到乐万家楼下，给陈玉华打电话，让她中午别在单位吃盒饭了，下来请她吃好的。

为了给陈玉华个惊喜，关于帮万家强投标中标赚回扣的事，他一直没吭声，这段时间以来，想想即将到手的钱，他都让高兴给憋得快给憋出痔疮来了，今天中午，终于可以大大地释放一下。

在楼下等了一会儿，陈玉华才嘟嘟哝哝地下来，满眼警觉地看着他问干吗要请她吃好的？是不是捡着钱包了？

因为万家顺是开出租车的,这世界上有多少马大哈顾客他就能捡多少东西,什么手机钱包以及其他各种各样的乱七八糟东西,万家顺经常捡到。但他自诩还算是个有良心的人,对捡到的东西,但凡能还得回去的,都还回去了,这倒不是他做人多么高尚,被顾客遗忘在车上的东西,大多是对顾客自身有用,对别人是一无是处,如其留着被丢了东西的顾客诅咒,还不如当个好人给送回去呢。

所以,每每他捡了送不回去的东西,都是百无一用地往家一扔,陈玉华就奚落他怎么不捡一钱包呢,钱包不是其他东西,最实惠了,因为钱可以变成任何她想要的东西。

可大多数人的钱包里都有个人信息,但凡捡了,基本就没还不回去的时候,这让还算个好人的万家顺两口子多少有些懊丧。

这天中午,万家顺决定请陈玉华吃她朝思暮想的必胜客比萨。

等陈玉华从大厦里出来,万家顺先是得意而胜利地一笑,然后,背着手,爷一样到仰着头在前面走,就是不接陈玉华的茬,陈玉华又是急脾气,几乎是一步三拽地问他,到底是怎么回事。

万家顺头也不回地进了必胜客,点了一客芝士比萨,又要了几味小菜,才笑眯眯地看着心急如焚的陈玉华说:"你老公发财了。"

陈玉华就做出一副随时要被惊喜晕倒的嘴脸,夸张而神经兮兮地看着他:"多少?"

万家顺让她猜,她摆弄了一会儿手指头,问他是不是买彩票了。万家顺说没。陈玉华就泄了一大半的气,只要不是中彩票了,这财就大不到哪儿去,薯格上来了,她捏了一片蘸番茄酱吃了。翻着白眼表示没兴趣猜了。

万家顺这才贼眉鼠眼地从外套口袋里套出一鼓囊囊的信封,从桌子底下塞过去:"数数。"

陈玉华狐疑地接过来,打开信封看了一眼,还是倒抽了一口冷气,小声问:"捡的?"

比萨上来了,万家顺拿手捏了一大块,跟吃煎饼卷鸡蛋似的咬了一大口:"挣的。"

"说正经的。"陈玉华在桌子底下踢了他一脚,"还挣的,你别蜜蜂挣了腔去就成!"

在万家顺的老家,讽刺人一门心思挣钱没挣成反倒赔了,就会讽刺他是蜜蜂挣了腔去,因为蜜蜂在蜇人之后,会把毒针连同屁股一起,留在被蜇人的皮肤上,自己跟跄着挣扎飞走死掉。

万家顺不高兴了,悻悻说在你眼里,我就这么没出息啊。

陈玉华也托起一块比萨来小心翼翼地吃着说:"你以为呢?"

万家顺说真是我挣的。然后小声把来龙去脉说了一遍。

陈玉华就跟嗑瓜子嗑出只臭虫一样地看着他,满脸的错愕:"万家顺,你行啊。"

万家顺就开心了,以为陈玉华要夸他。没承想陈玉华说你什么人啊,连你亲哥的钱都挣。

"我亲哥的钱就不是钱了?"万家顺这才知道陈玉华是要奚落他,悻悻说,"如果我不要,这些钱全成朱天明的了,我凭什么便宜他?"

陈玉华想了想,觉得也是。

可万家顺倒有点讪讪了的了,吃完比萨,才小声问:"你真觉得这钱我不该挣?"

陈玉华警惕地看着他:"你打算干吗?"

"你要觉得不该挣我就给我哥送回去,说我找辙子给他要回来三万。"

陈玉华飞快地把钱塞包里,推了他一下:"滚。"说着,快步往外走,万家顺就知道陈玉华说归说,但真让她把钱吐出来,也是不舍得,就嬉皮笑脸追上去,一把把她揽在怀里,笑嘻嘻地说看在老公给你挣了一大把钱的份儿上,今晚把老公伺候伺候吧?

陈玉华一下子甩开他:"臭流氓。"

第十一章

对单身女人来说，最好的忠心莫过于求婚。

1

一周后，原材料大批到货，万家强就忙碌了起来。关于给朱天明回扣和把房子抵押贷款的事，万家强没敢跟季苏说，其一怕她反感，其二怕她光火，只在季苏问原材料款怎么解决的时，撒谎说和朱天明公司协商过了，为保证质量，原材料由他们供货。

季苏这才舒了一口气，甚至很感激朱天明，说到底还是亲戚啊，关键时候能帮上忙。在娘家再遇到季蓝，态度就更是温和了，会情不自禁地喊她声姐，也会主动说说欣怡在学校的情况。

当她下意识地喊季蓝姐的时候，季蓝听见了，会一愣，表情淡淡的，但也没抵触，有时会淡淡地往上翘一下嘴角，问她怎么了。倒把季苏问得不好意思了，警惕自己是不是下实力露出了有些巴结的样子，就觉得人啊，真不能随便占别人点什么，要不然，莫名其妙地，气就短了一截。再去看季蓝，就见她怔怔地望了自己，目光里也有些像她一样，类似于难以开解的茫然，心里，就荡起了一丝若有若无的温暖，会情不自禁地想，或许，以前的季蓝，也没她认为的那么可恶，只是她过分地使用了敏感和警惕而已。

因为忙着赶工期,万家强经常忙得半夜才回家,怕吵醒了别人,总是蹑手蹑脚地进门,连拖鞋也不换,摸着黑,倒一杯水,在黑暗中一饮而尽。夜晚那么寂静,在老万听来,儿子尽量不出声的喝水声,也响亮得很,像一个又一个的拳头,捣在他心上。他心疼儿子,就想帮他一把。早晨,老万把自己的想法在饭桌上说了,万家强有心不同意,可见老父亲的眼神儿巴巴的,也晓得,人老了,最怕的是在儿女那儿自己已没用了,就点头允了。

在家勤快惯了的老万,铆足了力气要助万家强一臂之力,到了公司,从来没有坐着的时候。他看不惯车间流水线上的工人都忙得快要手脚并用了,出纳小刘却闲在办公室里上网打牌,催她去车间帮忙,结果小刘一上手就裁坏了一打皮衣料子,这是要扣奖金的呀。为了奖金到底该扣谁的,裁缝师傅和小刘吵起来了,吵得鸡飞狗跳,就差下手相互薅头发了,车间里谁也不干活了,停下来,劝架的劝架,瞧热闹的瞧热闹,老万一看局面要失控,忙打电话把正在外面忙的万家强给叫了回来。万家强一进公司院子,就听车间里吵成了一团,忙扒拉开围观的工人,就见老万像只束手无策的老母鸡,张着两只胳膊,站在裁缝师傅和小刘之间团团地转着,唯恐他一松懈,两人就扑到一起,撕成一团。万家强心里一个咯噔,问清楚了原委,谁也没批,只说谁的奖金都不扣,小刘和裁缝师傅,各自像被扎了一针的皮球,泄了气,各自回工作岗位上去了。

处理停当了,万家强看了老父亲一眼,转身就往办公室走。老万晓得是自己闯了祸,亦步亦趋地跟在身后,嘟哝说:"我让她去车间帮忙也没说让她去裁剪车间啊,裁剪车间那是随便谁也能进的?"

万家强说:"爸,您想帮我忙,我领您情,可您能不能别瞎指挥?"

老万梗了一下脖子,没说话。一连几天,爷俩不怎么搭腔,早晨,万家强出门,也不招呼老万,心想,他不去了才好呢,可早饭才吃到一半,老万的眼神就像枪上的准星一样瞄着他,只要万家强一起身,就放下筷子跟着他往外走。见父亲比半夜鸡叫的周扒皮还敬业地在车间里盯着工人干活,万家强已能明显地感觉到工人的抵触情绪,就和老万说,生产上的事，他不懂，所以最好不要干涉，也少进车间，因为他一进去，工人就会紧张不自在，人一不自在了，活就容易干不好。老万觉得也是，就不去车间了。

可不去车间了的老万得有事干啊，看报纸，眼花了，看一会就头晕脑胀，再说了，如果来公司就是看报纸的，他还不如在家和老鲍看电视呢。闲不住他就到处溜达溜达，溜达到公司食堂，觉得自己算是找到了阵地，先是嫌做饭师傅太浪费，譬如好好的菜叶子扔了，再譬如炒菜的时候糟蹋起油来就跟糟蹋不花钱的自来水，而且还不知道把淘米水留着洗碗洗菜，这样既节省洗洁精又绿色环保。让他挑剔急了，师傅一撂菜铲子不干了。这正中老万下怀，回家和老鲍说，万家强正忙事业上坡的时候，别在家等着吃闲饭了，一起到公司去帮忙，不仅可以省掉食堂师傅的工资，三四十号工人的饭菜，只要他俩用着点心，别像以前师傅似的糟蹋东西，又能节俭出一个人的工资来。

老鲍一听，也开心得要命，觉得自己在乡下围着锅台转了大半辈子练出来的看家本事，总算是有了用武之地。

天下做父母的都这样，不管多么大年纪了，都希望自己在儿女那儿还是有用的，何况是能帮儿子省出俩人的工资来，两个人就兢兢业业地干上了。每天早晨，老万和老鲍去早市买好了青菜猪肉，装到万家强的后备厢里，和万家强一起去公司，到了，万家强忙万家强的，老万两口子把肉和菜搬到厨房，忙活他俩人的。可毕竟是在乡下节俭惯了，老万两口子做出来的饭菜，不仅油放得少，有时候为了节约煤气，连土豆都炖不烂，根本就没法下口吃。工人吃得难过，牢骚也就来了，三三两两地给万家强提意见。万家强也和父母说过，这里不是农村，做菜的时候不要时时处处以节约为原则，因为工人如果吃不好饭，是没有好心情干活的。

每一次，老万两口子都说好，也能略微改观一下，但用不了两天，又回到了老样子。尤其是老万，不做饭的时候，还喜欢背着手在车间门口溜达两步，因为经常有工人去万家强那儿告他的状，也因为他和老鲍做的饭菜不可口，工人和他，彼此没好印象，所以，谁看谁一眼，脸都沉得跟铁板似的，碰到嘴痒心情特不爽的，再嘟哝上两句。仗着自己儿子是老板，只要有不中听的话落到耳朵里，老万就一定要还一句，还来还去，就吵成了一团。

或许工人实在是吃够了老万的饭菜，成心要把老万挤对走。后来，只要老万在车间门口一出现，就会有工人找茬跟他吵嘴，不是嫌他挡着阳光了就是嫌他挡着风了，反正老万就没有不碍事的时候，老万就恼大发了。

恼大发了的老万，不顾自己老胳膊老腿，就要跟人干架。万家强一看，再这么下去怕是真不成了，就苦口婆心把父母两个劝回了家，再也不敢让他们到公司帮忙了。

为此，老万也气得要命，跟万家强还吵了一架，说你不是老板吗？你堂堂的一老板咋能让工人治得把自己亲爹都开了？

万家强只好忍气吞声地和他解释，现在不是以前了，好些时候，当老板的没有车间里的大师傅牛，因为大师傅有技术，只要他一撂挑子，整个车间就得停摆。所以，在大师傅跟前，老板不仅没得脾气，还得像哄倔驴一样，顺着毛把他们摸舒服了，原因只有一个，只有心情舒畅了，大师傅们手底下才能出活。

听他这么说，老万也就不犟了。可闲在家里，闲得手上指甲飞长，心也跟撂荒的地一样，荒草狂舞，没抓没落地难受，觉得人生就像被人偷走了一半的大饼，怎么看怎么不舒服。就和老鲍说身体好好的，就整天在家除了吃就是睡，除了睡就是看电视，这滋味就像混吃等死磨日头，不成，得找点事干。老鲍也这么说，说哪怕出去捡矿泉水瓶子呢，还能卖俩钱，倒不是指望这几个钱贴补家用，而是希望和孙子孙女在一起的时候，能花自己的钱给他们买吃的玩的，心里该有多踏实呀。

这么商量着，老鲍就给老万准备了一个大口袋。

万家强家住在中山路北头的一个新小区里，出门就是德国风情街，沿着中山路一路往南就是劈柴院、天主教堂、栈桥等著名景点，外地游客多，垃圾箱里的矿泉水瓶子就特别多。老鲍让老万每天从家沿着中山路往南捡，要不是老万好面子，不屑于和拾荒的抢，一天也能捡个三五十块。

当然，万家强两口子并不知道老父亲偷偷在外面捡矿泉水瓶子的事，只当是老万把他们给的零花钱一分不剩地花到了美芽身上，就经常和美芽说，以后上街，不许让爷爷给买东西。美芽给冤得不行，说她没要，爷爷还给老虎哥哥买呢。

老虎比美芽大十个月，现在两人在同一所学校读小学，下午，老万会把俩孩子一起接到万家强家，等陈玉华下班再过来把老虎接走。如果陈玉华加班加得晚了，索性就不接了，再或者，下班以后陈玉华懒得回家做饭，也会磨蹭着在万家强家吃了晚饭才回家。

也是因为这，每当季苏下班往家买菜买水果的时候，就会买得特别多，同事就笑她，说一买就买这么多，到底公婆是乡下来的。言下之意是老万两口子是乡下来的，特能吃，所以季苏才会每天大包小包的往家拎。季苏就笑着解释说不是我公婆能吃，是我们家吃饭的人多，然后一个个掰着手指数，同事们就错愕得很，问陈玉华他们交不交生活费。

季苏说不交啊，其实吃饭真花不了多少钱，只要全家人都开心就好，她不在意陈玉华母子在不在这里吃饭，无非是做饭的时候多舀碗米，摆桌子的时候多摆两双筷子而已，既吃不穷也喝不穷的。一大家子人在一起，说说笑笑的也蛮热闹，最开心的是美芽和老虎，两人同龄，虽然经常玩着玩着就闹起来了，可谁也离不开谁。所以，很多时候，季苏甚至觉得自己是幸福的，因为一大家子，上有老下有小，都开开心心健健康康地在一起，就是幸福。

2

有天中午，老万正在栈桥西侧捡矿泉水瓶子，就见前面不远处有对挽着胳膊的男女，各自手里拎了一只矿泉水瓶子，女的已经喝完了，男的也快见底了，习惯使然，就紧跟了两步，想如果这俩人要是扔的话一下捡俩。

　　看上去这对男女是谈情说爱的，说说笑笑，走走停停的，行迹亲昵，而不远处跟着的老万，像个心怀叵测的跟踪者，又拖了个大袋子，看上去就很滑稽。

　　终于跟到男人也把瓶子里的水一仰头喝干了，东张西望着找垃圾箱，女孩子一回头，看见了老万，就把他的矿泉水瓶子要了过来，一起递给了老万。

　　看上去男人很爱女孩子，目光片刻也不松懈地追随着她的身影，目光就和老万撞了个正着。

　　老万接过瓶子，刚要说谢谢呢，就撞上了男人的目光，就震惊了，结结巴巴说美芽姨夫……

　　男人也愣愣地看着他，好像是呆了，也好像在想这到底是怎么回事，过了一会，才表情逐渐恢复了正常，说什么美芽姨夫？

　　毕竟朱天明是有老婆的人，现在拉着手的人不是季蓝而是一个他不认识的年轻漂亮姑娘，老万心里就也打上了鼓，就不是很肯定地说："美芽姨夫，你不认识我了？我是美芽爷爷。"

　　"什么美芽绿芽？"朱天明一脸莫名其妙的样子说，"你认错人了吧？你家美芽姨夫叫什么名字？"

　　老万只记得朱天明姓朱，却不知他叫什么名字，就讷讷说姓朱，具体叫啥，我还真不知道。

　　朱天明就爆破似的笑了，说："我说嘛，老人家，你认错人了，我姓杜不姓朱。"说完又怕老万不相信似的，把女孩子拉到自己身边，笑着说，"这是我媳妇，姓宋，叫宋小云。"

　　说真的，当朱天明一扭头看见老万的时候，心里震惊得比晴天霹雳还要晴天霹雳，好在他脑子转得快，现在，他不仅不再惊慌失措，甚至都为自己的高超的应变能力骄傲了。为了表演得更真切一些，他还笑着跟女孩子补充了一句："看来，真的有人长得和我很像，我这已经不是第一次被认错了。"

老万好像被人点醒了一样，兀自摸了摸脑袋，自言自语说我认错人了啊。然后，使劲眨了几下眼睛看看朱天明："真像。"

"是吧？"朱天明爽朗地笑了几声，拉着女孩子走了，走出三十几步，才长长地出了口气，说真他妈的险。见余佳诗不吭声，就又说了句，我说嘛，不能在外边见面。

对了，女孩子叫余佳诗，是朱天明的婚外情人，在大学路上开一家咖啡吧。

余佳诗挺不高兴的，觉得朱天明的应变能力太可怕了，甚至开始怀疑他对自己的真情，就站住了，说朱天明，我第一次发现你这么可怕。

朱天明一副不知所以的样子说我怎么可怕了？

"你自己知道。"说着，余佳诗快步往前走，不理他，"你让我感觉你天生是个演员。"

朱天明这才明白了，余佳诗担心对自己对她的感情也是表演，忙追上去，一把扯住她的手，几乎都要赌咒发誓了。余佳诗这才微微笑了一下，说其实我早就应该明白你是个演员，要不然你怎么能既在老婆跟前扮演着模范老公又在我面前扮演着优秀情人呢？

朱天明一下子就语塞了，翻来覆去地说话怎么能这么说呢？怎么能这么说呢？是的，除了这样的自语，他找不到合适也能站得住脚的话。毫无疑问他是喜欢余佳诗的，看上去像个清淡淡的文艺女青年，整天泡在自己的咖啡吧里，但内心里，依然是个活色生香的俗世女子，开心不开心的，都会表露在脸上，不像季蓝，任何时候都清淡淡的，话不多，甚至一句话不说地沉默着，当所有交流只能靠一个人的揣测来进行，就太累了。

是的，和季蓝结婚这事，让朱天明悔透了，肠子都悔青了，年轻那会儿，他看不惯母亲和父亲两句话说不来就大吵大闹甚至号啕大哭，在心里不知暗暗发了多少遍誓，将来他找媳妇儿，一定要找体面而优雅的。于是，当他在大学里他遇上了优雅如公主的季蓝，整颗心，都痴狂得要命，如获至宝地追到手，如获至宝地宠着，渐渐地，他宠累了，也逐渐明白了，像父母那样的婚姻，虽然看上去不体面，但是真实的，是活的，而他和季蓝不吵也不闹的婚姻，看上去是体面的，却也是死气沉沉的，他必须时刻压抑着自己，才能保住婚姻的顺风顺水。季蓝永远像高傲的公主，身边的人和事，哪怕已是惊涛骇浪了，她还是风轻云淡的季蓝，不管这世界发生了什么，都和她没关系，她永远活在自己的世界里，唯我独尊。

直到，朱天明遇到了余佳诗，这个小母兽一样的女人，疯的时候，会疯狂地要他，生气的时候会咬他打他，会像柔软的鱼一样蜷缩在他的怀里大哭，妩媚的时候像暖的蛇一样盘旋在他的身上，盘旋得他宁肯在她身上死去，他喜欢的是余佳诗这种女人，她是活的是热的是泼的是辣的，和她在一起不压抑，不用提心吊胆着被讽刺奚落，活得像个真正的男人。

所以，他得讨着点余佳诗的好，因为他是有家有室的已婚男人，在外遇和婚姻之间，需要强大的平衡能力，才能达到鱼和熊掌兼得的境界，他比谁都清楚，余佳诗之于他，要的并不是一场露水姻缘，而是有终极目的的，那就是婚姻，可他也比谁都清楚，自己离不了婚，倒不是季蓝不会放他自由，而是他不知该怎么向季蓝开口提离婚，也不敢想象当他说出离婚这两字之后，季蓝会用怎样冰冷而犀利的眼神看着他。仅仅是想一下，心就抖得不行……可他又不愿失去余佳诗，就像穷人家的孩子不愿失去唯一的玩具，一想到终有一天余佳诗会离自己而去，朱天明就胆战心惊，像一个小偷捧着即将被失主追回去的钱一样心惊胆战却又满心不甘。

他想跟余佳诗表忠心，对她表达感情，可是，对于单身的女人来说，最好的忠心和最感人的感情表达莫过于求婚。

可他却无婚可给。

只能说亲爱的小妖。

他喜欢叫余佳诗叫亲爱的小妖，说亲爱的小妖，总有一天我们会走到一起的。

这句话他已经说过无数遍了，多得让余佳诗的耳朵都长起了茧子。余佳诗就冲他伸出空空的手掌，说证据呢？

于是朱天明就掏出手机，熟门熟路地打开手机银行界面，把最近攒的私房钱全都划到了余佳诗账上。

每当他无论如何也找不出任何实质性的东西可表明对余佳诗的爱,就会用钱来表达。就像他对余佳诗说的,男人最爱的,永远不是女人,而是钱,所以男人追求成功追求事业上的成就,衡量所谓成就成功的,不就是钱么?你看一个男人爱不爱一个女人,就看他舍不舍得把钱给她。

余佳诗的手机,丁零响了一声,是短信提示音。

朱天明一脸讨好地说看看,到账了吧?

余佳诗怔怔看着他,说朱天明你是不是觉得只要给我钱,咱俩一切就扯平了?

朱天明一愣,说没有。

"那你干吗总是用你的烂钱来污辱我?"说着,余佳诗就哭了,是真的难过,没错,她是爱朱天明的,希望能和他走到一起,可每当她向朱天明要婚姻,朱天明都用钱来搪塞她,这让她觉得自己就像一个肮脏的婊子一样,只配向男人出售几次肉体。

余佳诗一哭,朱天明的心就疼了,把她搂到怀里,赌咒发誓说他这辈子最大的理想就是把她这头小母兽娶回去,他把所有私房钱都给了余佳诗,就是为他们以后的生活做铺垫,这样,当他和季蓝离婚,也不至于在经济上太狼狈。然后哄着还泪水涟涟的余佳诗说算一算,咱俩的积蓄够不够买房交首付的。

余佳诗就一愣,说你真的会离婚?

"不离我小狗。"朱天明指天发誓。

"你给我钱是为了让我买房咱俩住的?"

朱天明点点头,怂恿她算算现在攒多少钱了。余佳诗就拿出手机,看了一下,说她把朱天明给的钱单独放一账号里了,为的是将来有一天如果他俩分手了,她把这些钱提出来,像扔臭狗屎一样砸在他头上。

朱天明心里酸了一下,突然觉得余佳诗单纯得可爱。

两人坐在海边的休闲椅上,噼里啪啦地算了一会儿账,朱天明万万没想到的是,这四年多来,他零零碎碎地给余佳诗的钱,竟然也有五六十万之巨!

他捧着余佳诗的脸，错愕地说："我一直以为我是个穷光蛋。"

余佳诗哼了一声，说给我了就是我的，你还是个穷光蛋。

朱天明说没错没错，是你的，我还是穷光蛋。

余佳诗起身，说走。

朱天明问干吗？

余佳诗说既然我已经这么有钱了，就去看看房子，买一套，以备将来收留你这穷光蛋。

朱天明就觉得心里一阵温暖，刹那间，恨不能自己就是余佳诗的丈夫。

那天下午，余佳诗在售楼处看上了一套二居室的房子，下了定金，然后，抱着朱天明的胳膊在售楼小姐跟前撒娇："亲爱的老公，头款我交上了，剩下的你一个人担了哦。"

朱天明豪气万丈地说没问题。

其实，心里空虚虚的，尤其是从售楼处出来以后，走在街上，微风一吹，就好像一地的乱草，被风卷着滚过了空荡荡的山沟，毛躁躁地张皇着。

3

虽然朱天明一再强调老万是认错人了，老万也确定自己是认错人了，可不知为什么，事后，老万觉得庆幸。

幸亏是认错了人，要不然，让美芽姨夫知道了自己绕大街捡矿泉水瓶子，再当成闲话传回美芽姥姥家，再传到万家强两口子那儿，这不成了他这当爹的成心要丢孩子的脸么？

儿子有房有车有事业的好日子蒸蒸日上地摆在那儿，他这当爹的有福不晓得享，偏偏要跑出去捡矿泉水瓶子给孩子们丢人现眼，到时候，万家强还不知怎么光火呢。

虽然捡矿泉水瓶子也是凭劳动挣钱,可因为它没技术含量,连只猴子都能干,可自己还干得兢兢业业,老万就觉得丢人,再看看那些背着脏兮兮编织袋挨只垃圾箱翻腾的拾荒的,老万就更唾弃自己了。

心里一产生唾弃,这活,就干不下去了。

所以,这天下午,老万来了个干脆的,说不干就洗手,连同自己捡的半袋子矿泉水瓶子,一起送给了一个拾荒的,然后买了包烟,慢悠悠地抽着回去了。

见他不仅没捡着瓶子,连袋子都扔了,老鲍就有点急了,问他是不是吃错药了,老万长叹了一口气,说不捡了,以后再也不捡了。

最近,老鲍从老万手里拿零花钱拿得很惬意,可他突然不干了就很是不解,问为什么。老万就说了,说咱这当爹娘的,咱一没权给孩子提供方便二没给孩子攒下花不完的钱,厚着脸皮来沾孩子的光,就不干些鸡鸣狗盗的事丢孩子的脸了。

老鲍说捡矿泉水瓶子没偷没抢也没骗的,有啥好丢脸的?

老万就说除了贪那俩小钱,你懂个啥?就把今天在海边碰见有个人很像朱天明的事说了,说幸亏不是美芽姨夫,要不然,我给家强丢人丢到丈母娘家去了。

但凡女人,都好八卦,老鲍一听有个人长得跟朱天明一模一样,眼珠子就亮了,问老万到底有多像。

老万想了想,说我觉得啊,把他俩摆一块我都分不出来哪个是哪个。

老鲍的眼珠子就更亮了,说以前她在电视上看过一个新闻,有个人被认错的次数太多,自己也奇怪了,就开始找那个和他长得很像的人,结果找到了他失散多年的双胞胎兄弟。老万让她说的,也给愣了,说难不成美芽姨夫也是抱养的?

老鲍说差不离儿,电视上那对兄弟就这样,弟兄俩是双胞胎,一生下来被亲娘给拆开送了人。

老两口越分析越带劲,觉得朱天明帮万家强中标,他们也得为朱天明做点事才好。当天晚上，老万就让季苏告诉季蓝，朱天明很可能有个失散多年的双胞胎兄弟，他碰上过，长得简直跟他一模一样，姓杜。

季苏并不相信，甚至觉得有点搞笑，可架不住老万和老鲍一个劲儿地催，就给季蓝打了个电话。平时性情极冷清的季蓝，一听这话，笑得不行了，说没想到天方夜谭演绎到她家里来了，据她了解，朱天明既不是抱养的也没有双胞胎兄弟失散多年，让季苏别听老万瞎叨叨，一个没文化的乡下农民老伯，看城市人估计就跟她看外国人似的，怎么看都一个模样。

这让老万很生气，觉得季蓝否定的不仅是一个不争的事实，还是对他智商的否定，好像自己已经老年痴呆到了胡言乱语的程度，不足以让任何人取信。老万气得连觉都睡不着，坐在黑黑的客厅里，把加班回来的万家强吓了一跳，家强说："爸，深更半夜得您不睡觉坐客厅干什么？"

老万就说你把美芽姨夫单位的地址给我。

万家强问："干吗？"

老万生硬地说："告诉你你信啊？"

万家强觉得父亲的气生的莫名其妙，就耐着性子说："我信，您说给我听听。"

老万就把今天在栈桥西侧看到的一幕和季苏给季蓝打电话的事说了，说："既然你们都不信，我就亲自找美芽姨夫说道说道，我看他信不信。"

万家强心里一阵咯噔，想起万家顺在替朱天明要回扣的时候隐约说过，因为季蓝太差劲，朱天明在外面有个情人，男人但凡搞婚外情，总得有点私房钱支持，所以，朱天明才会想尽一切办法，利用职权谋点好处。就觉得父亲下午未必是看错了人，也有可能就是朱天明本人和他的情人，口口声声说父亲认错了，不过是狡猾的脱身之计罢了。

如果真是这样，父亲找过去，朱天明一定不会给好脸，父亲都这把年纪了，万家强不愿他揣着一颗好心被人抢白。可一旦跟父亲明说了，父亲会觉得受伤是一方面，还一定会大惊小怪，城里人怎么这样？眼看着自己亲戚走上歪路也不提醒一下，还帮出轨的那个瞒着在亲情上更近的那个，简直没天理了，遂说大老远的，您就别跑了，明天我给他打个电话行了。

接下来的几天，老万每天都像个盼着父母带糖回家的孩子一样，只要万家强一进门，他就巴巴追在身后问给朱天明打电话了没。一开始，万家敷衍说忙，忙得顾不上，或者忙忘了，一连说了三四天，老万火了，说我就不信你忙得连打个电话的空都腾不出来！又跟他要朱天明的电话号码，万家强没辙，才说明天上班一大早就去单位找他，把老万的这一重大发现告诉他。

老万这才嘟囔着看电视去了。

等次日下班回来，不等老万问，进门就说，他去找朱天明了，朱天明都震惊了，说怪不得他也经常在街上被人认错呢，等忙过这一阵，他就去电视台登寻人启事，找这位姓杜的先生核对一下身世。

老万忙又说，也好找，那个姓杜的老婆姓宋，叫宋小云，让万家强别忘了把这个信息也告诉他，找人么，就是这样，信息越多越好找。

万家强嘴里说着好，心里却叫苦不迭。

4

老苏的生日到了，还正好是个周末，季苏想父亲去世也快两年了，母亲过得挺寂寞，就想把大家都召集过来热闹热闹。

虽然季蓝和老苏没血缘关系，除了认为老苏是占据着她父亲房子的房客，和老苏也没太多的亲切感，可不管怎么说，在法律上，她和老苏还是继母女的关系，就觉得应该和她说一声。本以为季蓝能不咸不淡地说两句风凉话，没承想却没有，而是态度很附和地说了好，还问季苏需不需要她做什么。

季苏有心说什么也不需要，只要在生日那天你能回家，和大家和平共处地吃顿饭就行了，可又觉得这样会说让季蓝没面子，好像剥夺了她什么似的，就说如果她有时间的话，帮老苏订个蛋糕好了，其他的，她来准备。

季蓝爽快地答应了。

老苏生日这天，季苏和老万他们早早到了，把一桌子菜忙活完，季蓝一家三口才拎着一只蛋糕进了门。

进门，朱天明就看见了坐在沙发上和老苏聊天的老万，心里一凛，脚下就趔趄了一下。

一见着朱天明，老万就兴奋不已，也顾不上和老苏聊天了，站起来，老远伸手说美芽姨夫啊，你可来了。

好像盼了几千年了似的。

朱天明忙在心里暗暗告诉自己，镇定，朱天明你一定要镇定，然后也热情爽朗地伸出手去和老万握手问好。

老万紧紧握着他的手，认真地问去电视台发寻人启事了没有？把朱天明一下子给问懵了，环顾左右，说什么寻人启事？

季蓝也觉得老万怪怪的，作为一个长辈怎么会看见朱天明就跟见到了久违的亲人一样热情无比地迎上来？无论从朱天明和老万熟悉的程度上还是从感情上，这都是不应该发生的一幕啊。

老万见朱天明一副不知所以然的样子，就明白自己被万家强糊弄了，不由得，就悲愤了起来。只是，当着诸多客人的面，又不好当中发作让万家强下不来台，就忍了气，把那天在栈桥西侧看见一个人长得和他很像的事说了一遍，末了还说，我还以为家强告诉你了呢。

朱天明就打着哈哈说没有，这阵子忙得，没顾上和万家强碰面。

老万说可不，你们年轻人，都忙工作。然后，又问朱天明打不打算发寻人启事找找那个姓杜的人，说可像了，然后又说那个姓杜的媳妇姓宋，叫宋小云。

毕竟是做了亏心事撒了谎，朱天明有点不太自在，说他对寻找这位姓杜的先生没什么热情，因为就他所知，他是父母亲生的孩子，而且小时候家里生活也不困难，如果他有个双胞胎兄弟的话，父母没理由把他送人。

老万哦了一声，一脸满当当的失落，仍然不死心地说回家再问问老人，要不……就你是父母有个他们不知道的兄弟姊妹，他们的孩子和你像？

季蓝嘴角上挂着一丝揶揄的微笑，在旁边冷眼旁观，觉得老万搞笑。老万看在眼里，就有被人当猴看了的不自在和愤怒，嘴里嘟哝着，千真万确，那人和朱天明太像了，像得如果让他俩站一起，他都分不出哪个是哪个来。

如果这是其他女人，或许，就会敏感地问问老万是在什么情况下的什么地方遇上的那个酷似朱天明的人，甚至问更多的细节，但季蓝没有。因为她是高高在上的，认为谁娶了自己都是谁的荣耀的季蓝，所以，她宁肯相信泰山会倒塌，海水会干枯也不相信朱天明会有外遇，如果一定要说他们的婚姻会出什么问题的话，那也一定是她把朱天明甩了，而不是朱天明另有新欢嫌弃她。

见朱天明和季蓝两人对自己说的事情似乎都没放在心上，老万心里的失落一波又一波地汹涌着。嘴里嘟哝着那个人和朱天明有多像时，老万目光落在了朱天明的脚上，突然地就一亮，发现新大陆似地说:"没错没错!"

朱天明正唯恐自己有哪一处被老万发现了破绽抖搂出来，闻听他这么说，吓得心脏都快掉地板上了，不等老万说出来，就有些懊恼地说万伯父，人和人像得多了去了，要不然怎么会说有特型演员这一说呢？不就是因为他们和他们要演的那个人长得很像嘛，有个人长得和我像，能怎么了？

言语间，已经有了些恼气，这是老万没想到的，但话已说出来了，又不好往回收，就说我是说那天那个姓杜的穿了一双和你一模一样的鞋子。

朱天明这才松了口气，对季蓝耸了耸肩，表示他已经被纠缠得无可奈何了。

季蓝就用下巴指了指书房，说你去书房看会书吧，等会儿吃饭的时候我叫你。

因为丝毫没起疑心，季蓝就觉得老万对朱天明的纠缠很神经质，就像有天她在街上遇到一女人，一把抓住她的胳膊，神经兮兮地让她赶紧救救她，她正被人跟踪追杀，事实却是，周围什么人都没有，倒把季蓝吓了个半死。回单位说起来，同事才说那个女人是个精神分裂患者，整天幻想被人跟踪追杀，见人就求救。

朱天明礼节性地跟老万点点头，转身往书房去了，季蓝见老万目光还黏在他身上，满脸的欲言又上，就淡淡对老万说万伯父，您说的这事，我们晓得了，等以后有机会再说。

说完，就往茶几走去，一副断然不想再继续这话题的样子，让老万郁闷极了。

郁闷极了的老万就在这天中午喝高了，喝高了的老万嘴上没把门的，就再一次说，要不是那个姓杜的身边有个年轻漂亮的小媳妇，就算那个姓杜的否认也不成，他一定得把他认成是美芽的姨夫。然后，瞪着一双喝高了的通红的眼球看着朱天明，又说："真像呢。"

朱天明坐如针毡，借口最近很累，要早点回家休息，季蓝也觉得无趣，喝高了的老万和处处巴结他们两口子的万家顺夫妻，让她有身在动物园的荒诞感，遂也起身告辞了。

第十二章

普天下的女人,在爱情上都是虚荣的。

1

季苏帮老苏把家收拾干净了才往家走。

在车上,老万沉沉地闷着头不吭声,万家强以为他还在生气自己在朱天明的事上撒谎骗他,就讨着小心喊了声爸。

明明暗暗的街灯闪烁里,老万咳嗽了一声,算是回应。

万家强说您生我气了啊?

"我闲得!"老万有点不屑,但看得出很落寞,半天才说,"你们城里人啊,都说是亲三分向,我看你们城里人就没点人情味。"

万家强就笑,说:"城里人又怎么惹着您了?"

老万叹气,说:"精明得粘上毛就是猴。"

季苏也笑,说爸,今天到底是谁惹您了?

老万闷了一会儿,才说:"我那天在栈桥西边遇上的那个人就是美芽姨夫。"

万家强和季苏大吃一惊,说:"爸,这话可不能乱说。"

"我没乱说。"老万慢条斯理说,"吃饭的时候,我仔细看了,美芽姨夫举手投足,连说话的表情都和那个人一模一样。"

季苏猛然就想起了老万说他碰到的那个男的,身边还有个年轻漂亮的女人,就笑着说可媳妇不对啊,我姐夫的媳妇是我姐,您碰上的那个人的媳妇叫宋小云。

"那人的皮鞋和你姐夫的一模一样。"老万说。

"我姐夫还没富到穿限量版皮鞋的份儿上,一样的皮鞋多了去了。"季苏说。

"他们俩的手表也一模一样。"老万慢慢说,"看着他的手表,我就都明白了,小季,你姐夫外面有人了,怪不得那天中午他不承认他是他自己呢,咳,我老糊涂了。"

季苏和万家强面面相觑。

夜里,季苏往万家强身边靠了靠,说:"家强。"

万家强嗯了一声。

"我怎么觉得你爸说得挺有道理的。"

万家强还是嗯了一声。

季苏推推他:"你说话啊,别光嗯来嗯去的。"

"听说是这样。"万家强就把万家顺跟他替朱天明要回扣的话说了一遍,"应该是有人了,所以他才什么钱都赚。"

季苏做梦都没想到万家强的这笔订单,朱天明还拿了十万块的回扣,顿时就反感得不行,反感朱天明的贪婪,但也更反感万家强居然也变成了为点利益不择手段的人,就噌地坐起来:"你怎么不早告诉我?"

万家强知道季苏的脾气,心里有点发虚,小声说:"知道你看不惯这样的事,这不怕你知道了生气么。"

"知道我看不惯还这么干?"黑暗中,季苏气鼓鼓地瞪着他,心里涌上了一种莫名其妙的烦躁,那种明知道自己恶心什么却被最信任的人悄悄塞了什么的烦躁,又气又怒又无何奈何,就更生万家强的气了,说:"你早就知道他有外遇了?"

万家强嗯了一声。

"那你干吗不告诉我?"

"告诉你干吗？你是去跟他谈谈呢还是去告诉你姐？"万家强觉得女人的思维很滑稽，"你要告诉你姐姐，你姐受得了啊？你找朱天明谈，他能承认啊？到时候，他还不得把家顺吃了？"

季苏知道万家强说得有道理，可心里有堵得慌，总觉得不数落他两句，这郁积了一胸腔的闷气没地消散。虽然她和季蓝并没有太多亲密的感情，可毕竟是在同一个家庭里长大的，那种类似于原乡同人的感情，还是很浓厚的，一想到季蓝身处婚姻危机还浑然不觉，还是挺替她着急的。虽然她知道所有已婚妇女最深恶痛绝的就是有人突然跑来告诉她：你的老公有外遇了，但她还是希望季蓝能有所警惕，在感情上，不要吃了朱天明的大亏。

见她真急了，万家强就安慰她别急，说男人有外遇，大多图个一时刺激，不会对外遇情人动真格的，离婚的可能性更小。

季苏就瞪着他，好像这些言论是万家强总结出来的切身经验："你怎么知道？"

眼看战火就要蔓延到自己身上，万家强急了，说："我这不是以一个男人的角度给你分析分析男人的外遇心理嘛，你这么看着我干吗？显得你很犀利呢还是想看出来我的心虚？"

见万家强一副恨不能全身上下都是嘴的样子，季苏也觉得自己杯弓蛇影了点，可又不愿承认自己小心眼，就噘了一下嘴，说你们男人真可怕。话虽这么说，但所有的歉意，都在里面了，万家强也懂，就没再接她的茬。

见万家强没理会她的意思，又自言自语似的说怎么办啊？

"装傻吧。"

这一夜，季苏翻来覆去睡不着，想了很多，想如果季蓝是她亲姐，或她们之间的关系好一些，无论如何，这傻她都装不下去。可这一切假设的前提都不存在，她也比谁都了解季蓝，清高，骄傲，好像自己就是这世界上唯一的完美女性了，若她跑去说姐啊，你老公有外遇了。季蓝的反应，一定会有吃惊，是的，就像一个自恃高傲完美的公主不能相信放牛娃出身的丈夫居然也有胆背叛自己一样的吃惊，然后就是愤怒，除了对不知好歹的丈夫的愤怒，还有对热心告知她这一爆炸性消息的妹妹的愤怒，她怎么可以认为她的老公出轨了呢？并当成真相来告诉她呢？这分明就是对她诽谤式的辱没和嘲笑！

第二天，吃完早饭，季苏正要出门上班，就见老万神秘兮兮地凑过来，说："小季啊，不管咋说，美芽姨妈也是你姐姐，你能眼睁睁地看着她吃亏？"

季苏知道他说的是指朱天明有外遇的事，一时也不知该怎么回答才好，就模棱两可说到时候再说。

"等闹到你姐让你知道的时候，就晚喽啊。"老万看上去很急，好像季蓝不是季苏并不亲密的姐姐，而是他的亲闺女，"这事你得变着花找你姐说说，让她警醒着点。"

季苏说好，终究，还是没去找季蓝，因为知道她脾气，不想让季蓝把她的一片好心，当成一把抹到脸上的灰。

不仅季蓝如此，普天下的女人，在爱情上都是虚荣的，所有因为爱情破损而来的痛苦，未必是因为爱得深切，失落得疼痛，因为被辜负就等于被抛弃，被人当垃圾抛弃，是件多么让自身羞辱的事情啊。

季苏知道，这些，都是高傲的季蓝所不能承受的，所以，她决定去找朱天明谈谈。

2

对于季苏约他，朱天明没有丝毫的心理准备，只在接到电话之后，给余佳诗打了个电话，猜测季苏约他到底有什么来头，对自己外遇的事，朱天明自信满满，因为连整天和他睡同一张床的季蓝都没发现破绽，其他人就更应该被瞒得滴水不漏了。所以他和余佳诗猜测，十有八九是为回扣的事来的。当然，不管季苏怎么说，回扣是不能退的，他们也没得退，因为已经拿去交了房子的头款了，再就是既然季苏来找他了，那么回扣这件事，十有八九会闹到季蓝那儿。

时间都过去一两个月了，万一季蓝问回扣在哪儿，他怎么说？

余佳诗就笑，说这还不好说？就说之所以没告诉季蓝，是因为他想制造个小小的惊喜，把大笔的回扣，出其不意地给季蓝拍桌子上，让季蓝高兴高兴，没承想，拿回扣的那天喝高了，钱丢出租车上了，因为是回扣，也就不敢大张旗鼓地找，所以……

这个谎虽然编得经不太起推敲，可只要说的时候语气坚决一点，蒙混过关还是没问题的。

然后，约好和季苏见面的头天晚上，朱天明就故意做出一副天要塌下来的样子，引起了季蓝的注意，季蓝问他怎么了。

朱天明这才抛砖引玉似的说季苏约他明天中午见面聊聊。

季蓝一愣，问聊什么，难道季苏也让婆家那拨乡下老土给传染了？当他真有个双胞胎兄弟失散在茫茫人海里了，要劝他去寻找？

朱天明吭哧了一会，说应该不是。

季蓝就更警觉了，让朱天明有话直说，别卖关子！

朱天明这才一副本是好心却做了坏事的嘴脸，把回扣的事盘托而出，末了，垂头丧气地说本想拿回来给她个惊喜来着，可没承想一高兴喝大了，给丢了。

季蓝皱着眉头看着他说朱天明，你到底爱不爱我？

朱天明诚惶诚恐地说爱，当然爱，在这个世界上你是我唯一爱过也将爱下去的女人。

"你爱我能不了解我？"

朱天明知道季蓝想质问的是难不成在他心目中，她就是个见钱眼开的人？就忙顺着他的话茬拍马屁，说了解，知道她不会把这几万块钱放在眼里。

"那你还给我送哪门子惊喜？"季蓝气得不行了，"你这是成心糟蹋我的形象！从此以后，季苏会怎么看我？"

"不至于吧。"朱天明外强中干地辩解，拿回扣虽然没多光彩，可又不是他发明的，这事如果不是他经办，别人要回扣会要得更多。

季蓝说别人就是要个天文数字她都不会管，可因为这回扣是他要的，而且是跟季苏要的，就等于是往季苏心目中的那个季蓝的脸上抹了好大一坨灰，就不行！因为她不想让季苏认为她是假清高真市侩！

季蓝把朱天明痛扁一顿的心都有了，最要命的是朱天明还把这钱给弄丢了！

"明天！你给我不许去见季苏！"季蓝咬牙切齿地说。

"可我已经答应了。"

"我去！"说着，伸手，"把存折给我！"

朱天明错愕地看着她："要存折干什么？"

"我提钱还给季苏！"

"可钱我丢了。"这会，朱天明急了。

"你丢了，我相信你丢了，可别人相信吗？季苏相信吗？如果季苏是为了回扣来的，你要这么说，就是为了昧下这笔钱而撒谎，你就是下三烂！"说着，季蓝就稀里哗啦地翻抽屉，"要当下三烂你自己当，我不当，至少我不能当季苏眼里的下三烂！"

季蓝从抽屉里翻出了一本存折，又打开手机登录手机银行看了一下，两边凑起来的钱够七万了，才舒了口气。朱天明想着他和余佳诗的房子还有大笔的房款要交，季蓝这边就这么着要把到手的七万给退回去，心里痛得都要滴血了，可因为深知季蓝的脾气，加上也明白拿万家强回扣这事，确实是不妥当的，就把一口气在胸口咽了几咽，吞了回去。

季苏没想到约的朱天明来的却是季蓝，瞠目结舌的错愕里，就说怎么是你？

季蓝拖来椅子，款款坐下："怎么不能是我？"

原先准备好的，都彻底没用了。季苏心里有点乱，就仓促地笑了笑，问她想喝点什么。季蓝淡淡地看着她，说我们开门见山吧。

季苏心里又是一震，拼命想这到底是怎么回事，脸上的表情，就显得极不自然。心虚地笑着说："开门见什么山？"

季苏极不自在的表情，让季蓝心里的冷笑，就更甚了。觉得万家强和季苏两个，有些猥琐，为了利益，两口子一个当送钱的白脸一个当知道真相急了眼往回要钱的红脸，一唱一和地就把朱天明给盘进了连环套，突然就觉得朱天明天真厚道，让万家强两口子给耍了，再说话，口气里的冷嘲热讽劲儿，就更足了："你约朱天明总不至于是约他出来喝杯咖啡的吧？"

或许，因为这事要瞒着季蓝，下意识里季苏就觉得有些对不住季蓝，讪讪笑着说："还真是约姐夫出来喝杯咖啡的。"

季蓝的鼻翼翕动了两下，好像在冷笑，不置可否。

咖啡上来了，季苏问她要不要糖，她晃了一下头，说习惯素喝咖啡，然后，眯着眼似在看她又似没在看，过了一会，才说："因为朱天明做了什么，才约他出来的，是不是？"

季苏心里就更乱了，想她这话什么意思，但还是不敢往朱天明的外遇上挑，只是抿了一口咖啡，说其实也没什么大不了的事。

"要是真像你说的那么大不了，你就犯不着兴师动众地约他出来喝咖啡了。"说着，打开手包，掏出一个鼓鼓的牛皮纸档案袋，推到她跟前，"都在这里了，你数数。"

季苏就更丈二和尚摸不着头脑了，问："什么？"

"自己看。"

季苏就把袋子拖到眼前，掀开袋子的封口看了一眼，整整齐齐的粉红色钞票，就更是意外了，结结巴巴说："这怎么回事？"

季蓝冷笑了一下："难道你今天不是为这事来的？"

季苏说不是。

季蓝就困惑了，定定地看着她，但还是把档案袋往季苏眼前又推了推："拿着吧，这是朱天明跟万家强要的回扣，其实……也不是他要的，他要这回扣也没想自己拿着，就想让我转交给你，算是帮你攒点私房钱吧。"

这是季蓝编了大半夜才编出来的谎言，有点荒诞不经，可总比朱天明为讨好她而跟万家强要回扣的说法要显得她没那么不堪，她也不能这么跟季苏说，否则，会显得她在丈夫眼里，就是个见钱眼开的庸俗女人，所以朱天明才拿意外之财讨她欢心。能用钱讨好了的女人，都是庸俗不堪的市井妇女，季蓝当然不能把自己往这堆人里归。

季苏惊讶地看着一袋子的钱，说这样啊……很快，就明白了，朱天明一定是误会了自己约他出来的目的，所以跟季蓝老实交代了。对季蓝的说法，虽然她也心存疑虑，任还是什么都没说，只是看了看档案袋里的钱，又合上了，说谢谢你，一副真信了季蓝的样子。

季蓝抿了口咖啡，才说其实，这样的事，你直接找我说行了。见季苏迟迟疑疑的，以为是自己退了钱，她过意不去了，就一脸淡然地说，钱虽然有用，但她不是那种什么钱都拿的人。

季苏说知道。

主动还了七万块，季蓝原本以为季苏会满心满嘴的感激和过意不去，没想到季苏也淡淡然的，好像这笔钱就是她应该还的，就有点不快，就好像绅士的高贵之举被理解成了理所当然就应该这样的不快，就说不管世道风俗怎么败坏，她和朱天明都不会变成那种唯利是图的人，但朱天明也说过，如果他不收万家强的回扣，万家强心里会不安的，现在社会上就兴这一套，求人办事，塞红包送回扣，倒成了正常的礼仪往来，不送反倒会被人数落是不懂规矩不懂事，所以，万家强有送回扣的意思，朱天明也没回绝，为的就是让他心安理得地接下订单，事后再把回扣退回去就是了。

季苏知道季蓝心气高着呢，唯恐因为这笔回扣自己小瞧了她，所以才费着心思跟她说这些，就笑了笑，就笑笑说："是啊，还是姐夫厚道。"

"不是厚道，是人格、品位的问题。"季蓝不动声色说，"虽然我们的关系有点疏淡，可在我心里，始终觉得，我们之间应该比你和万家强以及万家强他们家人的关系近一点。"

季苏突然不知说什么好，就笑了笑。她也知道，季蓝虽然高傲瞧不起人，但季蓝有季蓝的优点，她从不赚别人的小便宜，哪怕是她经常回娘家宣示她对那个家的主权，那也是因为她发自内心地觉得，那个家是她的。

一包钱横在两人之间，气氛显得有点微妙，经常是寒暄着寒暄着，季苏就有了找不到主题的虚无感，然后，就不知道接下来说什么好了，说自己不是为这钱来的？怕季蓝追问到底是为什么，就季蓝的高傲劲，如果她说是想约朱天明出来谈他外遇的事的，季蓝肯定得炸，然后会怎样，她就不敢想象了，可如果不说明她约朱天明的真正目的，只会让季蓝认为她确实是为这笔钱来的，季蓝倒是用行动表明她不是那种唯利是图的虚伪小人了，可她呢？如果默认了季蓝的想法，就等于承认自己锱铢必较了，不由得，就很不舒服。斟酌来斟酌去，还是默认了季蓝的说法，笑笑说："你也别笑我，最近家强把所有钱都投到订单里去了，你也知道我们家上有老下有小的一大家子人，实在是紧张。"

关于钱的事，季蓝毕竟撒了谎，心里也虚虚的，就笑了一下，说本来应该早点给她，可这一阵忙，就给忘了。

两人又干巴巴地坐了一阵，好几次，季苏想问季蓝对婚姻怎么看，又怕季蓝觉得她过得不幸福，伺机跟她倾倒精神垃圾，就算了。看季蓝优雅地抿着咖啡，一副鸟瞰这个世界的风轻云淡样子，季苏突然难受，觉得婚姻的世界里，真的遍地都是杀心的白骨真相，却被莺歌燕舞地粉饰过了，就小心问姐夫最近忙么？

季蓝嗯了一声，用掩饰不住的骄傲腔调说就干个破 CEO，整天忙得不着家。

季苏定定看了她一会儿，突然八卦地笑了一下，问朱天明的母亲现在怎么样了。

季蓝脸色一凛，明显有些不快，就好像英式下午茶的场景里，正说着天气聊着花园呢，突然有人败兴地说起了茅厕或是腥臭的沼泽，就懒懒说在养老院里呢，已经谁都不认识了。见季苏还在盯着她，似乎还有话要问，就和她对视了片刻，端起杯子，转移了视线，一副对这个话题全然没兴趣的样子。

季苏小心翼翼地试探："我记得你和姐夫还因为他妈妈的事闹过别扭。"

季蓝用鼻子轻轻哼了一声，放下杯子，无所谓地笑了一下，有点不满地说这样的小破事，你倒记得很清楚。季苏笑了笑，没说话。季蓝又道说朱天明为了他妈跟我闹离婚也是气话，我真跟他离，他倒不去了。说完，怔怔看着季苏，强调说："我说了，这事没第二次，否则他就是把全世界的荆条都给我背来了跪到我眼前都没用。"

季苏也笑笑，说："姐夫也是，离婚这种事怎么能随便说着玩呢？"嘴里这么说着，心里，却想把这个话题往下引申一点，提醒提醒季蓝，让她警惕点，可再看看季蓝那一脸不容置疑的骄傲，就知道，关于朱天明外遇的事，是无论如何都不能提了。

接下来，就没了话，两人干巴巴地坐着，显得有点尴尬。末了，季蓝拿下巴指了指桌上的牛皮纸袋子，说："亏万家强也想得出来做得到，不就是想拿个订单么，莫说朱天明和我都不是那种人，就算是，依我们两家的关系，犯得着搞这一套么？"

季苏的脸，一下子就涨红了，就觉得胸口有团火在拱啊拱的，好容易才按捺住了，说："是啊，家强这次也不知吃错什么药了，以前，别说是给回扣了，哪怕对方暗示要送礼的订单他都不接。"

季蓝微微地，笑得不置可否，好像看穿了季苏是在拼命在为万家强洗白，她的目光，就像一双不动声色却又挑衅的手，把季苏的自尊心调戏得怒不可遏却又不能发作，只能在心里一次又一次地咬牙跺脚，说下午还有课，说完招手埋单。季蓝见状，起身抢先把单买了，好像这样才显得出自己的优越一样，对她漂了一下手，款款地，去了，丢下季苏一个人守着一堆钱生闷气。

4

晚上，季苏把档案袋往床上一丢，看着万家强不吭声。

万家强纳闷地问耷什么，打开了袋子，见全是钱，吓了一跳，问哪儿来的。

季苏说你数数。

万家强一扎一扎地数了，说七万。

季苏点头："再想想。"季苏以为他肯定会和给朱天明的回扣联系起来，却见他一头雾水，就提醒了他一下，"朱天明。"

"朱天明。"万家强晕头晕脑地自言自语着，"这钱跟他有关系？"

季苏真生气了，说家强我发现你可真是贵人多忘事啊，好好想想！

万家强说真想不起来，其实他也往回扣上想了，但回扣是十万不是七万，所以就没往这上面想。

季苏实在忍无可忍了，懒得和他兜圈子："难道你没给过他回扣？！"

"给了，可也不是七万啊。"万家强还是没恍然大悟，因为他做梦也想不到万家顺也会拿他的回扣，"是十万。"

季苏脑子就嗡的一声，说十万，那他怎么只退了七万？

一听是朱天明退的回扣，万家强也有点急了："你去找朱天明要这笔回扣了？"

"闲得我，我姐主动退回来的，说他们本来也没想拿这笔钱，就想要过去再返给我，给我当私房钱。"

万家强也隐约觉得不对，但更大的不对是在钱的数目上，既然朱天明他们打算把回扣退回来了，就一定没有退了大头留小头的意思，那么那三万呢？

就想到了万家顺。

心里的火，噌地就烧了起来，可当着季苏的面，既不好发作也不能说，因为自从万家顺两口子进城，已经有意无意地给他们挖了无数个坑，这要让季苏知道万家顺居然还从中吃他这亲哥的回扣，还不知得气成什么样子，只好强忍了恼火，一副苦思冥想的样子，半天才拍着脑袋说想起来了想起来了，当时朱天明是要十万块钱的回扣来着，可当时钱不凑手，就只给了七万。

季苏直直地看着他，看得万家强心里荒草丛生，呼啦啦地起舞，忙把

228

钱抱起来，往她怀里一掼："既然你姐是给你要的私房钱，就归你了。"

季苏看也不看地把袋子往床上一丢："万家强。"

万家强虚虚地应了一声，说咋了？

只要万家强一说咋了，季苏就知道有事，就说："其实我没追究你到底给了他十万还是七万。"

"这不我自己恍惚吗。"万家强挠挠头。

"回扣是你亲自给他的？"

"啊……家顺，我让家顺送去的，怎么了？"万家强摆出一副傻乎乎的不带脑子的嘴脸，心里却懊恼得不成，为万家顺从他口袋里挖了三万块钱的事实而懊恼，甚至心脏有那么点疼，疼得他几乎要恼羞成怒了，万家顺啊，他的亲弟弟，怎么这样？怎么能做出这种让他在季苏面前抬不起头的事呢？

"没什么，我明白了。"说着，季苏把袋子往地板上一丢，上床睡觉，是的，从万家强不打自招地解释给的不是十万是七万，季苏就知道这里面一定有蹊跷，等他说是万家顺去送的，她就全明白了。因为在抓这个项目的时候，万家强还曾经得意扬扬地说过，别看万家顺一家三口整天来蹭吃蹭喝，关键时候，也顶点用，这不，要不是他，他根本就不可能知道朱天明公司要招标，如果不知道他就要和这个订单失之交臂……当初万家强之所以说这些，是为了让季苏领万家顺的情，意思是万家顺也没白蹭那些吃喝，也处处帮他们家长眼色不是？

季苏知道万家强肯定也明白她明白了这其中一切的是非曲直，可他是厚道宽容的好大哥，所以他决定装傻，当然，也需要她这个嫂子也配合他的演出，一起装傻，落个大家都不尴尬。

"你明白什么了？"万家强心虚，但嘴上很硬。

"你知道的。"季苏甩给他一个后背，又把背后的被子掖紧了，一副不打算挨着他的样子。

万家强有点恼羞成怒："有话你往明白里说，别藏头露尾巴的。"

季苏猛地坐起来，看着他："万家强，我发现你怎么这么霸道？有些事，我很气，但既然戳穿了对谁脸上都不好看，好！我忍气吞声，我不戳，我想心照不宣也不行啊？你非得让我装出一副仰慕你们全家智商的嘴脸来，做个地地道道的二傻子啊？你愿意我们学校还不干呢，我老师啊我为人师表啊，我一二傻子当老师，我们学校成什么了？这不成专门误人子弟的地方了?!"

季苏一阵机关枪，就把万家强彻底突突哑巴了，他错愕地看着她，半天，才咽了口唾沫，说我说不过你，躺下睡了。

季苏哼了一声，说："既然我不说你难受，我就替你明说了吧，万家顺拿了你三万块钱的回扣！他真也好意思！"说完，咕咚就躺倒了。

万家强忽地坐起来，瞪着眼，怔怔地看着对面的墙，突然捶了床垫两下："我们姓万的狼心狗肺不地道！行了吧？"

"这可是你自己说的。"季苏背对着他，恨恨说，"放心好了，这个面子我会给你们全家留着的，不会找万家顺要钱！"

第十三章

有梦的日子才有盼头不是？

1

时间不紧不慢地就晃过去两个多月了，想着再用不了多少时间，订单就交了，结回账，他就可以神不知鬼不觉得把房子赎回来，万家强的心，就暖洋洋的，很爽。晚上，只要在家，就会和父亲对酌两小杯，说些陈年的老话，或者是将来的美好。

神仙的美好日子，大约就是这样吧？万家强想。

有时候，一杯酒落肚，老万就豪情万丈，说他出去打听了，因为周围没有菜市场，居民生活不方便，在离小区不远的地方，正在筹建一个农贸市场，到时候他去弄一个摊位，就卖山东小面，让老鲍亲自掌勺，他负责跑堂收钱，生意一定火爆。

万家强知道，父亲就像那个著名的卖豆腐的老汉似的，夜里琢磨了千条路，天亮依然卖豆腐。小的时候，就经常听父亲和母亲热烈地讨论要干什么，前景多么的好。开始那阵，万家强也曾憧憬过，等父亲做了什么生意，家里有很多钱，这样他就可以想看什么书就买什么书，再也不用端着笑脸到处借了。可光阴一年年地把父母催老了，父母还是那对伺候果树的老农夫妻。

所以，尽管知道开面馆是桩辛苦营生，万家强也没急着反对，等农贸市场建起来还不知猴年马月呢，他犯不着为没影的事和父母急眼，他们愿意做梦，就让他们做着好了，有梦的日子才有盼头不是？他何必着急忙慌地去灭一团根本就不知道会在什么时候什么地方燃起来的火呢？

日子就像一条晒着太阳的老狗一样，缓缓地往前走着。可是，心情一片大好的万家强不知道，正站在命运急转直下的路口上，不能自知。

原本，朱天明完全可以提前告诉万家强的，却没有，是因为他有自己的私心。

受国际大环境的影响，朱天明所在的合资公司，外资正打算撤资走人，如果外方资金撤离成功，他的公司，就只剩了属于中方资产的办公场所和一堆债务。

而这些一旦成真，万家强即将完成的那笔订单，也就成了一个色彩斑斓的气球，随着交货，无法结账，而"砰"的一声，把万家强炸个粉身碎骨。

那段时间，朱天明惶惶不可终日，只要有空，就在余佳诗的咖啡吧里泡着，余佳诗也愁眉不展，虽然整条大学路已俨然成为咖啡吧一条街，可大都是文艺青年们玩的格调，能把房租等费用赚出来就不错了，利润低得近乎无，一旦朱天明的公司破产成真，谁帮她还新房的贷款？

朱天明说实在不成，就把房退了吧。

余佳诗就跟他急了，说她今年都二十六岁了，父母一直想让她找个单位正经上班，再正经谈个男朋友结婚过日子，她刚刚用咖啡吧和交了首付的房子向父母证明了，像她这样吊儿郎当，一样可以过上他们所希望她过上的好日子，如果退了房，这不是抽自己的嘴巴子么？

再就是朱天明不是要离婚么，离了婚总是为了娶她吧，没房往哪里娶？

朱天明就哑然了。甚至，动了万家强那批货的心思。

当然，朱天明不会无缘无故地动万家强的货的心思，这都是有契机的，有一天，有位河北专做外贸尾单生意的老客户，不知从哪儿听说了他们公司即将因外方撤资倒闭的消息，神秘兮兮地找到他，问公司仓库有没有库存，有的话，他大包库底，赚一笔。

朱天明这家公司主营出口箱包服饰，经常会有国内的外贸尾单商来进货，都是几千件上万件的一下子大包出去，然后零散着批发给各外贸服装店。

当然，这些来大包库底的人，多少都会给好处，这也是朱天明私房钱的来源。

如果公司倒闭了，以后哪儿还有库存需要处理？没库存处理了，也就意味着他的灰色收入就没了，没了灰色收入，他拿什么帮余佳诗还房贷？不仅如此，公司倒闭一旦成真，不仅灰色收入没了，连工资收入也泡了汤，届时，他何去何从？

几次董事会开下来，随着外资步步为营地往外撤出，朱天明的心也越来越凉。最后，外资撤完了，外方工作人员也彻底离场，不少和公司有业务往来的商家闻风而动，都想在最后时刻，把朱天明他们公司欠他们的业务款结清了，可只剩了个空壳的公司哪儿还有多余的款项结给他们？而这时候的万家强，正沉浸在即将交货结账的美好憧憬中，压根就不知道，危险正一步步逼来，不知不觉中，他就已站在了悬崖边上。

朱天明最大的焦虑来自于今后将何去何从，可董事会被债务逼得晕头转向，无暇顾及他们的前途，也就是说，朱天明现在能看见的未来，就是公司倒闭，然后失业，不仅没了收入维持他作为一个男人立足于世的体面，还有季蓝，骄傲得像孔雀一样的季蓝，能接受一个失业在家的丈夫么？对于男人来说，失业就意味着事业破产、未来夭折。还是恋爱的时候，季蓝就曾说过，男人穷点没什么，但作为男人让人看不见未来，才是最不可以原谅的。

很快，他就将成为一个让人看不见未来的人。只要这么一想，朱天明的脑壳就是疼的，他不敢想象届时季蓝的眼神会是什么样子的，是讥讽还是奚落甚至是看低？每每想到这里，他就萌生了一颗战乱时期的难民心，一门心思，只想逃得越远越好。

这样他就不必仰季蓝的鼻息了。

嗯，余佳诗不一直在盼着他离婚么，也算是给她一个交代，这么想着，都是美的，回想以往，白活了一场似的，仿佛上帝也晓得自己亏待了他，于是奖了一个余佳诗给他。在余佳诗那儿美完了出来，走在街上，被风一吹，就觉得脑壳里的脑仁一个激灵，醒过神来了，房贷呀，余佳诗那儿背负着一笔巨大到足以让失业没收入他的他喘不过气来的房贷呀，就凭他和余佳诗开咖啡屋的收入，还贷款的可能性几乎等于无！

朱天明焦虑得就跟热锅上的蚂蚁似的，一夜一夜地睡不着。

所以，当河北的外贸尾单商再来电话问有没有高品质库存时，他也就再一次想起了万家强即将交货的订单，纯进口绵羊皮的皮衣啊，从眼下情况看，公司已经顾不上去收那批货了，如果他以公司的名义收过来呢？这么想着，朱天明都被自己的大胆吓了一跳。然后安慰自己说，我只是想想而已。

有些事情，只要想的次数多了，就平添了去干点什么的蠢蠢欲动，苍茫茫里，就跟余佳诗说了，余佳诗愣愣地看着他，说别，这不是诈骗么。

朱天明就心虚地笑笑，说着玩的，你别当真。

余佳诗就嗯。

其实，朱天明越想心里越痒。

他想娶余佳诗，和她轻轻松松地过完这辈子，而不是债务缠身。

是的，关于将来的取舍，也是这几天他一直在考虑的事，他真的受够了季蓝了，过够了在她面前就是一个敦厚的老仆的日子，他想和余佳诗在一起过活色生香的好日子，想每天晚上都听她在身子底下呢喃着呼喊他小爸爸。

这样的日子，单是想一想，就美好得让他心下发颤。

是的，和季蓝过日子过得时间越长，他就越痛恨年轻时的自己，因为虚荣，拼了命地追季蓝，追到手了，才知道是个只适合摆来欣赏的工艺品花瓶。一开始，他以为女人或许就是这样子，直到认识了余佳诗，才知道，好的女人就像设计和做工都很上乘的浴缸，当男人置身在她怀里，是身心俱泰的放松和惬意。

季蓝也感觉出了朱天明有心事，问怎么了，朱天明懒得听她自以为高明地说当初我说什么来着，遂说公司形势不是太好。季蓝用鼻息轻笑了一下，还是说了句："果然应验了吧？"

朱天明本就郁闷的心，就给又塞上了一只拳头。以前，朱天明在政府机关工作，如果不跳槽到企业，现在至少混到副处了。可朱天明实在过够了在家拘谨着，在单位也被管头管脑还要看人脸色的日子，正好这家公司招聘，就不顾季蓝的阻拦，跳了槽，也是因为这，季蓝两三个月没理他。

只说公司形势不好，季蓝就已奚落果然如此了，如果说公司即将倒闭，他面临失业，季蓝会怎样？朱天明想都不愿意去想，下了班，也更不愿意往家走，遂借口有应酬，在余佳诗的咖啡吧里泡着，对着一杯咖啡长吁短叹或者是在余佳诗的身体上恣意地疯狂，比在家自在多了。

有时候，朱天明会故作一副哀兵的嘴脸，试探余佳诗，说或许他一失业就会被季蓝从家里赶出来。

余佳诗就像个不识愁滋味少年，说赶出来好啊，正好赶到我怀里来。

朱天明就捏着她的小鼻子说你养我啊。

余佳诗也一本正经地说我养你，咖啡吧养不活你我就卖身，我卖身还房贷，卖身养我男人，我多光荣多伟大。

朱天明的脸就变了，一把捂住她的嘴，不许她胡说八道，但眼里，却泪汪汪的，多好的小女人，不要说他不舍得她卖身还房贷养自己了，哪个男人多看她一眼，他都恨不能把哪个男人的眼球剜下来丢到街上去喂狗。这么好的小女人，哪怕自己失业了也不是让她受委屈的理由，一定要让她快快乐乐地过日子。

得想办法……

好的爱，大约就是这个样子，想起她，就会下意识地想去保护她温暖她，不愿意她的人生和苦难有任何关联。

朱天明对余佳诗就是这样的，所以，越是预见到以后的苦，越是不忍心让余佳诗品尝它们，对万家强那批货，惦记得就更是上心了，河北的外贸尾单商再打来电话，他略略地，有了松口，甚至小心翼翼地打探，尾单皮衣有没有市场？

河北外贸尾单商一听眼就红了，每天打电话发微信追着他落实这批货。

毕竟是心怀鬼胎，朱天明支支吾吾也说不出个所以然，逢了外贸尾单商问，就推脱说这批货到底能不能成为尾单，还得过段时间才能确定。尾单商就误以为他这是货源紧俏，朱天明在跟他吊胃口呢，为了拿到货，不仅把好处费涨得高高的，还承诺在价格上，朱天明这边有绝对的主动权，他不会随意压价。他越这么说，对前途渺茫的朱天明来说，诱惑就越是强大，只要闭上眼，就会有大把的票子，若即若离地在眼前晃悠，晃得他的道德底线像即将崩溃的堤坝。所以，关于公司即将破产倒闭的事，他迟迟没告诉万家强。

2

交货的日子到了，万家强打电话催朱天明派人来验货。那几天，朱天明公司正在进行破产前的资产清算，公司上下人心惶惶，生产流程早就混乱成了一锅粥，万家强的那笔订单，就像掉进了黑洞的一束麦穗，除了朱天明蠢蠢欲动地惦记着，压根就没人记得更没人放在心上。

万家强交货收账心切，一个接一个电话地打，在朱天明听来，冥冥中就像一双欲望的小手，不停地撩拨着朱天明的心。

每次接了电话，朱天明都会敷衍说，好的好的，我这就派检验科的人过去。

两三天过去了，检验科的人还是没影，万家强继续催。朱天明就模棱两可地说这段时间忙得焦头烂额，顾不上，其实以他们之间的关系就不用验货了。万家强说不验货怎么成？合格证怎么出？朱天明说要不就拉回来再验吧。万家强说合适吗？毕竟是动了贪念，朱天明心里慌慌的，说再说再说，这不是让你催的么？过了一会儿，又说等会他问问物流部，让他们派辆集装箱车拉过来，就地检验，不合适的就返厂修改，没法修改的，再给补单，反正这批货就万家强公司一个加工单位。

万家强虽然觉得不妥，但听朱天明在电话那边烦躁躁的，似乎有什么事正要急着去办，就没好意思继续往下啰唆，说了声好，就挂了电话。

第二天下午，万家强正在办公室里打电话呢，就听公司大院门口有汽车鸣笛声，往外一看，是一辆集装箱半挂车，就想起了朱天明说要派车过来拉货，遂也没多想，拉开窗子，冲门卫摆了摆手，把车放进来。然后，问司机是不是来拉货的，司机说是。万家强就去车间找了十来个年轻力壮的工人，把皮衣一件件地挂进了车上。装完车，司机上车就走，万家强觉得不对，忙拦下了，跟他要收货单。司机一脸不知所以的样子说没人跟他说要给收货单的事，万家强让他先别走，他打电话问问朱天明这是怎么回事，司机就坐在车上抽烟。给朱天明的电话连打了四五遍，办公司座机没人接，手机占线，司机急了，说拉完这趟还有别的活呢，催着万家强快点。

万家强犹豫了一会，毕竟几百万块钱的货，按说，如果没收货单，他宁肯把货卸下来也不能这么稀里糊涂地让他拉走，就犹豫了，想到底是卸还是不卸，司机就更毛了，说卸了货他空车回去，就相当于这趟车白出！损失谁负责？说着，就要和万家强急。

万家强想早和朱天明说好的事，大约也出不了什么岔子，司机也不容易，闹僵了也怪没意思的，就让司机随手写了个非正式的收货单，让他捎话给朱天明，他改天去他公司换正规的收货单。

司机嘟嘟哝哝地说了声好，就开车走了。

事后，万家强虽然有点不踏实，但还是想既然货要拉过去才验收，司机给不出正规的收货单也是正常的，正规收货单要等公司检验员验收完毕，清点出合格和不合格产品的具体数量才能出么。

晚上回家，吃饭的时候，季苏见他心事重重，问怎么了，万家强就把白天拉货的事说了。季苏也觉得他这事做得很鲁莽。

发货值这么高的货，按说一定要看到正规的提货单才能发货的，他怎么能在既没打通朱天明电话也没见着提货单的情况下就把货发走了呢？

万家强说朱天明昨天就已经说好了今天来提货啊，除了他派来提货的车，平时根本就没集装箱车到公司来。

季苏还是很不安，饭都吃不下去了，说明天你还是去朱天明公司一趟吧。

万家强让她说的，也有点心慌，说好。老万和老鲍倒没觉得有什么。老万说："不管咋说，朱天明是美芽姨夫呢，能出啥事？你们城里人就是小心过了头，亲兄弟借几块钱都得打借条！这在乡下老家，莫说亲兄弟，就连街里街坊的借钱也不用打借条，人活一辈子，活得是个啥？不就是人和人之间那点信头么！"万家强说爸，我们说的是生意上的事。老万说："啥是生意？做生意还不是为赚钱？一回事！"万家强知道，父亲的茬，是不能往下接了，要不然，老万肯定急，借着喝了两杯酒，还不知得把他收拾到什么时候，就笑笑，说是，是一回事。老万这才打赢了的猴王似的端起饭碗，威严地看了他一眼，埋头吃饭。

第二天一上班，万家强就去了朱天明公司。朱天明还在董事会那儿开资产清算会，万家强明确感觉到了整个公司已经岌岌可危，有匆忙进出办公室的人，见万家强站在那儿发愣，问他找谁。

万家强说朱天明。

那人就说别等了，今天一整天他不会到办公室来，在开资产清算会呢。

万家强一愣，说什么？

那人就又说了一遍，见万家强表情有点慌，就问是不是下游加工企业？万家强说嗯。那人又问："有交了没结算的货么？"

万家强还是嗯了一声，说昨天刚交了订单。

那人就用同情的眼神看着他，小声说好好祈祷吧。

万家强觉得不对，一把抓住那人的胳膊，问到底怎么回事。那人压低了嗓门说你还不知道啊，外方撤资了，公司可能要破产倒闭。

顿时，万家强就觉得有千军万马在脑袋里奔腾，说公司都要破产了你们还收我的货干什么？

那人耸了耸肩，表示这他就不明白了。

万家强像热锅上的蚂蚁一样在走廊里团团转了一会，又给朱天明打电话。

朱天明和董事会以及财务小组正在进行资产清算，见电话是万家强的，就掐断了，发了个短信说正在开会，不方便接电话，有事短信联络。

万家强心头已经火起了，也顾不上等，就忙发短信问他是不是公司真的要破产，那他的货怎么办？

朱天明看着短信，嘴角微微撇了一下，扫视了一下四周，每个人都很忙碌，每个人都表情凝重，不是在看账本就是在电脑上噼里啪啦地敲打着，根本就没有开会，也就是说，所谓不能接电话，是他骗万家强的，毕竟做贼心虚么，直面万家强的声音，总有些不自在，就回了个短信：是，外方撤资了，这几天正资产清算呢，货的事，先放放，不急在这一两天。

万家强又给他发了个短信：结算没问题吧？

朱天明回短信：如果公司进入破产程序，你的货也会评估货值，进入清算范围之内，结算应该没问题。

万家强这才长长地舒了口气，又发短信说：你什么时候方便的话，把收货单填好了给我吧。

朱天明看着短信，一笔一画地往手机上写短信：我还没收货呢，怎么给你收货单？

看着他的短信，万家强就天打五雷轰，也顾不上许多了，直接操起电话就拨过去。朱天明给掐断了不接，他就发短信：你必须接这个电话！然后，继续拨。

朱天明晓得，如果他不接着电话，这一天就过不去了，只好起身接了，边接边往走廊去："怎么了家强？我开会呢。"

万家强就气喘吁吁说："你怎么没收我的货？昨天下午你没派集装箱车去我公司收货？"

朱天明就一口大惊小怪的腔调说："家强，你也知道我公司都忙着搞资产清算了，我哪儿还有精力去你公司收货？这不自找麻烦吗？"

"昨天下午去我公司的集装箱车不是你派的？"万家强还是不死心。

"不是。"

"那是谁？"

"这……就不好说了。"朱天明慢慢说，又觉得这口气不妥，就在口气上做焦虑状说，"怎么？昨天下午有辆集装箱车冒充我们公司去你公司收货了？"

万家强用力嗯了一声。

朱天明好像大祸临头似的说："完了，家强，你遇上骗子了！"然后反问万家强，没提货单，你怎么能随便发货呢？又问你没问问到底是谁派他去的？万家强已经懵得好像一脑袋泥巴，说你也说昨天派车来拉货，正好他就来了，我也没多想……

"哎呀，哎呀，家强你说你这么大个人了，做事怎么能这么大意呢？"电话里的朱天明一口为他痛心疾首的腔调。

万家强愣愣地听着，表情却越来越呆滞，是的，确凿无疑的是，他被骗了，而且被骗得很惨，朱天明在电话那端吆喝了些什么，他听不见了，只觉得整个世界都在倾斜，昏暗……

然后，他呆若木鸡地下了楼，上车，呆若木鸡地开着车，回公司，坐在老板台后面发呆，呆了一会儿，就像猛然醒悟一样，跳起来，抄起电话就拨了110，报了警，把被骗货的事说了一遍。没一会儿，就有民警给他打来电话，让他到公安局去一下，万家强心里热乎乎的，想公安做事还是很有效率的，就去了，在经警处把详细的被骗经过说了一遍，警察做了笔录，让他签了字回家等消息，万家强心里焦虑得五内俱焚，恨不能破案前都吃住在公安局，问给他做笔录的警察，像他遭遇的这种骗局多不多。警察看了他一眼，没吭声。万家强抹了一大把眼泪，说其实我就想知道这案子侦破的概率有多大。民警没听见似的，头也没抬。万家强知道，不是民警不作为也不是民警态度不好，而是他急于有人给他一个肯定的答案，好安慰已经五内俱焚的心，可办案是个严谨的过程，他想要的承诺或者暗示，警察永远不会给。

从派出所出来，走了没多远，等红灯的时候，突然想起，现在满大街的监控摄像头，说不准已经拍下了行骗车辆的踪迹！这一发现，让他很兴奋，不等绿灯亮，就调转了方向，又奔回派出所，献宝似的把他的想法说了一遍，眼睛灼灼的，全是烫人的急不可耐，接待他的民警耐心听完，就笑了，说这个不用他提醒，已有民警去交通控制中心排查了。万家强就觉得心里忽闪忽闪的，就像有人在打着闪光灯，好像闪着闪着，不知哪一下就彻底而恒久地亮了起来，遂不想走了，想在这里等着去交通控制中心的民警回来，警察让他去便民室等。一等就是一下午，万家强就觉得整颗心脏就跟打了摆子似的，一会儿冷一会儿热，让他亢奋又让他害怕。

半下午的时候，朱天明来电话了，很生气的样子，说："家强你什么意思？"

万家强这才知道，就他报案货被骗的事，警察去找朱天明调查了，刚走，朱天明就给他打了电话，说家强你货被骗了，我也很意外，也很同情，可你不能把我也牵扯进来，你是不是怀疑这事和我有关系？

万家强说我没怀疑你，可报案的时候，我总得说来龙去脉吧？我也不知警察会去找你了解情况。

朱天明悻悻说："了解情况？但愿吧，总之，家强，你听着，就你货被骗这件事，我问心无愧，也不希望以后把我牵扯进来。"

万家强顿了一会儿，很多话，涌到了嘴边，其实他特别想问朱天明，外资撤资、公司即将破产倒闭这么大的事，为什么不告诉他？但也知道，问了也无益，因为朱天明没义务跟他通报工作单位上的事。

到末了，万家强还是什么也没说，只是掐断了手机，焦躁地看着窗外的太阳，在西边，一点一点地往群楼的后面藏。从知道货不是朱天明接走的那一瞬间，他就觉得他的人生，成了一座火柴杆搭建起来的大厦，裸露在风中，摇摇欲坠地摇晃着，随时可能无药可救地坍塌。

朱天明也觉得自己给万家强打这电话，更多的成分是恼羞成怒和胆战心惊，就好像一个出了轨的男人被懦弱善良的妻子怀疑了，他做的，不是解释也更不是安慰悲情的妻子，而是勃然大怒，试图用声高来掩饰内心的发虚，当然，也有打探虚实的成分在，借万家强的解释，他想分析分析他到底都对警察说过些什么，自己有无把柄落在他那儿。

撂下电话，又把万家强的每一句话回味了半天，觉得自己没露什么破绽，心神就稍微安定了许多。

傍晚，去交通控制中心的民警回来了，集装箱车的牌照是假的，这个车牌号属于一辆小型家用轿车，司机在收货收条上签的字，也是假的，因为民警当即在户籍网上调了，叫这个名字的，有三个女的，五个男的，但这五个男人的年龄相貌，都和司机差异得南辕北辙，这辆挂着假牌照的车，出了市区后，没有上有监控摄像头的高速公路和省道，而是消失在了茫茫如蜘蛛网的乡村道路上，踪迹无从查起……

走在街上，万家强就觉得整个身心，都空茫茫的，失魂落魄回家，一头扎进房间，呆呆坐了一会，怕季苏起疑心，随手拽了本书，翻开盯着，字都认识，却完全不解文中意思。美芽进来，要他一起玩。他耐着性子说美芽乖，爸爸看会儿书，美芽就撅着嘴吧出去了。晚饭做好了，季苏和老鲍叫了好几遍，他才快快出来。看着满桌的饭菜，一点食欲也没有，如果不是怕吓着父母和季苏娘俩，他真想扯着嗓子大吼一声，把眼前的盘盘碗碗砸个稀巴烂。可，他不能，还要强颜欢笑，陪老父亲喝酒，应付美芽各种各样稀奇古怪的问题，逃避季苏询问的眼神。

季苏感觉出了他的不对，问怎么了，是不是身体不事舒服？万家强就顺水推舟说有点。老鲍的眼睛噌地就亮了，忙问哪儿不舒服。万家强知道，只要他说出了哪儿不舒服，老鲍就会撺掇在乡下做过兽医的老万给他开方子。就因为老万做过兽医，在老鲍眼里，他就是没有文凭和执照的郎中，给人治病，也不在话下。人么，不就是会说话会穿衣服的动物么，都是一个脑袋加五脏六腑，有啥不一样的？这也是真的，在棉花村那会儿，村里人不管谁不舒服，都会跑来让老万给看看，只有老万没辙的毛病，他们才会去乡镇医院或是县医院。所以，见母亲目光灼灼地望了自己，万家强忙说没事没事，就是前阵起订单累的，歇一阵就好了。

老万和老鲍眼里的担心和关注，这才松了下去。

万家强说到了订单，季苏就问他今天去朱天明公司了没。

万家强心头一紧，忙端起酒杯招呼老万喝酒，装没听见。季苏又追了一句："问你呢。"

万家强一副不知所以的样子，啊啊了两声，明知故问说什么？季苏就又重复了一遍。万家强这才恍然大悟地说去了去了。

季苏说："换出收货单来了？"

万家强又啊啊了两声，说换出来了换出来了。

季苏夹了一筷子菜给美芽，睥睨了他一眼，说你今天这是怎么了？问你点事跟挤牙膏似的，不挤一点不吐。

见万家强被数落了，老鲍不愿意，说："男人嘛，就要贵人语迟。"

季苏晓得，在公婆面前，自己最好永远不要说万家强半个不字。既然万家强把收货单换成正式的了，她也就放心了，遂也没再多说，一家人吃完了饭，看了会电视，万家强就起身回卧室了，季苏跟进去，见他打开了笔记本电脑，就从背后搂了他的脖子，轻轻晃了两下，温馨而又贴心，莫名地，万家强的心，就碎碎的，有些疼，觉得对不住她，却又不能说，就把手合在她的手上，拍了两下。季苏贴在他耳边，说忙完了，好好休息一阵。万家强嗯了一声。季苏又问姐夫没说什么时候给结账？

万家强心里又是一抽，支吾说过阵吧，他没好意思问。

季苏又嗯，说也是，刚交了货就催着收账是有点不大好。

万家强笑了笑。

3

然后的日子，万家强看上去很平静，好像什么事都没有发生，可只有万家强自己知道，在这副平和的面容下的那个自己，早已经五内俱焚，却又不敢表现出来，尤其是看着家人其乐融融地议论着等这笔账结回来要去干什么干什么的时候，他就觉得自己是个十恶不赦的罪人。

现在老万闲没事就经常去要筹建农贸市场的地方看工程进展到什么程度了，甚至还趁人家不施工的时候跑进去打量过，也选好了他最想盘的摊位的位置，回家兴致勃勃地和季苏他们说。

美芽很兴奋，问是不是以后她可以去爷爷的摊子上写作业。

季苏就笑，知道是媒体上经常报小摊贩的孩子放学后在父母的摊位上学习，而且还是品学兼优招人爱的，让小小的美芽误以为只要去摊位上写作业，就会变成一个人见人爱品学兼优的小孩子。就笑着跟她解释，那些小孩子不是因为在摊位上写作业才品学兼优的，他们是放学后家里没有人，没办法才去父母摊位上写作业的。

美芽说她不管，反正等爷爷的摊位弄好了她要和老虎哥哥去爷爷摊位上写作业。这把老万给美得不行，想盘个摊位的心，就更炙热了。

吃完饭，一家人凑在客厅里看电视的闲暇里，季苏也会说，搬家的时候因为经济紧张，没买到称心如意的家具，等结回账来，她得把客厅里的茶几沙发和餐桌换了，最近她已经开始利用午休的时间逛家具城了，逛的时候拿手机拍了一堆照片，晚上给万家强看，想听他的意见。

万家强哪儿有这心情？每次都是强忍着心烦，胡乱敷衍着。

季苏不仅不傻，还很敏感，自然感觉得出他的敷衍，就不高兴了，说家又不是我自己的，你能不能用点心啊？

万家强只好说他累得没心思欣赏。

季苏虽然不高兴听他这么说，但一想，男人好像真的不是有购买欲的动物，也就不和他置气了，只要有空，依然一个人逛得兴致勃勃。

季苏逛得越是兴致勃勃，万家强的心就越是乱成了一团麻，货被骗了，意味着他结不回货款，结不回货款意味着还不上民间借贷公司的贷款，还不上贷款的唯一结局就是房子被拍卖。

房子都要被拍卖了，季苏还在美滋滋地设计着关于这个家的宏伟蓝图呢，他能不焦虑嘛。

万家强焦虑得就像心脏里被安装了一堆随时就要被点火的烈性炸药，一不小心，说话的腔调就不对了。季苏说你不愿逛家具城我也没逼你去逛，你不愿意为家具操心我也没逼你操，可你干吗我一说家具你就一副吃了枪药的嘴脸？

万家强晓得不能怪季苏不高兴，毕竟，她并不知道这个家即将面临多大的凶险，就外强中干地笑，说一些言不由衷的好话，哄季苏开心。

因为心不在焉地焦虑着，那些话说得也就驴唇不对马嘴显得笨笨的，倒把季苏给逗笑了，说好了好了，往后别我一张嘴你就往里塞苍蝇行了。

万家强说以后改，可因为心情不好而来的坏脾气，怎么能改得了？

期间，季苏时不时问货款什么时候收回来，万家强让她问得心里发毛，说："你能不能别一张口就关心钱？"

季苏就错愕地说："万家强，在你眼里，我是那种一张口就关心钱的人吗？"

万家强就语塞了，半天才说："是我关心钱，行了吧？"

季苏索性一蹴而就，说："我发现一说你的订单什么时候结账你就跟我毛，这怎么回事？"

万家强不吭声。季苏就怔怔看着他，突然放低了声音，语气和缓了好多，甚至带了些怯怯的怕，说："家强，你跟我说实话，不会是你的货出什么问题了吧？"

万家强就觉得心脏像被最毒的蝎子蜇了一尾巴似的，几乎是要跳起来："你胡思乱想什么？"

季苏就噘嘴说："我总觉得哪儿不对头？"说完，眼也不眨地看着万家强，又小心翼翼道，"货真的拉姐夫公司去了？"

这是万家强最不想提的一个人生桥段，觉得一提，就会恨不能在心里痛打自己一顿，就他万家强，当年也是名牌大学的高才生啊，怎么会这么轻而易举地上当受骗呢？就眼睛红红地瞪了季苏："想说什么你直接点。"

季苏小声说："你不会让人骗了货吧？"

万家强突然大声地哈了一声，吓了季苏一跳，万家强指了自己的鼻子，就觉得有泪要滚出来，但忍住了，说："就我，你觉得是那种轻易就上当受骗的人么？"

季苏松了一口气，说："上帝保佑，你不是。"说着，过来，抱着他的腰，脸埋在他胸口说，"我这不是怕么。"万家强在心里叹了口气，说："没事的，最近我可能也是累的，心里烦躁得很。"说完，轻轻说了声对不起，让季苏别在意他的臭脾气。

那段时间，他们家的气氛，就像六月的天，一会儿阳光灿烂一会儿暴风骤雨。连老万都看不下去了，说家强你上班累我们都晓得，可你能不能别动辄就甩脸色？

万家强突然地就觉得绝望，好像整个世界在突然之间背对着他转了身。

除了自己，谁都不能怪，虽然他在心里悄悄地埋怨过万家顺，可万家顺也是一片好心不是？何况，消息虽然是万家顺提供的，抵押借款的假证件也是万家顺帮忙出的馊主意，可最终的决定权还是在自己手里不是？

作为一个成年人，他不能事情成了，就是自己的功劳，事情糟糕了就怨天怨地，期间，也去公安局问过几次，案件依然胶着在那儿，没丝毫的进展。一位老民警见他满眼红血丝，也安慰过他，让他不要把这事放在心上，该忙什么忙什么去。

万家强的眼泪唰地就涌了出来，说民警同志，不是我不想有什么忙什么去，可这车货关系着我的身家性命。

可是关系着他的身家性命，他泪流满面又能如何呢？所有报了案等待侦破的案子，都关系着每一个报案人的身家性命，总不能就他的身家性命比别人的宝贵，优先办他的吧？

而他的那车货，已经浩浩荡荡地开进了河北，在一些外贸商店路陆续出售了。

在家里，季苏问过他几次订单什么时候结账，万家强都模棱两可地说快了快了，但从来没说具体时间，季苏就会神往地说她看好了一套乌木沙发和餐桌，优雅而又不失敦厚，美极了。

万家强不吭声。

季苏还说美芽对音乐有天赋，等他结完账，如果经济上还挺宽裕的，就给美芽买架钢琴，请位老师教美芽，万家强就说是个孩子就学钢琴，有几个能成钢琴家的？季苏就一本正经说对呀，所以我会告诉老师，别往钢琴家的方向去培养我们，我们也不考级，就是为了学会弹钢琴，将来可以陶冶陶冶个人情操，修身养性。

万家强没听见一样，木木地看着墙壁，一言不发。

日子一天天过去。作为家庭主妇，季苏不能免俗地也关心万家强的经济收入，见他回家只字不提订单结账的事，就会鼓捣美芽去找万家强撒娇："爸爸，什么时候才能给我买钢琴呀？"

万家强说过一阵，过一阵。

问的次数多了，万家强那颗焦躁的心，就好像被点了火："你们女人这是怎么了？一天到晚地就知道买，买，买！有完没完？"

眼睛瞪得像铜铃一样，红红的，很吓人，美芽就给吓得哭回到季苏怀里去了。

季苏安慰着吓哭的美芽，说万家强你最近这是怎么了？怎么我们怎么说怎么做都做不到你心上去！？

因为觉得万家强最近不对头，老万也帮季苏的腔，就说你一个男人，有话说你就说，没话说你就闭上你的嘴，冲老婆孩子发什么邪火？

万家强就觉得自己像只鼓满了燥热空气的气球，全身上下都找不到出口，随时都有爆裂的可能。愤怒无处发泄，他就说季苏你变了。

季苏说我怎么变了？

万家强说你变物质了。

季苏就认真回望这段时间以来的自己，然后，就有点羞愧了，是啊，确实的，最近她经常关心万家强什么时候拿回钱来让她换了客厅的家具，给美芽买上钢琴。虽然这是一个热爱生活的家庭主妇最正常的需求，可也确实是透露着她内心世界的物质不是？

见她惭愧地说不出话了，万家强在心里，也抽了自己一万个嘴巴子，边抽边骂自己，万家强，你不就是怕暴露了你事业上的失败吗，所以你才假装一副如此痛心疾首的嘴脸抨击原本并不物质的媳妇儿？

　　可不这样，他又能怎么办呢？

　　关于货物被骗的事，他不能告诉任何人。

　　因为告诉了也无益，除非他想让全家人跟着他一起抓狂。

4

　　第一个知道万家强噩耗的是万家顺。

　　以前朱天明忙，尤其是下午，忙得没时间去学校接欣怡，都是拜托万家顺给接的，可最近这段时间突然不用万家顺接了。

　　谁的工作也不可能一直忙得顾头不顾屁股的，一开始，万家顺也就没往心上去，可一连很多天都这样，万家顺就犯起嘀咕了，想是不是自己什么地方做得不好，得罪了欣怡或者是朱天明两口子，人家不屑得让他送了呢？

　　当然，万家顺心里犯嘀咕不是因为挣不着去学校接送欣怡的这两个小钱了，而是，陈玉华给他下命令了，既然肩负着接送欣怡的工作，就必须帮她跟季蓝搞好关系，因为季蓝掌握着乐万家的人事大权，她的劳动合同是两年一签，这眼瞅着就又要到年底了，不巴结着点行？

　　心里一犯嘀咕，万家顺就拎着水果礼物上门了，虽然对自己亲哥家可以抠门，但万家顺在求起别人来，出手从来都是大方的。因为知道，不管客不客气，万家强的大哥身份都摆脱不了，只要他还承认自己是大哥，就得罩着点他这小兄弟，要不然，不仅父母不让，也不够亲戚朋友们说道的。

　　朱天明不在家，季蓝淡淡说，朱天明公司的外资方撤资走了，现在公司眼瞅着要支撑不下去了，可能要破产倒闭，所以最近朱天明闲得很，才没用他去接欣怡放学的。

万家顺悬着的心，这才放下了，说了一阵客气话，这才突然想起了万家强的订单，就下意识地说了一句，也不知我哥的订单结账了没。

季蓝也一愣，说这个我不知道。

毕竟是亲兄弟，一牵挂上万家强的订单，万家顺就坐不住了，忙起身告辞，出了门，就给万家强打了电话，说刚才去朱天明家了，这才知道他公司要倒闭的事呢，问他订单账结了没。

万家强正心不在焉地看电视，听他这么问，又想起了那三万的回扣，就心头火起，没好气地说问这个干什么？

万家顺一听，就十又八九地明白了，说哥，现在不是你冲我发脾气的时候，如果账还没结，趁他公司还没倒闭利索，赶紧想办法啊。

万家强抬眼，见季苏他们都眼巴巴地看着自己呢，就说以后再说吧，现在我不想谈这个。说完，就把电话挂了。

老万问谁来的电话，万家强说家顺。

老万问他打电话干啥。

万家强说还能干啥？咸吃萝卜淡操心。

季苏就觉得万家强情绪不对，说家强，你吃枪药了啊？

万家强知道自己情绪过火了点，就眼皮一耷拉，起身走了。

季苏起身跟到卧室，说家强你最近是不是有不顺心的事？

万家强瞪着她，半天才说："你想多了吧？"

季苏说："不是我想多了，是你很反常。"

万家强就没好气说："我更年期了。"

季苏哼了一声，说："那是女人的特权。"

万家强就不吭声了。

季苏坐到他身边，歪头看着他，说："家强，我们是夫妻。"万家强嗯了一声。季苏说："夫妻就是有快乐一起分享，有困难一起担当。"万家强歪头看着她，看了一会，笑了一下，就不说话了。季苏就哎呀了一声，说:"你急死我吧!"说着,推了他一把:"你到底怎么了嘛!?"万家强歪在床上,怔怔看着他,突然觉得自己满胸腔都是眼泪,千军万马地就要往外奔跑,可他却有不敢让它们奔跑出来,就哼哼了两声,说:"挺好啊。"

季苏瞪着眼看了他一回,胡乱猜测似地说:"你有外遇了? 你情人逼你回家和我摊牌离婚了?"

万家强咧着嘴笑,说:"想象力挺丰富。"

突然地,季苏就想到了订单的事,都交货这么久了,怎么还没结回账来? 心里一个咯噔,有点内疚,想如果是因为这,万家强一直隐忍不说,肯定是怕公婆知道了给她难堪,毕竟朱天明是她姐夫么,若是他拖着不给付款,公婆一定会念叨起来没完。就问是不是因为订单的事? 万家强心里稀里哗啦地,嘴上,却否认了,说没有的事。季苏问:"是不是还没结账?"万家强觉得这谎不能撒,要不然季苏会问结账了怎么还不换家具怎么还不给美芽买钢琴,就点了点头,说:"账没结,工人的工资等着发,心焦。"季苏说真是了,就要给朱天明打电话。说:"现在的生意场,你不能不好意思,你有多不好意思别人就有多好意思。"万家强忙一把夺过手机:"我生意上的事,你别插手。"说着,把她手机塞进床头柜抽屉,说明天他自己催。季苏勾着他脖子说:"明天你一定打啊,把你的困难跟姐夫说说,大家都要相互体谅么。"

万家强嗯了一声,心里一片冰凉,像被泼了一盆凉水。

第二天晚上,下班一回来,季苏就问万家强给朱天明打电话了没。万家强撒谎说打了,他们公司也有困难。季苏就急了,说:"他们公司有困难他们自己解决啊,总压着你的货款算怎么回事?"

万家强怕说来说去的父母也要往里掺和,忙小声央着季苏说:"知道,我也这么跟姐夫说了,等米下锅呢。"

季苏问朱天明怎么说。

万家强说还能怎么说? 想办法呗。

季苏边叮叮当当炒菜边说亏还是合资公司,一点契约精神都没有。

万家强定定看了她一会儿,才说他们公司最大的困难就是外资撤了,内外交困。

季苏就觉得心里轰的一声，说外资撤了？

万家强点点头，小声说别跟爸妈说。

话虽这么说，可万家强也知道，这事瞒不了多久了，就直直地看着她，说："我也挺烦的。"

季苏心有余悸地说，幸亏当初她压着没让把房子抵押了贷款，要不然，现在真抓瞎了。

万家强心里，就一阵阵的雷声滚滚。

那段时间的万家强做梦都想把骗子从茫茫人海里揪出来，也想过骗子骗走的是衣服，不是吃的，这么多皮衣片子肯定不会全都留着自己穿，而是要卖掉变成钱，所以，几乎从不逛商场的万家强那段时间迷上了逛商场，一层楼一层楼一个专柜一个专柜地转，给柜台服务生看他服装的照片，问有没有这些款式的服装，能不能进到货，他想多买点……服务生都用狐疑的目光看着他，像警觉的小孩子警觉肚子里装着拙劣骗术的老奶奶，因为坊间有这样的骗术，骗子先是拿着样品或照片去一些商店买货，引起商家注意，然后就会各种机缘巧合地有这种货会出现在商家面前，商家联想到前面有购买愿望甚至是留下了联系方式的买家，就会下单进一大批货……之后就是那个声称要货的买家，人间蒸发一样地失踪了，而商家守着一堆销售不出去的货欲哭无泪。

万家强满大街小巷地溜达了半个多月，一无所获，是的，他承认自己很幼稚，但凡骗子，大约都不是傻子，他骗的又不是没有特殊标识的现金，而是风格款式鲜明的服装，怎么可能在本地销赃呢？

第十四章

虚荣劲儿过去后,日子还得脚踏实地地过。

1

其实,朱天明的公司,已经处在人去楼空的停业状态,只是破产的通告还没正式地贴出来,别的员工可以吊儿郎当地不正经上班,可朱天明不行。不管好坏,他是中方CEO,得每天去点个卯装装样子,在办公室坐一会儿,打几个电话,就去余佳诗那儿了,一泡就是一天。这些,季蓝都不知道,因为只要公司没彻底倒闭,哪怕是吊儿郎当朱天明也得每天去公司待着,遂也不多问。

公司已进入资产清算流程,朱天明没了灰色收入,手头拮据得很,现在他最惦记的,就是万家强的那一车远去了河北的货,虽然合同也签了,但外贸尾单商一下子拿不出几百万的货款,这要是以前,欠着货款就把货拉走,是根本就不可能的,可因为货是骗的,朱天明不敢堆放在青岛本地,在付款时间上,就只能让步,货可以先发,货款等对方筹齐再结。

一眨眼,货都拉走半个多月了,河北那边的外贸尾单商就是不给结账,朱天明也急了,一天好几个电话地催,没承想对方也是生意场上的老油条,既然货拿到手了,款子的事,能拖一天是一天,而且他给出的不付款的理由,让朱天明也哑口无言。

对方说以前包他们的库底，都是直接把款打到公司账户，可这一次，朱天明要求他把货款打到个人账户，似乎不妥，一来二去的交涉里，两人在电话里吵起来了，朱天明就火了，要去河北把货拉回来，余佳诗不让，说万家强都已经报案了，这批货哪怕是丢在河北一分钱结不回来，也不能拉回来，除非他想自投罗网。

冷静下来一想，朱天明觉得也是，这么大的一批货，拉回来，也不好藏，万一露出蛛丝马迹让警方晓得了，反而麻烦。

余佳诗最担心的是他雇的那个司机，会不会出卖他。

朱天明说那倒不会，车是临时租的，牌子挂的是假的，司机是临时从劳务市场雇的，他去租车雇司机的时候用的都是假身份，司机根本就不知情，还以为就是被人雇了去送趟货呢，他让司机去收货的时候签的是他的假名，司机也觉得这属正常，收货么，自然要签货主而不是他一个收货司机的名字。

余佳诗愣愣地看着她，半天没说话也没动。

朱天明问她怎么了。余佳诗悻悻然说你心思这么缜密，下手这么胆大，都吓着我了。

朱天明捏捏她的鼻子说小傻瓜，这还不都是为了你么，等河北的外贸尾单商卖完这宗货，把账结回来，咱的房贷就出来了。

余佳诗还是心有余悸："警察不会找门上吧？"

朱天明一翻身，把她压身下，咬了咬她的鼻尖说不会，万家强早就报案了，像这种大宗货物失踪案，如果警察能找过来，不用等到以后，早就找过来了。

余佳诗眼里的惶恐，这才少了点。

其实，让她说的，朱天明有点怕，怕了的朱天明就像有一肚子怒火需要发泄的人，恐惧也是需要排解的，就拱开她的内衣，闯进去，疯狂了起来，然后大汗淋漓地趴在她身上，觉得身心给洪水洗涤过了一样的干净了轻松了。

万家顺觉得，既然哥哥这笔订单是因为自己的怂恿才起意去做的，闹到这步田地，自己就应该负点责任，就给朱天明打了个电话。

朱天明刚刚从余佳诗身上翻下来，正擎着手机刷微信朋友圈呢，见电话是万家顺的，想了想，就没接，他越是不接，万家顺越是觉得有问题，就更要一门心思打通，朱天明让他搞的没辙了，只好接了，懒洋洋地问他什么事。

万家顺也顾不上多客气，上来劈头就问："天明哥，听说你们公司快破产倒闭了，是不是这么回事？"

朱天明嗯了一声，没多说。

"那我哥的那批订单呢？账不会黄了吧？"

朱天明这才装着一副你才知道的吃惊状说："家顺，听你意思你还不知道啊？"

"我不知道什么？"万家顺问。

"你哥的货啊，他压根就没交到我们公司，让人骗走了啊，你还不知道？"

万家顺也大吃一惊："天明哥，你啥意思？你的意思是我哥的货丢了，和你们公司没关系了？"

朱天明肯定地啊了一声，又简单把万家强货被骗的经过说了一遍，说莫说我们公司即将破产倒闭了，就算不破产倒闭，他没把货交到我们手里，我们也不可能跟他结账啊？这几天公司领导还说呢，要追究你哥的违约责任，被我好说歹说压住了。

万家顺也是天雷滚滚，半天说不出一句话，一晚上跑车跑得心不在焉，不仅滴滴打车的单不抢了，连别人在路边招手都看不见，再要不就是把客人拉错了地方，颠三倒四到十点多，就垂头丧气地收了车，拎了几斤散啤上了楼。陈玉华骂了一顿，说他大冷天的喝散啤，想酒想疯了。

万家顺就咣咣地拍着自己的胸脯说，我这里有火啊。

陈玉华就骂了他一句去你妈的，你这里有火我肚子里还有冰呢。虽然嘴里骂着，但还是把捂在锅里的俩热菜给端了出来，万家顺给自己倒了一大杯酒，就这么仰头喝了一大杯，怔怔地看着陈玉华，眼泪突然就滚了下来。

把陈玉华真给吓坏了。

万家顺从来不会这么无缘无故地说来眼泪就来眼泪，陈玉华吓得声调都变了，小声问是不是出事了？

万家顺点点头。

陈玉华就更怕了，以为他在外面出了交通事故逃逸了，就问："事大不大？"

"大。"万家顺简短地说了一个字。

"撞死人了？"陈玉华颤着声问，"今年你买的是全险吧？"

万家顺就晓得她误会成自己在外面出了车祸了，就摇了摇头，又倒了一大杯酒，仰头喝了，才说："不是我出事了，是我哥。"

"去你妈的，进门你就哭丧着一张脸，就不能把屁放明白点儿？"陈玉华紧绷绷的心头，一下子就松弛了，张口就骂，骂完了又问，"出什么事了？"

万家顺就把万家强抵押房子贷款，货又被骗的事说了一遍。

陈玉华就听懵了："你的意思是……咱哥家的抵押贷款还不上了，房子就不是他的了？"

万家顺点点头。

陈玉华也怔怔看着他："这一下子，你哥这不混得比我们还惨了？"

万家顺还是点点头，末了才说都是因为我。

陈玉华一听就火了，劈头盖脸地把万家顺骂了一顿，说别人遇到这样的事，躲都躲不及，他可倒好，专门捡起干屎硬往自己身上抹，天底下有他这号的嘛？充大头你也分清了事再充，这事能随便往自己身上揽吗？

万家顺让她骂得悻悻的，说这不当年是我鼓捣我哥去投标的么。

"我操你妈！万家顺，我要再听你这么说一句，别怪我他妈的和你翻脸！"陈玉华勃然大怒，"你让你哥去投标你哥就去投标了啊？他自己没长脑袋还是你刀架他脖子上了？这么说吧，不管这事是赔还是赚，那都是你哥自己的事，犯不着你来充大个的！"说完，风风火火进了卧室，翻出银行卡，拉着万家顺就要出门。

万家顺连喝酒加上被她骂，晕头转向的，问她干吗，陈玉华说你哥家都这样了，那三万块钱，你还好意思攥手里啊！

2

第二天一早，万家顺捏着三万块钱去了万家强公司。

哥俩先是相互默默地对视了一会儿，万家顺才拖了把凳子坐了，掏出钱，放在桌上，低着头小声说："朱天明那儿还有七万，等我给要回来。"

尽管万家强已经是焦头烂额，看见万家顺就气不打一处来，可他能把钱拿回来，万家强心里还是一暖，就拿起钱看了看又放下，说别去要了，已经给退回来了。

一听朱天明的早就给退回来了，万家顺既意外又吃惊，有点脸红，就磕磕巴巴说，这钱他本不想拿，可朱天明说他不拿他心里也不踏实，他就拿了，他也本想拿着就退回来的，可陈玉华那人，不用他说万家强也知道，就是一见钱眼开的乡下娘们，生生抢去给存上了，这是他跟陈玉华吵了一晚上才逼出来的，说着，把钱又往万家强跟前推了推，说："哥，您也别怪玉华，乡下人，穷怕了，见着钱没有不亲的。"

万家强苦笑了一下，拿起钱，在手上掂了掂，又放下了。这几天，借贷公司跟催命似的催着他还钱，一天光电话就能打四五个，他拿什么还？

两人正说着，万家强的电话又响了，因为不厌其烦，万家强已经把电话调到了静音上，可静音关联着震动，于是，他的手机，就跟犯了癫痫病的人一样，嗡嗡地叩击着桌面，在大板台上跳舞。

"催债的？"万家顺小心翼翼问。

万家强点点头。

万家顺抓过手机，给挂断了，然后关了机，办公室瞬间安静了下来，万家顺强忍着泪，问："哥，你是怎么打算的？"

"事已如此，我还能有打算吗？"万家强拍打着手里的钱，说了声谢谢，正好工人的工资拖了好几天了，这两天得想办法凑齐了，发下去，大家撇家舍业地跟着他干了这么些年，都不容易，他不能亏待了他们。

万家顺也嗯了一声，问够么？

万家强看了看手里的钱，说不够。又说，我再想办法吧。

万家顺含着眼泪看着曾经意气风发的万家强，突然无语凝噎，这就是让他和父母骄傲了多少年的优秀大哥啊，现如今被钱这个王八蛋逼到墙角上了。可是，作为一介草民的他，居然只能眼睁睁地看着大哥在墙角里艰难喘息，却丝毫也帮不上忙。

万家强送他到门口，看他往楼梯走，突然喊了一声："家顺。"

万家顺站住，回头，满眼都是亮晶晶的泪，哽咽着，应了一声。

万家强说别让咱爸妈和你嫂子知道。

万家顺点点头，泪就滚了下来。

这天下午，万家顺又给他送来五万块钱，说这是他全部的家底了，先凑合着把工人的工资发了，捏着这五万块钱，万家强只觉得胸口凝结着巨大的哽咽，哽咽得让他说不出话，他知道，万家顺两口子虽然自私了点，但这两年过得也很不容易，别人的出租车，都是分白班司机也夜班司机轮换着来，可万家顺为了挣钱，不请司机，白班夜班地全自己靠着，也是因为他如此辛苦，所以，用了两年时间，他就还清了欠万家强的钱。万家强深知，这五万块钱是万家顺的汗水和陈玉华过日子上的抠门，现如今能大方地借出来给他用，完全是出于兄弟的情义。

但这些钱，只够给工人们发半个月的工资。

有半个月的工资发着也好，至少能安抚惶惶不安的人心，其实，安抚有什么用呢？万家强已经拿不出一分钱维持公司的运转，只能任由工人们每天来了在车间里说笑，打牌，拿手机上网玩游戏，再或者，性急点的工人，索性跟他要了张工资欠条就走人了，看着乱糟糟的车间和满车间都是浮动的人心，万家强的心，像刀割一样的疼。

这是他为之奋斗了十年的企业啊，已彻底的风雨飘摇。

黄昏时，他再一次接到借贷公司电话，就想，或许，是时候告诉季苏了。然后，就是动员父母回老家或者去万家顺那边住，他曾经是最令他们骄傲的儿子啊，他不想让老人看到自己如今已潦倒成这样，他们会心碎的。

3

傍晚，万家强拖着沉重的身子回家，强颜欢笑着和家里的每个人都打了招呼，草草吃了几口饭，手机就响了，估计是借贷公司经理的电话，就往沙发上瞥了一眼，没起身去接。

季苏知道，做生意的人，难免遇上不愿意接的电话，譬如催货款的，催订单的等，就瞥了他一眼说不愿意接就关了吧。

万家强头也不抬地说不用。

手机不屈不挠响得烦人，季苏起身，去拿了只靠枕，压在手机上，整个家里，瞬间就安静了下来，依然在抱枕底下倔强地响着的手机，就像一只遥远的蜜蜂一样，嗡嗡地叫着。

万家强他从未像现在一样讨厌自己，觉得自己就像那些上了媒体新闻的老赖。

白天的时候，他接过借贷公司光头经理一个电话，也如实说了自己的现状，希望他能宽限一段时间，光头经理就冷笑，说如果宽限每个还不上款的顾客，接下来的生意他怎么做？怎么周转？其实，万家强也明白，所谓宽限几天，也不过是无谓的挣扎，因为只要货找不回来，结不了账，就是宽限到明年，他照样还是还不上，就叹气，不再说什么了。

像所有人都不能接受失去家园一样，他不能接受失去房子，却又无力反抗。现在，他想得最多的，已经不是怎么还债，因为想也没用，而是怎么安顿父母，怎样避免让苍老的他们心碎，别让母亲一急，就抽过去，所以当着父母的面他不能接这电话，也不能关机，一旦关了，父母肯定得没完没了地刨根问底，这是老万夫妻的作风，好奇心重，喜欢指手画脚。

果然，季苏话音一落，正在喝稀饭的老鲍话茬就跟了上来："关啥机？"说着狐疑地看着万家强，那意思是你闯下见不得人的祸了？

万家强知道，如果他不马上编个说得过去的理由抵挡，不仅老鲍，已喝得晕乎乎的老万也会杀进质疑的阵容，把他往墙角里逼，遂像没事人一样说："没啥，这不你们还没吃完饭嘛，懒得接电话。"

老鲍跟剜死对头似的，朝放手机的方向挖了一眼，操着浓重的家乡口音嘟哝这谁啊，吃饭的时候打电话，成心讨人嫌。说着，看了季苏一眼："小季，你接，就说万家强在茅房里，让他待会儿再打。"

季苏就觉得胃轻轻地往上跳了一下，这阵子，因为借贷公司像狗追骨头一样地追着万家强还款，万家强那颗心，早就给追得外焦里冒烟了，听老鲍这么说，也皱了一下眉头，把筷子往桌上一扔："妈——！"

见儿子吆喝自己，老鲍遂白了季苏一眼，小声辩解说，我就这么说说，也没吩咐小季去拿。

虽然嘴上不承认，但老鲍这么说的目的确实是，希望季苏能听得出她这句话里的吩咐，把手机拿来递给万家强。因为在她理解，万家强不接电话，不是不想接，是因为正吃着饭，懒得去五米外的沙发上拿手机，于是，就冲季苏来了这么一句……一想到自己本是向着儿子吩咐媳妇的，却还被儿子呵斥了一顿，老鲍就委屈得要命，觉得儿子这是向着媳妇不给她这当妈的脸了，筷子一撂，身子一扭，背着饭桌做抹眼泪状，饭桌上的气氛登时就沉重了起来。

老万从酒杯上抬起眼皮，分别扫了万家强和老鲍一眼，继续耷拉着眼皮喝，这就是老万，只要杯里有酒，天塌下来都和他没关系，在青岛这两年，按说生活比乡下舒适多了，可不知为什么，老万总觉得好像有个什么事搁在胸口放不下，这种放不下让他很恍惚，很凄凉，他觉得自己像条丧家狗，和老鲍说，老鲍白他一眼说你才丧家狗呢，嘴里这么说着，眼神也迷离了。

就眼下这情形，除了美芽最好谁都别说话，一说，非呛起来不可，可这几天万家强心里焦透了，实在没心情哄老鲍开心，遂夹了一筷子菜，发狠似的塞嘴里嚼着，像嚼着恨了十年八年却一直没得机会报仇的王八蛋，起身去拿手机，不是为了接，是为了挂断。

万家强睡不着吃不下，眼窝飞快地陷了下去，还发青，季苏觉得不对，问他怎么了，他既不敢告诉季苏真相，又想让她有点心理准备，就小心地说没啥，结账不顺利。

季苏也挺担心的，说万一姐夫公司倒闭了怎么办？万家强想说其实他公司倒不倒闭和他的货款已经完全没了关系，他的订单虽然完成，但是没交货啊，是被骗子骗走了……可看着季苏满眼的担忧，满肚子的真相又不忍倾倒而出，只有苦笑……

这几天借贷公司也说了，如果再还不上款，他们就上门了。

万家强知道，再不说不行了，中午，就去了学校，在学校门口给季苏打电话，说要请她吃饭。

季苏刚下课，正跟同事商量中午吃什么呢，就接到了他的电话，还招惹了好些羡慕，都说季苏真是好福气，都结婚这么些年了，老公还能跑到单位请吃饭，这样的幸福惊喜，不是所有已为人妻为人母的女人都能收到的。

被人羡慕的感觉好极了，像中了大奖那么好，季苏就幸福得满肚子甜蜜地出去了，见面就嬉皮笑脸地挎上万家强的胳膊，问他今天太阳打那边出来了。

万家强没心思和她开玩笑，甚至连话都懒得说，只是用手戳了戳西面的方向，问她想吃什么。

季苏说你请客嘛，你说了算，你请我吃完麻辣烫我也开心。这是真的，被羡慕的虚荣劲儿过去后，日子还得脚踏实地地过。

万家强说去春和楼吧。

4

春和楼在中山路，是青岛的老字号饭庄之一，经营正宗鲁菜。很早以前，万家强就说，作为正宗山东人他都快不知道正宗鲁菜是什么味道了，要带季苏去吃，但季苏不舍得，因为听去吃过的同事说，春和楼的饭菜味道确实不错，缺点是量少，显得价格就高了。

像所有已婚女人一样，季苏不能免俗地喜欢所有既口味好又量大实惠的菜馆，可今天，既然万家强想去，季苏也不愿意破坏这气氛，就随着他去了。

看着季苏满脸都是美滋滋的开心，万家强就想，如果知道了真相，她会怎么样呢？想到这里，万家强的脑子就像电脑被切断了电源一样，啪地一片黑屏。

或许，季苏会抓狂，会咆哮，所以，他想让这一切的发生的时候，环境稍微体面一点，至少别招惹来围观的。

季苏眉开眼笑地说是不是你订单的账结了？

万家强这么大方，让季苏完全有理由这么想。

万家强笑了笑，没说话。季苏就挎着他的胳膊往春和楼去，到了，找了个小单间，叫了春和楼的招牌菜。

等上菜的间隙，季苏就把手撑在桌面上，托着下巴，笑眯眯地看着他的眼睛："有什么好消息，现在说吧，就当是开胃小菜。"

万家强勉强地笑了一下，说不。他知道，如果现在说了，毫无疑问，点了菜也得扔，谁都不会有心情吃。

季苏噘了噘嘴，等菜上来了，问他要不要啤酒，万家强摆摆手，说开着车呢。季苏说这么好的气氛不喝点什么可惜了，就点了一扎鲜榨西瓜汁，给万家强和自己倒了一杯，因为揣着心事，万家强的胃里，就像堵了一块巨大的石头，吃什么都味同嚼蜡，嚼半天咽不下去。因为心怀希冀，季苏吃得很开心，时不时地还哼哼小曲，终于，饭吃到了尾声，季苏把筷子一放，复又甜蜜地看着万家强："现在可以说了吧。"

万家强点点头，说你做好思想准备。

季苏笑得嘴都合不上了："这准备我都做了一个多月了，说吧，老婆我接得住。"

万家强就慢慢地把办假离婚证，抵押了房子借款，订单货物被骗的事说了。

自始至终，季苏一句话没说，等他说完，过了一会儿才问："就这些？"

万家强点头，小声说就这些。

眼泪像决堤一样，刷地从季苏脸上滚滚而下："万家强，你想让我说什么？"

万家强惭愧地低下了头。

季苏说："万家强我想把刚吃进去的饭全吐出来！"

"万家强我恨你！"

"万家强你凭什么一个人决定了我们一家人的命运……"

一直是季苏在说，滔滔不绝地，像一场两个人的控诉大会，万家强一声不吭。

末了，季苏一把抓起手包，起身走了，脚步噔噔的，踩得老楼地板咚咚响，像轰鸣的战鼓，擂在万家强心上。

除了愧疚，万家强还能怎么办呢？当初季苏也劝过他，做生意要稳妥，不要冒进，可他总觉得做人要乐观……

万家强从春和楼出来，在街上漫无目的地兜兜转转，公司，是不想回的，因为还欠着工人的工资，公司又没活干，只要他在公司门口一露头，工人就像苍蝇扑肉一样，嗡地就拥上来，七嘴八舌地问他什么时候开薪，问得他的心里，就像炸了一个二踢脚又炸了一个二踢脚，关于发生在他身上的倒霉事，工人也知道，可知道有什么用？人家老老小小也张着口等他们拿钱买米回家填肚子呢。

不敢去公司，万家强就回了家，一连好多天，在家大门不出二门不迈的，老鲍和老万觉得奇怪，问他咋不去公司，万家强懒懒说最近公司没活，老万就瞪着眼说："天天在家打游戏，活能主动送上门？"

如果万家强辩解一句，老万就会有十句满是大道理的教训等在那儿，用陈玉华的话说，老万两口子一辈子没攒别的，就攒大道理了，还全是往别人身上使的。

所以，万家强不辩解，拎起包就往公司去，因为没工资发，不少工人已经走了，只留了两个年龄大的，天天在公司门口蹲着，只要万家强一来，一个小时左右，那些因发不出工资而去别处讨生活的工人，就陆陆续续地擎着一脸悲愤杀回来了。

这天，又是如此。

万家强的办公室被挤得水泄不通，他把已重复了无数遍的原因又重复了一遍，然后抱手拱拳地向大家道歉，众人嗡嗡地说了些什么，万家强听不清也不想去听，他们大多是外地来青岛打工的，背井离乡，要的不过是几个血汗钱，而他，却让他们流了汗，没得钱付，所以，他不指望他们体谅自己，只是抱着头，坐在那儿，满耳朵都是他们悲愤交加的声讨，像嗡嗡的紧箍咒一样在他的脑袋边盘旋……

不知过来多久，他抬起头，办公室里已空了，是的，不仅没了人，连打印机电脑复印机甚至连窗台上的花盆和墙角里的一只水桶也没了，眼见要钱无望，他们拿走了所有能拿走的东西。

望着空荡荡的办公室，万家强知道，大约，他们是再也不会来了，因为他们从万家强不辩解不推诿的姿态上看到了绝望，生活要紧，他们没有太多的精力在这里消磨一份无望。

从那以后，万家强吃过早饭就到公司待着，好像生活还是原来的样子，只是，如果仔细看，就能看到他眼里飘着浓郁的空茫。

季苏也是。

所以，回家后，他们很少说话，怕说多了，满胸膛的绝望会像决堤的洪水一样倾倒出来，因为这，老鲍还跑到万家强跟前告了好几次状，说季苏整天见着她和老万不说不笑的，甩脸色呢。

万家强只是深深地看着老鲍，不说话。

他什么也不想说，因为民间借贷公司已打电话告诉他还款期到了，他再不想办法就只能法院见了，这官司一旦到了法院，等着万家强的，肯定是只输不赢，然后是房子被拍卖。

所有的办法他都想尽了，夜里，他和季苏说。

季苏仰着头，看着他的脸，一声不响，过了好久，他听季苏窸窸窣窣地起了床，去了客厅，然后他陆续听见了啪啪的几声开灯声，所有房间里的灯亮了。

万家强瞪着天花板，觉得眼睛很疼，疼得他躺不住，就起床了，看见季苏正在挨个房间看，看厨房看阳台看储藏间，但没去看父母和美芽的房间。

她深情地看着房子的每一个角落，泪光闪闪。

万家强定定地看着她，就觉得内心里有堵墙一样的东西，轰然地坍塌了，他默默地走到她身边，揽着她，把所有灯都关了，回卧室，把她按在床沿上："我想想办法。"

事实是，他没办法可想，因为是外地来青岛的，人脉本就不广，再加上没上几年班就辞职开了公司，除了生意上的交集，和外界联络的就更少了。至于生意场上交集的那些人，你亲我热也不过是为利益往来，真情含量比较低，但他还是抱着侥幸的心理试探过了，结果和他预想的一样。还没等开口借钱，只说到抵押借款，货物被骗了，血本无归，人家的眼神就开始飘忽，婉转一点的，开始和他比赛哭穷，这样一哭穷，纵使他脸皮再厚，借钱的口也是张不开的，人家都说没钱了，还怎么张？有的直接连哭穷比赛也不和他搞，不是借口有急事要办就是接个电话哼哈几句，随便编个理由就撤了，而万家强，就像一只谁都不待见的孤魂野鬼，被丢弃在人情冷漠的荒野外。

第十五章

万家强就像那个等着头顶上的另一只靴子落地的人一样，提心吊胆地等着季苏爆发。

1

万家强就像那个等着头顶上的另一只靴子落地的人一样，提心吊胆地等着季苏爆发。可，一连多少天多去，却没有，万家强甚至都想求季苏了，有火就发出来，别憋坏了身体。

可是，季苏就像黑面包公一样，硬着一张雪白的脸，就是不吭声。

他说："季苏你还是发一顿火吧。"

季苏说："有用吗？"

"总比你这样憋着好。"

"我愿意。"季苏虽然平时话不是很多，但看人看事剔透得很，就说你是受不了猜测我发火前的提心吊胆吧。

一下子，万家强就像个虚伪的人想卖点乖却被一句话给戳穿了老底，脸一下子就涨红了，一副破罐子破摔的架势说随你怎么想！

因为满心悲愤，季苏在家的话就更少了，连美芽的纠缠都会显得不耐烦，原本就小性的老鲍，就受不了了，悄悄和老万说小季一天到晚地黑着一张脸，这是黑给谁看啊？

虽然整天看季苏的黑脸心里也不舒服，但毕竟老万是男人，就说管她给谁看呢，你愿意看就多看两眼不愿意看就不看，别瞎叨叨。

老鲍就噘嘴，自从住在万家强家，她和季苏，虽然在一些生活细节上会有小摩擦，但总体而言，季苏对她还是很尊敬的，可突然的，季苏就一副天即将塌下来要砸破头的样子，老鲍就觉得不好受了，甚至想，可能是和他们住了两年，季苏也和他们住够了，故意甩脸色往外撵他们呢，就这么和老万说。

老万觉得老鲍虽然有点杞人忧天，但也不无道理，因为大家都晓得万家顺的房子是他买的，而且是他买了本是想让万家顺合住，没承想买成了万家顺的房子，他老两口搬出来了。这要放别人身上，别人也一定会心理不平衡，就细心地观察季苏，莫名地，就从季苏的眉眼里看出了一丝凛冽的冷来。

老万心里就倒抽了一口冷气，想这有文化的人和没文化的人就是不一样，陈玉华没文化，想撵他们走，豁上脸皮一哭二闹三上吊就可以了，有文化的季苏不用陈玉华那一套，只把冰冻三尺非一日之寒的冷挂在脸上，就够受的了。

老万挺难过，和老鲍说，在小儿媳妇那儿吃了败仗，在大儿媳妇这里是坚决不能再吃了，再吃就无处容身了。他们已经从棉花村出来两年多了，果园也承包给了别人，家里的房子也成了老鼠蜘蛛的乐园，这冷不丁地要是回去了，村里人咋看？还不得说啥的都有？

所以，不为别的，为了这张老脸，为了儿子们的名声，季苏就是整天把脸黑成铁板他们也得赖在这儿。

其实，季苏也知道，自己整天阴着脸，可能会引起公婆误会，可一想到房子就要没了，她挤都挤不出一点笑容来。这阵子，她很少和人说话，怕一张嘴眼泪就会滚下来。

她觉得自己像只愤怒的皮球，身体的内里蓄积满了即将爆发的力量，却不知该冲哪个方向发。如果房子被拍卖了，那么，全家就将面临居无定所的日子。那样的凄惶，她想一想都心寒，成夜成夜地睡不着，睡不着的时候，她悄悄地起床，挨间屋看，甚至去抚摸冰凉而坚硬的墙壁，像抚摸着依依难舍的亲人，酸楚在内心泛滥得，泪流成河。

被焦虑和惶恐追迫着，她越来越消瘦了，眼窝都深深地陷了进去，看她这个样子，万家强自责不已，却又无能为力。可老苏害怕了，以为季苏病了，天天催她去医院检查，季苏被催得不成，只好说好，然后老苏就每天都问检查了没有，结果怎么样？季苏就搪塞说检查了，身体很好，最近瘦了是因为带毕业班累的。

老苏当了真，瞒着她去学校找了领导，要求给季苏减负，别让她当班主任了。过后，学校领导和季苏谈，除了说抱歉季苏什么也不能说，觉得万家强瞒着她把房子抵押了又被骗了货，是个不能宣扬的丑闻。虽然这些年他们过得不过是平常的日子，可在别人眼里，就是有房有车有产业的成功人士的家庭，那种被羡慕的感觉，还是很让人飘飘然的，这突然间，就给摔到了地上，别人该怎么看啊？不，她不想让任何人知道自己已经摔倒在地了，因为她没准备好足够的勇气去面对众人惊诧的表情和眼神。

都是刺伤啊。

和校领导说完抱歉，季苏还是哭了，眼泪唰唰地往下掉。把校领导吓了一跳，说："季老师，你要觉得带毕业班辛苦学校现在就可以给你调整工作。"

季苏哭着说："不是，我是难过我妈，都这么一大把年纪了，本应该是我照顾她了，可我还在让她替我担心。"

她哭得眼泪怎么也止不住。校领导就慢慢说："季老师，您家是不是有什么事情？"

季苏摇了摇头，眼泪飞得到处都是。

校领导又语重心长说，如果有事一定要即使找人沟通，哪怕解决不了问题，对自身也是一种释放。

季苏点了点头，又摇头，起身就走了。

但校领导的话还是提醒了她，让她想起了那句著名的谚语，三个臭皮匠顶个诸葛亮，是的，总这么闷下去，除了把自己的身体闷坏，不解决任何问题。

现在，万家强的姿态，已经是民间借贷公司案板上的鱼肉状，就等时候一到，就任人宰割了。

不，这是她和万家强奋斗了十年来奋斗来的家，她不能就这么让人收走。

既然到时拍卖房子是法律程序，那么，她也要通过法律保住她的家。

2

季苏想过找律师，也通过电话号码簿找到了青岛很有成就的几家律师事务所的地址，也去了，可到了门口，就进不去了。

觉得难为情。

在她感觉里，万家强能瞒着她把房子抵押了贷款去投资做生意，就标志着他是贪婪的，在贪欲的驱动下，人变得盲目乐观，眼里只盯着钱了，好像在天上飘着的钱，笃定了就是自己的一样，而后来货又被骗了，就说明他有足够的愚蠢。

贪婪，盲目乐观，愚蠢，这几种人类品行，是季苏最深恶痛绝也是最看低的，她是多么不愿意作为这几个词汇的实践者坐在以客观冷静甚至是犀利著称的律师跟前，那种感觉，不管穿多少衣服，自己都像个羞愧难当的玻璃人吧？

所以，几次徘徊在律师事务所门口，几次又打了退堂鼓，直到这天早晨。

因为公司已经停产，万家强早晨去公司就没点了，所以，这段时间以来，都是季苏开着车上下班，这天早晨，她像往常一样开车去上班，在路上打开了收音机，收音机里正在播放一位律师嘉宾对听众的直播解答，季苏的心，就动了一下，也顾不上迟不迟到了，把车找了个僻静的地方停下来，就拨通了电台的热线，咨询律师像她家这种情况应该怎么办。

律师说这很简单啊，因为你的房子是夫妻共同财产，但凡抵押，必须征得你的同意并在协议上签字，否则就是无效的。

季苏问那她接下来应该怎么办。

律师说去法院起诉，申请判决抵押贷款无效就可以了。

打完电话，季苏的心，好像狂风过境唰啦啦撕掉了满天的乌云，顿时觉得满天都是明媚的阳光，几乎是喜极而泣地给万家强打了电话，说有救了，我们的房子有救了。万家强让她喊得晕头转向，愣了半天才小心翼翼地问她是不是借到钱了。季苏说不是，等晚上回家再和他细说。

谁知，晚上和万家强一说，他就毛了，说不行不行，这么干，不等于是耍赖吗？

季苏也急了，说那你背着我去办假证抵押贷款怎么就不说是耍赖了？

万家强就张口结舌了，但不管怎么张口结舌，万家强就是不许她去法院起诉，因为他是个男人，做事就得堂堂正正，不能还不上钱了，现在就用这种手段耍赖！

季苏也红了眼，说我不管，反正我不能让他们把我的家拍了。

两人在卧室里关着门，咬牙切齿地压抑着声音，吵得脸红脖子粗，末了，万家强冷冰冰说，如果你去起诉，咱俩就真离婚。

季苏哭着说万家强，你威胁我，你仗着我爱你你就威胁我是不是？我告诉你，我不怕。

万家强就不吭声了，躺了，甩给她一个冰冷而倔强的后背。

季苏悲哀地哭着，那天晚上，她哭得像一只绝望的猴子，还不敢大声，生怕招来公婆的围剿询问。

3

万家强从未像现在这样感到深深的疲惫，像他的父亲老万似的，突然的，就有了丧家狗的沮丧感，又冷又饿，在荒凉的旷野里游荡着，看不见退路也找不到方向。曾经的豪情万丈，现在像只爆掉的气球，随着咣的一声巨响，碎屑狼狈满地，抽得他浑身生疼。不仅如此，他每天还要处理来自母亲对季苏的投诉，老鲍投诉季苏没把她放在眼里，所以，下班回来也不主动和她打招呼了，做饭前也不问她想吃什么了等的不是。

两年来，每当老鲍愤愤控诉季苏，万家强在心里，都是这样的：向着生他养他的亲爱母亲，打拱，求饶。其实，季苏也没做错什么，大不了就是一句话一个眼神不对老鲍心思。季苏是个隐忍的人，虽然公婆年富力强，但她从没像其他儿媳妇一样，把家务都推给公婆，自己甩手享清闲，她还是和以前一样，美芽上幼儿园那会，她上班的时候把美芽捎到幼儿园，下班的时候接着，美芽上小学以后，早晨还是她把美芽送到学校再去上班。因为小学下午放学早，美芽放学那会儿她还在上课，不得已，才让公婆去接。就算公婆接美芽的时候连老虎一起接着，就算更多的人家是老人接送孩子，但季苏还是没因此产生这是理所应当的心理，还是满心感恩，回家就赶紧洗菜做饭，收拾家洗衣服，虽然不用老万他们买菜，时不时也还塞给他们几百零花钱。其实，老鲍他们也挺满足的，可是人嘛，都是贪心的，好处得习惯了就成应该的了。

偶尔地，老万和老鲍说季苏这儿媳妇不错，比万家顺老婆好。

老鲍也承认，也承认人的性情不一样，有的人天生就是好，可都一个脑袋两只胳膊两条腿的人，为啥有的人性情好有的人性情不好？说叨来说叨去，老鲍就觉得，季苏的性情好是因为万家强能赚钱让她过上好日子，不性情好成吗？据说城里有的是条件好的大姑娘嫁不出去，何况她，相貌一般，身高一般，再不性情好着点，咋能抓得住万家强的心？这么想来想去，季苏的好性情，在老鲍那儿就成了抓住儿子心的心计，善良一旦被理解成心计，也就不值得领情了，甚至会下意识地产生抵触心理。所以，很多时候，她对季苏的不满，不是季苏做了啥不地道的事情，而是她老拿挑剔的目光打量季苏，鸡蛋里挑骨头似的，季苏又不是完美天使，肯定能挑出毛病来。

见儿子打着拱的一脸苦相,老鲍有再多的愤愤不满,也只能装作冰雪消融,不能让儿子作难不是?

4

那段时间,除了想打官司保住房子之外,季苏下班都到处跑,跑那些八竿子打不着、十桄竿子接起来的亲戚家,所有关系比较密切的朋友家全都借遍了,她曾想,如果能借到钱,就替万家强把民间借贷公司的债还了,房子也就可以逃掉被拍卖的命了,万家强知道季苏是个非常自律、也从不给任何人添麻烦的人,他不敢想象向来清高的季苏是怎么和亲戚们开口借钱的……可是,能借的亲朋还有借遍了,一共才借到50万,和加上利息一共一百一十多万的欠债一比,差得还远着呢。

借钱的时候,他想和季苏一起来着,可季苏不肯,说两口子,有一个豁上脸皮的就行了,犯不上两人都搭上,何况亲戚都是她家的,拽上万家强回去借钱,除了让人看低万家强,没任何作用。万家强觉得那些借来的一张张粉红色钞票,不是钱,是耳光,带血的耳光,一下一下地抽在了他的心上。

其实要论亲戚,万家强家比季苏家亲戚多,可借钱的事,万家强想都没想。父母的亲戚朋友都在乡下,就算日子不困难也不会有多少存款,再就是老万两口子虚荣,自打万家强考上大学,毕业留了城,就跟打了补钙剂一样,在亲戚朋友跟前不仅腰板挺得直直的,大话也放出去不少,不外乎是万家强在城里混得多好。好到什么程度呢?姑娘们主动往怀里扑,在乡下,从儿子出生开始,为人父母的就谋划上了,拼命干,攒钱,盖房给儿子娶媳妇,可他们万家强用不着这样,因为儿子有出息,没让季苏倒贴就算便宜她了。这冷不丁地,万家强要回去借钱,不仅亲戚朋友得惊掉眼球,老万和老鲍也得蹦高,他们绝对接受不了儿子混到回乡下借钱的份儿上，这不分明是把他们的老脸给往地上扒拉嘛？所以，尽管万家强被借贷公司逼得像连墙都没得跳的疯狗，可回老家跟亲戚借钱这茬，他连想都没想过。

季苏要出去借钱，他拦过，可季苏哭了，坐在他跟前默默地流泪，一点声音也没有。其实他宁肯季苏毫无修养地号啕大哭，甚至打他骂他，都行，可季苏不，她只是默默地流泪。流够了泪才说，没事的，她家还有几个关系比较好、也有实力的朋友，都是当年季教授的学生，说不准能借出钱来，这样房子就不会被拍卖了，她打拼了十年才有了自己的家，她不想失去它，就像小孩子不愿意失去妈妈的怀抱……万家强也只能由着她去了，可是，他心里有多难受，只有自己知道，就他了解的那个季苏，在认识他之前，她从不跟人借钱，在认识他之后唯一的几次借钱，也都是为了他，为了把他从拿不到工资的工人手里赎出来，除此之外，她是从不求人的季苏。房子刚装修完那会儿，他和季苏在商场遇到了一学生家长，攀谈中，万家强知道那学生家长是商场的家电部经理，这要是别人，一定会赶紧说自己是来买家电的，让家长给帮忙拿最低折扣，可季苏非但没有，人家问她来干啥，她风轻云淡地说周末没事出来转悠转悠。后来，万家强问她干吗不实话实说，季苏说怕学生家长非要帮忙，她不愿欠人情，尤其是欠学生家长的人情，怕没法面对学生。

这就是季苏。

就这样一个季苏，连学生家长给打个折的人情都不愿欠的季苏，却在每个周末都在四处奔波着借钱。

万家强想一想都觉得心尖上挑着针扎一样的疼。

就这样一个女人，父母还要挑她的毛病，好像结婚之前，她生活在水深火热中，自从嫁了他才过上了好日子，所以，理所应当他们都是季苏的恩主。

这要在以往，万家强替季苏说话也会说得很婉转，可今天不行，他心疼季苏，什么也不想说，只想求老鲍闭嘴，不要再说了，否则，他会控制不住脾气，跳起来和她大吵一架……

老鲍也从万家强黑沉沉的脸上感觉到了不妙,讪讪收了声,一扭身子,发狠似的打开电视,整个客厅,登时就轰的一声,满是狗血剧的大呼小叫。

万家强起身回卧室,关门的时候,用力稍大了点,有点摔的味道,他躺在床上,听见了老鲍的呜咽。如果这是在乡下,老鲍肯定是往地上一坐,扯着嗓子号啕,可这是在城里,她得守城里的分寸。有一次,万家强夫妻都上班去了,老鲍和老万不知因为什么吵起来了,老万推了老鲍一下,老鲍就势一屁股坐在了地板上,哭得如丧考妣。物业都给惊动了,打电话把万家强夫妻从班上拖回来,现在回想起来,万家强还觉得丢老鼻子人了。那是个冬天,有集中供暖家里暖和得很,老鲍和老万平常在家只穿内衣,胖滚滚的老鲍穿着绛红色的内衣内裤坐在地板上号啕得涕泪横流,不堪入目,让万家强恨不能就手嗑一地缝钻进去。等物业走了,万家强生平第一次,和父母狠发了一顿火,告诉他们,这是城里不是农村,有理讲理不带操妈日祖宗地骂、也更不带扯着嗓子号啕大哭的,再就是哪怕气温40度,他们也得把衣服穿体面了,在家待着也不许只穿内衣!

老鲍是个要好的人,打那以后,就比较注意了。

万家强躺在床上,耳边是老鲍分贝不大的哽咽,心乱如麻,因为他正酝酿着和父母狠吵一架,最好这一架吵到彼此翻脸,父母震怒之下,收拾行李去万家顺家或是回乡下老家。

对,他要的就是这结果,因为过不了多久,借贷公司就会把他告上法庭,然后房子就会被拍卖。就像当初抵押贷款没敢让父母知道,房子被拍卖,他更要瞒着。不管父母在旁人眼里有多少毛病,都是生养了他的父母,他们老了,老得身子骨不抗摔打了,连心气都老没了,摔倒了都没力气爬起来。尤其是他们把万家强当钻石镶在额头上炫耀惯了,一旦知道万家强即将面临的窘境,他们会被打击成什么样?万家强不敢去想,他宁肯父母一气之下回了老家,或是去他们不情愿去的万家顺家,也不能从心气上灭了他们。

万家强正躺床上设计这架要怎么和父母吵才能把他们气回去,手机又响了，是借贷公司的，这一阵，借贷公司跟催魂一样，每天至少打三个电话，问他款准备得怎么样了。

万家强已实事求是地告诉他们了，还不上。说实话，他不怨恨借贷公司，欠债还钱，天经地义的事，如果还不上钱的都要求通融，那借贷公司就甭干了。

万家强没接电话，因为一切都和昨天一样，那些说了无数遍的老话，都懒得重复了，但他给借贷公司的光头经理回了个短信，说筹齐钱的可能不大。

发完短信就关了机，一想到房子要被拍卖，又要重新过回居无定所的日子，万家强的心，就疲惫成一片荒凉。

第十六章

孩子仁义不和你计较，你还把自己当孩子一辈子还不完的债了？

1

在借钱上，季苏决定做最后一搏，找了季教授的一位得意门生，前几年他开了一间艺术品公司，听说生意相当不错。

季苏下班把美芽送回来，饭也不顾得做就往外走。老鲍已经洗好了菜，也切好了，眼巴巴等她回来炒呢，可季苏只是扫了一眼，说妈，我约了人，今晚的饭就辛苦您做了。

最近季苏不是下班不回家，就是回家扎一头就走，老鲍已经有意见了，和万家强说，一个年纪轻轻的小媳妇整天不在家吃饭，算怎么回事？可气的是，她说一次万家强就护季苏一次，万家强说季苏也有自己的生活，让老鲍别管太多。

今天，老鲍决定不告状了，让万家强尝尝没饭吃的滋味，碗里没饭吃，看他还跟她唱高调不唱了！

没承想万家强看着冷清的锅灶，和老万说爸，咱出去吃吧。

老万冷着脸哼了一声，事情的原委，老鲍已和他说过了。别看他和老鲍整天吵得鸡飞狗跳，可在关键时候他绝对站老鲍这边，更何况绝不能给万家强他们惯毛病，父母是可以随便呵斥随便欺负的吗？父母就是骑在脖子上拉屎他们也得认了，就因为他们是生养了他们的爹娘！

老万板着脸，点了支烟，对万家强看都不看。嗯，这就是态度，他得让万家强知道。

万家强已铁了心要把二老气回去，索性软话也就不说了，哈腰抱起美芽，问她想吃什么，美芽说汉堡，薯条。万家强说好，爸领你去吃。

老万瞪着通红的眼看着万家强，把抽到一半的烟往烟灰缸一搁，一把拽起还一脸委屈的老鲍："走！"

老鲍扭了一下身子，瞪他一眼。

老万骂骂咧咧地说你他妈的不饿就不管我了？说着就手拿起饭橱上的酒瓶子墩了两下："你他妈饭不做菜不炒地吊了大半晚上丧，我拿啥下酒？"

老万一天两喝，中午晚上必须喝酒，年轻那会儿早晨也喝。这两年年岁不饶人了，在万家强的恩威并施之下，早晨的酒算是戒了，可中午晚上戒不了，理由是不喝酒他吃不下饭，除非万家强不打算让他活了。

万家强皱了皱眉，知道老万的酒瘾上来了，只要上来酒瘾没下酒菜老万就骂骂咧咧的满嘴脏话，拉都拉不住。

万家强不想让美芽听脏话，就给放到了大门外，虚掩了一下门："爸，妈，快点，美芽饿了。"

老鲍这才不情愿似的换鞋，和万家强父子出去了，好像出去吃饭就是赏万家强的脸，成全他孝心似的。

因为有老万，就要喝酒，不管肯德基还是麦当劳都不让喝酒，万家强先去肯德基先给美芽买了汉堡和薯条，出来找了家小馆子，点了几个菜，要了一瓶二锅头，给老万和自己各倒了一杯，这让老鲍吃了一惊，怔怔地看着他："你咋也喝上酒了？"

因为老万的恋酒成癖，万家强一直以来引以为戒，若不是因为应酬，基本滴酒不沾。

万家强笑笑，说想喝。

老鲍马上又一副眼泪汪汪的模样："让我烦的？"

"不是。"万家强嘴里这么说着，心里一忽闪，何必非要把他们气回去？能好说好商量地把他们劝回去最好了。遂抿了一口酒，深深地看着老鲍他们琢磨着话要怎么说才合适。

老鲍也觉出来今晚的不平常，更觉出了万家强似乎有话正斟酌着怎么出口："有话要说？"

万家强张了张嘴，觉得话还是不好说，话锋一转说："不知我姥姥怎么样了？"

老鲍说前天才通了电话，好着呢，说等秋天收拾完了，让你舅舅送来住一阵子。

万家强一听就晕了，几乎是瞠目结舌地："妈……您……您说……我姥姥也要来我家？"

老鲍理所当然地啊了一声，觉出了万家强的不悦，遂小声说："你姥姥打小就疼你，就来住一阵又不是长住……"

话虽这么说着，老鲍的嗓门还是低了下去，因为知道自己过分了。前天她和母亲通电话，正好二妹在，二妹是个张扬的人，恨不能全世界都知道她是菩萨一样的大好人，哪怕给母亲一毛钱，也要在兄弟姊妹间大肆广播，好像所有兄弟姊妹加起来都没她孝顺。见是老鲍从青岛打回来的电话，没等母亲说完就把电话截了过去，又是一顿炫耀，说她在济南的女儿给姥姥买了双软牛皮鞋。老鲍不甘示弱，就和二妹吹牛万家强说了，等过一阵要把姥姥接来住段时间，心里憋着的那口气，算是长长地出来了，总算压了二妹一头，因为不管二妹吹女儿多有出息多孝顺，她可从来不敢吹女儿要把姥姥接到济南住一阵。

尽管这先机让她占了，可一撂下电话，老鲍也忐忑了。毕竟这不是儿子一个人的家，而且她和老万住这儿，也不是儿子儿媳妇心甘情愿的，是他们豁上老脸硬挤进来的，这要再把自己母亲接来，是有点蹬着鼻子上脸，正愁着怎么开口呢，万家强这就把台阶递过来了。

万家强怔怔地看着老鲍，又看看老万。

老万抿了一口酒，耷拉着眼皮说："别看我，诺是你妈许下的。"说着也有些不满地瞪了老鲍一眼，"兄弟姊妹七八个，就显着你了？"

老鲍嘟哝着说:"我这不话赶话赶到那儿了嘛。"

老万哼了一声:"住个三天两头的就给送回去!"这么说,看上去是在训斥老鲍,其实是在说话给万家强听:放心吧,我不会由着你妈逗能把你姥姥放这儿长住的。

可万家强知道,话是这么说,到时候事肯定不会是这么回事,八十多岁的姥姥虽然身体健康,就算能安然无事地跋涉到青岛,他万家强这做外孙的好意思让她住个三天两头就往回送?怎么着也得住个一个月两个月的吧?

催债的眼瞅着就要堵门上了,他都恨不能这就把父母送回乡下,哪还敢往这儿接姥姥?万家强心里又烦又乱,脸上就挂了相:"妈!这是我家,您想干什么就不能提前和我商量一声?!"

旁边桌子上的人纷纷回头看万家强。

万家强知道自己嗓门高了点,可他再也搂不住火了:"家里一共就那么几间房,我姥姥来了住哪儿?!"

这一次嗓门更高了,把在吧台里算账的胖老板都给惊出来了,张望着这边,眨了几下眼睛,仿佛在观察会不会有啥危险,波及他的店面。

万家强的目光和胖老板对接了几秒,胖老板貌似看出了他的苦衷,用胖胖的手指在自己嘴上捂了一下,又往下一压,大约是想告诉他,少说两句,把火往下压压,就天下太平了。

万家强虚弱地笑笑,无可奈何地看着又噙着两眼泡泪的老鲍:"吃饭,有话回家说。"然后夹了菜,大口大口地往嘴里塞,他含着满嘴的菜咀嚼的样子很恐怖,好像吃的不是菜,而是不共戴天的仇人,要把他咀嚼烂了,再吭到马桶里去。

老万虽然沾酒就迷糊,可他也看出来了,万家强心里很不痛快,具体这个不痛快是因为啥,他不知道,也不想问,因为知道问了也没用。他老了,操不起那心了,活一天享受一天吧。

老万就像什么都没听见一样,继续喝他的酒吃他的菜。

那顿饭吃得很沉闷。

万家强想好了，这事不能拖了，也别等着吵架气他们走了，还是直接说吧，让他们回家住一段，可理由呢？让他们回家的理由是啥？

万家强想啊想啊，想找个合适的理由劝他们回老家，都想到这天晚上的十点半了，眼瞅着老鲍看着看着电视就开始打瞌睡了，他才顿了顿嗓子："妈。"

老鲍啊了一声，抹了一把嘴角的涎水，放下遥控器就要往卧室去。

万家强说妈您等会儿，我有话要和您说。

老鲍又啊了一声，清醒了一点，看看老万，老万仰在单人沙发上，早已鼾声大作了。万家强喊了一声爸，老万迷糊着好像被人推到了荒野找不到北，咕哝道："啥，干啥？"

万家强说我有事跟您和我妈说。

老万往上耸了耸身子，端起茶杯，抿了一大口茶，看着万家强。

"爸，您和我妈来我这儿住了两年多了吧？"

老万啊了一嗓子，看着他，很警惕，意思是干吗？小子，想撵我们走啊？

万家强顿了一会，艰难地："爸，妈，您和我妈能不能先去家顺家住段时间？"见父母没吭声，又说，"或者回老家也行。"

老鲍一听就炸了："咋了？敢情你真要撵我们走啊？"说着大嘴一张，就要号啕，被万家强一嗓子给喝住了："妈！不是撵您，家顺那边的房子本来就是您买的，当初我和季苏都没意见，因为您买了房和家顺他们一起住，就是觉得家顺两口子和您住一起，还是个照应，可是现在却成了您二老出钱，房子成家顺的了，爸，您别当我不知道，房子放在家顺名下了。当时我之所以没吭声还是觉得我是老大，得有点高姿态，再就是反正是您和家顺一起住，就当是家顺两口照应您的劳动付出了，可您看看现在，这都成什么了？房子房子成家顺的了，您呢，到我家一住就是这么长时间，就算我没意见，季苏心里平衡吗？退一万步讲，就算季苏没什么，您也好意思么？"

万家强一口气把这些话突突完了，停下来喘了口气，见老万气得只剩下了往外倒气的份儿，万家强心里难过得像刀割一样。但他知道现在不是心软的时候，要不然，等法院来执行腾房的时候，父母的毁灭感一定比现在还要强烈上千百倍，就把心往硬里一挺，继续说："如果您不愿意回家顺那边，就先回老家住两年，不用您种地，生活费我出，行不行？"

"这是谁的意思？"老万也恼了，可他是男人，都当爷爷的人了，不能跟老鲍似的，风吹草动就得扯着嗓子号一顿，他得有个男人架势，先把原因搞明白了。

"我的。"万家强说，他知道，尽管如此，可在父母那儿，百分百会认为是季苏的意思，而且是季苏逼他开口撵老两口走的。果然，老鲍抹着眼泪愤愤道："还用问？肯定是季苏的主意！怪不得这阵子不是在家黑着一张脸就是撒腿就往外跑！是故意的吧？给你下完任务就跑了，把你推出来当枪使，她这主谋是不是跑回娘家躲着装没事人去了？"说着气势汹汹地跟万家强要老苏家电话号码，她要打过去问问，她这当婆婆的哪儿对不起她了，惹得她这儿媳妇下命令往外撵。

"不关季苏的事，她不知道。"万家强说。

老鲍很用力气地嗬了一嗓子，那意思是鬼才信呢。

万家强也不甘示弱，说确实跟季苏没关系，这阵他一直在想这问题，趁老万夫妻身子骨还结实，回乡下生活几年没问题，把给他们做卧室的那间房腾出来，季苏利用周末和假期办个辅导班什么的，如果办火了，她就辞职办所教育机构，这个计划，早就设想好了，可没承想父母又被万家顺两口子撵出过了，就给搁浅了，现在又提起这茬是因为这一两年企业不好做，如果季苏办班能办好的话，他就把公司关了，和季苏一起创业。

老万黑着脸抽烟，唯有老鲍在啧啧不停地愤愤着："这不都是她的主意？还说和她没关系。"见万家强不吭声，过了一会儿又道，"放着好好的老师不当，她打算当个体户？谁信？我看她就是找辙撵我们走！"

万家强也没客气："妈！我发现您对季苏从来就没往好处想过，您当老师是那么好当的啊？今天这个考核明天那个考核，甭管五冬六夏，早晨6点必须出门，如果这事能成，就能过上舒服日子，不行啊？"

老鲍抹着眼泪说你眼里就只有老婆没爹娘。

万家强不想在这些永远纠缠不清的话题上纠缠下去，就说您随便怎么猜怎么说，这都是我的意思，和季苏没关系。老鲍赌气说等季苏回来，她一定要问，这到底是谁的主意。

万家强说随您的便。关于让父母回老家的事，他和季苏说过了，季苏的意思是把原因实事求是告诉父母。万家强不让，怕会让父母伤心，伤心这东西，伤人元气，父母这么大年纪了，伤不起了。末了，季苏说父母是他的，随他看着办吧。

可季苏做梦也没想到，万家强处理来处理去，战火终究还是烧到她身上了。

2

季苏提着礼物去见季教授的得意门生，去的路上，脸火烧火燎的。她原以为连续借了好几周钱，脸皮已经练厚了，可见着季教授的学生，才说两句，眼泪唰地就掉了下来。

季教授的学生叹了口气，什么也没说，从文件柜里拿出几份借贷合同，摆到季苏眼前，季苏看了一眼，就啥也不说，眼泪掉得更快了。这几份借贷合同告诉季苏，季教授的这位学生虽然表面上看起来很风光，事实却已经是今非昔比了，处境比万家强好不到哪里去，他的厂房和设备都已经抵押贷款了，而且抵押设备的那份贷款已经逾期了。

季苏拖着灌了铅的腿从季教授的学生的办公室出来，在街上漫无目的地走了老半天，才上了公交，她不想回家，不想看那栋即将易主的房子也不想看万家强一家人的脸。

期间，万家强给她打了个电话，问怎么样了，季苏说不怎么样，说着，就哭了起来。在夜幕降临的公交车上，人虽然不多，可季苏分明还是感觉到了自己的绝望，来得冷气逼人，像刀子一样割碎了她的自尊，她啜泣着说家强，今晚我不想回家，想回娘家静一静。

从手机里传来公交车报站的声音，知道她在公交车上不顾颜面地嘤嘤哭泣，万家强的心都碎了，说好的，你去吧。

放下电话，万家强心里难过得不行，在客厅里来回踱了几圈，一抬眼，就是父母怨恨的眼神，就觉得心里堵极了，也想出去走走，就抓起车钥匙往外走。

老鲍噙着满眼的泪问："你上哪儿？"话音一落，就被老万拍了一下胳膊，扭头一看，老万正瞪着她呢，大约是瞪她不该在这时候主动开口。

万家强瓮声瓮气地说我出去走走，您和我爸早点睡。然后，去车库开了车，在街上瞎转了一会儿，停了车，捶了方向盘一把，千肠百结地想怎么办，想父母到了自己这儿，怎么就突然这么赖性了呢？想当初，陈玉华一嚎他们不走她就要跳楼，他们就麻利地离家出走藏匿在了茫茫人海里。说真的，虽然找父母他也操心也花钱了，但是他更喜欢那个时候有骨气的父母，现在他都把话说得算是难听了，可他们还是执着地要和他一起住，万家强就不知父母这到底是什么心理状态了。

或许是因为他们觉得自己老了，老得已经不能和儿女置气了？

万家强想不明白，就开车去金口路找季苏。

他赶到的时候，季苏正坐在客厅里落泪，万家强知道，他们曾寄希望的最后一根稻草沉溺了，他默默攥着她的手，说把之前借到的那些还了吧。

五十万对一百多万来说，相差甚远，不还回去也没用

季苏哽咽着点了点头，挨家给借过钱的人家发短信要账号，要到了，万家强就用手机银行给转账还了钱。

因为季苏到处借钱，房子要被拍卖的事，老苏都已知道了。可自始至终，老苏没问万家强一句为什么，也没谴责过他，这让万家强心里更是自责难过了。

三个人在客厅默默坐着，谁也没话，老苏看看季苏又看看万家强，突

然说你看季苏，瘦得脸上就剩俩大眼睛了。说完，拿手背抹了一下眼睛。

万家强心里，有个巴掌已经扇了自己好几次了，那种愧疚的痛，无法用语言表达。

老苏像梦游似的，突然问他们饿不饿。季苏和万家强这时候哪儿还有心思吃，都摇头说不饿，可老苏还像没听见一样，起身去了厨房，说冰箱里还有馄饨皮和馅，包点给他们当消夜。

季苏忙起身去拉她，说别忙了。

老苏一转身，把她推回来了，说季苏啊，你给妈好好坐着。说着，眼泪扑簌簌地往下滚，哭得季苏的心都碎了，突然地就想抱着母亲，号啕大哭上一场，可是，她又知道不能，虽然她和老苏哭上一场心里会放松，但是，这对万家强将是毁灭性的谴责。所以，不管心里有多少难过，她们都必须坚强地忍住了。

老苏把季苏推出来，一个人，好像要和谁赌气似的在灶上忙叨着，不时拿袖子蹭一下眼角，但每次都好像是被烟熏了眼，顺道擦一下而已。可季苏和万家强都知道，母亲一定是在流泪，却不想被他们看见。

后来，老苏端着两碗热腾腾的馄饨出来了，被热气熏得，脸红润润的，带着温暖人心的笑。老苏把馄饨往他们跟前一摆，说吃吧，吃饱了明天更有劲。

老苏没文化，说话朴素得很，但季苏知道，母亲所说的这个吃饱了明天更有劲，意思是吃饱了才有力量迎接明天的挑战，就含着泪，默默地吃馄饨。

老苏默默地看着俩人吃完馄饨，来收碗的时候说："还年轻，有手有脚的从头来过也不怕。"

老苏有句口头禅：眼是狗熊手是英雄。脚踏实地了一辈子的淳朴老人，她没埋怨万家强也没数落季苏，说房子被拍卖了他们也不会睡大街上，还有她呢，自从季教授走了，这一百多平方米的房子她自己住，都嫌空得慌，正好搬过来热闹热闹，要是万家强的公司开不下去了，她这里还有几万块钱的棺材本，大生意做不了，起个小生意没问题，只要人勤劳肯吃苦，这世上就没过不去的火焰山。

老苏越是这样说万家强心里就越是难过，觉得自己对不起季苏也对不起老苏，大颗的眼泪就滚了下来。知道败局已无法挽回，季苏倒淡定了，微微笑着说你干吗啊，十年前我们上无片瓦下无立锥之地还不一样活好好的？

万家强就含着泪坚强地笑了一下，使劲攥着她的手，往桌上顿了顿，让老苏放心，他不会让季苏受太多苦的。

他看见老苏背过身去，又悄悄擦了一下泪。

回家路上，万家强把和父母交涉回老家的事说了一遍，估计他们会冲她发难，让她有点准备。

季苏幽幽说就不能实话实说啊？

万家强别着脸看车窗外，假装没听见。

是的，这阵子因为这季苏和他吵过架，还不止一次，他和季苏谁都清楚父母的虚荣。季苏说这不能全怪他的父母，有相当一部分虚荣，是万家强给培养起来的，譬如他们以为万家强的公司很有实力很有前途很赚钱，万家强从来都是沉默地让他们以为自己的认为是正确的，他们的儿子在青岛开公司了，做老板了，混发达了，他们当然也要跟着风光了……直接导致的结果就是老家但凡和万家强有点联系的人，不是托他帮着办这个事、那个事，就是借钱，还有万家顺，今天这事不方便跟陈玉华要钱明天那事不能让陈玉华知道，好像陈玉华是他合法的奴隶主，她存在的使命就是没收他的工资和奖金，而万家强作为他哥哥的使命就是充当他的掏钱救星。

季苏说不仅万家顺还有他父母，都摸着他软肋了，不管是不是当着万家强的面，逢人就夸他孝顺，把万家强生生地夸成了架上的鸭子，下不来了。季苏说他这是用愚孝培养父母的坏毛病，万家强也明白，可父母一辈子就没趾高气扬过，因为他，好容易他们可以挺直腰杆喘几口粗气了，万家强不忍心不让他们舒坦地喘几口。

然后，两人再也没说话。

3

季苏到家，和老鲍他们打招呼，老鲍像聋了一样，连看她都不看，坐在沙发上，两眼盯着电视机。老万在沉着脸抽烟。季苏知道，虽然老两口谁都没说话，可摆出来的姿势，都是准备好了开战的，她决定不再说话，只要她不开口，他们就抓不着和她开战的茬。

季苏径直回卧室，打开衣橱找了套干净的居家服，准备洗澡，美芽却跑过来，小声叫妈妈，好像装了一肚子骇人的秘密要告诉她，季苏看着刚7岁的美芽，想到小小的人儿又要跟着父母过苦日子，心里就酸酸的，抱起她在脸上贴了贴："美芽，想不想和妈妈一起洗澡。"

美芽摇了摇头，害怕似地张望了一眼客厅，说："妈妈，奶奶说要找你算账。"

季苏心里一震，但依然外强中干地笑着说不会的，奶奶那是说着玩的。

美芽严肃地否定了她的说法，说奶奶说妈妈不孝顺，要把爷爷奶奶撵回老家，回老家就见不着美芽了，见不着美芽他们会伤心的，所以他们是坚决不会投降的。

季苏知道老鲍这是在动用亲情战术，但她主意已拿定了，既然万家强愿意瞒他们就让万家强瞒着办吧，反正她是不吭声，就算老鲍跑到跟前指着她的鼻子吵她都不回敬一句，就这么着了。

所以，她抱了抱美芽，说事情不像奶奶说的那样。美芽问那是什么样？季苏就给问住了，愣了片刻，艰难地笑了笑，问美芽觉不觉得妈妈很坏。美芽摇头。季苏就笑了，说所以嘛不是奶奶说的那样。

美芽也笑了。

万家强一进门，借贷公司的电话就来了，总不接也不是事，也怕老不接电话，借贷公司的人会找帮混子堵到门上，这是借贷公司常用的催债手法。到时候，把老人孩子的惊着还算轻的，就老鲍和老万的虚荣劲儿，知道最让他们骄傲的儿子混得就要被撵到大街上去了，肯定会觉得没脸见人，连跳楼的心都有了。

所以他边接电话边往阳台走，并顺手关上了阳台门，实事求是地把情况说了，希望他们能通融一下，在他们的监督下把房子卖了而不是通过法院拍卖。万家强早就打听过了，抵押借款式的民间借贷，只要还不上钱，没别的说，走司法程序，拍卖抵押物还款，可不管抵押物是什么，一旦拿到法院拍卖，价格上是要吃很大亏的。

借贷公司不肯，说没法院协助，他们的权益得不到保障。

万家强怕父母还没走呢，他们就堵到门上，只好好声好气地说，那就按他们的程序来吧，该起诉他起诉他，他不上诉，判决生效了就拍卖房子。因为知道上诉是百分百的垂死挣扎，嘛用没有，由此产生的费用还得由他承担，他犯不着折腾自己。现在，万家强觉得自己虽然还活着，还有心跳，可已躺在了砧板上，那柄即将斩下来的利刃，也高高地悬在那儿了，除了老实地成为肉，他无路可逃。

他老实的态度，让借贷公司的光头经理有点意外，挂了电话，晃了一会儿脑袋便兀自说，到底是文明人，识大局。

万家强从阳台出来，就见老万和老鲍虎视眈眈地盯着他。

万家强知道，这二老肚子里都攒了足够的火药，正瞄准呢，遂没吭声，耷拉着脑袋拖了把椅子在离他们稍远点的地方坐了。

老万沉着嗓子说万家强。

万家强嗯了一声，不响，甚至都盖不过从卫生间门里隐约传出的水声。

"我和你妈出来那会儿，街坊邻居和亲戚朋友没不知道的……"

"对，您二老生养的儿子都有出息，孝顺，接您二老进城养老，不回乡下那要啥缺啥的破地方了。还有我姑妈，她不是去告您嘛，不是告赢了嘛，瞧把她本事大的，瞧她能拿您怎么办，有本事她让法院把您绑回去，看哪儿值钱把哪儿切下来卖了，她不来青岛绑您说明他没本事，让您主动送门上去，这辈子他就甭做这美梦了。"万家强知道老万会这么说，索性替他说了，说得不徐不急，连他自己个儿都觉得有点残酷，"您现在冷不丁回去，怕街坊邻居笑话您被儿子媳妇撵回来了。"

万家强没执着地把父母往万家顺家撵，因为去了万家顺家，毕竟也是在同一城市住着，父母不知哪天勤快，就会到他家看看，一看他的家没了，就会知道真相，所以，万家强想来想去，觉得最省心的办法，还是劝父母回老家。

老万涨红着脸，举了举手里的水杯，做要摔状："万家强，我和你妈活这把年纪了，还怕什么笑话？啊？我和你妈是怕给你脸上抹灰，往后你回村，咋抬头？"

"那我就不回去了。"万家强说。

"你打算不认我们了？啊？万家强！你小子过上好日子就打算不认爹娘了？！"老万的杯子啪地就扔到了地上，强化玻璃杯很结实，在地板上打了几个滚，滚到角落里去了，憋屈地窝在角落里，黄黄的茶水，像一条强壮的小便，在地板上曲折迂回地洒了一线。

随着水杯落地，老鲍开始号啕，这次，她毫不节约力气和嗓门，儿子都要撵他们走了，她还号啕得那么顾忌，显得她不够伤心，一定得撕心裂肺才成。

万家强抱着脑袋深深地把脸埋进了手掌，突然，感觉有人碰了他的胳膊一下，他抬头，是美芽，吓坏了一样，怯怯地看着爷爷奶奶，嘴里喃喃地叫着爸爸。万家强就觉得心尖上被人剜了一刀，他抱起美芽，说没什么的，就进了卧室，摸着美芽的脸说爷爷喝酒了，所以美芽不要怕，等爷爷醒了酒就好了。美芽也怯怯说爷爷喝了好多酒，他说喝了酒才有力气和爸爸打架，美芽问爷爷为什么要和爸爸打架。

万家强想了想，说因为爷爷生气爸爸没出息，以后啊，爸爸一定要努力，等爸爸有大出息了，爷爷就不生气了。

万家强不想让美芽懂太多，现在想来，童年是人生最快乐的时光，越长越好，别的家长喜欢自己家的孩子早点懂事，万家强不，他希望美芽越晚懂事越好，这样可以把快乐抻长一点。

事已至此，万家强不想多辩解什么了，就咬定了一件事，那就是父母必须回老家，把美芽安顿好。他到卧室阳台给万家顺打了个电话，说我这边的情况你也知道了，我考虑再三，还是让父母回老家比较合适，可让他们自己回，他们会觉得没面子，好像灰溜溜被儿女撑回去了一样，最好的办法是我们一起做通了父母的思想工作，把他们送回去……

万家顺当然知道万家强现在的难处，说哥，爸妈要实在不愿意回去，就先让他们住我家吧。

万家强心里一热，但还是否定了万家顺的提议，因为只要父母留在青岛，他事业破产房子被拍卖的事就早晚得露馅，还是送他们回老家更安全。

万家顺吭哧了半天，说哥，你比我有文化，平时咱爸妈最听你的了，你要劝不动他们，我恐怕也够呛。

万家强想了想，也是，父亲虽然很疼爱万家顺，但他对万家顺的疼爱向来都是呵斥式的、母鸡在雨中罩小鸡式的，一直拿他当个没长大、需要人保护的孩子。

谁会听一个需要自己保护的孩子的话？

可父母不走，一旦借贷公司派江湖小弟上门蹲点或是被法院封门，在父母这老一辈人的心目中，其毁灭性不亚于旧社会被满门抄斩，到时候，老鲍还不得一天打五次挺？老万还不得借酒浇愁把自己醉死？

这些，都是万家强不敢去想。所以，又给万家顺打了个电话，说如果实在不能把父母劝回老家，就让父母先去他们家住一阵子，虽然父母有可能因为和陈玉华不对付而产生矛盾，可总比留在万家强家等晴天霹雳强。

万家顺说成，问什么时候过来接合适。

万家强想了想，说下周吧，我先跟爸妈通个气。

万家强是想，如果不能从自己家直接把父母劝回老家，就先让二老住到万家顺家曲线救国也好。陈玉华人泼，嘴上不饶人，早晚有把父母惹得待不住的那一天，到那时候，他态度强硬一点，坚持让父母继续住万家顺那边，因为房子是父母买的么，刚愎自用的父母一定忍不下这口气，说不准就收拾收拾行李回老家了。

打完电话，万家强从房间出来，老鲍已经不号啕了，正小声和老万嘀咕什么，见万家强从卧室出来，立马就止了声。老鲍的手一扬，嘴一张，又要继续号啕，万家强大着嗓子喊了一声："妈——！"

老鲍大大张着的嘴，就跟电影定格了一样，没出声，呆在那儿半天合不上。

万家强说："下周万家顺过来接你们过去。"

老鲍那颗原本燃起了一点希望的心，一下子又跌了回去，号着又哭上了："我和你爸就是家顺两口子撵出来的，你让我们回去这不是把我和你爸往虎口里送吗！"

万家强决定了，铁石心肠，不为所动，从茶几上拿起报纸说没事你们早点休息吧，说完，和刚从卫生间出来的季苏一起回了卧室。那架势，在老鲍和老万看来就是到底咋办我已经说明白了，想怎么折腾随你们的便，没用。

4

老万和老鲍面面相觑，老鲍抹了一把眼泪说她不想去万家顺家看陈玉华的脸色过日子。

老万耷拉着眼皮，不高兴地说："不去家顺家就得回棉花村，这都出来快三年了，就这么回去了，还不让那些等着看笑话的人把笑话给瞧了去啊？"

老万的意思是为了面子，陈玉华的脸色难看也得忍了。老万这么想着，心里就窝气得很，没地发泄，看了看眼前，又看看茶几，老鲍就知道他想找东西摔,见他一把抓起了电视遥控器,忙扑上去夺过来:"摔坏了你给买啊。"说着,把一个沙发靠枕塞他手里:"摔吧,使劲摔,摔不破还没动静。"

"妈个X的,你儿都往外撵你了,你还替他着哪门子想?"说着,探身过来抢遥控器。老鲍往身后藏,不给,喝了点酒的老万没把持住,整个身子压在老鲍身上,老鲍让他压得哎呀哎呀地直叫,还被老万打了一拳,也没多重,因为捞不着摔遥控器,纯是泄愤。

老鲍呜呜地哭了起来,这次哭,和之前的号啕大哭不一样,之前的号啕大哭是战术,现在,是因为伤心还有灰心。

老鲍的哭声穿门而入,万家强就觉得这哭声像上帝的审判一样,在他心里翻滚着轰鸣着,像雷管一样炸得他的心剧疼,他抽出枕头,死死地压在自己头上。

季苏知道他难过,伸手抚摸了一下他的脸,全是泪,遂心里也揪了一下,把他的头揽进怀里,说睡吧,会有办法的。说到这里的时候,季苏已经暗下了决心,去法院起诉,申请判决抵押贷款无效,先把房子保住了再说,但不能告诉万家强,因为在这件事上,万家强的态度已经完全是愿赌服输。

现在,听着婆婆的哭,一浪盖过一浪地在客厅里汹涌着,季苏的心,焦躁得像即将爆炸的毛栗子,说家强,要不别等下周了,你把爸妈送家顺家去得了。

见万家强不吱声,知道他难过,就叹气,也知道,不管去万家顺家还是回乡下,都是公婆打心眼里发怵的事,要不然,以他们硬朗的身体,不用接不用送的,想去哪儿都就自己去了。

老鲍在客厅里哭了半天,见万家强两口子也没出来,就伤心地泄气了,说要不,咱还是回老家吧,不上家顺那儿讨气吃,也别让家强作难了。

在老鲍琢磨,万家强铁了心要撵他们老两口,只有一个原因:儿媳妇容不下公婆。现如今这样的事遍地都是,莫要说她和老万住了快三年了。

听说有不少城里媳妇，对乡下公婆连一星期都容不下，也是因为这，老鲍在季苏跟前一直很硬气，不是她想当个恶婆婆，是怕自己硬挺不起来，会让季苏觉得她这乡下婆婆到她地盘上了，想怎么捏就怎么捏她。

老万后脑勺一炸一炸地疼，知道血压又上来了，摸着黑，起床摸了片降压药，连水也没倒就干咽下去了，使劲押了押脖子才说："不回！"

老鲍说按说儿子媳妇可以了，人家都是供个大学生累得脖子伸老长，可他们家就没。不是他们家富裕，是万家强懂事，自打大一下学期就干兼职干家教，基本没跟家里要一分钱，为了省钱也为了挣钱，上了四年大学暑假就没回过老家，过年回家也不忘用打工赚的钱给老万买两瓶酒给老鲍买件衣服，后来又谈恋爱、结婚、买房也没向家里伸一分钱的手。街坊邻居们看着是既羡慕又眼气，儿子媳妇白手在城里安了家，还容他们住了小三年了，可以了。

老万眼珠子一瞪说他还在我家住了十好几年呢！我要他领情感恩了？

"那是！你少让孩子领情感恩了？喝点酒就絮叨君君臣臣父父子子那一套，还不是念经给孩子听生怕孩子不孝顺你嘛？真是的，你不追着儿子领情感恩能在儿子家赖唧唧住三年？"老鲍反驳他，虽然一想回去会招惹街坊邻居的说道她也打怵，可到底是做妈的心软，一想到儿子那硬得跟冰溜茬子似的态度，就琢磨着他一定是在媳妇跟前犯了难的，媳妇又不是件衣服，不称心了就脱下来扔，再不好也要凑合一辈子才叫个圆满。尽管城里生活比乡下舒服多了，可要因为她和老万让儿子和媳妇过不舒坦，她这心，就跟推着木轮车走在崎岖不平的石子路上似的，在胸膛蹦跶得忐忑，心直蹦跶着不得安生的日子，再舒服也不招人稀罕。老话说得好，心不踏实短人寿呢，自己亲妈还健朗着呢，她更得惜命爱身子。

老万还是咽不下这口气，在黑暗中瞪着她。

"你不回我自己回！"老鲍翻了个身，"当爹你就有功劳了？"

"照你这么说我生了他造了他给了他一条命，我还有罪了？"

"吆，瞧你这高尚劲吧，当年……"老鲍觉得有点不好意思说，可不好意思说那事吧，以她那点文化又掰扯不清楚，"当年你一到黑夜里就往我身上爬是为了造万家强?！你……你是为了自己快活！造出个万家强来，是你自己快活的副业！跟做豆腐必得出豆腐渣一个理！"

老万被噎得一句话也说不上来，只剩了使劲咳嗽的份儿，其实他没感冒嗓子里也没痰更没其他会造成他咳嗽的毛病，他是理屈词穷，老万就这样，每每理屈词穷了就会使劲咳嗽，好像要把喉咙咳破要把肺咳碎了吐出来似的。

每当老万像头老驴似的咳起来没完，老鲍就得意扬扬地痛打落水狗："也就咱万家强，就你这号爹，要搁别的儿子身上，大学没用你供，结婚你没掏一分，买房的时候你袖着手，人家啥都打点停当了，你倒摆起当爹的谱来了，该你尽心的时候你哪儿去了？孩子仁义不和你计较，你还把自己当孩子一辈子还不完的债了？"

老万再也不咳嗽了，噢了一嗓子："回！我他妈的这就回！你那张X嘴也给我闭上！"

老万的恼羞成怒，万家强他们听见了，季苏悄悄捅了他胳膊一下："过去看看吧。"

万家强说算了，父母是两口子，一起过了大半辈子了，再吵也恼不到哪儿去，他一掺和，反而尴尬了，既然他们吵来吵去决定了要回老家，不正好嘛，他去说什么？劝他们不吵了？除非他立马改弦易辙不让他们回老家了，这不自己犯抽嘛？如果不是这样，说其他都没用，他也就没自找挨呛的必要了。

万家强一夜没睡，半夜，他听见母亲进进出出，去储藏间，去美芽卧室，间或里传来开衣橱门或是弄纸箱子的声音，就知父母已商量好好回老家了，母亲在打点东西呢，就一阵黯然地揪心。

第十七章

自己家的血亲，但凡有点办法就不能见死不救。

1

次日，万家强早早起了床，去早市买了老万最爱吃的油饼和老鲍爱吃的茶叶蛋。拎回家，见季苏端着锅从厨房间出来，身后还跟着跟她抢锅的老鲍，看样子是老鲍非要做稀饭，季苏不肯。

别看老鲍身强力壮地在城里住了小三年了，但老鲍从不做饭，理由是她只会做庄户饭，怕把好东西做得别人不爱吃，更怕做糟践了。当然，万家强明白，老鲍的这些说辞，不过是说辞而已，真正的原因是她不愿意下厨房。

季苏边在水龙头下洗米边说妈您歇着吧。

老鲍抄着手，带着哭腔说这就要回去了，你就不能让我给你们做顿早饭？

季苏还是坚持让老鲍看着电视等她把早饭好，声音淡淡的，好像本来就这样，也应该这样，她已经适应，不图改变。虽然声音里没有一丝毫的谴责和怨气，但在这个特殊的早晨，在万家强听来，就觉得这淡淡里透着残酷，就把吃的放在了餐桌上，拉了季苏一把，说咱妈想做就让咱妈做一顿吧。

季苏低着头，像在拣米里的石子似的，说不用了。其实米很干净。

以往，万家强觉得季苏的倔里透着可爱，可今天，觉得她有点过了，就有点强硬地拉了她一下，她微微一趔趄，原本扶着锅沿的手，就松了，锅一歪，湿漉漉的米和淘米水洒得到处都是。

那态势，很是狼狈，不像不小心，倒像夫妻俩吵架，洗米的那个一赌气，把盛了米和水的锅给扔了。

在场的人，都愣了。

老万从房间溜达出来，瞥了厨房一眼，赌气似的，把自己一屁股扔到沙发上，打开电视，老鲍也生气了，好像季苏是成心要摔锅给她看，身子一扭，去了客厅，敞亮着嗓门说放心吧，我和你爸脸皮没恁厚，我们吃了饭就回！

可老鲍他们还是没走成。

因为万家强的手机在卧室响了。

万家强边往卧室去边纳闷，琢磨着是谁呢？一大早就打电话，不可能是借贷公司的，因为该说的话他昨天已说了，何况他是抵押了房子借的款，想跑路赖账都跑不了。

拿起手机，发现号码很陌生，号码归属地是老家。

万家强嘴里嘀咕着这谁呢，就接起了电话，是女的，果然老家口音，上来就说我找万家强，口气很横，跟讨债未遂凶相毕露似的，尽管知道老家人说话就这样，可万家强还是有些不快，嗯了一声，问对方是谁。

对方说我小金。

"小金？"万家强把脑子翻了一个遍也没想起小金是谁，就嘟哝着到了客厅，"小金？哪个小金？"

老鲍的眼珠子却噌地就亮了，警惕地站了起来："小金？万春燕家小金？"

老鲍这么一点拨，万家强想起来了，他确实有个叫小金的表妹，只是几年不来往了，所以，也就淡忘了，他恍然大悟似地啊了一声，说小金啊。

那边的小金就有了哭腔，说："哥，你在青岛？"

万家强啊了一声。

小金没容他再说啥，就局促地说我和俺爸妈来青岛了。

万家强哦了一声，正想该怎么反应呢，小金又用带着哭腔的家乡话说，她妈病了，来青岛做手术。

万家强觉得再只哦不接茬有点过了，就问在哪家医院，小金说在青医附院，然后让万家强等等，她妈想和他说话。

其实万家强一点也不想和万春燕说话，甚至恨不能手机立马没电自动关机，或欠费停机，因为他知道，但凡乡下来青岛治病的人，找在青岛的亲戚朋友，不外是希望给托托熟人，再要么就是借钱。万家强在脑子里飞快地划拉了一圈，是的，他不认识青医附院的人，绝不是推托，是千真万确地不认识。

可万春燕找他不是让他帮着托人，而是借钱。她在电话里叫了声万家强，就嗓门哽咽地说："家强啊，以前是姑妈不对，你别记恨我。"

万家强简短地说不会。老鲍在一边瞪眼看着他，满脸的好奇，都恨不能上来抢电话了。万春燕接着说她做手术要交押金，家里实在拿不出钱来了，问他能不能借她点。万家强登时脑子就嗡了一声，啊啊了几声，没应成句："多少？"

这时，万春燕可能觉得自己以长辈的姿态扮哀兵扮得差不多了，声音立马就虚弱了下来，说万家强啊，我累了，没劲说话，让你妹妹和你说吧。这口气，让万家强刹那间怀疑，他和表妹的感情好到了曾经青梅竹马似的。

有了万春燕在前面的感情铺垫和楚楚可怜的哀兵唱，小金似乎有了些底气，张口就说押金要交五万块钱。

万家强下意识地反问了一句："这么多？"

小金说医生说了，这是手术押金，交不上不给做手术。

万家强沉闷了一会儿，还没说话呢，小金就飞快说我一会把银行卡号发短信发给你，你把钱打到我卡上就行了。

万家强看了老万他们一眼，都眼巴巴地看着他呢，又不好直接说没钱，只好模棱两可地说看看……就匆匆挂断了电话。

然后，老鲍老万就围了上来，问咋回事，万家强大体说了一下，老鲍像等了百年终于等来了复仇机会的复仇者似的，啪地拍了一下大腿："她也有今天！"然后虎视眈眈着万家强，"家强，我咋听你说看看，咋？你还真打算借给她？"

万家强心里有点乱，说："妈，我说看看就是借？"

情急之下，又追了一句："我拿命借给她啊？"

老鲍正沉浸在落水狗送上门来让自己痛打的快意恩仇里，万家强说拿命借给她这话，根本就没入心，以为这是万家强不想借钱还找了个说辞，遂恨恨说："对她这号人，你用不着藏着掖着，也更用不着怕得罪她跟她哭穷，直接说，不是没钱，是不借！"

老万一直乜斜着眼，没吭声，把万家强拉到一边，小声问姑妈住什么病房。

万家强说没问。

老鲍就撵过来，说老万咸吃萝卜淡操心，让他赶紧洗脸刷牙，吃了早饭就去长途车站，然后跟万家强说，昨晚她想明白了，万家顺家她是不能去的，还是回老家自在，行李都打好了，让万家强吃完早饭就送他们去长途车站。

老万定定地瞥着她，老鲍也不甘示弱。

万家强的手机响了一下，是短信，是小金的，发了一个银行账号，还有他们在医院的病房号，末了，没头没尾地附了三个字：快点啊。

老万歪头来看，可眼花了，没戴老花镜，看不清，就问："谁的？"

万家强说小金的。

"说什么？"

"给了个账号和医院病房号。"

老万哦了一声。

老鲍说："万家强，删了。"

万家强有点为难地看看她又看看老万。

"敢！"老万从牙缝里挤出一个字。

2

吃完早饭，老万像往常一样，往沙发里一瘫，对拖着行李站在他跟前的老鲍看也不看："今天不走了。"

"为啥不走？"老鲍明知故问，知道他惦记着在医院里的万春燕，更惦记着万家强到底借不借给万春燕钱，不走，就一定是想住在这儿督促着他把钱借了再说。

"你走啥走？急着回去抢屎吃？"老万没好气地说。

万家强也明白老万的心忌，反正他没钱可借，就说妈，晚两天也成。

老鲍知道，哪怕她现在就拖着行李去长途车站回了老家，惦记着万春燕的老万也绝不会就范，遂把行李一扔，跟万家强说："不走可以，你给小金打电话。"

"干吗？"万家强有点摸不着头。

"告诉她你没钱，让她另想办法。"老鲍边说边拿白眼剜老万。

其实，自从接到小金的电话，万家强就在琢磨着怎么回复她，虽然这些年和万春燕和小金没多少交集，但他还是不想让小金他们觉得他说没钱借是因为记仇而故意的。至于自己的实际情况，他不想和小金说，其一，告诉了小金，很快就会传回乡里，虽然他没干什么丢人的事，可把他当骄傲的父母脸上会挂不住；其二，在小金跟他借钱的时候他说这些，就算是事实，也会给人故意哭穷推诿的感觉。

看着随时会对老鲍一跃而起的老万，万家强一横心："好，中午我去医院看看，顺道告诉小金，让她另想办法。"

老万说我也去。

万家强说好。

老鲍知道拦不住这父子俩，转而对正要领美芽出门的季苏说："小季，把万家强身上的银行卡收起来。"

季苏浅笑了一下，说收不收的都一样，他没钱。

万家强怕季苏被老鲍追急了给说出实情，忙把手包里的银行卡一股脑拿出来塞到季苏手里，然后催她快走，别迟到了。

见季苏把万家强的银行卡收到包里出了门，老鲍才一脸胜利地看着老万，那意思，儿子的财政大权都交了，我看你还能怎么着。

果然，老万黑着脸，从玄关上抄起帽子，边往外走边招呼万家强："走。"

万家强有点愣："爸，您这是要上哪儿？"

老万说不是中午要去看你姑妈吗？

"可这会儿才早晨，我得先到公司上班。"万家强心里一阵发慌。

"我跟你去公司，省得中午你跑回来接我。"老万到底是老了，再加上爱烟嗜酒，记忆力衰退得厉害，来青岛这几年，他的活动半径越来越小，基本控制在万家强家两千米以内的范围，再远了，怕找不回来。

万家强心里一阵叫苦，满脑子都是怎么说才能把老万拦在家里，可老万已出了门，张着手就等他出来就关门了。

万家强僵持着，说公司事多人也多，反正中午从公司去医院也要路过家这边，顺道接着他就行了。

老万翻了老鲍一眼，说懒得在家看有些人腚一样的脸。万家强还没开口呢，就被老鲍从门里推了出来说他愿意跟着你就跟着吧，好像他那张锅门爷爷脸还挺招人稀罕似的。说着，咣地就把万家强关在了门外。

老万见万家强呆呆地站在门口不动，招了一下手："走啊。"

万家强两腿跟罐了铅一样的沉，一步一步挪到电梯门口，艰难地咽了一下唾沫："爸，您回家吧，别跟我去公司了。"

老万有点不高兴："咋？怕我给你丢人？"

万家强说不是。

老万按了电梯下行按键:"去了我不多说话。"老万以为万家强不让他去,是因为他以前在公司闹得不愉快。

今天,万家强倒不担心老万和员工闹顶了,因为工人早就跑光了,关键是工人跑光之前搬光了所有能搬的东西,整个公司就跟劫后的战场似的,老万不傻眼崩溃了才怪呢。

电梯来了,万家强机械地上了电梯,又下到了地下车库,发动车子后,他歪头对老万说爸,我们直接去医院吧。

老万眉开眼笑,嘴里却说不是中午吗?

万家强笑笑说上午中午都一样,其实,他只是不想让老万看见公司的惨败模样,去医院的路上,在路边的小超市买了些营养品,看万家强付钱的时候,老万一下子想起了他给了季苏的银行卡,就小声问万家强身上还有其他卡没?万家强说没有。

老万踌躇了一下,问万家强是不是还恨姑妈。万家强说谈不上。

"就是,怎么说也是你姑妈,身子里都淌着老万家的血。"从超市出来,老万走得很慢,琢磨着戈词把万家强和万春燕的关系往近里拉一拉,就说当年的事不能只怪姑妈,老鲍也有责任,万家强爷爷奶奶去得早,没出嫁的姑妈跟着哥嫂过日子,虽然他惯着姑妈,可老鲍也没少给姑妈脸色看,还经常做了好吃的藏起来。

万家强打开后备厢,把东西码进去,后备厢盖都合上了,却见老万依然在一脸期望地张望着自己,就知道他其实是有话要说的,当然是希望他能借给姑妈钱。万家强不敢接住老万着满是热切期望的目光,遂装作没看见一样,匆匆绕到车前,发动了车子。老万拉开了车后门,想了想,又关上了,坐到了副驾驶位置。

车开出去二十几米了,老万终于忍不住了:"家强……"

万家强用鼻子嗯了一声。

"别不借……"

万家强从没听父亲用这么柔和的腔调和人说过话,带了些乞求。

万家强默默地开着车。

老万侧着脸，一直看他，万家强把车停在路边，搓了几下脸："爸，我想借。"

"就是，咋说也是你姑妈。"老万眉开眼笑。

"可是……"万家强看着老万，"可是，爸，我没钱。"

老万的笑脸，就像瞬间冻僵了一样，老半天才缓过来："没……没钱？万家强，你公司好几十号人养着，大房子住着车开着，你说没钱谁信？"

"爸，这是真的。"万家强知道，瞒不过去了，"我真没钱，我让人坑了，公司早就停产了，还欠了一屁股债……"

话说到这里，万家强没敢说家里房子很快就要被拍卖的事，只是艰难地梗了一下脖子："所以我才希望您和我妈先去家顺那边或是乡下住一段，好让季苏办辅导班，多少也能挣两个，先把难关渡过去再说。"

"难到仨瓜俩枣也要挣的份儿上了？"

万家强点头："工人的工资还欠呢。"

"照这么说……你是真没钱借给你姑妈了？"

万家强还是点点头，车已到了医院，万家强下车，把东西拎出来，老万定定看了他一会，把东西拎过来："你别去了。"

"别，我来都来了，别让姑妈觉得我还记她的仇。"万家强躲闪着，老万却霸道地把东西抢到手里，"蠢到她跟前，你又没钱借，这不找不自在嘛？我就说你一早接了个电话，出差了。"

万家强鼻子一酸，到底是父子，老万再浑也明白这时候的万家强去了医院，只有徒增尴尬的份儿，就拎着东西，快步往病房去，边走边回头招呼万家强："公司的事，别告诉你妈。"

万家强啊了一声，追了两步，说我在这儿等您。

2

一见着万春燕，老万的眼珠子就红了，是糖尿病并发症，万春燕的两条小腿烂了，整个房间里弥漫着一股消毒水混合着腐肉的味道，眼睛也红肿的厉害，但不是哭的，也是糖尿病并发症，据说早晚会瞎的。

医生说了，万春燕想要活命，得先截肢，就是从膝盖以下齐刷刷地截掉。

老万看了她一眼就不敢再看了，觉得看一眼自己的眼睛都疼，他坐到床边，握着妹妹的手，泪水交流，万春燕抽搭搭地哭着说哥你可不能不管我。

把病房唯一的方凳给了老万以后，老金就只能站着了，站了一会，好像累了，靠墙蹲下了，显得人更憔悴了，非洲难民一样又瘦又黄。小金看样子怀孕有五六个月了，挺着个肚子坐在床脚上，陪着她妈哭，这情形，简直是凄凉透了。

老万问手术押金还差多少。

小金说不都告诉我哥了吗。

老万说万家强是说要交五万押金，然后没再往下说，看看老金，意思也很明白，一共五万块钱的押金，你们总不能一分没有吧？

小金明白了老万的意思，讷讷说差五万。

老万吓了一跳，说："你们就一点也没准备？"

万春燕就又哭上了，她得糖尿病的这些年，早就把家底花空了，能凑齐来青岛的路费交上住院押金就不错了，哪儿还有交手术押金的钱？

小金这边说着，万春燕那边哽咽得就更是声声断肠了，死死攥住老万的手："哥，能借的亲戚我都借遍了，我就剩你这么点指望了，你要不借给我，我就死路一条了。"

老万艰难地点点头,说我想想办法吧,就不想多待了。因为待着难受,就像你眼睁睁地看着自家亲人掉深井里去了,你够不着捞不着,就算义薄云天跳下去救,也是枉搭性命……

老万站起身,喃喃说我想想办法,想想办法,就出了门。

万春燕从老万的喃喃里大抵是看出了无望,从床头捞起杯子就往老金身上砸,边砸边骂他没本事窝囊废,跟他没过一天好日子,得了病只能等死……

老金披着被砸了一身的滚水追出来,在走廊里撵上了老泪纵横的老万:"哥……"

老万有心不住脚,可听着老金那嗓门里带血的声音,心一软,就站住了:"老金,你老婆是我妹妹,但凡我有点能耐,我能眼看着自家妹子遭罪袖着手不管?"

老金使劲点头,说知道。然后搓着手问老万有没有烟。

老万说有,掏出烟,刚要点,从护士站出来一护士,瞟了他们一眼,用水灵灵却冷冰冰地说病房区不准抽烟。

老万忙收起烟,说不抽了不抽了。对老金说到院里说。

老万特意和老金去了后院,怕老金看见万家强。

两人找了个石凳子坐了,点烟。老金抽了两支烟,才慢慢打开了话匣子,老万这才知道他们来青岛都一个礼拜了,要不是被手术押金逼得实在没辙了,他们也不会给万家强打电话。

老万听得长一声短一声地叹气,心里,却沸水一样地滚着,人啊,少挪贵,老挪贱,要不是置那口气,为了那巴掌大的一点面子,都这把年纪了,谁愿意背井离乡地挪腾。

老金絮叨了半天,才说:"哥……我知道你没钱,我们是想找万家强帮帮忙,我也说了,按说我们没脸跟你张嘴。"

老万知道老金早晚会绕到万家强身上,就琢磨着这话要怎么说,才不会让老金觉得是万家强记着仇故意不帮他们,瞧他姑妈在恶有恶报里挣扎的热闹。

"他姑父……"老万每一个字都吐得很慢,"万家强的事,我也不知该咋跟你说……怎么说呢……万家强公司让人坑得都停产了,工人的工资都发不下去,孩子也难着呢。"

说着说着,老万就觉得老金的脸色不对了,是那种明知道开了口就会让人啐一脸唾沫,却还是不愿意相信事实的残酷性,心存侥幸地迎上去开了口,却果然落了一脸啐,无地自容、尴尬。

老金是个没多少文化的农民,可面子特薄,知道他现在肯定是恨不能找个地缝钻进去,老万觉得他必得做点什么,向老金证明,他不是故意不借,更不会趁自己亲妹妹生病的时候快意多年前的恩仇,就说,其实万家强来了,因为没钱,所以他就没让他上病房去,怕大家都尴尬。说完就噌地站起来,拉着老金说:"别光听我一张嘴说,让万家强拉你去公司看看,都停产有些日子了。"

老金跟着老万趔趄了几步,就停下了,去看什么呢?去验证一下人家没撒谎?咋借钱还借出强势来了?这就像端着瓢去邻居家借粮食,邻居都说没有了,你还非得去掀人家粮囤子看看啊?不行,这么不要脸的事,他老金干不出来,所以,他挣脱了老万的拉扯:"哥,您瞧您说的,我信不过旁人还信不过您啊?不去……我不用去看。"说着,转身回病房,"你告诉家强,别为这事上心,我和他姑都体谅他,我再另想办法。"

老金边说边逃也似的回了病房。

因为了解老金的心气,老万也就没再勉强,觉得心里怪不好受的,又坐回石凳上抽了根烟,掏遍了身上的口袋,一共才一百五十七块钱,是万家强平时给零花钱攒下的,他一张张理整齐了,站在住院处门口等着,见出来一护士,便上前拦了,托她把这钱捎给老金,又把病床号和名字告诉了她,护士不大情愿,说你自己上楼送不就行了。

老万咳了一声,说我送他不会收,拜托了,对护士拱了拱手,转身往万家强停车的地方去。

远远看见父亲来了,万家强推开了车门,问姑妈怎么样。

老万搓了一把脸,就说了俩字:"不好。"又挥挥手,"走吧。"

万家强正想把老万送回家,老万却说要去公司看看,万家强有点急了,说现在公司连个工人都没有,有什么好看的。

老万斩钉截铁地说没工人我就看机器。

万家强顿了顿:"机器也没了。"

老万盯着他不相信似的。

"没钱发工资,让工人搬走了。"万家强小声说。

"那我就看厂房!"老万火了一样,嗓子就亮了上去。

万家强把方向盘一打,在马路边停了:"爸,您这是怎么了?就几间破厂房有什么好看的?!"

"我愿意看!"

"我不让看!"

老万倔劲一上来,就来拧车钥匙发动车子,在老家那会老万是最早一批拖拉机手。在老万印象里,拖拉机和汽车一样,都是汽车,只要会开拖拉机就会开车,跟万家强说几次了,等哪天有空了,找个空旷地方,让他试试手,万家强一直没敢。

万家强一把捂在老万手上:"爸,您这是干吗呢?没见满大街都是车吗?"

老万就一句话,必须去公司看看,否则,这家他还就不回了,不是不回乡下的家,是不回万家强的家。

爷俩就这么在街上僵着,把本就不宽敞的江苏路给堵了,好容易绕过万家强车子的车,错过他车窗时,都不忘冲他瞪一眼,万家强知道,再僵持十分钟警察就该来了,只好投降。

3

站在空荡荡的、灯管上结了长长的蜘蛛网的车间,老万只是踢了踢地上的一只破纸箱子，什么也没说，就转身走了。

万家强问他去不去办公室坐会儿，老万没说话，披着一脊梁的阳光，走在秋天的大街上，他粗糙的右手举到齐耳的高度，笨拙地张开着，像一把苍老的树根，微微地摆了一下，意思是不要了。

万家强锁上车间门，追出来，载着老万满街晃荡。

大概晃荡了一个多小时后，老万才问："你天天买上班？"

万家强嗯了一声。

"天天守着这么一个空荡荡的烂摊子？"

万家强还是嗯了一声。

"这烂摊子有什么好守的？守着难受哇？"说完，老万脸上，就跟洪水开了闸一样，他疼儿子，怎么能不疼呢，想到儿子每天守着一个破败的公司，心得荒凉得跟冬天的旷野似的他就难受，他哽咽着说，"等过两天，等你姑妈做完手术，我就和你妈回老家。"

"爸……"万家强不知道该说些什么才能安慰父亲那颗滴血的心，虽说谁都知道，生意场上没常胜将军，可一旦失败轮到自己头上，还是接受不了，尤其是像他这么惨烈的失败，"我公司的事，您别告诉我妈。"

老万在嗓子里啊了一声，算是答应了："就这么让他们白坑了？"

万家强说已经报案了。

"有指望么？"老万的眼里泛起了一层薄薄的亮光。

"有。"其实万家强心里没底，但他愿意给老万点希望。

"就是嘛，我就不信，骗子能横行天下无敌手！"虽然在城里住了快三年了，可老万到底还是乡下人，骨子里还是很淳朴的，心思简单，很认真地以为，这天底下的事情，黑就是黑，白就是白，没什么值得怀疑的。

爷俩开着车在马路上晃荡。

老万叹气说我和你妈不是非要赖在你家，你妈这人好咋呼，爱掐尖，有你们兄弟俩给垫着底，在村里没少得罪人，整天炫耀俩儿子抢着要接我们进城享福，借着和你姑妈打官司置气这茬进了城……结果呢？拿意外财买了房，还让万家顺媳妇给攮出来了，兜了一肚子气，家顺的家不愿意去，老家没脸回，为啥呢？来青岛快三年了，既然是出来养老享福的，哪儿有年纪越大越往家送的道理？我就怕人家说抖擞了一圈，还是让儿子给撑回来了，咳，人要脸树要皮……脸往哪儿搁哦……

万家强不知说什么才好，只好假装专注地开车。

老万歪头看着他："和你说实话，你妈真是羊角风。"

万家强大吃一惊："爸！您不说是神经官能症嘛？"

"糊弄他们的！想笑话我？没门！"老万脸上浮起一丝狡猾的笑意，很就消失了，"你发现没？"

"啥？"万家强歪头。

"自打到你家，你妈就没犯过病。"

万家强嗯了一声。

"大夫说了，这毛病不能生气，在你家没人招惹她，日子过得舒心，她就不犯病了……单是因为这我也不愿回老家，你妈跟我大半辈子没享啥福。"老万眼里滑过一层水花。

万家强这才明白，老万其实也不是个一肚子传统思想的乡下老爷们，也知道心疼自己的女人，万家强哽咽了一下，说爸，等情况好点了，我就把您和我妈接回来。

转来转去，就转到中午了，爷俩找了家小酒馆坐了，给老万要了瓶小二，老万拿起酒瓶端详了一下，把酒还给了老板，说中午喝不下，要两盘饺子就成了。

万家强有点吃惊："真不喝？"

老万摇头，说没心思。闷着头等饺子的时候，又突然问，让我和你妈回老家，就是怕她知道你工厂的事？

万家强想了想，点着头嗯了一声。

老万有点羞涩地小声哼哼，其实我慢慢和她说，她受得住。

万家强的脑袋就轰地响了一下："爸……"

老万有点结巴地："家强，爸不是要赖你家……你妈也这把年纪了，我想让她过得舒心点。"

饺子上来了，两盘，热腾腾地横在万家强和老万之间，袅袅的蒸汽，像一道雾帘一样模糊着父子俩在彼此眼里的神态。

万家强抿了抿嘴唇，知道不说实话不行了，就哽咽着叫了声爸，然后，才说房子很快就要拍卖了，他是怕父母受不了这打击才让他们回家的。

老万像木雕一样坐在那儿，半天没动。

后来，万家强把两盘饺子都打了包，扶着老万上车的时候，突然觉得父亲一下子苍老了，背塌了，腿弯了，轻飘飘的也没什么力气。

万家强给父亲系上安全带，说爸，我本不想告诉你，最近季苏一天到晚不在家，也是为了借钱补富隆。

老万的眼睛亮了一下又飞快暗淡了，因为万家强说借到的钱是杯水车薪又还回去了。

然后他们回了家，在小区的地下车库里，爷俩呆坐了半天，最后老万挣扎着坐直了，拍拍万家强的手："天无绝人之路。"过了一会，主意已定似地跟万家强说，"我想好了，不回老家了，过几天我和你妈搬家顺那边去。"

万家强意外地："爸——"

老万叹气："我不放心，爸得亲眼看着你东山再起。"

万家强明白老万的心思，是不甘心儿子就此没落了，也怕回了老家后万家强报喜不报忧，就想在青岛亲眼看着。想想，这也是做父亲的一片苦心，万家强心里就微微地哽了一下，说好。

老万又说房子要拍卖的事，不能告诉老鲍，让万家强放心，过几天他就和老鲍去万家顺家，陈玉华要敢再给他们要脸色，他们也不客气了，房子钱是他掏的，虽然落在万家顺名下，可世上的事，得讲个道理不是？

万家强点头，让老万放心，就算房子被拍卖了，也比刚毕业留城那阵强，至少他还有辆车呢，拍卖了房子，除了还借贷公司的欠款，估计还能剩个十万二十万的，足够支撑他东山再起。

老万使劲点头，表示信他，爷俩等电梯的时候，老万突然看着万家强欲言又止地张了张嘴："家强……"

万家强嗯了一声，看着他。

"你这辆车值多少钱？"

这辆桑塔纳虽然车龄不高，但买的时候就是辆二手车，买到手又开了小两年了，万家强大抵盘算一下说大概也就五六万吧。

老万默默地点了点头，自言自语似的说："不知道卖了车给你姑妈交手术费还来不来得及。"

其实，老万张口问这辆车的价钱时，万家强就想到了，只是没吭声，他愿意把这个表达权首先给父亲，让他有机会叙述作为一个哥哥，对亲妹妹的关爱。遂笑笑说好歹也是辆车，恐怕不是说卖就能卖得了的，不过，可以去典当行抵押借款，跟他抵押房子一样，抵押三个月，等三个月后，估计房子也拍卖完了，余下的款项该给他的也给了，正好可以拿来赎车。

老万没想到万家强会这么痛快，忍不住眼睛又酸了："到底是血亲。"又担心季苏会不会不愿意。万家强说不会，他和季苏从来没因为钱的事吵过嘴，尽管如此，作为夫妻，还是要相互尊重的，等今晚把事情和她说说，明天再去典当行抵押借款，反正姑妈的病拖也拖了有段时间了，就不差这一天了。

爷俩这么商量定了，才上了电梯，在电梯里，老万又追了一句，借钱给你姑妈的事，别让你妈知道。

万家强点头。

老万有些不好意思，定定看着万家强，叹了口气，想笑，却笑不出来，只是咧了咧嘴说别怪爸。

万家强说我怪您干吗。

"你都这么难了，我还让你典车借给你姑妈钱。"

"您不说我也会的。"

老万也凝重地点点头："这点，你比万家顺仗义，你姑妈再不对，也是自己家的血亲，但凡有点办法就不能见死不救。"

万家强说是啊，如果他不知道也就算了，可既然知道了，他就不能见死不救，否则，这辈子都睡不踏实。

第十八章

这些日子，她一直在温习一门叫接受失败的功课。

1

那天晚饭吃得很沉闷，关于万家强公司的事，老万只字没提，让老鲍把属于他们俩的东西都收拾起来，这两天就去万家顺家。

老鲍看了万家强一眼，嘟哝了一句："要去你自己去，我不去！"

老万威严地瞪了她一眼。

老鲍又说懒得看陈玉华的脸色。

"我还懒得看我这张没钱的脸呢！"老万有点生气，"这世上就你想活得称心如意啊？"说着看看万家强和季苏，才柔和下嗓子说，"咱家强和小季好样的，你就别老母鸡刨食专挑软土下爪子了。"

"就你会当好人！"老鲍剜了他一眼。

老万自言自语说我看啊，春燕的腿再不做手术就麻烦了。

"有本事你借钱给她！"老鲍脸色一震，扭头看万家强，"你打算借给她钱了？！"

万家强说没有。

老万把烟蒂死死按在烟灰缸里："全世界就咱万家强有钱啊？比万家强有钱的人多了去了，少他妈的人家一求你你就把自己当盘菜供着！"

有要去万家顺家这档子事在胸口上横着，老鲍心里已够不痛快的了，又让老万骂了一顿，一口气就抽了过去。

看着老鲍直挺挺地横在沙发上，万家强恼火地喊了一声："爸，您都知道我妈这毛病，您呛她干吗！"说着，托起老鲍的头，使劲掐人中。

老鲍嗓子咯楞楞地响了几声，睁开了眼，万家强刚松了口气，可老万见老鲍这么快就睁开眼了，以为老鲍刚才是故意闹妖吓唬他，登时就火冒三丈地开了骂，骂得老鲍嘴唇乌青直哆嗦着说不出一句话，现在万家强是真火了："爸，您干吗呢？我妈醒过来了不是好事？"

老万依然破口大骂说你妈给我玩这一手玩了都他妈好几十年了，没理了不认输她就放躺！一年不躺个七回八回她就不叫一年！

万家强不得不承认，老万说的是实情，可老鲍有羊角风也是实情，遂两手打拱做讨饶状："爸，求您了……"

老万这才像咽唾沫一样把到了嘴边的脏话咽下去。

让老鲍折腾了一晚上，万家强上床的时候已是十点半了，和季苏说了白天的事，但打算去典当行抵押车的事没提，想看看季苏反应再说。

季苏依着床头坐着，脸冲着对面的墙，目光从眼梢里飘过来，落在他脸上："你有打算了吧？"

万家强一阵惭愧，嗯了一声。

季苏说咱家还能变成钱的，就剩车了。

万家强说是。

季苏扭头，看着他不说话。

万家强低了头，小声说估计这车能抵押几万块钱，毕竟是我姑妈，总不能袖手旁观，和连命都快没了的姑妈比起来，他还在意拥不拥有一辆车，显得很荒诞。

季苏当然也明白，这事她不想拦着万家强，也拦不住，在这世界上，钱办不到的事，有两桩，一是买不到感情二是买不到命，大多时候，钱是满足欲望的纸片片，让人拥有更多。可是，拥有又意味着什么？被拥有、奴隶是相互的，从来不是单向的，就譬如一年前，她和万家强有了不用还贷款的房子和车子，她只是有了一点物质上的安全感，幸福指数也并没因此而增加许多。从今年知道万家强的货被骗的那一刻起，他们就在不停地失去失去，先是要失去房子，现在又将因为姑妈的病失去车子，是啊，她的心，是难受了一下，像被人在心尖上揪了一把那么难过，可想开之后，她也没觉得有啥，她还是以前的她，万家强也还是以前的万家强，美芽更是以前的美芽，还有更多混得不如他们的，不也照样活得朝气蓬勃的？

再往深里想一点，拥有太多其实就是惩罚太多，因为现在的拥有就是为了以后的失去，你拥有的越多，就要承受越多失去的痛，就算不是因为生意失败失去，将来也会因为生老病死失去，不过是来得早晚而已。

这些日子，她一直在温习一门叫接受失败的功课，钱没了不等于失败，没了一颗积极向上的心，才是最彻底的失败。希望或理想，她觉得自己不缺，万家强内心里也不缺。钱买不到感情是永恒的问题，可在某些时候，钱还真能买到命，譬如现在，只要万家强放弃对一辆车的拥有，就可以给万春燕续上命，或许不长，三年五年或者七年，可只要是命，它就有价值，就是宝贵的，这么花出去的钱，是最值钱的。所以，她攥了攥万家强的手，说没问题，因为人的自私，钱替人背负了太多骂名，权当是给钱一个伟大的机会了。

万家强给感动得都不知说什么好了，把她使劲往怀里揽了揽，紧紧地搂在怀里，喃喃说对不起，亲爱的，用不了多久我就又变成一无所有的穷小子了，又要让你跟我受二茬苦了。

季苏不想把气氛搞那么沉郁，就笑着说，吃二茬苦我不怕，就怕你要当二茬新郎。

万家强笑着说不敢不敢，然低头来吻她，唇刚挨上她额头，手机就响了，季苏推了他一下："接电话。"

万家强不想接，含混不清得嘟哝着这么晚了，继续吻她，手机响到自动挂机了又响了，一连这样响了四五遍，大有万家强不接它就一直响下去的架势，万家强没辙，只好松开季苏去接电话。

是小金的，问万家强见没见着老金。

万家强说没有啊，这么说的时候还有点惭愧，因为没钱，上午去医院的没好意思露面。小金带着哭腔说，自从上午老金从院子里回了病房，就一直在挨她妈的骂，骂他窝囊废，没出息，早知道嫁给他要过这种穷得连命都保不住的日子，她宁肯一辈子老死娘家也不便宜了他这穷皮……老金让她骂得坐不敢坐，站也不敢站，出去了，小金还以为他不死心，又找万家强借钱去了呢……可这都快半夜了，还没见人回来，小金才急了，人生地不熟的，怕他走失了或出什么事。

万家强问老金在青岛有没有其他认识人。小金说没有。万家强就觉得有点不大对劲，边起身穿衣服边安慰小金，他这就出门，在医院周围找找看，又让她告诉姑妈，手术押金的事也别愁，明天他来想办法，挂了电话，跟季苏说了一下就出门了。

2

一直到第二天早晨，万家强才找到老金。

准确地说，老金不是被万家强找到的，是上山晨练的老人发现的。老金在一棵树下吊死了，在医院旁边的山头公园，瘦瘦的、窝囊了一辈子的老金，像一条风干的腊肉，挂在秋天的树林里，旁边的一块石头上，有一只空了的廉价白酒瓶子，还有一大堆烟蒂和两个空了的烟盒。也就是说，从病房出来的老金，在山上喝光了一瓶廉价白酒，抽光了两包廉价香烟，最后决定把自己挂在树上，因为他再也不想为这个世界操心了，他再也不想听老婆的咒骂了，他再也不想出去借钱了……

那些发现老金的人，久久不愿散去，都啧啧说，老金是个有责任感的好人，因为那些烟蒂，都是抽完了再放在石头上按得死死的，所以，石头的一侧留下了巴掌大小的一片青色烟灰，石头下面，还特意用手扒拉出了一个坑，烟蒂像一群听话而狰狞的小怪兽，乖顺地躺在坑里。

老金是个农民，在山上和树打了一辈子交道。

老金这是怕烟头引起山火，所以……

3

"怎么办？"在太平间冰棺前，万家强问老万，他只能问老万，因为小金哭得像个傻子，什么主意都拿不出来。

"火化了把骨灰盒抱回去行了。"老万黑着脸，看看除了哭就知道哭的小金，"别告诉你妈，就说你爸让她骂恼了，一气之下回老家了，等她做完了手术，恢复差不多了再说。"

也只能这么着了，虽然万春燕整天骂老金窝囊没出息，可那些骂，已不在骂的本身，那是她对自己人生的失声痛哭，而倔强得要好的、老实得很窝囊的老金，却再也没有足够的坚强倾听她的痛哭了。

看着躺得僵硬的老金，万家强突然不想让父母去万家顺家了，哪怕只去住一段时间也不成。

自杀的老金就是最残酷的例子，因为无望，也是因为被万春燕不停地责骂刁难，他都宁肯死去也不愿意过这种窝心日子了，而他，为什么非逼着父母去过明知道是窝心的日子呢？

就跟季苏这么说了。

季苏看着他，半天才说，那怎么办？

意思是除非你告诉你妈真相，再或者，用不了多久，法院就得上门封房子了，到时候，一家老小往哪里去。

万家强软软地看着她，慢慢说："我不想等法院上门封房子了再往外搬。"

季苏也嗯了一声，她也有这意思，等那时候再往外搬，就太狼狈了，两人尴尬地沉默着，其实，有一个去向，万家强不想说也不敢说，怕一说出口就瞧不起自己,季苏想说却又怕伤着万家强的自尊。

两人就在黑暗的夜里,各自呆呆地坐着。

过了好一会儿,季苏说:"我妈说了,如果……可以搬过去和她一起住。"

万家强就听见自己心里,有什么东西响得稀里哗啦,他想按住它们,倔强一会,可是不行,他已经被命运逼到了悬崖边上,现在,他已经彻底没了收入,只靠季苏一个人的工资,想养活一家老少五口已经很紧张,根本就租不起房子,何况他们是一家五口三代人,房子租小了也住不开。

黑暗里,万家强的手爬过来,一把抓起她的手,眼里噙着泪说对不起。

幸好是黑夜,季苏看不见他满眼的泪光。

季苏回握了他一下,说以后会好起来的,过了一会儿,又笑了一下,笑出了声,是笑给万家强听的,想让他心情轻松一点,说等以后混好了,别忘了养着我妈,我妈是没有退休工资的人,我给她钱花,你不许不高兴。

季苏这么说,是为了给万家强一点心理平衡和一点自尊上的台阶下,要不然,就这样领着一家老小搬到岳母家住,他面子上下不来。

万家强当然明白她的心思,什么也没说,只是把她的手攥更紧了。

季苏又笑:"要有良心,记得对我妈好哦。"

万家强嗯了一声,季苏听出了这声嗯里有泪光,就故作欢快地说明天我就回去跟我妈说声,帮她把房间收拾出来,我们回去,家里热闹了,我妈一定开心极了。

第二天中午,季苏就回了娘家,跟老苏说了,老苏挺开心的,说尽管往回搬,我这儿敞开着大门欢迎呢。

话,老苏虽然是这么说的,但心里,还是忐忑得很,因为毕竟不是季苏一家三口搬过来,而是还有老万两口子,这让季蓝看了,会咋想?

但现在正是季苏两口子最难的时候,所以,她不能在她最难的时候再用回绝或者作难让季苏两口子更难过,就铁了心,先让季苏一家子有个容身之处再说，当然，季蓝这边，招呼也要打的。

中午，季苏收拾了一会房间，就回学校上班去了。等她出门走远了，老苏也出了门，去乐万家公司找季蓝。

她不想让季蓝误解，得把话先说明白了，她只是暂时收留季苏一家，没有其他意思，如果她不放心，她现在就可以给她立遗嘱，季教授去世前留遗嘱那会儿她早就想好了，虽然季教授把这房留给了她，但将来她一定是要把这套房子留给季蓝的。

到了乐万家公司大堂，让前台小姐给季蓝打了电话，老苏就像只局促的热锅蚂蚁一样团团转着等季蓝下来，琢磨着，无论如何，她也得让季蓝答应了这事，而且不让她在季苏面前露难看的脸色，让季苏难上作难。

听说老苏来公司找她，季蓝挺意外的，匆匆下来，远远见老苏在大堂里转来转去，疑窦就更深了，走到她身旁喊了声苏阿姨。

老苏转身，定定看了她片刻，突然一把抓住她的手，说小蓝啊，阿姨今天来求你个事，不看别的，看在这些年阿姨待你也不差的份儿上，你就给阿姨张老脸。

说着，眼泪扑簌簌地就滚了下来。把季蓝尴尬得不成了，而且她也不习惯老苏这么亲昵地握着她的手，尤其是在大庭广众之下，可又不能强抽出来，只能强压着内心的别扭说阿姨，有什么事您尽管说。说着，从口袋里抽出面纸，递给她，小声说："出来进去的全是我同事，您先擦擦泪。"

老苏一听就慌了，忙接过面纸把脸上的泪擦干了，嘴里嘟哝着阿姨忘了这茬了，给你丢人现眼了。

季蓝兀自走到沙发旁，坐下，皱着眉头说阿姨您有什么事坐下说。

老苏颤巍巍地挪到沙发边，坐下，又抽了一下鼻子，才把季苏家发生的变故说了一遍，末了说，小蓝啊，不管咋说，从名义上，季苏还是你妹妹，你就抬抬手，让阿姨帮她这一次，帮她度过这一关，你的大恩大德，阿姨这辈子都忘不了。

听老苏说完，季蓝也非常震惊，说怎么会走到这一步？

"谁说不是呢。"说着，老苏哽咽着嗓子又要哭，季蓝就烦得不行了，说阿姨，既然我爸把房子留给您了，您想怎么着是您的自由，不用跟我商量。说完，起身说办公室还有事等着她处理。

老苏感恩戴德地随后跟了两步，说小蓝啊，我想好了，你要不放心，我这就给你立个遗嘱，这房没季苏的份儿。

季蓝虽然明白这是老苏在特意向她表明心迹，但还是有被人看俗了的不舒服感，就说阿姨，您这么说就不对了，房子已经是您的了，我有什么不放心的？说完，就快步朝电梯去了。

老苏这才舒了口气，一步三回头地回家了。

跟季蓝说好了，老苏心里就踏实了，和季苏收拾了几天房间，万家强一家就搬了过来，全家人都明白是怎么回事，只有老鲍蒙在鼓里，所以，搬家那天，老鲍大惊小怪的，甚至眼泪汪汪，儿子混好好的，怎么突然就要往亲家家搬？跟着儿子一起住儿子丈母娘家，这要让棉花村的人知道了，还不得笑掉大牙来？老鲍这么嘟哝着，一个白眼一个白眼地往上翻，老万居然就能悄没声地儿子说要往丈母娘家搬他就跟着往人家丈母娘家搬，难不成人不仅越老越没脾气，连脸皮也越老越厚了？就这么说给老万听。

老万黑着脸说闭上你的臭嘴吧！

老鲍就更气了，说家强啊，你有公司开着又大房住着还有车开着，你要多有钱才叫有钱啊？还琢磨着把房腾出来让小季开辅导班？

万家强就装没听见。

整个搬家的过程中，老鲍就像一个百思不得其解的话痨，跟每一个人絮叨，向每一个人控诉，钱这东西没挣够的时候，人不能太贪，够花就行了。

却没人理她的茬。

隐约地，老鲍就觉得不对，可又没人跟她说这不对到底不对在什么地方。

4

季蓝是几天后的一个傍晚回娘家的,一进门,就吃了一惊。

因为这天是老鲍的生日。万家顺一家三口也在,当时程序进行到了许愿吹蜡烛阶段,客厅里黑着灯,只有黄昏的烛光摇曳里万家强一家子齐声唱生日快乐的声音。

恍惚地,季蓝就觉得自己进错了门,或者,这是另一个陌生的,和她没关系的世界,就怔了一下,啪地随手按亮了灯,呆呆地看着眼前的这一幕。

季苏他们也被这突如其来的灯光给吓了一跳,见是季蓝怔怔站在门口,就忙招呼她来坐下。毕竟是客居亲家,虽然听说季蓝对季苏不是很好,但老鲍觉得自己还是得有点客情的样子,忙解释说今天是自己过生日,招呼季蓝过来吃蛋糕。

季蓝怔怔晃了晃头说不了,她就是回来看看,说完,连鞋也没换,转身就走了。

陈玉华就小声说:"看上去好像不高兴了。"

老苏知道季蓝是心里不舒服了,也顾不上多说,忙追出去,在楼梯上追上了,才神神秘秘地说小蓝啊,这都是暂时的,你别见怪。说着从口袋里摸出一张揉皱了的纸,塞到她手里说:"这是我遗嘱,我找街道上的姐妹见证过了,季苏也看了,她也没意见。"

其实老苏撒了谎,因为怕季苏不舒服,她根本就没说自己偷偷立了遗嘱的事。

季蓝愣了一下,但没说什么,任由老苏把遗嘱塞到她外套口袋里,就噔噔下楼了。

望着她铿锵远去的背影,老苏怅然地叹了口气。

上了车，季蓝就掏出遗嘱看了一遍，遗嘱是打印的，在遗嘱里，老苏说金口路房子的全部继承权归季蓝。然后是街道上两位见证人的签名指印还有老苏自己的签名。

季蓝心里微微动了一下，是感动，随手丢在副驾驶座位上，开车往家走，不知为什么，特想找个人说道说道这事，当然，这样的事，和外人说不得，欣怡就太小，只能和朱天明说了，可她到家朱天明还没回，就打电话问他在哪儿。

朱天明正跟余佳诗吃晚饭，就随口撒谎说公司有点事，耽误了，一会儿就走。

季蓝就没好气说公司都快倒闭了，还有什么事耽误。

朱天明顺嘴扯谎说越是要倒闭事儿越多。

余佳诗在旁边听得切了一声，声音虽然不高，但还是传到手机里去了，这如果是别人，一定会很警惕地问这声切是谁发出来的，但自信满满的季蓝只淡淡地问了一声，谁啊？

朱天明忙慌乱地捂着手机说会计，正查生产组的流水账呢……

季蓝哦了一声，问什么时候查完。朱天明说快了，马上。季蓝说那你早点回来。

朱天明嗯了一声，挂断电话，瞪了余佳诗一眼，怪她简直是没事找事。

余佳诗挑着一叉意面，从底下慢慢地往上吃着，用眼稍斜着他："一想到你回家就要和她睡一床我就气不打一处来。"

朱天明忙表示，虽然和季蓝同床共枕，但他们的夜晚，大部分是井水不犯河水，因为季蓝在性上是个特别冷淡的人，而且她把性冷淡当成女人高贵矜持的一部分，把同意跟朱天明过性生活当成是女王对仆从的恩典。

余佳诗就哼，问他打算什么时候离婚，朱天明说他很了解季蓝，盲目自信，要强的要命，如果他贸然主动提出和她离婚，她不仅会发疯，说不准还会为了所谓的面子不和他离，所以，要等合适的机会。

余佳诗就觉得像是陷入了永远也走不到尽头的天昏地暗，苦着一张带着怒气的小脸追问这个机会到底什么时候能来。

朱天明说总会有办法的。

就像虽然他马上就要失业了，可老天却会送个机会让他不用为房贷发愁一样，只要他有意愿，机会早晚会来的。

然后，这天晚上回了家的朱天明，听季蓝跟他说了娘家的一切，再看看老苏写的遗嘱，隐隐地，就觉得一个可以促成他不动声色甩了季蓝的机会，正在慢慢向自己走来。就问季蓝是怎么想的。

季蓝瞄了他一眼，说我要知道自己应该怎么想，就不用问你了。

朱天明就挑了挑那张遗嘱，说："你不觉得这是缓兵之计？"

季蓝定定看着他："什么意思？"

"我的意思是，这张遗嘱毫无意义。"

"怎么会？"季蓝反驳，"她都签字了，也找街道上的邻居见证了，完全符合自书遗嘱的要素啊。"

"你就知道符合自书遗嘱的要素，还有遗嘱的效力问题呢？"朱天明自得地卖弄，"如果这是她的最后一份遗嘱，毫无疑问，它的法律效力不容置疑，可万一这不是她最后一份遗嘱呢？"

"你什么意思？"

"后立的遗嘱比早立的遗嘱更具有法律效力，也就是说如果在这以后，她再立一份遗嘱，那么，在法律上，就是对她前一份遗嘱的推翻，你这份遗嘱就是白纸一张，毫无意义。"朱天明说。

"这样啊。"季蓝恍然就明白了，但还是不愿意接受这现实，"她又没什么文化，不会有这么多心计吧？"

"她没文化不等于别人没文化啊。"朱天明继续引申，"还有季苏和万家强呢。"

"你的意思是他俩指使她这么干的？"

"你觉得呢？在物质诱惑面前，什么人品道德，都是经不起推敲的幌子。"朱天明慢慢拖长了腔调说，"现在，那个家已经不是你的了。"

季蓝瞥了他一眼，没说话，心里满是强行按捺的愤怒，嘴上却说："不

319

是我的就不是我的！"好像那房跟她没关系了一样，然后抬手打开电视，遥控器刚放下，又被朱天明拿了过去，把电视关了，"那是你爸妈的房子。"

季蓝沉着脸，不说话。

"那地角的房子现在是千金难买。"

季蓝赌气似的一把抢过遥控器，又把电视打开了："你想让我怎么着？去抢？我没那么厚脸皮，回娘家把季苏他们撵走？我没那么庸俗泼辣！"

"你回娘家，住在那儿。"

"我自己有家，我干吗要住那儿？"虽然老苏家是季蓝的娘家，但自从父亲去世，在季蓝眼里，那里已经仅剩了象征意义，完全没有感情上的亲近感，可一想起金口路房子的寸土寸金和得天独厚的人文环境，季蓝的心，难免也要悸动两下，遂气哼哼地说，"何况我和他们又不是同一类人，和他们住同一屋檐下，我做不到！"

"你就说你离婚了。"朱天明小心地慢慢试探着说，见季蓝拿白眼球瞪他，又忙补充说，"又不是真离。"

"你不觉得很恶俗吗？"季蓝起身，"我的人生不是狗血电视剧！"说完，进了卧室，咚地关上了门。

朱天明兀自讪讪笑了一会儿。

其实，虽然嘴硬，季蓝的心，也动了一下，但很快就被自己用不齿给摁住了，觉得为了占房子而假离婚这样的情节，不过狗血电视剧的桥段而已，怎么可能出现在她锦缎一样的人生中？她只是不齿，却一点也没怀疑朱天明的用心，在她心目中，他不过是个公司即将破产的失业男人，怎么可能有胆在婚姻问题上和风光的她耍花枪呢？

第十九章

心安即故乡，眼下做的，都是让心灵安宁的事。

1

因为老金的自杀，老鲍彻底原谅了万春燕，甚至还在手术后，每天去医院给她送汤，边喂她喝边没好气地说，当年讹老万的时候，没想到今天吧？

万春燕耷拉着的眼皮里有一汪羞愧，不肯给别人看见，所以她总是低着头，很少说话。有时候，听见走廊里有人声，她会一愣，原本浑浊的眼睛又亮又圆，直到脚步声越过了病房门口，渐去渐远，她灼灼闪亮的眸子才缓缓地灰了回来，埋着头，继续吃老鲍送来的东西，或者不吃，低着头，看被子上的那几个字，某医院某病房某床。就这么几个字，在她，却像一部永远看不完的天书。

剩下的难听话，老鲍就咽了回去，知道她以为是老金回来了呢。可是，除了她，所有人都知道老金再也回不来了。

有时候她会继续咒骂老金，说等她回家，看她不把老金的皮给扒喽。

老鲍就说扒他皮干什么？还犯法，等你出院，不和他过了，跟着我和你哥。

截了肢的万春燕生活不能自理了，也没地去了，老金没了，大龙在万春燕手术后第二天来了，隔着玻璃看了一眼无菌病房里的万春燕就要接小金回家，说她一个怀孕6个月的孕妇，总待在医院不好，尤其是对她肚子里的孩子没好处。

老万看出来了，这小子是怕岳母沾上他们，可这时候，老万不能和他客气，因为小金是万春燕唯一的孩子，所以，老万问："你妈怎么办？"

大龙装痴卖傻："我妈在家啊。"

老万抬了一下嗓子，指着无菌病房里的万春燕："我说的是你这个妈！"

大龙说他是女婿，不是儿子，这事问不着他。

老万看小金，小金有点怯怯地，看看老公又看看老万："要不我把我妈接过去。"

大龙当即就在医院走廊里跳了高："凭什么？我的家，你说接就接？"

老万说："你还有没有良心？没丈母娘你有老婆？我妹妹没儿子，就这么一个女儿，你们不管谁管？"

大龙说要这么说，他退货，老婆也不要了。说着就气势汹汹地往外走，边走边骂骂咧咧地说权当当初花钱给自己娶了个临时老婆！还没走到门口，被老万拽回来扇了一巴掌，他指着哭得腰都直不起来的小金说："小金肚子里怀着你的孩子呢，你他妈说的这是人话吗？"

大龙嗤之以鼻地说别拿小金怀孕当宝来押，他不吃这一套，人家说糖尿病这玩意遗传，他巴不得小金现在就堕胎和他离婚，他好娶个没遗传病的姑娘生个有保险的孩子。

这些无情话，太杀心了，小金噢地号哭了一嗓子，扒着窗户就要跳楼，被老鲍和万家强眼明手快地拉住了，看看绝望得泪水横流的外甥女，所有的愤怒，就变成了一个坚硬的拳头，再噎人老万也得咽下去。他是当舅的，总不能把外甥女的婚姻拆了，他摆了摆手，示意大龙把小金领走，他觉得自己连摆手的力气都没了："走吧，回去好好过日子，你妈的事，甭操心，有我呢。"

夜里，他和老鲍说，让春燕跟着咱回老家，也好，就没人说三道四了，我是她亲哥我不能看着她没了男人截了肢扔在外面不管，我也不能带着截了肢的妹妹住在儿子家，老了老了，不能越老越糊涂是吧？

老鲍就踹他一脚，说妈了个 X 的，里里外外的理都让你这张破嘴说尽了。

老万嘿嘿地笑，知道老鲍这一脚踹过来就算是答应了，想着以后的日子，老万就觉得，自己鸡零狗碎地瞎忙了一辈子，临了，还像个人样，这么想着，突然地心就踏实了，好像回到了小婴孩的时候，躺在母亲怀里一样的心下踏实而温润。

第二天，去医院的路上，他和万家强说，按说事这么多，他应该焦躁得不行才对，可为啥他就觉得这么踏实呢？

万家强说我也是，事业、钱，这些他看重的东西，全都没了，可他也觉得肚子里的心，安稳得像在夕照下反刍的老牛。

夜里，万家强把这些话和季苏说了，然后问季苏，你说这是为什么呢？

季苏想了想，说："心安即故乡，眼下你和爸做的，都是让心灵安宁的事，所以……"

万家强觉得是这么回事，自从他答应抵押车子借款给姑妈交手术押金，他的心就安稳得像是走上了通往老家的那条小路上。

2

万春燕快就要出院了，季苏想是时候了，就去法院把民间借贷公司给起诉了，大约过了一周，法院来送传票。是老万接的。

因为和万春燕打官司打的，老万已经知道传票是个什么东西了，就是法院通知当事人哪一天去什么地方和人对簿公堂的，就戴上老花镜仔细看了看，就毛了，说季苏咱欠人家钱你咋还把人家告了，这不是要赖么这不？

季苏说爸，我这不是耍赖，是按法律来，当年家强去抵押借款的时候，没征得我同意就把我们俩的婚内共同财产抵押了，在法律上这是不允许的。

老万不懂什么法不法律的，他就知道在乡下，就算混账丈夫在外面赌博欠了钱，老婆都得乖乖替他还账，何况万家强这是借钱做生意呢？

老万说你说的那些，我听不懂，我就知道按老理，这债咱得认。

季苏说我没说不认这债，他们可以封我的工资账户，我可以通过其他方式慢慢还债，但是他们不能拍卖我的房子。说着，季苏就哭了，说这是我和家强奋斗了十年才安下的家，我不能就这么让它没了。

老万知道她说的也一定有她说的道理，可在道义上这弯就是转不过来，就问季苏万家强知不知道这事。

季苏说不知道。

老万说这么大的事你咋不和家强商量？

季苏说因为商量了他也不会同意，他和您想法一样，愿赌服输。

老万心里的那口气，就壮了起来，觉得只要万家强不同意的事，那就一定是不对的，到底还是乡下长大的孩子仗义啊，就说他不同意你就不应该去告人家。

季苏说当初我不同意他抵押借款他也借了。

两人就僵住了，老鲍从背后拽了老万一下，小声说小季也对，要是告一下就能保住了房子，就告呗。

"一边待着去！背信弃义的娘们儿，除了自己一亩三分地里的那点小算盘，你们管别人死活么!？"老万吼了一嗓子。

季苏的脸，就一下子红到了脖子，转身回卧室关上了门。

老万是在医院见着万家强的，愤愤说："没想到小季是这样的人，欠债还钱，天经地义的事，她还把人给告了！还做不做人了？"

万家强也没想到季苏会去起诉，也挺生气的，让老万别管了，这事他来处理。晚上，回了家，见客厅里只有老苏、老鲍和美芽在看电视，就问美芽："你妈呢？"

美芽指指卧室说在屋里。见万家强气冲冲往卧室走，就跑过来拉着万家强的手说爸爸不要批评妈妈了，妈妈没吃晚饭。

万家强蹲下来，摸摸美芽的头，说美芽乖，爸爸不批评妈妈。

"也不要和妈妈讲道理"。美芽一本正经地说，因为每次万家强说我不批评你，但是我们要讲讲道理，其实呢，这个讲道理对万家强来说就是批评。

万家强点点头，进了卧室，见美芽跟在身后探头探脑，就轻轻推了她回客厅，把门掩上了，按亮灯，原以为季苏是窝在床上哭，却见她眼睛亮着呢，一点泪光都没，就把手里的包往床头柜上一扔："为什么？"

"我不想失去我们的家。"

"我也不想。"

"所以我行动了。"

"可是，季苏，做人要讲道理。"

"我也讲道理，但是我用法律讲。"

"法律？季苏！法律是什么？法律是道德的最底线，我万家强什么时候堕落到道德线最底部去了？"

"你没堕落，是我堕落了。"季苏不甘示弱，"这个家不是你自己的，你无权一个人决定了它的命运。"

"可至少我有一半的决定权吧？"万家强有点理屈词穷。

"属于你那一半的权利，只有离婚的时候你才能行使。"季苏淡淡地说。

万家强定定看着她："你什么意思？"

"我什么意思也没有？"

"你想离婚就直说。"

"如果我想离婚就不会去法院起诉！"季苏猛地从床上站起来，"家强你能不能讲讲道理？我去法院起诉不是不认这笔债，我只是想这套房子不被拍卖，然后我们用其他方式还债，难道不可以吗？"

被借贷公司追债和躺在医院里的万春燕，都像两匹不由分说的豺狼一样追着他,真把万家强追累了,他看着季苏,一字一顿地说:"季苏,我不允许你这么做,你知不知道你这么做是陷我于不仁不义,让我他妈的活得不像条汉子!"

"可是,你对别人仁义,可是对我呢?对美芽呢?你不觉得残酷了点,难道就别人是人,我们娘俩是草芥!?"

讲道理,万家强永远不是季苏的对手,他理屈词穷,只能压着嗓门一字一顿地说:"好,我对你们娘俩不好,我不是人,我们离婚!"

但万家强还是没来得及和季苏离婚,因为比离婚还严重的事情,始料不及地发生了。

3

第二天就要出院了,见万春燕恢复得不错,老万就想,没必要把老金上吊自杀的事继续隐瞒下去了,就和万春燕说了,说老金不是个东西,丢下病老婆不管,自己上天逍遥快活去了。见万春燕的眼里满是百思不得其解,遂又给她吃宽心丸道:"别怕,只要有我这当哥的在,走到哪里都有你这妹妹的一席之地。"

万春燕低着头,半天没说话,眼前的被子淋湿了一大坨,说她早就猜到了,因为老金临出门前,把身上的钱和存折,都塞饭盒里了。他从来没这样过,别看老金木讷,可老金心软善良,所以她才欺负了他一辈子,要是他还活着,不会把她一个人扔医院里这么长时间……可猜归猜,她不愿意相信这是真的,所以她不问,怕一问就问成真的,让自己难以接受。她宁肯老金真是让她骂恼了骂跑了,他和她这病秧子累赘是真过够了,过够了就过够了吧,离婚也行他跑了也中,就是别寻短见啊,一辈子不长不短的,一天福都没捞着享……

万春燕说这些的时候,很平静,一点也不像过去的那个乡下泼妇了。

当时，万家强在场，那会儿，他刚刚和季苏吵完架，一气之下从家跑出来，兜里没钱，也没地可去，就去了医院，因为心里郁闷，本意是想今晚他替父亲陪床，让父亲回家舒舒服服睡个囫囵觉。自从老金没了，老万就没回家睡过，在医院租了张行军床，日夜地陪着万春燕，生怕她猜到点什么也弄出个三长两短来。

见万春燕和平时大不一样了，万家强知道，泼惯了的人突然不泼了，就是心里的那口气死了，就和老万说，觉得我姑妈不大对。

老万也嗯，见不早了，催着他回，万家强不放心，说老万睡觉沉，还是他在这儿陪床吧。

老万就恼刺刺的，说不回！在哪儿睡也比回老苏家睡得踏实。

万家强这才知道，老万虽然一声不吭地跟他们一起搬到岳母家了，但在内心里，老万是不愿意去那个家的。或许，倒不是对老苏有什么恶意，而是自尊心上过不去那道槛吧，心，一下子就黯然了，说爸，您要觉得住美芽姥姥家心里不舒畅，我们就出去租房。

"舒畅！"老万嗓门洪钟一样，说小时候草垛牛棚羊圈露天地都睡过，现如今美芽姥姥家有房有床的，咋能睡着不舒畅？

万家强知道，父亲这么说，是不想在他最难的时候再给他添难为，而就他对父亲的了解，现在哪怕是让他睡牛棚睡羊圈都比住岳母家舒畅，那种舒畅，是内心的坦然和自在。所以，借着老金自杀，父亲就没回家住过，谁要跟他轮班陪床他跟谁急，好像在别人那儿，陪床是件招人焦虑上火的事，到他这儿反而成享受了。

老万说，就是享受，在医院伺候万春燕，至少不用揣着小心。见万家强满眼的黯然，一句话也不说，老万就叹了口气，拍拍他的肩，说儿子，千山万险，总有过去的那一天，不怕，1960年那么难，你爸也熬过来了，打那以后，我就啥也不怕了。

万家强点点头，起身回家，老万送门口，万家强才压低了嗓门说今晚一定得小心着点看着万春燕，他觉得她神色不对。

老万点点头，说心里有数着呢，让他回家也别和季苏吵了，毕竟是在丈母娘家门上,总要给自己留点余地,给对方老人留点面子不是?再说了,季苏去起诉,不也是为着这个家?女人嘛,眼瞅着自己的家要让人连窝端了,哪个能沉得住气?按说,季苏没寻死觅活地跟他闹,已经很好了。

万家强说嗯。

出来和父亲聊了一晚上,万家强就觉得挤了满胸膛的乌云,总算是敞亮出了一丝缝隙,就想无论如何也得说服季苏把诉撤了,别让人当欠债不认的无赖。

果然,当晚,老万就被哧哧的撕床单声弄醒了,他睁开眼,月光幽幽里就见万春燕正一点一点地撕床单,撕好了,扭成辫子,拴在床头栏杆上,把脑袋套进去就往床下滚,被老万一把接住了,然后一顿臭骂:"你妈了个X的你要干什么?打小你就不是盏省油的灯,老了你还跟我闹妖,你知不知道?为了锯你那两条烂腿,万家强把车都典当了!你急着死干什么?找老金啊?我告诉你啊,老金不稀罕你,他要稀罕就不撇下你一个人跑了,万家强前脚给你花完钱你后脚就要死,别的不说,你对得起万家强那辆车哇?!"

老万把万春燕骂了个狗血喷头,她哭得上气不接下气,也就顾不上去死了。

4

第二天上午,万家强去接了万春燕出院,万春燕哭着不走,说老金没了,小金和大龙两口子不要她,她自己都不能照顾自己个儿了,出了院,上哪儿去?

老万就气哼哼地说你当天底下的人都像大龙似的没天良?出了院上哪儿?有他呢!出院先去万家强丈母娘家住段时间调理调理,等调理差不多了,他和老鲍带她回棉花村,从今往后她就跟他老两口过了!

听父亲这么说,万家强大吃一惊,说:"爸,您打算回棉花村?"

老万用鼻子嗯了一声,说以往不想回,是怕乡里乡亲笑话是被儿子媳妇撵回去的,带着万春燕回,就不怕了。因为万春燕截肢截得残疾了,老金没了,大龙两口子不要她,不跟着他这当哥的跟谁?可他这当哥的也得有点自觉性,不能带着个残疾妹妹长期住儿子家,就算儿子没意见,媳妇呢?能没意见么?没错,儿子媳妇是有养公婆的义务,可人家没连公公的妹妹也一遭儿养了的道理,何况公公的妹妹又不是没儿没女的孤寡老人……

万家强这才明白,因为姑妈的不能自理和大龙两口子的薄情,让父亲反倒有了回棉花村不招人猜忌和说笑的理由,他打算以仗义的好哥哥的身份带着残疾的姑妈回棉花村一起生活。就心里有些难过,觉得父亲不易,因为要面子,居然要到了有家不能回的份儿上,也深深地自责,如果不是他把生意做砸了,他的家就是父亲的家,父亲也就不用在留青岛和回棉花村之间彷徨不已了,更觉得自己自私,其实,决定搬到岳母家住的时候,他就应该充分考虑到父母的感受……可他没有。

他像一头被生活这匹饿狼追狼狈了的猪一样,自身难保,顾不上考虑那么多,一难过,万家强就不想说话了。

这就是男人,男人内心疼痛的时候,是无语的,不像女人,可以仗着哭疏通自我。他从父亲手里接过轮椅,推着万春燕默默地到了医院门口,扶她上了出租车。

出租车在金口路小院门口刚停下,就见一辆警车呼啸而来,也停在了小院门口。

万家强压根就没想这辆警车会和自己有什么关系,从出租车后备厢搬下轮椅,连抱带扶地把万春燕弄上去,推着就往院子里走。刚走到楼梯口,就听身后有人问老万,万家强现在是不是住在这里,老万下意识地啊了一声,喊了声家强。

万家强回头,见两位民警正张望着自己,心里突然涌上一阵狂喜,以为前阵报的案子侦破了。如果是这样的话，就真叫老天开眼了，因为一旦追回这批货，哪怕朱天明公司已经不能履行合同了，他也可以把货发给外贸尾单商，不仅能收回成本，多少还能有点利润，这样，就可以还清借贷公司的债，房子也不用拍卖了。这么想着，就忙仰着头喊了声妈，希望母亲能下来搭把手，他迫不及待地要和民警聊两句，问清案子到底是怎么侦破的。

因为知道万家强去接万春燕出院了，老鲍的耳朵一直竖着呢，所以，万家强一喊，就听见了，手脚并用地往楼下跑。万家强把轮椅交给她，转身就笑容满面地往两位民警跟前走去，还没等他开口呢，一位民警问："你就是万家强？"

万家强习惯性地伸出手："是，我就是。"

两位民警冷峻地交换了一下眼神，万家强觉得不对，还没琢磨明白哪儿不对呢，一副锃亮冰凉的手铐咔地就扣到了手腕上："万家强，你因为涉嫌经济诈骗和伪造国家机关公文被捕了。"

万家强愣了，觉得不真实，像电影桥段闯进了梦境一样的不真实，还使劲挣了两下，想试一下是不是在梦里，是的，手铐冰凉而坚硬地卡在手腕上，因为挣得太过用力，还有点疼。

万家强就懵得不知怎么好了，说民警同志您抓错人了吧？

一位民警亮了亮逮捕证："是你的名字吧？"

万家强睁大了眼，仔细看，果然，清清楚楚地写着万家强，就错愕地说我什么时候诈骗过别人？

民警说你仔细往下看。

万家强一目十行地往下看，就明白了，是民间借贷公司报的案，因为在去民间借贷公司办理抵押贷款合同的时候，他使用了假离婚证和离婚判决，骗取了一百万贷款，已经构成了经济诈骗。

万家强脑子里轰隆轰隆地响着，一句话也说不出来。

看见儿子被民警戴上了手铐，老鲍先是懵了一会儿，然后，使劲眨眼，好像在确定眼前发生的这一幕，是不是真的，仔细去看万家强的手腕，确实有副手铐，在阳光下，闪着耀眼的寒光，就喊了一声家强。万家强回头，错愕地看着她，满脸都是对不起她的羞愧难当。老鲍就晓得这是真的了，放下轮椅就扑过来，厮打着想把万家强从民警手里抢过来，一边撕扯着往回拉万家强一边说你们当公安的怎么还兴胡乱抓人！万家强心里碎碎的，喊了声妈，让她放手。老鲍眼睛就直了，直直地瞪着他，一屁股就蹲坐在地上昏了过去。

老万一直在旁边瞪着眼，直愣愣地看着民警带万家强走到门口，突然小步跑过去，说民警同志，你要抓人不要紧，咱先理论理论，说着，一把薅起万家强腕上的手铐，让民警给打开。说手铐这东西，晦气得很，不能随便往人手腕子上套，这在他们乡下，谁要是被公安的手铐铐过了，以后就甭想挺起胸膛抬头做人了。民警说抓万家强他们也不是随便抓的，都是调查清楚后带着逮捕令抓人的，让老万有什么话到法庭上说，法律么，不会冤枉好人也不会放过坏人。老万就吼了一嗓子，说法律，我又不是没见过法律，我告诉你，我是上过法庭见过法律的人，别跟我扯这个。在这天底下，谁犯事他都信，唯独万家强，谁要说他也能干出触犯国家法律的事来，他和谁拼命，因为他万家强就不是那样的人。

民警也没跟老万客气，一把把万家强从他手里拽过来，警告老万，再这样下去就是妨碍公务了。看着被一推一个踉跄的父亲，万家强心如刀割，哽咽着说："爸，您别这样，都是我的错。"

听万家强主动认了错，老万就傻了，一瞬间老泪纵横，说："家强，你真做下对不起人的事了？"

万家强哽咽着点点头，是的，当万家顺把假离婚证和判决书递给他的时候，法律意识淡薄的他压根就没想到这是犯法，只是觉得这样可以应了他的急，反正到期他会归还贷款，又不是不打算还了的恶意诈骗，所以……

现在，不用任何人解释，他大体也能推理出一个逻辑，肯定是借贷公司也收到了季苏起诉他们的传票，情急之下，报案他诈骗。

也就是说，哪怕万家强用的是假离婚证和离婚判决书，只要季苏最终默认了万家强在这个情节上对她的隐瞒，认了他和借贷公司签的抵押借款合同，民间借贷公司的权益也能得到充分保障，那么，他们就算知道离婚证和判决书是假的，也不会报案万家强涉嫌经济诈骗。

可季苏起诉了，也就是意味着民间借贷公司的权益有可能得不到保证，所以他们才急了眼，报案把万家强抓了。

不知为什么，那一瞬间，万家强只有震惊，在心底里，并没有怨恨季苏。

等季苏得到消息从学校赶回来时，家里已经乱成了一锅粥，老鲍奄奄一息似地躺在沙发上泪水长流，轮椅上的万春燕也时不时地抹一把眼泪，老万黑着脸不停地抽烟。只有老苏，袖着手，好像一个干着急不知道力气该往哪儿使的老妈子似的，满眼的焦虑，一会儿看看这个一会儿看看那个，见季苏回来了，扑也似的跑过来，一把抓住她的手，问这到底是怎么回事？

季苏潸然泪下，说我怎么知道？

老万突然掉了两行泪，说小季啊，在这个时候，谁都能说我怎么知道，就你不能说啊，你看看咱这个家，老的老，少的少，能把事弄明白的，也就你了。

季苏一声不吭地站在那儿，默默地流了一会儿泪，说爸，您别着急，我这就去找律师，问清楚这到底是怎么回事。

说完，转身出了门，是的，她确定是要去找律师，却不知道该往那个方向走才对，在街上兜兜转转了好大一会儿，才想起来她班上的学生家长里，有做律师的，就忙忙跑到学校，翻了一下学生家长的通讯录，找出了那位叫林大生的律师，不想在办公室里打电话，让同事们都知道万家强已经被捕了，就抄下了他的电话号码，跑到街上，给林大生打了个电话，说明了自己的意图。

林大生正好在所里没事，就跟她约了碰面地点，两人碰头后也连寒暄都没顾上，就直奔市刑警大队。

第二十章

以后不能说离婚这俩字,除非你想用离婚惩罚我。

1

从刑警队出来的季苏,彻底傻了,她做梦也没想到自己一个起诉,会给万家强惹出这么大祸,她站在秋风侵骨的街上,一遍遍地哭着问林大生,怎么会这样?怎么会这样?我只是不想让他们拍卖我们的房子,我们奋斗了十年才买上的房子。

到底是职业律师,这样的场面大约是见多了,略约想了一会,说这类经济诈骗案,通常情况是民不举,官不究,现在捞万家强唯一的希望就是季苏先去法院撤诉,然后说服民间借贷公司的人去市刑警队撤销报案。

季苏满脸是泪地问:"撤销了报案万家强就没事了吧?"

林大生顿了一下,说希望是这样吧。其实,还有一点他没敢告诉季苏,如果说万家强用假证签署合同骗贷款属于经济犯罪的话,那么,用假离婚证和假的法院判决书,也是触犯了国家刑法,这样的事,一旦到了执法机关,也有既成事实的犯罪经过,怕是很难洗刷干净了,可是,见季苏整个人都快崩溃了,林大生还是话到嘴边又咽下了,先去让民间借贷公司求他们去刑警队销案也好,至少撤销了经济诈骗这一条,可以免去数罪并罚,在量刑上,至少能从轻处罚。

两人先去了区法院，把起诉的案子申请撤销，等赶到民间借贷公司时，已经快下班了，光头经理正收拾一桌子的乱七八糟，听见门响，抬头看了一眼，并不认识季苏，只当是临下班又来业务了呢，忙招呼他们坐，又张罗着要泡茶。

季苏哪儿还有心思喝茶，眼泪一下子就滚了下来。光头经理就愣了，做民间借贷这么多年，这样的场景倒是经历过很多次，大都是合同到期，还不上贷款的欠债人来哭哭啼啼地恳求宽限段日子或是怎么着，这也是光头经理最怕的，所以，脸呱哒就沉了下来，左右端详着林大生和季苏说："我没记得二位跟我们公司有业务啊？"

林大生这才说他们是为万家强的事来的，说着，把季苏去法院撤销起诉的签字文件递给他，说："这位是万家强的太太，当初万家强确实是隐瞒了太太来贵公司贷的款，万太太也是在得知房子要被拍卖之后，迫不得已去法院起诉的，其实，万太太也没有赖账的意思，就是希望能保住家，以其他方式偿还借款。"

光头经理这才恍然大悟着哦了一声，带着悻悻的恨意看了季苏几眼，说："你们有你们的道理，我也有我们的道理，这么说吧，像这种情况以前我们也遇上过，什么老公瞒着老婆用假证明贷款？还不都是一看还不上贷款了，又不想房子被拍卖想出来的下三烂招式？摆明了坑我们的！"说着，光头经理拿手指敲着茶几沿，"我们合理合法地做民间借贷，我们容易吗？我们的钱也是高息民间融资融来的，你们不还钱，我就没本钱也没利息给我的上游客户，如果借款的人都像你们似的，老子就甭活了，早让人拿菜刀剁成肉泥丢街上喂狗了！"

知道光头经理在气头上，林大生忙替季苏说好话，说季苏一个弱女人哪儿有那么多的章程，去起诉借贷公司，也是一个女人情急之下想护住家，做事莽撞了，要是她好好咨询一下律师的话，也就走不到今天这一步了，这不，出事以后，她才知道自己草率了，也晓得该咨询咨询律师了，就找到了他。林大生一顿好说歹说，终于把光头经理说得气消了一点。

光头经理睥睨了他们一会儿，好像严格的老师端详两个顽皮捣蛋的学生到底有没有撒谎，半天，才说："都已经走到这一步了，现在来找我，也晚了吧？"

林大生忙说不晚不晚，就把想法盘托出来，希望光头经理看在季苏的诚意上，能去刑警队把报案撤了。

人一旦被人求着，优越感就会油然而生，光头经理也是，说："不是我不帮你们，这案，我说撤就能撤得了？"

林大生说："能，这也需要技巧。"然后笑着拍了拍自己的胸脯，说，"有专业律师在，这个您不用担心。"

光头经理看看泪眼婆娑的季苏，点点头，悻悻说："有啥，你可以找我来商量，别动辄把我往法院送，那地方哪一年我都得去个十趟八趟的，都去够了。"然后话锋一转，看说万家强这人其实挺不错的，不像其他欠债的，一还不上钱了不是强词夺理就是撒泼玩无赖，所以，这个忙，他还是愿意帮的，只是今天太晚了，就算他们去了刑警队，也该下班了。

林大生看了一下表，确实，就跟季苏说明天一早，怎么样？

季苏知道，这个时候，光是心急如焚是没有用的，那都是她自己的事，社会依然在按照自己的逻辑往前走，就点了点头，说明天吧。临出门，又恳求地看着光头经理说明天就拜托您了。

光头经理大气地挥了挥手，说："放心，我答应的事，不会食言。"

季苏这才一步三回头地和林大生走了。

2

季苏拖着疲惫的身子回家，天已经黑透了。

站在门外，她突然没有勇气去开门，她晓得，现在全家人一定都在望眼欲穿地盼着她回来，当然，最好是带着好消息回来，可，撤了案万家强到底能不能放出来，还悬而未决，她怎么说？

站在门外，她都能听见老鲍长一声短一声的哀哭，有气无力的，苍老而疲惫。

她还是推开了门。就见不仅全家都在客厅坐着，连万家顺一家三口都在，听见门响，所有的目光就像在黑夜里闻风而动的手电筒，唰地聚拢到了她的身上，脸上。

季苏觉得那些目光，像带着尖锐针刺的棍子，乱棍齐下地打在了心上。她想冲大家笑笑，却笑不出来，嘴角一动，就成了往下撇，眼泪扑簌簌地往下掉。

她一掉泪，在全家人看来，就是万家强的结局了。老鲍的哭，号的一下，就更是嘹亮而悠长了，她哭着，趔趄着扑过来，一把抓起她的手，要她说到底怎么样了。

疲惫也焦虑的夹击，让季苏根本就没有力气撒谎，就把万家强被抓的原委从头到尾说了一遍，老鲍哭得嗓门就更大了，如丧考妣似的："家强是你男人啊，小季，我没想到你咋这么心狠，硬生生地把自己男人往监狱里送啊。"

说着，手就下意识地在季苏身上撕扯。

老苏一看季苏挨打了，也急了，上来一把扯开老鲍说："你干啥呢？你当季苏想这样？她还不是为了保住房子?！"

"她咋不知道？她有文化有知识的，啥不知道？"老鲍呜呜地哭着，大有恨不能把季苏塞到拘留所把万家强换出来的劲头。陈玉华也有点看不过眼，过来劝架，说："妈，我哥闯了那么大的祸，我嫂子能克制到现在已经不容易了，家顺要是闯了这么大的祸，我早就把他生撕活剥了，送拘留所还便宜他了。"

老鲍推了她一把："老虎妈，我告诉你，今儿没你说话的份儿！你和小季都是做儿媳妇的！是一伙儿的！遇上这种事，你们妯娌两个想穿一条裤子说为自己个儿说话，没门儿！"

陈玉华也知道，这个时候和心疼儿子心疼糊涂了的婆婆没道理可讲，就把季苏从老鲍手里扒拉出来，说没事的，她非常理解她的做法和心情。

在她心目中，季苏已经很伟大了，虽然她也替万家强难过，但她绝不会像公婆似的，不问青红皂白上来就刁难她。说完，一扭脸对万家顺说："家顺，还有你，你要敢对大嫂说半个不字，你就是不讲道理的王八蛋。"

老鲍一屁股坐地上，哭得更嘹亮了："老天啊，这世道没法讲理了啊，她们把我儿子送大狱里去，还成有理的了。"一边哭一边把老楼的木头地板拍得咣咣响。

陈玉华瞥了她一眼，用鼻子轻轻哼了一下，说："虽然我陈玉华不是个多高尚的人，可关键时候，做人得有良心。"说着拍了拍胸脯，"将心比心，知不知道？"

万家顺见老万的脸都气黑了，就悄悄拉了她一下，低声说："差不多就行了，就显你有能耐了？"

陈玉华亮着嗓门说："不是显我有能耐，我就瞧不上你们家人这德行，没是没非的时候吃人家的沾人家的嘴里不吐半个好字，这有事了自己个儿全躲起来了，不管脏的臭的全往别人身上抹，你说，就你哥这事，能怪嫂子吗？你哥要不偷摸办假证去贷款，房子能让人拍卖了？房子不让人拍卖了，咱嫂子能去法院起诉保房子？瞧瞧你们说的，里外全成你们的理儿了！有这么办事儿的嘛？还是不是人了？"

一听陈玉华把办假证的事又扯了出来，万家顺的冷汗就下来了，因为突然想起，哥哥的假离婚证和法院判决都是他出去找人做的假的！以往他满大街跑出租车的时候，看着满地满电线杆子上牛皮癣似的贴着办假证的广告，他就知道那些做假证的贩子们犯法，可不知道使用假证也犯法，要这么说的话，现在万家强之所以犯了事被拘留，真正的罪魁祸首是自己啊……

想着想着，万家顺就觉得后背一片冰凉，就瞪了陈玉华一眼："全家人就显你明事理了，是不是？"

陈玉华不屑地瞥了他一眼："准确地说，就剩我有良心了。"

因为想到了假证，万家顺心里虚得很，一把抓起她的手说："你搅和够了没？回家！"

陈玉华一拉一趔趄地想挣脱他的手:"干吗啊?"然后手在客厅里划拉着指了一圈,"这时候,就是让你走,你走得了吗?好意思走吗?"

陈玉华越是这样说,万家顺心里就越虚脱,生怕摘巴着摘巴着就把是他给万家强办的假证这事给抖搂出来,见陈玉华不走,扬手就给了她一巴掌,嘴里却说:"陈玉华,你眼里还有没有尊长了!"

这一巴掌,把陈玉华彻底给打懵了,她捂着脸,说:"万家顺!你们全家没了良心,我说两句公道话你还敢打我?!"扑上来就和万家顺撕成了团。

看万家顺两口子动了手,本来就一肚子悲怆之气的老万再也憋不住了,指着门外:"滚!家顺,你两口子给我滚,滚越远越好!别让我看见你们!"

万家顺这才停下了手,他一停,陈玉华趁机在他脸上挠了好几把,几条血杠子触目惊心地往下淅沥着血珠儿。陈玉华没想到自己下手这么重,也有点懵,愣了一下,万家顺趁机拖着她的胳膊,拖逃婚媳妇似的,把披头散发的陈玉华拖走了。

客厅里剩了老老少少的六个人。

季苏一直站在客厅中央掉眼泪,吓坏了的美芽,一趟一趟地拿面纸递给她,小声说妈妈不哭了吧。

季苏的心就更碎了,声音颤抖地说,她已经去法院撤诉了,等明天光头经理去刑警大队销了案,万家强就放出来了。

老万这才一扭头,压着嗓子冲老鲍说:"你把春燕推里屋去。"

脸上还有泪的老鲍就嘟哝了一句:"要推你自己推。"

老万瞪她一眼:"你也要在这时候长本事?"

老鲍看出了老万愤怒的面容下压制着成捆成捆的悲愤,也没敢再多说,推着万春燕回了房间。老万看看季苏,声音缓和了很多:"家强明天就出来了?"

季苏点点头:"差不多。"

"别说差不多。"老万背着手,转身往房间里去,"必须出来。"

门咣的一声关上了,刹那间,客厅就安静了。突然地,季苏就觉得,这个夜晚的安静,是一种看得见摸得着的东西,在这一瞬间里,它像个透明却摸不着的东西一样,从天而降在了客厅里,笼罩着她和老苏。

老苏拉着季苏走到沙发边,让她坐下,说:"你呀你啊,就是莽撞,起诉之前咋不问清楚呢?"

季苏就哭,说:"我也不知道会这样。"

"明天家强肯定能出来?"

"差不多。"

老苏叹了口气:"差不多是差多少啊?"然后喃喃自语似的说,"一定要出来啊,别差不多,要不然,你啊,季苏,你就成了老万家的罪人了,一辈子都赎不完的罪。"

这些,季苏怎么会不知道呢?

3

万家顺拖着还骂骂咧咧的陈玉华,趔趄在街上,他们的儿子老虎,像一只强壮却惊慌失措的小狗跟在身后。

陈玉华拿手扑打万家顺的手,想挣脱了他的拉扯。万家顺死死地攥住了她的手腕子,一声不吭,一直走到车边,打开车门,把陈玉华像塞床破棉被似的塞进去,关了车门,等老虎上了车,就发动车子往家开。

一路上,陈玉华不停地骂,骂万家顺不分青红皂白,骂公婆不是东西,就知道挑脾气好的欺负。万家顺像聋了一样,一声不吭。等到了家,安顿老虎睡下了,万家顺才把房门一关,一把把陈玉华推倒在床上。

陈玉华让他推得一愣,很快就反应过来了,一个打挺从床上蹦起来,站在床上居高临下地指着万家顺说万家顺你他妈的想趁没人拉架关起门来打个狠的是不是?说着,从床头柜上捞起扫床的小笤帚,一下一下地冲万家顺挥舞着:"万家顺我告诉你,你别看我是个女的,可今儿晚上,不占理的是你们家,你要想跟我玩横的,我！我和你拼了！老娘我宁肯让你打死也不能让你吓死！"

看着陈玉华像只被人挑衅了的螃蟹一样张牙舞爪,万家顺那颗原本惶恐的心,突然就扑哧一下笑出了声,说:"我操你妈陈玉华,我他妈的打你干吗？打伤了你谁给我做饭?!"说着,指了指床上,说,"你给我老实地坐了,我有话要跟你说。"

陈玉华有点不相信地看着他:"你没想和我干架？"

万家顺说:"我和你干架是能干出钱来还是能干出金子来？"又拍拍床沿,示意她坐好了。

陈玉华警惕地找了个离他比较远的地方坐了,手里依然攥着小扫帚。

万家顺定定看着她,说:"玉华,有个事我得告诉你。"

陈玉华往后一闪,说:"你妈逼,瞧你这个死样我就知道不是好事,你说。"

万家顺一屁股坐在床沿上,搓了两把脸,把他背着万家强帮他办好了假证又怂恿着他用的事说了一遍。

陈玉华听得目瞪口呆:"万家顺,要这么说,如果你哥真坐大牢了,是你把他怂恿进去的是不是？"

万家顺像条没了主意的小狗,巴巴看着她,点了点头。

陈玉华说:"怪不得我说你哥用假证栽了是自己找的你那副死德行,原来是做贼心虚啊？"

万家顺说:"都这时候了,你就别他妈的奚落我了,你说这要是我哥交代了,这证是我帮他办的,是不是也得把我抓起来啊？"

陈玉华心头一个凛冽,说:"不能吧？"

"你是说我哥不能交代是我给办的？"

"人还有道德仁义,那都是还没逼到份儿上,逼到份儿上,谁替谁扛啊？"陈玉华越想越恼,盯着万家顺,恨恨说:"万家顺,我告诉你,你要敢去坐牢,我就他妈的就敢跟你离婚！"说着,抹着眼泪哭了,说,"你现在有了房子有了车，我在娘家那边刚刚能抬起头来，可你又要把自己折腾到大牢里去，要坐牢你自己坐，我不想有个坐牢的老公也不能让咱家老虎有个坐牢的爹！"

听她这么说，万家顺也生气了，说："陈玉华你可真是应了夫妻本是同林鸟大难临头各自飞那句老话了啊，我为了这个家苦扒苦做，你也好意思啊你？"

陈玉华说："你苦扒苦做是为了我？少他妈的来这一套，你还不是为了你自己为了满足你爹娘的虚荣心？"嘴里虽然恨恨说着，眼里却滚下了泪，"就帮你哥办了个假证，不至于把你抓去坐牢吧？"

万家顺说要不说："人倒霉喝口凉水都塞牙，这天底下有多少使用假证的都没被抓起来也没出啥收拾不了的烂事，可轮到我哥头上，咋就这么倒霉了呢？"

陈玉华擦了两把泪，说："家顺，这壶酒钱咱不能认。"

万家顺就看着她。

陈玉华又说："你看，这就好比是偷酒，虽然酒是你偷的，可是你哥喝的，你帮着办假证，咱家捞着啥好处了？啥也没有，是吧？"陈玉华张开双手，手心朝上摊了摊，"可你哥拿着假证去办了贷款，证是你办的不假，可事是你哥办的，钱也是你哥花的，轮不到你伸着脖子往上顶。"

万家顺上上下下地打量着她："我说陈玉华，方向调挺快啊，刚才在嫂子家慷慨陈词的那个是你吗？"

陈玉华悻悻地哼哼了两声，说："知不知道什么叫道德犯？"

万家顺也哼了一声："活生生例子就坐我跟前呢，我能不知道吗？"

"那是，这就是咱中国人，事不关己的时候，全是道貌岸然的道德犯，事情一旦关系到自己，都我这德行，叫什么来着……我在微信里看见过，是个大学教授说的。"

"精致的利己主义者！"万家顺恨恨说。

"对对，就是这个词，反正960万平方公里土地上已经有这么大一群乌鸦了，多也不多我这一只。"陈玉华嬉皮笑脸地说。

万家顺沉吟了一会儿,说:"不行,我心里还是不踏实。"

"怕你哥把你卖了?"

"我哥倒不至于成心卖我,我就怕他交代过程的时候把拔出萝卜带出泥。"

让他说得,陈玉华有点怕了,怯怯地看着他:"那咱怎么办?"

"我想去拘留所看看我哥。"

陈玉华瞪大了眼:"你该不是想告诉你哥,让他一人扛下来吧?"

万家顺没说话。

陈玉华踢了他一下:"你还是人嘛你?"

万家顺歪头看着她:"就这么一点小破事,你觉得我们家一下栽进俩儿子去,值吗?你让不让我爸妈活了?"

陈玉华噘噘嘴:"我才没那么高尚呢。"

4

一切果然如林大生所料,借贷公司去刑警大队销了案,万家强没有经济诈骗的嫌疑了,但伪造国家机关公文罪已经既成事实地触犯了刑法,不能取保候审,只能在拘留所等待检察院提起公诉开庭宣判。

当林大生把这个消息告诉季苏的时候,季苏崩溃得两腿一软,就瘫坐在了讲台上。那段时间,因为万家强的事,季苏也顾不上学校的规章制度了,上课都是带着手机的。

傍晚下了班,她摇摇晃晃地走在街上,连公交也没坐,晃悠到家的时候,已经快七点了,饭菜在桌上摆着,除了老万一杯又一杯地喝酒,没人动筷子,而她的母亲老苏,就像一门心思要为自己的女儿赎罪的母亲,在一边毕恭毕敬地劝老鲍他们趁热吃饭,不时摸一摸老鲍和万春燕的碗,以试试稀饭凉了没有,要是凉了,她就端回厨房去再热一遍。

季苏看得难受，叫了声妈。她想说妈，你别这样，这不该你的事，可她说不出，因为知道她这么说了只会让老苏更难受，就哽咽着先喊了爸妈，然后坐到桌边。

老万从酒杯上抬起眼，定定看着她："家强呢？"

季苏的眼泪唰地又滚了下来。

"你不说你撤了诉家强就能放出来了吗？"老鲍虽然没有昨天那么气势汹汹了，但还是一脸不打算饶人的架势。

"不能，妈，我猜错了。"说完，季苏就哭，弓着腰，像一只消瘦的蚱蜢一样哽咽流泪。美芽怯怯地从凳子上滑下来，走到她身边，偎过来，用小手给她擦泪，看着这一幕，老鲍也觉得心酸，那些难听话，就咽了回去。

一连很多天，家里的气氛就像充斥着一团乌黑的云，随便一拧就会泪雨滂沱。期间，季蓝回来过几次，每一次都是见家里人满为患，转身就走了，连坐也不坐。

季苏和老苏都知道，季蓝进门坐也不坐转身就走，其实就是在表明一个态度，她已经无法忍受这个家，就像无法忍受乌烟瘴气的妖魔鬼怪洞穴。万家强的事，大体她已经知道了，替他惋惜替季苏难过这些情绪，她几乎没有，倒有多少年前的不良预见终于被现实呈现了的小小快意，当然，在这小小快意之后，她也会浅短地自省一下，不就是事实终于验证了当年她对万家强的评价么：读再牛的大学，学再多知识也洗不脱骨子里的小农意识。

季蓝瞧不上农民，觉得农民目光短浅，再就是穷怕了的他们唯利是图，就不晓得底线在何处。名牌大学毕业的万家强都犯了没有底线的错误，就是对她观点的最好验证。

季苏也知道，现在她率领着婆家的大队人马驻扎在娘家，确实有点过分，可在经济上，她已是彻底的无能为力。为这，她去找季蓝，想跟她解释解释，眼下的一切，只是暂时的，等万家强那边尘埃落定就会好。

季蓝就淡淡地看着她，问："万家强会判刑吗？"

季苏的眼睛又潮了，点点头，说可能会吧。

季蓝说这不就行了。季苏明白，她这么说的意思是，万家强都判刑了，季苏那个家怎么可能会有好的未来？季苏挺难受的，但也知道这是再多辩解都也改变不了的事实，就小声强调："眼下是我们家最难的时候，等过了这一阵，都会好的，我也不想让我妈总为我担心难过。"

季蓝也觉得这时候不好太刁难季苏了，就说："既然没地方去，你们就在金口路住着吧，我没什么的。"过了一会儿，又说，"自从我爸去世，金口路就不再是我的家了。"

季苏说："你别这么说，我妈说了，这房我们现在是借住，将来她要留给你的，我没意见。"

"你现在和我说这些，早点了吧？"说着，笑笑，说她还忙着呢，没事的话，她就回办公室了，季苏还有很多话，想问或是想说，却又一时想不起，就说好吧。

晚上，季蓝和朱天明说了白天季苏去找她的事，朱天明问她怎么想的。

"还能怎么想，顺其自然吧。"她依在床头上，拉了拉被子遮住胸口。

"自然到最后，你爸的房子就自然到季苏名下了。"

季蓝没吭声，说真的，虽然她也对金口路的房子有想法，但像朱天明有想法到了虎视眈眈，她还是有点瞧不上的。当然，对自己既淡然又有向往的态度，她也会觉得虚伪，还是朱天明真实，虽然真实得俗气让她瞧不起，可总比她这样朝朝暮暮地惦记着却不说要干脆利索。

"你想想，季苏就是一个普通得不能再普通的中学老师，现在，她的房子面临被拍卖，万家强进监狱了，就我对法律的了解，他小子怎么着也得判个一年两年的，人在监狱里关上一阵，心气就关没了，等他出来，就是个一蹶不振的万家强，除了赖在你爸的房子里，他们往哪儿去？再说了，你那个苏阿姨也需要他们啊，她没孩子，没退休工资，需要和别人一起生活才能有饭吃啊，人都是自私的，你觉得她会放着和她有血缘关系还能养活她的季苏于不顾，把房子留给对她从来都漠不关心的你吗？"

季蓝的心像被橡皮筋弹了一下似的，颤了颤，但嘴上，还是清高继续："她爱留给谁留给谁。"

朱天明就坐直了，看着她："那房是你爸一辈子的心血。"

"想要那房你就直说。"在得与舍之间徘徊，季蓝的心，乱糟糟的，朱天明在旁边再一煽风点火，就更烦了。

"我真想要。"朱天明看着她，眼睛也不眨一下，以示他是认真的。

"那你自己去找老苏要，别跟我说。"季蓝一拽被子，躺下，背朝着朱天明。心却在扑扑地跳着，想着父母留下来的在黄金地角的房子有可能易手他人，季蓝的心里就像爬了一万只蚂蚁，痒痒的，挺难受，既不甘心就这么放弃，又舍不下面子去争。

"我去要那成什么了？"朱天明盯着她的后背，"再说，要过来那也是你的个人财产。"

季蓝没吭声。

"我就怕老太太做了两手准备，一边用一份没用的遗嘱把你忽悠了，一边把房子过户给了季苏，别忘了，现在她和老太太生活在一起，有跟老太太掏心窝子换信任的便利条件。"

"季苏跟她，还用掏心窝子换啊，本来她们就是姑侄，比和我近多了。"

见季蓝心动了一点，朱天明决定趁热打铁："所以么，我们也不能坐以待毙，下手要趁早……"

还没说完，季蓝就火了，噌地坐了起来："什么坐以待毙？你能不能别说这么难听？俗气！"说完，噌地又躺下了。

朱天明讪讪说好吧，那我就简单点说，如果你想要那套房子，我们两个就暂时办个假离婚，你住回娘家去。

"我不去！看着那群乡巴佬我就打心眼里作呕！"季蓝恨恨说。

"你就不怕他们把你曾经的闺房占了？"

"谅他们也没那个胆！"

5

万家顺两口子去了一趟拘留所，说是给万家强送东西，可话里话外的，万家强也听出来了，万家顺是怕牵连上他，想让自己把所有的事都一肩扛下来，就心凉得很。隔着铁栅栏，看着从小一起长大的弟弟，突然地，心脏的位置就又疼又冷，他也知道，不能怪万家顺自私，如果他弟兄俩因为这件事都栽进来了，父母肯定扛不住。就淡淡说，家顺你放心好了，我明白着呢，事都在我这里，你在外面好好照顾爸妈。

万家顺不知说什么好，只是久久地看着瞬间苍老了好多的大哥，说："哥，你别误会我，我是怕咱俩都栽进了，咱爸妈受不了，才……"

万家强说："别说了，我已经这样了，该怎么做，我心里知道。"

然后，弟兄两个，一个栅栏里一个栅栏外，怅怅然地对望着，眼里，慢慢噙满了泪。

万家顺起身要走的时候，万家强又把他叫住了，说："家顺你告诉咱妈，别怪你嫂子，她也不知道会闹成这样。"

万家顺嗯了一声。回家，跟老鲍说，老鲍又哭了一场，哭万家强的厚道，都折进去了，还惦记着别人呢。

那段时间，季苏整天奔波在看守所和律师事务所之间，整个人憔悴不堪，老万两口子也像热锅上的蚂蚁，每天都像等待老燕子带着食物归巢的小燕子一样，伸长了脖子等季苏下班回家，带回他们希望听到的消息。

但季苏带回的消息，大多是杀心的，那就是以着律师的说法，因为伪造国家机关公文罪，万家强可能要判一到三年，但他认罪态度好，对社会造成的危害不大，再加上林大生的轻罪辩护，估计量刑不会很重。每天，老万他们都是满眼希冀地望着季苏进门，眼神又在她的叙述里黯淡下去。

也是因为万家强进拘留所和季苏有脱不了的干系，那段时间，老万两口子，就像理直气壮的债主住在了欠债人家里催债，再也不蹑手蹑脚地端着小心了，甚至，当老苏出门买菜的时候，老万会说给我买二两猪头肉，再要么，你买点肉馅回来包饺子。

好像老苏不是这个家的主人，而是他们花钱雇的老妈子，她要好好表现才能不被炒鱿鱼。老苏买回菜来，老鲍除了帮着择两棵菜，从不帮着下厨，理由是老苏家的煤气灶她不会用，怕闹出危险来。

而老苏从来都是什么也不说，啥都顺着老万两口子的心意做好。季苏知道母亲这是在代自己受过呢，偷偷地，不知哭了多少次。

就这样，老鲍动辄吃着吃着饭就哭了，说也不知家强在拘留所里吃不吃得饱，有没有饺子吃，要么看着看着电视就哭了，说家强这孩子要强，和些小偷骗子关一屋里，太作践他了……

她一哭，老苏就战战兢兢的，像个害怕被乖戾的主子责打的老妈子一样，揣着小心，一声不敢吭。眼神也躲躲闪闪没地放。很多次，季苏想搂着母亲大哭一场，但她不能。

她只能恨自己，怎么会意气用事，为什么不详细咨询咨询律师就去把民间借贷公司起诉了，如果她不起诉，最多是房子被拍卖，但至少万家强好好的，不会进拘留所面临着牢狱之灾。

期间，季苏陪老万去过一次看守所。万家强比以前苍老多了也憔悴多了，隔着铁栅栏，季苏依稀看见他鬓角有几根白发。每一次见了，季苏都哭着说对不起。万家强都心平气和说没什么，他知道她也是为了这个家，不怪她。

他越这样说，季苏就越难过，宁肯他打自己一顿。

老万见了万家强，话很少，就吧嗒吧嗒地抽烟，万家强就愧疚地说："爸，对不起，我给您抹面子了。"

老万说："不怪你，爸知道你不是那种成心要干坏事的人。"

万家强用力地点着头，眼泪一滴一滴往地上跌，是的，他明白，事到如今，要怪只能怪自己，不该盲目乐观地去竞争投标。季苏不过是个想过平常日子的普通女人，是他的野心，扰乱了她的平静生活。如果一定要说谁对不起谁的话，那是他对不起年迈的父母，都这么大年纪了，还在为他心碎。父亲一进来，他就看见了，父亲的鬓角齐刷刷地白了啊，他的要了一辈子好要了一辈子面子的父亲，因为他，成了阶下囚的父亲，这样的羞辱，对父亲来说，一定是晴天霹雳似的。

那次探视的最后，万家强说想和季苏单独说几句话，老万点点头，出去了。

满眼快速奔涌的泪花让季苏看不清万家强的面容。万家强翻过手，回握了她一下，她感觉得出来，那一下回握里，有气无力。

"以后不要带我爸来这种地方了。"万家强说，"他看了会难受的。"

"嗯。"季苏哭着点头。

"还有，我多少懂点法律知识，这一次我可能要判三两年，我不想耽误你，离婚吧。"

季苏一下子就愣了，说："家强，在你心目中，我们的婚姻，就这么脆弱？"

万家强仰了一下头，说："我不能拖累你。"

万家强说和季苏离婚，真的不是怪罪她，只是觉得自己已经坐牢了，他又知道，季苏是为人师表的，这个群体，对身家是否清白，还是很看重的，提出离婚，只不过是不想让季苏在学校里面对那么多带着中伤色彩的流言蜚语。这些，季苏也知道，可她不怕，甚至，哪怕万家强被拘留了，她也从没因为这而在人品上看低万家强，他不过是运气不济地摔了一个跟头，在本质上他依然是那个厚道的、仁义的万家强。所以，当万家强提出离婚，她哭了，哭着说可你这是在伤害我，她说如果你一定要离婚，就是你还在怪我，打算这辈子不原谅我，是不是？

万家强说不是。

季苏说好，既然不是，那你以后就不能说离婚这俩字，除非你想用离婚惩罚我、让我成为一个今生今世都得不到赦免的罪人愧疚一辈子。

第二十一章

在这个瞬间,他做不到不恨她。

1

半个月后,万家强的案子开庭了,尽管林大生为他做了足够精彩的轻罪辩护,他还是被判入狱一年。

老鲍听法官念完判决,一口气没上来,头一歪,就背过气去了。看着两鬓斑白的父亲泪流满面地哆嗦着手指,怎么也对不准母亲的人中,万家强疼得万箭穿心,冲着昏倒的老鲍一下子就跪倒在地,颤着声喊了声妈。

最后,万家强几乎是半跪着被法警拖走的。

季苏追上去,喊了一声家强,万家强没有回头,是的,在这个瞬间,他做不到不恨她。

老鲍醒过来后就恍惚了,恍恍惚惚的,常常忘记了万家强已经被判刑了,饭做好了,拿筷子的时候,总是会多拿一双,等坐下了,才发现多了双筷子,就蔫蔫的,说又忘了。起身,把多拿的筷子放回去,坐回来,两眼呆滞地往嘴里扒拉饭,好像她吃的不是饭,是难咽的干草、是沙子。还有时候,季苏下班回来,进门喊她妈。她头也不抬,也不应,好像季苏喊的不是她。季苏也知道她这是故意的,因为生她的气,故意给她耍态度,就也不说什么。老万还好些,季苏喊了他,他会沉着嗓子应一声,但眼皮耷拉着,像整天不开晴的封建大家长,特威严。

老鲍看电视,看着看着,会突然一愣,看着大门口,问老苏:"是不是门响?"老苏也竖着耳朵听听,说:"没有。"老鲍就嘟哝着说:"不对,我听门外有动静。"说着,就往大门去。

晚上,老苏就跟季苏说:"你婆婆也挺可怜的,一有点风吹草动就当是家强回来了。"

季苏嗯了一声,说在乡下,哪怕是让派出所的民警叫去问了次话,都是件不光彩的事,好生生的,民警怎么不找别人问?肯定是你哪点做得不检点,人家才怀疑你!所以,万家强被判刑,对老两口的打击,还是很重的。

从万家强被抓到被判刑到现在,老万两口子是在这儿硬撑着,回老家,怕乡亲们问起万家强,没得应对,撒谎?纸里包不住火,他老万家鼎鼎有名的、有出息的,在城里混出了一番事业的大儿子去坐了牢了呀,还有比这更没脸的事?所以,老家是不能回的。留在城里,万家顺家去不得,万家强又去坐牢了,一家老的老小的小,住在儿媳妇的娘家,确实也不像那么回事!

怎么办?常常地,老万就觉得自己和老鲍以及万春燕三个老东西,就像三块猪板油一样,豁上脸皮,在青岛这座城市里熬一天是一天地熬着,有时候,觉得在家越坐越闷,就会喊上老鲍,一起推着万春燕上街走走。

有时候走着走着,老鲍的眼就直了。只要老万顺着她的目光看过去,肯定是一个身材和背影和万家强很像的男人走在前面,老万心里也酸,但会拽拽老鲍,说别看了,不是咱家强。

老鲍就会拿手背抹一下眼泪,说真像。

万家强去坐牢了,家里老的老小的小,什么事都要季苏打点,常常上着上着课,老苏或是老鲍一个电话打过来,她就得往外跑。时间长了,就有学生回家和家长说,家长就不愿意了,马上就要中考了,做班主任的说翘课就翘课,这分明是对学生不负责任么,学生家长就去找校长投诉,连校领导也找她谈话了,校领导说:"季老师,不是我故意要针对你,你也知道现在的城市家庭一家就一个孩子，家长们哪个不望子成龙望女成凤？你总是上着上着课就接电话，还时不时接了电话就往外跑，家长能满意吗？你让我怎么办？"

季苏怔怔地看着校领导，慢慢地，眼泪就流了出来，说："我也没办法。"然后又说，"要不，您把我调到非主课教学岗位上去吧。"

校领导叹了口气，说："季老师，我们都知道你是位负责任的好老师。"

季苏说："谢谢，可是我也得为我家人负责，我也明白为家人负责不是牺牲学生们学习的借口，要不然，就是我自私，您还是给我换个工作岗位吧。"

校领导无奈地说："好，在你家先生出来之前，你先去做不用上课的教务工作吧。"

季苏说好，鞠了一躬从校领导办公室出来，听着清脆的上课铃声，泪水奔涌而出。讲台是她一直热爱的地方啊，多少年了，她站在上面，面对着一教室花朵一样的脸，曾是那么幸福、那么有成就感……

下班回家，老鲍一如既往地没好脸，说这城里的女人啊，就是主张大，去法院告状这样的事，不跟男人商量就自己做了主！说着，一眼又一眼地剜季苏。季苏知道，只要接茬，老鲍的絮叨就会更来劲儿，就垂着眼，忙手里的事。老鲍并不罢休，就虎视眈眈瞪了她，说装聋作哑是不是？季苏就抬头看她一眼，笑笑。老鲍就跟炸了似的，指着季苏，冲老万和万春燕说："你们看看，把男人送大牢里去了，她还有心思笑！"

季苏就不知怎么着好了，就牵了美芽的手，往街上去，走走停停的，眼泪滚滚地往下流，如果可以，她宁肯自己去坐牢，把万家强换出来！

有天，陈玉华实在看不下去了，跟老鲍吵了一架。

那天，万家顺一家三口过来看老万他们，吃饭间，老鲍又一眼又一眼地剜着季苏说难听的。陈玉华气不过，说："妈，我嫂子怎么着您了，你一眼又一眼地往我嫂子脸上剜，累不累？"

老鲍就眨着眼，看着她，擎着手指，一下一下地点着她和季苏，跟老万和万春燕说："瞧见了没有？关键时候看出来谁和谁是一伙儿的了。"说着，厉声对陈玉华道："要不是你嫂子，你哥能去坐牢？她都把你哥送进去蹲大牢了，我剜她两眼才到哪儿？"说着，带着哭腔道，"只要你哥能出来，莫说谁剜我两眼，就是一天打我一顿我也愿意！"

陈玉华啧啧地咧着嘴，说："妈，瞧您说的，照您这说法，您每天剜我嫂子两眼就能把我哥从大牢里剜出来？"

老鲍一下子就语塞了，气了半天，才哆嗦着手指着陈玉华道："老虎妈啊老虎妈，这要让我说，这世界上谁去坐牢也轮不着你哥去坐，这要说咱家非要出个去坐牢的，那也是你！"

陈玉华本来是气不过，替季苏说句话，没成想在婆婆那儿成了自己应该去坐牢了，就气坏了，啪地一摔筷子："你说谁该去坐牢？"

"除了你还能有谁？"老鲍慢条斯理地说，"别以为我不知道你那点小算盘，我家家顺自从娶了你，就成了个眼里没爹没娘的浑小子！"

眼看着婆媳俩又要吵起来，季苏忙又使眼色又是劝，小声说："玉华，咱妈年纪大了，你就别和她较真了。"

陈玉华说："不行，年纪大就可以随便欺负人啊？没我大哥这档子事之前，她把昏倒当一贴万能膏药使，想治谁就治谁，咱全家全让她给治得服服帖帖的，现在她又倚老卖老治人，我今天要是让她给治下了，明天她就该拿菜刀剁人了！"

万家顺知道父亲这阵子心里堵着呢，忙抓起陈玉华的包，往她肩上一挂，拉着就往外走："祖宗，别添乱了，你没看我爸那眼神，你要再嘚吧，他真得去厨房拿菜刀把你当肉馅剁了。"

总之，那阵子的老鲍就像一只被人偷了崽子的老狗，满眼都是凶光，逮谁和谁干架，尤其是见着季苏，就跟狗看见了偷它小狗的仇人，那眼神，仿佛是没扑上去撕她就是便宜她了，偶尔的，老万也觉得她过分了，会喝她一嗓子："老鲍！你有完没完？"老鲍就抹着眼泪说："只要我家强没回来，我就跟她没完！"

老万就在胸腔里叹口气，过后，跟季苏说："小季啊，你妈心里难受，你就忍忍她吧。"季苏点头，点着点着，泪就下来了。看着她满脸的泪，老万的心，酸酸胀胀的，叹气似地说："委屈你了啊，小季。"季苏说没什么。老万两眼都是昏花的老泪望着窗外，说："其实啊，我和你妈也知道，不该你的事也不该你妈的事，都是家强自己做的，你和你妈啊，都是好样的，可就是心里憋了口气，不知该往哪里出，就委屈你和你妈了。"

因为万家强的坐牢，常常是一家人好好说着话呢，老鲍突然不知想起了什么，嗷的一声，就火了，凶起季苏和老苏来，劈头盖脸的，连泼了大半辈子的万春燕都看不下去，每每这时，就嚷着说在家待时间长了，憋得慌，让老万和老鲍推她出去透口气。也是因为这，季苏和老苏改变了对万春燕的看法，觉得她还是蛮通情达理，心眼也不坏，泼，或许是有原因的吧，在乡下，入赘的男人本身就让人瞧不起，要是万春燕不泼着点，怕这是这日子也撑不起来。

有一天，老万推着万春燕上街透口气，老鲍也跟着去了，走着走着就走到了车流不息的兰山路，老鲍就突然指了一辆快速开过去的桑塔纳车说："家强！老万，你看，那车里是不是咱家强？"说着，抬脚就追，老万知道她又看恍惚了，就头也不回地说看错了！说着继续往前走，走了几步，没听见老鲍跟上来的动静，就回头张望了一眼，就见老鲍像只笨拙的企鹅一样，追着一辆黑色的桑塔纳着跑，边跑边说："我看得真真的，是咱家强……"

老万心里一紧，忙喊："老鲍！你给我回来，那不是家强。"

事后，老万想，他是不该喊那一声的，如果他不喊，老鲍就不会一边回头一边跑，一下子跑到了逆行方向那边。

后来，每当老万回忆起这一幕，就会记得老鲍边回头看他边跑着喊家强！然后砰的一声，老鲍不见了，一辆巨大的蓝色旅游大巴，携带着整个世界的力量，向他冲来，撞上了两辆私家轿车，停在了他的脚边。

而他的老鲍，一下子，像一团破烂的血肉垃圾一样趴在冬季的马路上，颜色那么显眼，把城市的灰色冬天衬托得特别凄凉。

接到老鲍车祸去世的电话时，季苏恍惚了一下，仰头看了一眼窗子，冬天的阳光，像一万把银针，撒过来，扎伤了她的眼睛，然后泪如雨下。

2

老鲍葬礼一周后,季苏收到了万家强的离婚传票,他通过监狱向法院递交了离婚诉讼。

从收到传票的刹那,季苏就知道,他们的婚姻,已经无药可救地完了,她知道万家强为什么会起诉离婚,那一定不是不爱她了,也不是对她有多么的厌恶,而是,因为他,他的母亲走了,他必得做点什么。

那就是亲手把婚姻毁了,以向母亲的在天之灵忏悔。

如果不是季苏,万家强不会进监狱,如果万家强不进监狱,老鲍就不会懵头懵脑地被旅游大巴撞了。

季苏是罪魁祸首。

他必须这么做,以表达对季苏的惩罚,和对自己的惩罚。

传票是寄到学校去的,很快,大家都就知道了,他们曾经羡慕着的那个季苏,在短短的几个月内,已经彻底地沦为了不幸的代名词,丈夫失业破产,房产被拍卖,丈夫入狱,然后提出了离婚,也就是说,作为一个女人的人生,她已经彻底破产了。

但相处久了,大家都知道季苏的性格,所以,没人来安慰她。季苏特别感激在那段日子里,见了她还像往常一样嘻嘻哈哈说笑打招呼的同事们,觉得他们用这种不可理喻的毫无同情心,维护了她最后一点脆弱自尊。

她已经想好了,离婚的事,瞒着老万。按说,老鲍出事,老万一定会像万家强一样迁怒于季苏才对,可是,老万没有,只在老鲍的葬礼上,好像自言自语似的说每人都有自己的命运,这就是老鲍的命啊,谁也别怪。

当时季苏就站在他身边,知道他是说给自己听的,眼泪唰地就又滚了下来。

虽然万家强起诉离婚的事，季苏跟谁也没说，但老万还是知道了，万家强从监狱给万家顺打了电话，让他先把老万接过去，因为他和季苏就要离婚了。

老万勃然大怒，第二天就去了监狱，把万家强拎到会见室，劈头盖脸就是一顿骂，说："万家强我没想到你是个这么没担当的玩意儿！没错！是因为小季起诉你才被人举报了的，可小季那是成心的？话又说回来，你要不干违法乱纪的事，别人能把你举报了？你咋自己坐下了一腔屎非要怪是别人拉的？啊！离婚是能把你从监狱里离出来还是能把你妈离活？说着说着，老万就失声痛哭，说家强啊，小季已经够难受的了，你不能这样寒人家的心啊，凭良心说，这段时间我和你妈他们住在人家娘家，人家娘家没给咱一个冷脸看啊，天天伺候上宾一样地伺候着我们，你还要怎么着？"

万家强不说话。

自始至终一句话没说。

回了家，老万对季苏说："别听那操蛋玩意的，咱不离。"

季苏的眼泪就唰地掉了下来，说："爸，我理解家强。"

老万错愕地看着她："咋？小季，你真打算和他离？"

"离了家强心里能好受点。"季苏哽咽了一下，"只要家强心里能好受点，我怎么着都行。"

因为万家强的离婚诉讼，监狱组成了临时法庭，开庭那天，老万也去了，他坐在旁听席上，听法官说完，咨询万家强是否坚决要离婚时，老万替他开了口。

老万说万家强你要想离婚你就离吧，你就是跟小季离了婚，我和你姑妈也住在小季的娘家，在你这儿，我这辈子就认小季这一个儿媳妇，剩下的，你自己看着办。说完，又看看季苏，说小季，你也别嫌爸死皮赖脸，咱家那边房子已经快拍卖了，除了你娘家，爸和你姑妈没地方赖。

万家强呆若木鸡地看着父亲，叫了声爸。

老万抹了一把眼泪，一挥手，说："你爱离就离，不离拉倒，该说的我已经说完了。"说完，老万转身走了，背着手，弓着苍凉而倔强的背。

法官又问万家强:"万家强,你还坚持离婚吗?"

万家强定定地看着满脸是泪的季苏。

季苏慢慢说:"离吧,万家强,离了之后你就可以痛快淋漓地恨我了。"

万家强没说话,只是慢慢地,点了点头。

他们的婚姻,就像掉在地上的瓷器一样,碎成了两瓣。

在看守所门外,季苏看着迎着太阳仰着头的老万,喊了声爸,说:"爸,不管家强以后还会不会要我,您永远都是我爸。"

老万没说话,只是收回了目光,定定地看着季苏,突然叹了口气,说:"小季啊,人善被人欺,真的是句老话。"

满脸是泪的季苏笑了笑,什么也没说。

老万说:"小季,我想好了,我和你姑妈,往后还得欺负你。"

季苏嗯了一声,说爸,我知道,我和家强离是离了,可有些东西,不是离了婚就可以没了的,您永远是美芽的爷爷,也是曾经给过我很多疼爱的爸爸,您还愿意欺负我,说明您没把我当外人。

老万说小季啊,刚才庭上说的话,能不能算数?

季苏说都算。

老万点点头:"我不想和你姑妈去家顺那边,玉华泼,以前她连我和你妈都容不下,哪儿能容下你姑妈。"

季苏说知道,您继续住我妈家就成。

"嗯,家强出来之前,我和你姑妈就厚着脸皮住你家了啊。"老万说。

季苏说好。

其实,老万已经想半天了,还想住在季苏家,不是他糊涂了也不是他脸皮厚,他有他的想法,他想让万家强多欠着点季苏的感情。这人啊,只要欠下了,就会想办法偿还的,尤其是万家强这样的厚道仁义孩子,现在,他这当老子的,要像个老无赖一样厚着脸皮赖在季苏娘家,就是生生地给万家强欠一大笔债,等他出了狱,他就要告诉他,这笔债,他老子是还不起了,至于怎么个还法,就看他自己了。当他得知万家强已经铁了离婚的心,而季苏也有心要成全他的时候,他就想好了,就这么办!

哪怕是豁上老脸，他也得用这个办法告诉季苏，不管万家强离得怎么坚决，在他这儿，她还是他们老万家永远的儿媳妇，季苏不容易，他不能让她的心，再往下寒了。

3

对于季苏和万家强离婚后老万和万春燕还住自己家，一开始老苏想不通，虽然没张口往外撵，但时不时地，也会说两句风凉话。奇怪的是，因为万家强的离婚，好像把老万的脾气彻底离没了，逢她泪眼婆婆地说万家强欺负季苏，老万要么是不吭声，要么是叹气。期间，万家顺两口子也来过两次，要把老万和万春燕接过去住。说我哥和我嫂子离都离了，您二老还住这儿，就是欺负人。

老万不搬，勃然大怒地把万家顺拎到街角上，说我不这么欺负你嫂子他们家，你哥将来能惦记着咱欠下了你嫂子他们的？

万家顺这才明白，父亲一直住在金口路不是他脸皮厚，而是为哥哥的婚姻留了条后路，父亲所做的这一切，不过是委屈着自尊，试图在嫂子这儿欠下一大笔债，让哥哥出来后晓得偿还，而这偿还，就是通往哥嫂婚姻复合的路。回家，就和陈玉华说了，说："我爸是个要了一辈子的面子的人，这老了老了，为了我哥，豁上脸皮赖在人家家里……"

万家顺挺难受的，说："我看咱嫂子她妈是误会咱爸了，改天你去说说，我不想让我爸整天生活在白眼和嫌弃里。"

陈玉华说好，第二天中午，就去找了老苏，把老万的心思说了，老苏这才恍然大悟，说我咋就糊涂了呢？

当天晚上，老苏做了一桌菜，跟老万陪了个不是，说："美芽姥爷，你也是用心良苦啊，难为你了，这往后啊，咱这些做老人的，就有劲往一处使，别让他们的家散了。"

老万的泪慢慢地就盈了上来，端了端酒杯说："亲家，有你这句话，我就安心了。"

老万的日子，慢慢地，就恢复了安宁，虽然是有很多缺憾的安宁，每天除了推着万春燕上街溜达溜达，也没什么事。

人一闲了，就会胡思乱想。就想起了万家强被骗的货，一遍遍地，问季苏丢货的过程，就觉得这货丢得蹊跷。怎么会这么巧呢？在朱天明说去收货的这天，骗子的集装箱车恰巧就来了。

老万就觉得这事罕见得比地球月亮太阳呈一条直线形成日食还罕见，十有八九是有内鬼。他得找朱天明问清楚了，知道那天要去万家强公司收货的都是些什么人。就跟万家顺要了朱天明公司的地址，一路打听着去了，到了才知道朱天明公司已经进入了破产清算的最后阶段，整个公司里基本是人去楼空，压根就没人上班，就又去了朱天明的家，结果，敲了半天门，还是没人，就想这里是朱天明的家，早晚他得回，就坐在门口的擦脚垫子上等，谁知没等来朱天明倒等来了下班回来的季蓝。

季蓝一出电梯，见有个黑乎乎的身影坐在家门口，给吓了一跳，下意识地厉声说："谁？"

老万忙慌手慌脚地站起来，说："美芽姨妈，是我啊，美芽爷爷。"

季蓝这才看清是老万，就皱了皱眉头说："你怎么在这儿？"

老万谦恭地说想找朱天明问点事。

钥匙季蓝已经拿在手里了，但她不想开门，因为不想让老万到家里坐，就把钥匙塞回口袋说："你打电话问不就行了，还用大老远跑过来坐我家门口了？让街坊邻居看着像什么呀？"

老万说他觉得这事在电话里说不清楚，所以才想当面问，季蓝还没当事，就顺口问到底是什么事。老万就把他认为的蹊跷说了一遍。

季蓝就不高兴了，冷冷地说："你的意思是万家强的货被骗，跟朱天明有关系？"

老万忙摆手，说："不是这个意思，就是想跟他仔细聊聊这事。"

季蓝哼了一声，看了一下表，说她还约了人，就先不回家了，说完转身就往电梯走。老万追在身后说:"美芽姨妈,你给美芽姨夫打个电话,就说我在门口等他。"

季蓝头也不回地说好,心里,却满是轻蔑的冷笑,下楼就给朱天明打了个电话,说老万这个进城老农打算当侦探了呢。

朱天明正在学校门口接欣怡,虽然让她说的有点晕头转向,但一听老万是为了万家强的货来找他,心不由得就虚上了,让季蓝甭搭理他,说万家强进了监狱,老鲍死了,为这季苏和万家强的婚都离了,老万肯定被打击得不轻,再就是老万现在也算是山穷水尽了,搞不好是想来这一手讹他们家。

季蓝感觉他说得有道理,也有点害怕,说老万都知道他们家在哪儿,万一经常来捣乱可怎么办?

朱天明嘴里说未必,但心里还是怕的。让季蓝找个地方躲一下,等接完了欣怡,他去找她。季蓝说我已经在楼下了,口气烦烦的。因为穿得少,站在街上又冷得要命,觅找了家咖啡店,进去叫杯热咖啡暖着手。

过了半个小时,朱天明就来了,一家三口在外面吃了饭,怕回去早了老万还没走呢,又去看了场电影,电影院里的音响效果特别好,季蓝安静惯了,就给烦躁得头疼,越疼越厉害,还恶心起来了,跑到卫生间好一顿呕吐,出来又跟朱天明抱怨吃饭的地方不干净,要不然她怎么会呕吐?

朱天明窝了一肚子火,又不敢发,只好一路闷闷地开车往家走,等到家,已经是晚上十一点了,欣怡都在后座上睡着了。季蓝把她拍醒了,一家三口进了电梯,朱天明先按上自己家楼层,又按了比自己家更高的几层楼,季蓝知道他是想电梯到了先看一眼老万还在不在,如果老万还在,他们就按关了电梯继续上行,就看着他问:"你干吗这么怕他?"

朱天明摊摊手,说:"我怕他?他一个乡下老农有什么可怕的?"

"可我觉得你怕。"季蓝审视着他。朱天明让她看得不自在了起来,遂做坦诚状说,"我承认,我是有点怕他,你也知道,农民有农民式的固执和愚蠢,他们要一旦认准了的事,你浑身上下都是嘴也跟他们说不清楚。"

"老万认准了什么?"

"我怕……"朱天明沉吟了一下,"我就怕他使用他的愚蠢逻辑推理,推理成万家强的货被骗和我有洗不清的关系,到时候,我就是冤比窦娥也没地申呢。"

季蓝没再吭声,电梯"叮"一声到了,门来了,门口的擦脚垫上空空的,旁边还扔了几支烟蒂,季蓝皱着鼻子,把烟蒂踢到一起,说:"臭死了。"边说边拿钥匙开了门,让朱天明把门口的烟蒂扫走,朱天明说不扫。

季蓝有点恼,说:"不扫脏兮兮的像什么样?"

朱天明说:"就要这脏兮兮的样,说不准明天万老头还会来,他要一看打扫干净了,就知道昨晚咱肯定回来了,如果不扫,说不准他还以为咱们最近没回家住呢。"

"自欺欺人。"季蓝气哼哼地说,"你也不能总躲着他吧,再说了,你又没做什么亏心事,犯得着让他逼成过街的老鼠了?"

朱天明没说话,心里,却跟擂鼓似的。

"你见见他又能怎么了?"季蓝说着把欣怡弄到她的房间,站在门口回头看着他,"他想问什么,你说清楚不就行了?"

闷了半天,朱天明才说好,我明天去金口路找他。

说去金口路,朱天明又来话了:"金口路的房子你真不打算要了?"

"我爸的房子,我凭什么不要。"

"想要,还是要落袋为安,先让苏老太太在那儿住着也无所谓,但得把房子过户到你名下。"

季蓝一愣,随手掩上了欣怡的门,犹豫了一会儿,为难地说:"我张不开口。"

"我替你张口?"

"你怎么说?"

"说我们俩要离婚。"

"除了离婚你就不能想点别的?"季蓝真生气了,一转身,进了卫生间,"砰"的关上了门,说真的,每当朱天明要为了金口路的房子和她办假离婚,她就发自内心地瞧不起朱天明,觉得作为男人他格局太小了,简直恶俗得和能为棵葱和菜贩子斤斤计较得满嘴白沫的家庭妇女没什么区别。

4

朱天明没食言，第二天，果真去金口路找老万了，老万一本正经地找出了本子，让他说说，他们公司都有哪些人知道那天要去万家强公司拉货。

朱天明就笑着问您问这个干什么？

老万就说，偏巧那天万家强要发货了，骗子也上门了，他琢磨着骗子也不是随机做案，一定是早就谋划好了也踩好点了才上门的，而谋划这场骗局的人，一定是知道那天万家强公司要发货的人，而知道这事的，一个是万家强，但他不能自己骗自己，一个是朱天明，他是美芽的姨夫，肯定也不能骗万家强，可去收货他得安排人吧？说不准就是他安排的那些人里做的扣，让万家强不知不觉就给钻进去了。

本来就心虚的朱天明一听就毛了，说："万伯父，我是看在我们是亲戚的份儿上，今天才特意跑这来，你怎么能分析来分析去，连我都有嫌疑了？"

老万诚恳地说："我真没觉得你有嫌疑，我就觉得你手下那些干活的人有嫌疑，你不也说了嘛，你们公司整个运输队的人都知道那天要去家强公司收货，我不要别的，你把这些人的电话号码给我，告诉我上哪儿能找到他们，我就不麻烦你了。"

朱天明的手，已经在茶几底下攥得嘎吱嘎吱响了："对不起，万伯父，电话号码和家庭地址是个人隐私，我不能给你。"说完，抬腿就往外走，"您以后别找我了，能告诉你的，我都告诉你了，不能告诉你的，都是您再去找我我也不会告诉您的。"

朱天明这么一说，老万的倔劲也上来了，追到门口说："美芽姨夫，照你说法，这事往后你不管了？"

"万家强的货是让人骗了又不是交到我们公司了我们公司没给付账，我一不是警察二不是侦探，轮得着我管了吗？"朱天明愤愤说。

"美芽姨夫，那咱还是不是亲戚了？"老万执着地问。

"亲不亲戚的跟这没关系。"朱天明顿了一下，又道，"他已经和季苏离婚了，我们之间也就真的不是亲戚了。"

"话这么说就不好听了。"老万说，"美芽姨夫，咱把话说明白了吧，我就觉得家强的货让人骗了，和你们公司知道这事的那些人有关系。"

"那你跟警察说别跟我说。"朱天明心里毛毛的，口气越来越难听，说真的，因为在万家强临近交货日子那会，公司已经开始破产清算了，根本就没人关心之前签订的合同是不是该去收货了，只有他知道，还是万家强打电话提醒的，因为惦记着私吞这批货，之后他没跟任何人提去收货的事，如果他提了，生产科和物流科的业务流程上肯定有，如果老万一定要揪这事没完，一定会引起警方怀疑，万家强都打电话通知你了，你为什么不按照正常程序走流程？

他没法解释清楚。

朱天明几乎是逃也似的走了。

晚上，老苏悄悄跟季苏说了白天的事，让她劝劝老万，朱天明有文化懂法律，他说不能办的事，肯定就是他也办不了，老万这么咄咄逼人地蹲人家门口，这不成心强人所难么。

吃完饭，季苏就跟老万聊了几句，说："爸，您真想帮家强找到那批货？"

老万嗯了一声，说前一阵，家里兵荒马乱的顾不上，现在，万春燕的手术做完了，老鲍也走了，他也静下心来了，越想越觉得造成今天这结果的，不是万家强当初贪功冒进也不是季苏去法院起诉借贷公司，罪魁祸首就是那个骗子，如果万家强的货没被骗，后边的事也不可能发生，所以，他越想越气，恨不能立马就把骗子绳之以法了。说完，愣愣地看着季苏，突然压低了嗓门，小声说："小季啊，有句话，我说了你别生气。"

季苏点点头。

"我咋觉得美芽姨夫不对头呢，按说咱是亲戚，咱遇上这样的事，就算咱不开口，他也得主动帮咱把这事摘巴清楚了，咋还一问三不知呢？"

让老万这么一说，季苏心里也打上了鼓，可又不敢往深里想，就喃喃说："爸，您想多了。"

老万闷头抽了一支烟，没再说什么。

季苏虽然心里也犯嘀咕，但也觉得，这事非同小可，不能像老万似的，仅凭着直觉就给朱天明定罪，一时，也想不出个一二三来，就没往心里去。谁知下班路上，就接到了季蓝的电话，说老万在他们家门口蹲着呢，让季苏赶紧去把他领走。

季苏没想到老万这么倔，匆忙收拾一下就跑去了。

等她到了，季蓝和老万正像互不相让的斗鸡一样怒目而视，季苏喊了声爸，小声说您怎么又来了？

老万理直气壮地说我来找美芽姨夫问点事。

季蓝也不搭理他，直接跟季苏说："季苏，我告诉你，我就是看在我们还是亲戚的份儿上，要不然，我早打110了，他这是骚扰我的正常生活！"

季苏为难地看看老万，又看看季蓝，小声问姐夫呢？

"找他干什么？"季蓝没好气地说，"他忙得很！"说完又冲老万的方向扯高嗓门说，"该说的昨天朱天明也已经跟你说了，你还想怎么着？让我们去给你把骗子抓出来啊，你当我们是什么了？神探啊？"

老万不急也不慢地说："谁说能说的美芽姨夫都说了？我想知道的他一个也没说。"说完，在鞋底上按灭了烟蒂，说，"没事，他忙他的，反正我也不上班，有的是时间，我就蹲这儿等他了。"说完，转身，背着手往电梯去，"小季，回家吃晚饭了。"

季蓝让他恨得，牙根都痒痒了。

回家路上，季苏说爸，您别这样，您这样会让我妈为难的。

老万望着公交车窗外说："小季，我知道。"过了一会儿，又说，"你妈再难也没家强在牢里难。"

他这么一说，季苏就语塞了。

那段时间，说句难听点的话，老万像吃了秤砣的王八，每天去季蓝家门口蹲着，但他不知道的是，他的倔强，也激怒了季蓝，季蓝决定不分青红皂白地站在了朱天明一边，让他这段时间先住他母亲的房子里，她倒要看看，老万能耗到什么时候。

可只要一想到家门口蹲着老万，季蓝就一阵阵地反胃，嘴上却跟季苏说，跟你们家美芽爷爷说啊，谢谢他每天在我们家门口蹲着，花钱雇保安都没这么尽职尽责的。

季苏知道她这是故意的，故意说话气老万，当然，这话她不能往回传，因为在季蓝家蹲了一个多礼拜，愣是没蹲到朱天明，老万已经有点心焦了，问季苏朱天明是不是还有别的地方住。

季苏晓得他肯定是回他妈那边住了，但又不敢说，怕把季蓝逼急了，回来折磨老苏，可老万一心要为万家强出口气，她也劝不得。遂想，反正他啥也不干，就是在那儿蹲着，也就不担心蹲出什么乱子来，就由他去吧，就含糊说不会吧，她没听说朱天明家还有其他房子。

老万喔了一声。

次日，老万就不去季蓝家门口了，因为朱天明不露面，他蹲到地老天荒也没用，这是万春燕说的。万春燕说美芽姨妈和姨夫，就是吃准了只要他们不露面老万就拿他们没办法，所以呢，找了另外的地方舒舒服服地躲起来了，你要不给点厉害的，美芽姨夫是不会出来见你，见了你也不会告诉你你想知道的。

然后，乡下泼妇万春燕就给他出了一个馊主意。

城里人不是要面子么，那他们就专门往他们门面上抹灰，看他们还藏得住藏不住，她让老万找马克笔写了张白纸，拿轮椅推着她，就去了季蓝的公司。

那天上午，季蓝的同事们都看见一下乡下老人用轮椅推着一位双腿残疾的老年妇女，手了举着一张歪歪扭扭地写了一行字的白纸：我们要见季蓝经理的丈夫。

因为季蓝生性冷清而骄傲，和同事们的关系相处得很一般，甚至也得罪了一些同事，所以，也就没人把有人在门口举着牌子要见朱天明的事告诉季蓝。

季蓝还没陈玉华知道得早呢，因为大家都在七嘴八舌得八卦季蓝丈夫到底干了什么缺德事，让俩老人找到了老婆单位，陈玉华按捺不住一颗好奇的八卦心，就跑到公司大厅看了一眼，这一看不要紧，魂飞魄散地："爸，您怎么来了？"

老万瞄了她一眼，让她假装不知道这事，赶紧回去。

陈玉华急得都快哭了，说爸，您这不成心要砸我的饭碗么。

老万威严地喝了一声："此处不养爷，自有养爷处！"

陈玉华就提心吊胆地走了。

快中午的时候，集团领导都知道了楼下大厅有人举着牌子要找季蓝的丈夫，就把季蓝叫到了办公室。

季蓝这才知道老万在家门口堵不着朱天明又跑到公司来了，跟公司领导简单介绍了一下事情的来龙去脉，就恨不能冲到大厅把老万撕了。

公司领导让她赶紧下去把事情处理好，别影响公司形象和正常工作，季蓝噌噌去了，见面，就劈手夺下万春燕手里的白纸，三把两把撕烂了，往旁边垃圾桶一塞，气咻咻地看着老万："你想怎么着？"

老万不紧不慢地说："我想见见美芽姨夫。"

"他又不在这里！"

"他是你男人。"

一想到老万有可能像蹲在她家门口一样天天推着万春燕到公司大厅举牌子，季蓝气得眼球都快跳出来了，盯着老万，一字一顿地撒了个谎："我们已经离婚了！"

老万错愕地看着她，以为自己听错了，说："啥？"

"我们已经离婚了，这下，你高兴了吧？"季蓝抱着胳膊，"这几天我就要搬回娘家，所以，你们最好识相点，给我腾地方。"

第二十二章

和这些粗鄙的乡巴佬斗,就像绅士和流氓决斗,如果绅士一直保持风度,肯定一败涂地。

1

季蓝和朱天明果然离婚了,当然,是假的。

因为季蓝觉得自己因为过于有修养而被老万他们欺负了,和这些粗鄙的乡巴佬斗,就像绅士和流氓决斗,如果绅士一直保持风度,肯定一败涂地。

朱天明也说了,在这个关节口上,她完全可以选择假离婚。这样,老万就不能再以他朱天明是季蓝丈夫为由跑季蓝单位去胡搅蛮缠了,而且,把离婚的原因,直接推到老万身上,首先,从道义上把老万压倒,然后呢,借着假离婚她住回娘家,一不做二不休地把他们撵出去,然后,再想办法动员老苏把房子过户到她名下。

已经被老万气昏了头的季蓝觉得这办法不错,第二天就去街道办事处和朱天明把婚离了,因为没当真,房子和存款也没分割,依然放在朱天明名下。

当季蓝拖着大大小小的行李箱出现在金口路的院子里的时候,正在二楼阳台上晾衣服的老苏愣了一下,叫了声小蓝,就忙手忙脚地把手在围裙上蹭了蹭,笨拙得跑下楼,望着地上的行李箱说小蓝,你这是咋了?

季蓝拎起两个大的行李箱边往楼上走边说:"我离婚了。"

老苏瞠目结舌地望着她的背影,往前追了两步:"好好的,咋就离了呢?"

"你问美芽爷爷吧,他把我们逼得过不下去了。"季蓝说着,推开了门,把两个行李箱放在门口,又下来拎行李箱。

老苏愣愣地站在春天的阳光里,眼泪扑簌簌地往下滚:"造孽啊,咋就离了呢?"

季蓝站在楼梯中间,回头望着她:"苏阿姨,您之前写给我的那份遗嘱还算数吗?"

老苏忙擦了把眼泪,说:"算数,什么时候都算数。"

季蓝哦了一声,说:"也就是说以后这房子是我一个人的了?"

"是你一个人的。"这句话,老苏说着说着,声音就低了下去,没那么肯定了,因为在立遗嘱的时候,季苏还不像现在这么惨,可现在,万家强进监狱了,和季苏离婚了,季苏也居无定所了……老苏的心,突然就难受地恍惚了起来。

季蓝听出了她声音里的犹疑和恍惚的不确定,突然地开始佩服朱天明的预见,果然不同凡响。

老苏期期艾艾地看着她,小声说小蓝啊,阿姨先不管你这么问是啥意思,可眼下,先让季苏在家住着行不?

季蓝不动声色说:"可以。"上了两层楼梯,又顿了下来,"我还想和您商量一件事。"季蓝想了,话已经说到这儿了,索性一蹴而就得了,免得以后再说起来,又要期期艾艾地找辙接近话题。

"你说吧,小蓝,阿姨听着呢。"

见老苏态度这么好,季蓝心里,又有点过意不去了,声音就柔和了好多:"既然您说这房是我一个人的了,我想现在就去过了户,但您可以一直住在这里。"

老苏心里,唰唰的,全是冰冰的凉意,但她还是点了头,说好。说着,费力地拎起地上的一只箱子,帮她往楼上搬,边走边吃力地问:"小蓝啊，这房，是你爸妈留下的，阿姨说给你就是给你了，你放心。"

季蓝没听见一样，继续往上走，边走边说："知道，既然这样，等哪天我请个假，去把过户手续办了。"

老苏嘴里说着好，心里，却不安上了。就季蓝现在对老万的那个恨，怕是一过了户，她就得把老万和万春燕撵出去，老苏不怕别的，就怕她这一撵，会寒了万家强的心，出狱以后也不和季苏复婚。

事实却是，还没等过户呢，季蓝就开始撵老万他们走了。

在老万和万春燕的冷眼旁观里，季蓝挪挪搬搬地把几个箱子弄到自己房间里，累得头昏眼花，嗓子一阵痒，就又冲到卫生间里去吐了，吐完了跑出来，拿手扇着鼻子下的空气说这家里有什么怪味啊，恶心死我了。

老苏就悄悄地看了一眼万春燕，手术以后，万春燕腿上截肢的创口还敷着药呢，每周都要去医院换一次，这也是老万还和她滞留在城里的原因所在，因为像万春燕这种糖尿病患者截肢，伤口不易愈合，术后至少要观察半年。

老苏知道季蓝爱干净，以为是万春燕腿上敷的药散发出异味让她受不了，也怕伤了万春燕的自尊，又不能直说，就跑去敲开窗子，说老房子就这样，一天不通风，就会有怪味，今天忙得忘开了。

季蓝瞥了万春燕和老万一眼，说以前怎么没味？

万春燕虽然是大老粗，但她知道，在季蓝这种人跟前，服软看脸色只会让她瞧不起，就翻了一个白眼说什么以前有味没味的，有话直说，有屁你尽管放！

像万春燕说话这么直刺刺噎人的人，季蓝还是第一次遇上，她瞠目结舌地看着面膛黧黑的万春燕，半天才喘上一口气来似地说："你……你怎么说话呢？"

"怎么说？我就这么说，你爱听不听！"说着，万春燕摇着轮椅到了沙发旁，拿起遥控器，啪地打开了电视，把声音调得巨响，边看边跟着电视节目里的真人秀哼小曲。

季蓝回屋，一把抓起包，一脸忍无可忍地往外走，走到门口了，突然站住了，坐到沙发上，一把拿过遥控器："这是我的家，要走也得别人走。"边说边换节目，"这是我爸买的电视，我想看什么节目就看什么节目。"说着，调定了节目，赌气一样把遥控器拿在手里，看了一会儿，然后仰着头说，"苏阿姨，我们哪天去过户？"

老苏颤巍巍说看你时间。

季蓝歪着头，上上下下地看着老万和万春燕："听见了没？这房子马上就过户到我名下了，到时候自觉点，别等着让我下逐客令。"

老万越听越觉得不对，就背着手，走过来，上上下下地端详老苏："美芽姥姥，这咋回事？"

房子没季苏的份儿，老苏心里本就虚，老万就逼到跟前了，话就说不成个儿了，只是颤巍巍地说没咋回事没咋回事。

"我咋听是房子的事？"老万说着，上下比画着房子："这……没美芽妈的份？"

"房子本来就是小蓝爸爸留下的……"老苏愧疚地低下了头。

老万皱着眉头，盯着季蓝看，季蓝脸一仰，轻轻哼了一声，继续看电视。老万又看老苏："亲家，我明白你心思，小季也和我说过，你这辈子最大的追求就是当天下第一好后妈，挺好，我们不拦着你当好后妈，可你不能为了像个好后妈就虐待自家孩子啊，不管咋说，美芽妈也是你亲侄女，在名义上也已经是你闺女了，你咋好意思这么待她？你是不是觉得你伟大了，美芽姥爷在天上就高兴了？我告诉你，不会！美芽姥爷肯定气得头顶冒青烟！"

老万真心替季苏难受，说着说着，眼睛就潮了，说："美芽姨妈，要是你过户的目的，就是把我和春燕撵出去，我这就搬，可这户你不能过，你过了小季娘俩咋办？啊？亲家，你想没想过小季娘俩咋办？"

"行了，就算过了户，季苏娘俩该住这儿还是住这儿，至于其他不相干的人，就可以搬出去了。"季蓝冷冷地说着，觉得胃又往上翻了两下，就用手捂着胸口说，"总之，我不能随便和一些乱七八糟的人一起住，我受不了。"说着起身，又去卫生间吐。

老万看着老苏，老苏愧疚得不敢看他。

老万叹了口气，说亲家，你糊涂啊。

老苏就抹着眼泪说我这辈子最怕的就是让人戳脊梁骨。

"你过吧，你去给她过了户，首先我和春燕就得戳你脊梁骨。"说着，老万回头，对万春燕说我出去趟，就走了，也没说去哪儿。

老万上了街，给万家顺打了个电话，就坐在马路牙子上等他，没一会儿，万家顺就过来了，老万上了车，说拉我去你哥报案的派出所。

万家顺就问是不是从朱天明那儿套出啥来了，老万黯然地说套什么套？连人影都没套着一个，然后又把季蓝离婚回娘家的事说了，说我觉得美芽姨妈离婚，一是怕我继续去单位缠着她找美芽姨夫，二是回来抢房子的。

万家顺问怎么说。

老万就把今天在客厅里吵吵的那番话说了，说我看啊，美芽姥姥家是不能住了，老太太为难着呢。

万家顺嗯了一声，说："住我家？"

老万怅然地说："再有五个月，你哥就出来了，等你哥出来了，我就和你姑妈回棉花村。"

让父亲说的，万家顺有点难受，也知道父亲这么说的意思是在暗示他，不要怕，回家跟陈玉华说，让她忍也忍我五个月，五个月以后我就回乡下了，就哽着嗓子说了声："爸，到时候再说，都这么大年纪了，您还回去做啥？"

父子两个，都怅怅的，没再说话，到了派出所，老万就把自己的怀疑，跟办案民警说了，办案民警问他有什么证据，老万直愣愣说，就怀疑，没啥证据。办案民警就笑了，说如果怀疑就能破了案，这天底下的案子，哪儿还有破不了的？说着，就低头继续翻卷宗，一副不打算和老万浪费时间的样子。老万就急了，说他要是心里没鬼，咋不敢见我哩？

办案民警抬头定定看了他一眼，说老人家，您想不想听我说真话？

老万说听。

民警就说:"有时候我们不见一个人,不是不敢见,是不愿意见,明白吗?"

老万的脸,一下子就涨红到了脖子。

2

老万和万春燕就搬到了万家顺家,因为季蓝一直说家里有股怪味,去卫生间吐了好几次,吐得老苏都面带难色地看着老万和万春燕了,老万什么也没说,第二天上午,就收拾东西去了万家顺家,临走之前,老万把老苏拽到一边,悄悄说:"亲家,我走,是不想让你作难。"

老苏感激而又内疚地点着头,也说着客套话。

老万顿了顿,说:"我看美芽姨妈来者不善,这户你不能过。"

老苏为难的泪都快掉下来了:"可我都答应了。"

老万跺脚:"我就说吧!糊涂!"在原地兜转了一会,又说,"你把房产证藏起来,就说丢了。"

"丢了还能补。"

"补不得时间嘛?拖一天是一天,总会有办法的。"老万有点生气了,转身又往楼上去,老苏在后面追着问:"亲家,你还有事?"

老万头也不回地说:"忘拿东西了。"

老苏忙上来,掏钥匙开门。

等进了门,老万说:"房产证呢?"

老苏一下子就警惕地紧张了起来:"啥房产证?"

"你这房的房产证,我看不能放你这儿。"老万说,"放你这儿不知哪天你糊涂劲上来就去给办了过户了,不为别的,为了我们家美芽,我也不能让你顺溜得把这户过了。"说着,老万就去拉五斗橱的抽屉,"你给我,我给你带家顺家放着,免得哪天让美芽姨妈看见了,你连谎都没得撒了。"

老苏就哎呀了一声，说美芽爷爷，我咋觉得你这人赖叽叽的呢？

"为了我美芽，我赖点才到哪儿，总比美芽姨妈理直气壮地硬撬文明点。"说着继续翻五斗橱，边翻边张手说，"你看着啊，我什么都不拿你的，就找你的房产证。"

老苏就在一边呜呜地哭上了，说都说我糊涂，可你们咋不都说我好欺负，边哭边从旁边的一只橱子里掏出房产证递给老万，一副好像被他逼急了不得已的样子，其实，在心里，不知为什么，就莫名其妙地松了一口气。

老万接过来，揣进口袋，说："你放心好了，拿着你房产证唯一的用处就是最近这两天让你过不了户。"说完，风也似的卷了出去。

老苏长长地吁了口气，一屁股坐在了沙发上，坐了好半天，才起来把南北的窗都打开，又拖了几遍地板。

可是晚上季蓝还是吐了。

老苏就纳着闷说我开窗通了一天风，把地板消毒了也拖了，按说家里没别的味了……季苏也吸了吸鼻子，说真没味了。

话音刚落，季蓝就又一阵反胃，季苏端详着她的脸色，小声说你该不是怀孕了吧？

季蓝好像被人踩了尾巴似的，满脸惊恐，眼睛一下子圆了，说不可能。

季苏知道季蓝的倔强，遂也没说什么，去药店买了一包验孕棒，让她先自己测试一下。不一会，季蓝从卫生间出来了，一脸风轻云淡地说还好，没有。吓死我了。

季苏说如果你经常呕吐的话，还是去医院看看吧。

季蓝睥睨了她一眼，好像季苏在诅咒她似的，不悦地说："好好的，我看什么医生。"说完，就回自己房间了。剩下老苏和季苏在房间里面面相觑。

老苏收拾起茶几上的杯子，对季苏说："你去看看你公公吧，不管怎么说，不是顺畅地搬出去的，他也年纪一把了，我怕他心里难受。"

季苏说好，去房间问美芽写完作业了没，美芽说写完了。季苏就说写完了咱就去叔叔家看爷爷和姑奶奶。

一听去看爷爷，美芽一步三个高地就蹦了出来。

季苏到万家顺家的时候，万家顺不在，跑车去了，老万正郁闷地喝酒，陈玉华捏着鼻子，嘟嘟哝哝地说难闻死了。

季苏把买的零食放在茶几上，老虎就一把抢了过去，见美芽眼巴巴地看着他，才小气地分了一点给她。

一看酒瓶子，季苏就知道老万喝了不少了，就把他的酒瓶子拿到一边，说爸，别喝了。

老万咳了一声。

季苏说让您和姑妈搬这边来，其实我妈挺难受。

"又不是你妈让我搬的！我是懒得看美芽姨妈的脸色，看着憋气！"说着，喝多了的老万又开始絮叨，在万家强被骗这件事上，朱天明这儿有蹊跷。

季苏觉得，因为朱天明的不接茬，老万都快成那个怀疑邻居偷斧子的人了，不管怎么看，朱天明都越看越像那个偷斧子的人，就笑着说了。

听她这么说，老万挺生气，猛地把酒杯往桌上一墩，说早晚有一天，他得把这案破喽！证明给他们看看，他老万，从来不会稀里糊涂地冤枉人。

陈玉华就笑着奚落他，爸，您破案可得趁早，我大哥让人家骗的可是皮衣，您要破案破晚了，人家皮衣都穿破了。

让陈玉华这么一说，季苏心里突然就忽闪了一下，就坐不住了，突然想回家。

2

季苏回家，就打开了电脑，上了淘宝网，是的，万家强被骗的货是皮衣，骗子骗了皮衣去一定是要变成现金而不是留着自己穿，而且两个集装箱货柜的货，他一定不会也不敢单一地放在一个地方零售，而是批发或者是卖给批发商，然后这批皮衣会成发散状分布到全国各地的市场。

现在好多服装商店也有网店，一定会有零售商把这衣服挂到网店上。

只要网店上有，季苏就能找到卖家，只要找到卖家，就能找到批发商，或许，批发商本身就是骗子，再或者通过批发商顺藤摸瓜找到骗子。

万家强生产订单的那几个皮衣款式和颜色，季苏都烂熟于心，遂在淘宝搜皮衣，整整上百页的皮衣目录，季苏一页一页地挨着看，她看啊看啊，看得眼睛都花了，眼球都要掉出来了，终于，在第七十六页的时候，她发现了一件熟悉得让她都要流泪的皮衣。

她默默地进入了店铺。然后，在首页上，看到了万家强订单里其他三款皮衣。

突然的时间，她有种被幸福突然击中的坍塌感。

她坐在椅子上，怔怔地看着屏幕上的皮衣，然后点开了旺旺，已经凌晨四点了，尽管掌柜的头像是不在线的灰色，但她还是无比虔诚地在对话框里敲下了："亲，在吗？"然后复制了链接说，"这件皮衣还有货么？"

然后，她泪下滔滔，整个世界模糊得像被大雨瓢泼。

3

接下来的几天，季苏发疯一样地讨好店主，把她店里有的，是万家强公司生产的皮衣，每款都拍下了一件，因为怕店主起戒心，她强忍着没问这批皮衣的来路，而是撒谎说这几天就要去北京学习一段时间，所以，货就不用发了，等她到了北京，亲自上门提货，免得发到青岛，她还要拖着到北京去，因为女人都爱臭美么，买了新衣，都迫不及待地要往身上穿。店主也是女人，也理解女人对衣服的执着，遂答应了，给了季苏她在北京的地址。

季苏决定周末去北京，就出去买了些有青岛特色的海产品，她决定，无论如何也要从店主嘴里套出进货渠道。

想着万家强被骗的货有可能追回来，季苏就给光头经理打了个电话，问房子拍卖情况进行到哪一步了，光头经理说已经在拍卖公司排队了，还有各种手续要办，大约要春末才能进入拍卖流程。

季苏长长地舒了口气，离春末还有好几个月呢，如果一切顺利的话，应该赶得上。

因为心里有了谱，季苏的心情就好得很，下班路上买了些菜和海鲜，又怕老苏也跑出去买菜，就打电话和她说了一声。

电话里的老苏好像很慌乱，匆忙说知道了，我不和你说了啊。

季苏觉得奇怪，母亲只有锅上煨着汤或只正炒着菜的时候才会因为怕糊了锅而急着要挂电话，可这还不到做饭的时间啊，就问怎么了。

电话那端的老苏愧疚地说我惹你姐生气了，正吐呢。说完，就把电话挂断了。

季苏就更奇怪了，以着母亲在季蓝跟前的绵羊脾气，怎么可能惹她生气，还气到了吐的份儿上，越想越觉得不对，就忙打了辆车，急急地往家赶。

到家才知道,原来季蓝今天下班回来,就让老苏把房产证找出来,说她已经请好了假,明天上午去办房产过户,结果……可想而知,老苏把家翻遍了也没找到房产证,季蓝就生气了,觉得老苏所谓的找不到房产证不过是个处心积虑的幌子,因为她压根就不想把房子过户给她,说着,还把老苏写给她的遗嘱撕了,说果然朱天明没看错她!但无论如何,她是不会放弃这套房子的,因为这是她父母的财产,老苏不过是个幸运的寄居者!说完,给房产交易中心的朋友打了个电话,才知道房产证一旦丢失,要在当地报纸办理挂失一个月后才能补办,登时就更气了,一阵头脑发懵,冲进卫生间就是一阵狂吐。

让她发脾气吓得,老苏只有给她捶背端水的份儿,大气都不敢喘,直到季苏来了电话。

季苏到家时,季蓝已经不吐了,回了自己房间,老苏就悄悄说,现在她最担心的不是季蓝冲她发脾气,而是怀疑季蓝身体出了问题。因为季蓝的妈妈年轻的时候也是头疼,呕吐,一开始也以为跟着导师做课题累的,没拿着当事,等去医院检查的时候,已经晚了,脑子里面的肿瘤已经压迫到了主要神经,不能手术治疗了。

虽然和季蓝感情并不好,可一想到她可能是生了种非常严重的病,季苏还是很难受,决定劝季蓝去医院看看医生。

4

第二天上午,季苏给季蓝打电话约她中午出来坐坐,季蓝挺警惕的,问她什么事?

季苏说没事,就是想和她聊聊。

季蓝依然心怀戒备:"如果是谈房子的事,我没时间。"

季苏说和房子没关系，季蓝才勉强答应了，说她的午休时间短，拿不出大块的时间。

季苏说那就约在你们单位附近，你看哪儿方便？

季蓝说了单位楼下的一家西式简餐店。

中午，季苏早早去了餐厅，虽然和季蓝关系不融洽，但她的口味，还是知道的，就点了她喜欢的德式肉肠和德国进口的小面包以及蔬菜沙拉，又埋好了单，季蓝才姗姗来迟进来，淡淡说快下要下班了，单位领导又临时开了个小会。

季苏笑了笑，说姐。见她一脸错愕地不吭声，就又灿烂地笑了一下，说："我知道你讨厌我叫你姐姐，但是，但在我心目中，你还是我姐姐。"

季蓝叉了一小块肉肠，警惕地细嚼慢咽，等她下文。

"在人前说起你的时候，我都说你是我姐。"季苏笑着说，不知道为什么，这一天她的心特别柔软。柔软得特别想流泪。

季蓝那颗高而冷的心，也微微地颤了一下，但很快恢复镇定的冷漠："说吧，你不可能无缘无故找我出来坐坐。"

"是有点事。"

季蓝一脸果然不出我所料的冷淡讥笑："说吧，在我能力范围之内的，我会尽力。"

季苏知道她意会错了，但也无所谓，斟酌了一会才说："我和我妈在家聊你了，还聊到了你妈。"

"别卖关子。"季蓝以为季苏是有事要求自己，为了讨好她，兜着圈子连她妈都抬出来了，不由地，嘴角就撇起了一丝冷笑。

"好。"季苏点点头，"我妈说你妈当年也曾经头疼恶心，但当时拿着没当事，等受不了了的时候，云医院检查，才发现是脑瘤，而且是良性的，但不幸的是去医院去得太晚了，已经压迫了主神经黏连了大脑血管，无法手术，所以……"

季蓝的脸，一下子就变了，下意识地就震怒了，把叉子往盘子里一扔说："季苏，我发现你和你妈就不盼着我点好！你们是不是盼着我和我妈一样，早早得病了倒了没了，你们好顺理成章地霸占我们家房子！"

季苏错愕地看着她，说："季蓝，你这人怎么不知好赖啊，我就是因为无心占房子才提醒你赶紧去医院看看医生，好健康长命地活着占有着那套原本应该属于你的房子，你怎么还狗咬吕洞宾了？"说完，季苏抓起包，起身就走，走了几步，又回头，"单我已经埋了！"又走，走了几步又回头，"希望你好好考虑一下我的建议。"

说完，季苏就走了，其实也不是不管季蓝了，就她对季蓝的了解，知道她虽然嘴上咄咄逼人，但用不了多大一会儿，就会冷静下来，斟酌后果。

果然，季苏前脚一走，季蓝后脚就萎了，身子瘫痪一样地塞在圈椅里，用力想自己的头疼是什么时候开始发作的，母亲生病去世那会儿，她已经能依稀记得一点，隐约记得生命后期的母亲，每天萎靡在床上，却经常会突然地挺直了身体，把头往床边一探，拼命地呕吐，其实，很多时候她只是干呕，床边的痰盂里，干净得好像从来没被使用过。

不知为什么，想起生母的时候，季蓝总会想起那只放在床边的，干净得好像从没使用过的痰盂，其实不是没使用过，而是还是老苏的小苏，每天至少五六遍地清洗擦拭它，怕有怪味，说家里有病人，就更应该收拾得清清爽爽，不然会影响病人的心情。

想到这里，季蓝的心，微微地颤了一下，突然地觉得自己过分，对老苏，对季苏。然后的整个下午，都是恍惚的，晚上回了家，饭也不吃，闷在房间里，任凭老苏怎么敲门都不吭声。

季蓝突然地害怕，虽然她比当年母亲生病的时候年龄大多了，可她还是担心，万一是真的，欣怡怎么办？朱天明还会不会和她复婚，关键是人生那么美，她还没来得及好好享受。

不，她决定不再胡思乱想了，明天就去看医生，如果她真的不幸重蹈了母亲的覆辙，她绝不会像母亲拖到最后一刻，坐以待毙。

第二天她就悄悄去医院做了检查，结果出来之前，她几乎寝食难安，不笑，从不主动和任何人说话，季苏或者老苏跟她说话，也爱答不理的，好像这都是她看了几万年早已经看倦了的人。

老苏就越发小心翼翼,好像一个唯恐哪里不小心,就会招主子生气的老仆。季苏看着也生气,但也知道,季蓝现在之所以这样,十有八九是被她的提醒吓坏了,所以,倒也没生她的气,甚至有些替她担心,也不管季蓝爱不爱搭理她,晚上还跑她房间去问,去看医生了没有。

季蓝低着头看书,头也不抬得说看了,很好。

其实,这只是季蓝的希望,可不知为什么,她就是不想让季苏和老苏知道她去看医生了,就算出来结果,就算结果很坏,她也不想告诉她们,除非告诉她们病就会痊愈,否则,告诉她们干什么?听她们假惺惺为她难过?说不准心里早已乐得仰天大笑地幸灾乐祸呢。

她季蓝没那么蠢,也没那么天真,天真地去相信什么有些人虽然和你没有血缘关系,但他们是你后天的亲人。

如果一定要让她承认谁是自己的后天亲人的话,季蓝宁肯认为朱天明是。

第二十三章

人生是会断片的,某些时候,谎言是把断片粘连起来的黏合剂。

1

周五下午,季苏带上她买好的海鲜特产,坐晚班动车去北京。

这家淘宝店也是既有实体店也有网店,等她到北京时,差不多是午夜十二点,店主的店铺肯定关门了,季苏就想在她的店铺周围找家小旅馆住下,明天一早,不等店铺开门,就去门口等着,让店主感受到她的真诚。

店主的实体店在朝阳区的左家庄一带,季苏从火车南站,辗转到了左家庄,已经是半夜一点多了,她先确定了店铺位置,然后在街对面的私人小旅馆住下。然后,几乎是一夜无眠,几分钟一醒,醒来就趴在窗上看看街对面的店铺,一夜醒了二三十次,终于,天蒙蒙亮了,街上哗啦哗啦地响着环卫工人的扫街声,季苏起床,洗漱干净,穿戴整齐就带着礼品去了街对面的店铺。

在走过的这三十多年人生里,季苏从没像这天早晨一样,看着太阳一寸寸地从东方出来,红彤彤地挂在点上。

店家来开门的时候,被倚在门上看上去憔悴不堪的季苏吓了一跳,上上下下地打量着她,说您谁啊?

季苏疲惫地笑了一下,问:"您是这家店铺的老板吗?"

店家啊了一声。

季苏就觉得，原先遮蔽在心上的一团乌云，被一只手唰啦地撕走了，眼睛竟然有点潮湿了，又怕满眼的泪引起店家的戒备，忙擦了一下眼，笑着说一换地方就睡不好，真不好意思，说着还捂着嘴佯装打了个哈欠。

店家很谨慎，边打量着她边开了门。

季苏擦了一下眼睛，跟进来，笑着说我就是青岛的那顾客啊，今天过来拿我拍下的皮衣。

店家恍然大悟似的笑了，说是你啊。

季苏说可不，昨天晚上才到，我一早就过来等这着了。然后，把手里东西往店主手里一塞，说我们青岛的特产。

店家就给感动得不行了，说到底是从孔孟之乡来的，礼道就是周全。说着，从旁边拿出四个盒子。笑着说一口气买四件皮衣，您是我遇到过的最疯狂的顾客之一。

季苏就笑笑，说是么。然后斟酌其他话怎么说。

店家说可不。

季苏就不动声色地撒了个谎："其实，我也算不上多疯狂，我妈是开服装店的，我买回去的衣服，穿不了的，都放她店里卖了。"

店家说这样啊，怪不得。说着，问季苏是不是检查一下她拍下的四件皮衣。季苏笑着说不用了，相信她。

被人相信是种精神大礼包，早晨一开门，就有顾客送物质的和精神的大礼包，显然店家开心得不行了，人一开心，话就会多，就笑着说，这四件皮衣，绝对是名牌旗舰店的品质，识货的人一眼就能看出来。

季苏按捺住内心的狂跳，问这是什么牌子。

店主看了一下LOGO，摇摇头，说不知道，听说是给韩国加工的一个著名品牌，因为公司倒闭，就内销处理了。

"是吗？那我这不赚大了。"季苏装作神往的样子，摸了摸依然挂在墙上的一件皮衣，"您这里还有货吗？我进几件放在我妈店里卖。"

店家摇了摇头，说她这里也不多了，看在季苏对她这么好的份儿上，她可以给她批发商的电话，直接去进货利润空间会更大一些。

季苏的眼睛一下子就瞪大了，心扑扑地狂跳着："真的吗？"

店家笑着说你看我像要忽悠你的样子吗？

离真相越来越近，让季苏的眼眶一下子就湿润了："您为什么要对我这么好？"

店家望着她笑笑，又指了指地上的青岛特产："也不是所有顾客都对我这么好呀。"

然后，季苏就如愿以偿地拿到了河北外贸尾单商的电话，从店里出来，就给他打了个电话，问他那儿最近都有什么好的外贸货，外贸尾单商懒洋洋地说多着呢，真想进货的话，就自己来看看吧。问清楚了地址，季苏就直奔火车站，往廊坊赶，到了廊坊，连中午饭也没顾上吃，直奔尾单商的办公室，在尾单商的带领下，看了他的仓库，可惜的是，她并未发现万家强公司生产的皮衣，就失望地说我本想来进点皮衣的。

尾单商问她想进哪一款。

季苏就把从北京带来的四件皮衣打开了："就这几个款式，我从朋友那儿拿了几件。"

尾单商翻腾了几下皮衣，嗯了一声，说这是一批好货，可惜，已经发完了。季苏不动声色地问："以后还有吧？"

尾单商说："要说别的嘛，以后还有有的可能，这皮衣是永远不可能了。"

季苏说这么好的货，不再出了，可惜。

尾单商着才说也没啥可不可惜的，公司都倒闭了。

季苏的心，又狂乱地跳荡了一下："什么公司？"

尾单商笑："什么公司说了你也不一定知道，是青岛的。"

季苏也笑："那可不一定，我就是青岛人。"

尾单商故意逗她似地说了俩字："嘉德。"

"嘉德有限责任公司？"季苏笑微微地说，"我一朋友的老公就是这家公司的中方经理，姓朱，好像叫朱……朱……"季苏装作想不起来的样子。

"朱天明?"尾单商咧嘴笑.

"对,对,就叫朱天明。"季苏觉得她的心脏都快从胸膛蹦出来了,"您也认识他啊?"

尾单商哈哈大笑,说这世界真他妈的,太小了,说着,拍拍季苏放在他办公桌上的皮衣:"这批皮衣我就是通过他才拿到的库存。"

季苏就觉得全身的血液都僵住了,喃喃说这样啊。

她突然僵掉了一样的表情让尾单商很意外,问她怎么了。

季苏慢慢说,早知道这样,她就通过朋友从朱天明那儿多进点货了,怕自己刚才的表情会引起尾单商的怀疑,又忙做出一副后悔得不得了的样子。

尾单商就哈哈笑了,笑季苏天真,外贸服装公司的库底很少给本地人,因为这其中有只有他们业内人才知道的猫腻。

季苏努力让自己笑了一下,说这个她确实不懂,因为开店做服装生意的,是她的母亲。说完,怕言多必失,让尾单商警觉了,就寒暄了一会儿起身走了。

廊坊的街道和天空,到处充斥着灰蒙蒙的雾霾,就像季苏的心。

居然是朱天明,而且,看样子他把尾单商也骗了。

如果不是朱天明,季苏现在就一个电话打到 110 那儿去了,可,偏偏是朱天明,突然地,季苏就佩服起了老万的直觉。

2

季蓝是周五下午去医院拿的结果,不知为什么,还没到医院呢,就先怕上了,她就突然明白了那些被家人隐瞒了真相的癌症病人,或许不是家人高明,把真相严密地包藏住了,而是癌症病人自己压根就不敢去想也不敢去问那个真相,在内心里抱了一丝侥幸,希望自己得的不是绝症,希望治疗一段时间后，上帝会派一个奇迹发生在自己身上。

现在，她对去医院怕得要死，大约也是这样吧，怕看到那个万一不好的结果。

可不管怎么怕，结果还是要看的。

也终于看到了，她一点也不幸运，病症和她的母亲一模一样。她颅内长了一个肿瘤，也是良性的。如果说她比母亲幸运的话，那就是她发现得早，只要手术切除，术后痊愈是非常乐观的。医生建议季蓝，如果条件允许，最好马上做开颅手术，但手术费用是比较高昂的。

季蓝机械地听着，眼泪唰唰地往下滚。

她机械地出了门诊楼，在医院院子里的长椅上坐了半天，觉得整个人生都在拿到这张诊断的片刻乱成了一锅粥，她不知该先干点什么才是对的。

是的，她要去做手术。

是的，她不能告诉欣怡，她马上要中考了，不能分了孩子的心。

是的，她不能告诉季苏和老苏，要不然，她们以后会以她的救命恩人自居。

眼下，她首先要做的事，就是告诉朱天明，让他筹备手术费用，然后陪她去北京的大医院做手术。

在医院的长椅上，她给朱天明打了个电话，问他在哪儿。

朱天明正在余佳诗的咖啡吧工作间帮她磨咖啡豆，当然不能实话实说，就说正在外面考察一个项目，考察好了，打算自己开家店。

季蓝心里一颤，说现在别说开店的事了，我需要用钱。

朱天明一愣，说你用钱干什么？

季蓝心一算，泪就滚了下来，低声说我病了。擦了一下泪，又问："我们家现在有多少存款？"

朱天明就答非所问地问她什么病。

季蓝一下子就哭了，说我病得很重，需要很多钱。

一听季蓝说要用很多钱，朱天明心里就打上鼓了，琢磨着莫不是她发现什么了，想把钱从他这里套出去？就模棱两可地说好啊，然后又问她到底是什么病。季蓝说等晚上见面说，朱天明说好，就把电话挂了，抬头，见余佳诗瞪了一双杏眼，正虎视眈眈地看着他呢，就摊了一下手，故作严肃状说："你都听见了吧？"

余佳诗抱着胳膊往后一依："你信她？"

"什么？"

"她病了啊，病得很厉害，要花很多钱啊。"

朱天明不置可否地用手指轻轻叩着桌面："谁知道呢。"

"她该不是听到什么风声了吧？于是……就想用苦肉计把钱从你这儿骗回去，然后呢，逼你复婚，你要不复呢，她至少还有钱，也折不了太多。"余佳诗慢条斯理地分析。

朱天明也觉得有这可能。因为就他了解的季蓝，除了性格上高冷得让人难以接受，身体还是很健康的，怎么会毫无征兆地就生病了还需要很多钱呢？

他觉得不对。

所以，这钱，不能往外拿。于是，也就没按和季蓝约好的，晚上回他们的家，而是在咖啡吧里泡到下半夜，期间，季蓝给他打了几个电话，发了几个短信，可他电话没接短信也没回，就像余佳诗说的，既然已经离了，何必继续辛辛苦苦地掩饰呢？索性用无言的行动向她表明，他们已经没有未来了。

朱天明虽然承认余佳诗的话有道理，但还是做不到没事人一样坦然，就喝了几杯酒，然后歪歪地趴在吧台上睡着了。

季蓝的最后一个电话是凌晨一点打来的，喝了酒的朱天明已在睡得像头昏迷不醒的猪，电话是余佳诗接的。

是的，余佳诗是故意的，她按了接听键，用娇滴滴的、甜蜜蜜的水果一样的声音喂了几声。

这声音，在季蓝听来，就如五雷轰顶，她厉声问："我找朱天明，你是谁？！"

余佳诗用懒散的声音回答说朱天明睡了，都这点了，能和他待在一起的，除了女朋友还能是谁？然后，像突然警醒了一样，质问季蓝："你是谁？"

季蓝握着手机，疯了一样地喊："你让朱天明接电话！"

"你当自己是谁呀，你说让朱天明接电话我就让他接电话？切！"说完，余佳诗挂断电话，关了手机，伸了个懒腰，收拾一下，带着一丝胜利者的喜悦，睡了。

季蓝就疯狂了，她疯狂地打怎么也打不通的朱天明的电话，然后，在家里乱翻，试图翻出朱天明有外遇出轨的蛛丝马迹，但，因为骨子里对她的畏惧，朱天明做事太周详了。

尽管没找到任何能证明朱天明出轨的蛛丝马迹，但季蓝还是明白朱天明出轨了，甚至，她想到了朱天明一而再再而三地要和她办假离婚……

她突然意识到，这可能是个圈套。

她不敢相信这是真的，也不愿接受自己已被抛弃的事实，所以，她疯狂地给她所认识的朱天明的朋友们打电话，问他们知不知道朱天明最近在哪一带活动。

但凡下半夜妻子开始疯狂地找丈夫，大多不是什么好事，所以，就算有人知道朱天明和余佳诗的事，也没人敢告诉她……

季蓝的疯狂，一直持续到第二天中午，朱天明的手机，依然关机，季蓝发了几个短信，说朱天明，我不相信你是那样的人。

朱天明，我不相信你会爱上别人，可你用事实残酷地粉碎了我……

每一条短信，都像泥牛掉进了大海。

一夜没睡的季蓝，渐渐有了陷入泥沼不能自拔的毁灭感。她想起了朱天明曾说她就是他这一辈子独一无二的公主，想起了很多很多。

是的，她也觉得自己出身知识分子家庭，高贵，漂亮，优雅，就像朋友们所说，朱天明是配不上她的，可她还是力排众议嫁给了他。她一直觉得自己是枚钻石，结果呢？却被朱天明用出轨给羞辱了，他像抛弃一颗让他疼痛不已的烂牙一样抛弃了她，她沦为了被人同情可怜的弃妇。

如果说每个人的一生，都会面临几次败局，但季蓝从没想到过朱天明也会送她败局，而且还是这样的狼狈不堪。

那天，季蓝绝望得像闯进了没有尽头的黑夜，想了很多，想到了死，但不是自杀，而是放弃治疗。

在这和平的年代里，大多死亡是平淡无奇的，唯独因被爱情辜负而自寻死路，是天底下最傻、最轻如鸿毛的死法，因为如果男人会因此而愧疚，那么，出轨这个词早就淡出人类的语言词典了。

但，心灰意冷的季蓝是不会明白这一点的，女人之所以痴情，就是一厢情愿地认为，那个黑了心肝的混账男人早晚有一天还会良心发现的。

黄昏的时候，季蓝给朱天明发了个短信：我想听听你的解释，我在家等你。

可朱天明没回来，好像人间蒸发了一样，不接她电话不回她短信。因为余佳诗告诉朱天明，她已经替他接了季蓝的电话，并告诉了她真相。

朱天明看过手机上的通讯记录，知道余佳诗没撒谎。

既然真相已经挑明，他再接季蓝的电话有何益？听她声泪俱下的声讨还是虚伪地跟她说对不起？

朱天明都不想。

而且，他不相信季蓝病了，就像不相信太阳会从西边升起来。不过是从把钱从他手里挖过去的幌子而已。

季蓝这不高明的一招，让他觉得自己有被看低智商的辱没感，很鄙夷，他再也不想回自己的家，而季蓝，再也没离开过自己的家，还把欣怡也从金口路接了回来。

在生与死的抉择之间、在爱与不爱的彷徨中，金口路的房子，都已轻如鸿毛，不值得她为之殚精竭虑，更不值得她片刻挂心。

3

季苏知道一旦她去公安机关报案，对朱天明来说意味着什么，想来想去，觉得他虽然和季蓝离婚了，可毕竟还是季蓝女儿的父亲，季苏就想和季蓝打声招呼再说。

她是星期天下午回来的，进门没见着季蓝，就问老苏她们哪儿去了。

老苏眉开眼笑地说昨天下午她就回来把欣怡接回去了，看样子是要和朱天明复婚，说完，又自言自语似的说："孩子都这么大了，还离啥婚？夫妻还是结发原配的好。"

季苏的心，就莫名一沉："季蓝和你说的？"

"搬都搬回去了，这还用说？"

季苏下意识地叹了口气，说这下麻烦了。

老苏唬了她一眼，说："复婚多好的事，咋还成麻烦了。"

季苏知道跟她说不清楚，就说您不明白。晚上，给季蓝打了个电话，问她是不是打算和朱天明复婚。

季蓝握着手机，半天才说："你问这个干什么？"

季苏说有点事，我想和你聊聊。

季蓝就冷笑了一声，说怎么，瞧我笑话了很开心是不是？

季苏就让她给噎得半天没说上话来，良久才说："我没你想象得那么阴暗，我是想和你聊聊朱天明的事。"

季蓝的冷笑就更甚了："跟我聊什么？聊其实他早就有外遇了，我上当受骗被抛弃了？对不起，我没心思也不想听。"说完，使劲一按，挂断手机，扔到了一边。任凭季苏再怎么打，就是不接了。

就是在这个夜晚，季蓝第一次出现了昏厥现象，欣怡吓坏了，打不通爸爸的电话，就打给了季苏她们。

等季苏赶过来，季蓝像死掉了一样，歪在沙发扶手上，欣怡吓得哇哇大哭，季苏忙打了120，救护车到了，急救医生问她有没有前科疾病，季苏说不知道，就知道她最近经常呕吐，但她说去医院看了，好像没什么问题。

医生要病历，季苏让欣怡看看季蓝手包里有没有，欣怡翻腾了一会，找出了一分病历，医生一目十行地扫了一眼，说马上送医院。

上了急救车，季苏问季蓝到底是怎么了，医生就把病历递给了季苏："她必须尽快进行手术。"

看着病历上的诊断，季苏瞠目结舌，心突然很疼，也突然明白了季蓝为什么要回她和朱天明的家，或许，在她心目中，那个家，才是她内心真正的归宿吧。

4

醒过来的季蓝，拒绝手术，拒绝住院治疗，挣扎着要回家，季苏问她为什么要这样？她依然是冷冷的，一语不发地往病房外走，季苏拉着她不让走，她就回头，冷冷地看着季苏："你放手。"

季苏说你必须住院治疗，必须手术。

季蓝也不分辩，解开扣子，脱下病号服继续往外走，边走边说："生命是我自己的，你们无权干涉。"

季苏有心去拉她，又怕她继续脱衣服，只好跟在身后亦步亦趋，说："季蓝，你到底怎么了？"

"你管不着。"出了医院的季蓝，打了一辆出租车，走了。

站在冷风凛冽的街上，季苏就糊涂了，回学校把欣怡叫出来，问她知不知道妈妈最近怎么了。

欣怡就哭，说她感觉是爸爸有外遇了，他不回家，谁也不知道他在哪儿，妈妈是绝望了，才放弃治疗的。

季苏明白季蓝的这种难过，就安慰欣怡别伤心，她再想想办法。

欣怡这才哭着说，其实她知道爸爸妈妈的离婚不是真的，因为美芽爷爷逼得紧，爸爸借口说假离婚既可以回姥姥家要房子又可以摆脱美芽爷爷对妈妈的纠缠，一举两得，妈妈也怕美芽爷爷整天去单位闹，就答应了，结果爸爸真的不要我们了……

季苏抬手给欣怡擦了擦泪，说别怕，欣怡，我来想办法。然后，季苏给朱天明发了一个短信：万家强公司被骗的货，我已经在河北境内找到了，但我还没有报警，朱天明，我们做个交易吧，你和我姐复婚，然后随便你怎么撒谎，但你必须告诉我姐，你没有外遇，并劝说我姐接受手术，否则我报警，没有商量的余地。

短信发出去才五分钟，朱天明的电话就来了，他声音颤颤地叫了声季苏，然后问季蓝真的病了么？

季苏冷冷嗯了一声，说很严重，必须马上手术，但是因为你，她已心如死灰。

朱天明万没想到季蓝的病会是真的，错愕地在电话里啊了一会儿，才说他刚从外地回来，正往家赶的路上。

季苏没戳破他的谎言。人生是会断片的，某些时候，谎言是把断片粘连起来的黏合剂。

在这世界上，哪儿有那么多完美的人生，大多都是谎言与真相扭着麻花一路过来的罢了。

和朱天明通完这个电话，季苏很难过，难过得只想蹲下来，好好地抱一抱自己。是的，她必须遵守承诺，但信守承诺则意味着，万家强的被骗，只能永沉海底，不被提及，原本有可能追回来的经济损失，也将化为乌有，她只能眼睁睁看着她和万家强奋斗了十年的房子，再次被推向拍卖市场……

第二十四章

女人为爱自虐，不过是想引起对方的注意，进而心疼。

1

女人为爱自虐，不过是想引起对方的注意，进而心疼，然后，在他的臂膀张开之际，女人泪流满面地扑进他的怀里。

季蓝也是这样的，虽然她也知道朱天明所谓去外地、手机坏了，不过是个一戳就破的谎言，但她还是像个胆怯的癌症病人一样，自欺欺人地选择了逃避现实，相信这一切是真的，因为她像惧怕世上最凶神恶煞的魔鬼一样地惧怕真相的到来。何况朱天明的愧疚看上去是那么真切、又是那么恳切地求着她去复婚，她怎么会不相信他呢？

朱天明说那个在午夜里接起她电话号称自己是朱天明女朋友的女孩子，他根本就不认识，因为那天晚上，他在外地的酒吧，喝醉后趴在桌上睡着了，可能是邻桌的女孩子见他电话响个不停，就恶作剧地接了起来，接完之后又恶作剧地把他的手机扔在啤酒杯里，所以，他手机坏了，在外地这段时间，不仅收不到她短信也接不到她的电话。

季蓝想说，你完全可以用公用电话打给我们啊，毕竟离家这么多天，难道一点也不曾牵挂我们吗？

但她不能，人生在世，总有很多事，一推敲就会泪流满面，所以，她宁肯让它脆弱地立在那儿。

这样，至少，她的心不会碎到把自己湮灭掉。

然后，她和朱天明去复了婚，开始积极做术前准备。

2

朱天明和季蓝复婚前，余佳诗生怕夜长梦多，整天催朱天明去婚姻登记处登记，朱天明也答应她了，可是，因为季苏的一个短信，朱天明就失踪了，就像他对待季蓝那样，打电话不接，短信不回。

余佳诗就气疯了，给朱天明发了短信，说如果他再不出来见她，她就会毫不客气地闯到他家里去。

朱天明知道余佳诗的脾气，就像当年说非他不嫁，一等就是四年，她是个说到做到的死心眼姑娘。所以，这天晚上，就去见了余佳诗。

咖啡吧门门把上挂着今天歇业的吊牌，里面空荡荡的，只有妩媚得英气凛凛的余佳诗，抱着胳膊，一直像雕塑似的看着门口。

朱天明进来，没事人一样笑笑："怎么歇业了。"

"因为你。"余佳诗用水果刀叉起一块苹果，嘎吱嘎吱地嚼着，"说吧，怎么回事？"

朱天明吭哧了一会，说季蓝得了绝症，如果我不复婚她就拒绝治疗。

"拒绝治疗好啊，你不还担心她一旦发现被你耍了会去法院起诉重新分割财产么，她要死了，不更省心了。"余佳诗没心没肺地说。

"话不能说这么绝，不管怎么说，她也是欣怡的亲生母亲，我不能做那么绝。"

"嘀——！你现在想起来她是你女儿的亲生老娘了，睡我的时候怎么不记得？"

"佳诗，别把话说这么难听。"

余佳诗砰地把水果刀扎在桌面上:"我不仅要把话说难听,还要做得很难看!"说着,气势汹汹地瞪着他,"说!你到底和她复婚了没有?"

一看这架势,朱天明哪儿敢说已经和季蓝复婚了?就顺嘴扯谎说:"没呢,我答应和她复婚也是缓兵之计,先哄着她把手术做了再说。"

"你发誓。"

"我发誓。"

"那为什么不接我电话不回我短信?"

"手机坏了。"

"我不信!"说着,余佳诗劈手夺过他的手机,噼里啪啦地翻,突然地,就翻到了季苏发给他的那条短信,就错愕地看着他,看着看着,就诡秘地笑了,猛地扑上来,缠在他身上,大笑:"吓死我了。"然后在他脖子上一阵狂吻,"搞了半天你是让她妹妹给威胁了啊。"

朱天明不知该说什么好。

余佳诗觉得哪儿不对,看着他,慢慢地说:"你最终还是会和她复婚的,是吧?"

朱天明低下头,艰难地叫了声佳诗,慢慢说我不想坐牢。

"可是!我也知道真相,你要不和我结婚,我也会去公安机关报案!"余佳诗气疯了一样,冲他大喊大叫。

"你不会的,佳诗,我知道,你是爱我的,你不会。"

"越爱你我就越会去举报你,因为你辜负了我,我恨你!恨你!"说着,余佳诗就噼里啪啦地打着他的胸膛。

朱天明低低地说了对不起,转身走了,余佳诗像个疯子一样,随手捞起什么向他后背上扔什么,一直一直把朱天明扔出了门外。

3

第二天一早，季蓝收拾好了住院用的东西，正等朱天明去学校送完欣怡就回来拉她一起去医院呢，就听门铃响，以为是朱天明回来了，起身去开门，就见一年轻女孩子目光凛凛地站在门口："你就是季蓝？"

季蓝嗯了一声，但心里，已基本明白来者是什么人了，遂冷冷地说："对不起，我丈夫说了，他不在家的时候我不能单独见陌生人。"说着，就要随手关门。

余佳诗却硬撑着门，不让她关，并挤了进来，环顾着房子说："看样子你已经知道我是谁了。"

季蓝冷冷地站在门口看着她："你是谁对我来说都无所谓。"

余佳诗抱着胳膊说："我和朱天明睡过觉，我们俩好了四年，他说过要娶我，对了，前阵和你离婚，就是为娶我做准备的，你知道吗？"

"可惜，他已经后悔了，又回来和我复婚了。"说着，季蓝从五斗橱抽屉里拿出结婚证，往茶几上一扔，"你自己看。"

余佳诗拿起来，翻开，眯着眼看了一会，突然扔到地上，边拿脚跺边愤愤地诅咒："骗子，朱天明这个王八蛋是骗子！"骂够了朱天明突然又仰头盯着季蓝，"你以为朱天明是因为爱你才和你复婚的吗？不是！是被你妹妹威胁的！你妹妹威胁他如果不和你复婚，她就去公安机关举报他诈骗了万家强的货，朱天明是害怕去坐牢才和你复婚的，根本不是爱你！"

季蓝一下子，就愣住了，喃喃说你说什么？你到底说了些什么？我不明白。

余佳诗就愤愤地把朱天明骗万家强货的过程说了一遍，然后恨恨说，万家强的老婆已经知道真相了，要不是她的威胁，朱天明宁肯看着她死都不会和她复婚！

余佳诗正说着,朱天玥回来了,见她在,脸一下子就煞白了:"余佳诗!你胡说八道什么!"说着,冲过来一把拉住余佳诗的手腕,就往外拖她。

朱天明从没用这么生硬粗暴的语气对待过余佳诗,她一下子就懵了,然后,就醒了,对朱天明抓着她的手,又打又咬,朱天明一声不吭地抿着嘴唇硬是把她拖了出去,又硬是塞进了电梯,然后,两手死死地攥住她的手腕,用脚按了电梯按钮。

余佳诗像个疯子一样在电梯里又跳又叫,但终还是被朱天明带到了一楼,拖到了马路边上,朱天明看看左右,咬牙切齿地说:"余佳诗,你不要逼我!"

余佳诗呸了他一口,说:"朱天明,我就逼你了,你敢怎么着我?我告诉你,你要敢不和我结婚我就去公安机关举报你这个骗子!"

朱天明寒气凛凛地看着她。

余佳诗也不甘示弱地回瞪着他。

突然,朱天明的手往马路上一推,余佳诗一个趔趄,就滚了出去,然后疾驰而过的车辆来不及刹车,一辆,两辆,三辆轧过了余佳诗的身体。

朱天明呆呆地看着这一幕,突然从路边冲出去,大喊救人啊救人,像个疯子一样,穿越七歪八扭停着的车辆,抱起已经血肉模糊的余佳诗,号啕大哭。

而这一幕,被站在窗前的季蓝看在了眼里,她倦意沉沉地闭上了眼睛。

4

朱天明在交警大队坦诚了他和余佳诗的关系,承认那天余佳诗是去找他逼婚的,然后,因逼婚不成,发生了争吵,余佳诗气极之下,以撞车自杀为威胁，他没当真，没承想余佳诗真的就撞了汽车。

说清事实后，朱天明就被放了出来。

三天后，已经剃光了头发的季蓝，躺在手推车上，准备推往手术室，她深深地看着老苏，突然，喊了声妈。

老苏一愣，以为自己听错了。

季蓝眼含泪光，愧疚地说妈，其实我早就想喊您妈，可我不好意思。

老苏哎哎地答应着，说现在也不晚，你不喊我妈在我眼里你也是我闺女。然后踉跄着撵了两步，追上手推车，攥住她的手，说妈找到房产证了，等做完手术就给你过户。

季蓝轻轻地摇了一下头，说不了。然后，望着季苏笑："以后我们相互之间不直接称呼名字了。"

季苏点点头，叫了声姐。

手推车进了手术室，季蓝突然跟护士说："麻烦您件事，我想打个电话，你能给我找部手机来吗？"

护士说好，转身出去了，没一会儿，拿着一部手机跑进来："借您妹妹的。"

季蓝点点头，按上了110。

尾　声

　　还给季苏手机时，护二说季蓝让告诉她，她写了封信，在手机备忘录里。季苏翻出来，看到了季蓝写给她的那封信，其实，就一句话：谢谢你，季苏，我的亲人。

　　季苏的眼睛缓缓地，就湿润了，她默默地拉过老苏的手，说妈，您猜，姐姐给我写了什么？然后给她看手机屏幕。

　　老苏看了一会儿，不好意思地笑了，说这孩子，你又不是不知道你妈不识字。

　　季苏就点着屏幕上的字，一个一个地读给老苏听，老苏哽咽着说我就说嘛，只要你心里有股热乎气，别人离你再远早晚也能感觉到。

　　然后，从电梯方向突然跑过来几个人，问谁是朱天明。

　　朱天明微微一愣，站起来，说我是。来人中的一个，点点头，说你过来一下，有件事情需要你配合调查。说着，就亮出了证件。

　　是警察。

　　季苏错愕地看着这一幕，小声问这是怎么回事。一位便衣飞快地给朱天明扣上手铐，说刚才有人打电话报警，朱天明和一桩经济诈骗案以及余佳诗的死有关。

　　原本还在纳闷中没醒过神来的朱天明突然像疯了一样，戴着手铐，撒腿就跑，跑到走廊的一个窗旁边，突然拉开了窗子，冲追过来的便衣说："你们别过来，过来我就跳下去！"

　　但，便衣还是冲了过去，因为这是二楼，窗外茂密的冬青树丛，像厚厚的安全床垫一样，接住了掉下去的朱天明。

　　后来，术后痊愈的季蓝说，一场大病，让她明白了很多。她不恨朱天明，甚至同情他，如果说他们的婚姻，一定是因为谁错了才走到今天这一步的话，最先错的那个，也应该是她，所以，在朱天明坐牢的这二十年里，她会代他照顾在养老院的母亲，因为，不管他曾给过她多少伤害，他们都曾相亲相爱过，爱情可以没有了，婚姻可以不在了，责任可以了无，但他们一同走过的那段岁月所铸就的一切，都已铭刻在彼此的生命里，在这个世界上，所有相互渗透过生命的人，都是难以释怀的牵挂，是亲人。

时光的河流，温柔而又冰寒地一去不往返了，现在，我们的男主人公万家强，心情不错，因为老万告诉他，被骗的货，虽然给卖光了，可也挺好啊，人家直接给结账了，所以呢，借贷公司那儿的账也还上了，房子不仅不用拍卖了，他们还搬回去了，季苏还用剩下的钱买了新家具新钢琴和新车，总之，这个家，除了他，什么也不缺了。而我们的万家强，在入狱七个月后，因为表现良好，马上就提前释放出狱了。

接万家强出狱的早晨，临出门前，老万让季苏把离婚证带上。季苏纳闷，问带这个干什么，老万霸气地说，昨天他和万家强通电话了，他下死命令了，如果万家强不把季苏哄高兴了追成媳妇，就甭回来见他这个爹！

然后，季苏就站在了监狱大门口，看万家强慢慢走出了那扇铁门，凝望着她，迎着阳光露出了雪白的牙齿。